Once Upon a Tower
by Eloisa James

塔の上で愛を聴かせて

エロイザ・ジェームズ
岡本三余[訳]

ライムブックス

ONCE UPON A TOWER : Fairy Tales #5
by Eloisa James

塔の上で愛を聴かせて

主要登場人物

エディス（エディ）・ギルクリスト……ギルクリスト伯爵の娘。チェロ奏者
ガウアン・ストートン……キンロス公爵
ライラ・ギルクリスト……エディの継母
ジョナス・ギルクリスト……エディの父親。伯爵
スザンナ・ストートン……ガウアンの異父妹
バードルフ……ガウアンの家令
ムシュー・ヴェドリーヌ……スザンナの家庭教師

1

一八二四年五月二日
ロンドン、カーゾン通り二〇番
ギルクリスト伯爵のタウンハウスにて

　クレイギーヴァーの城主キンロス公爵であり、マコーリー・クランの長であるガウアン・ストートンは、可能なかぎりイングランド人の集まる場を避けてきた。父が常々言っていたとおり、イングランド人というものは総じてゴシップ好きで、脳みそよりも耳垢のほうが多いのだ。まあ、これを最初に書いたのはシェイクスピアだが。

　しかしガウアンはそのとき、大好きなハイランドの流れに釣り糸を垂らす代わりに、ロンドンのど真ん中にある舞踏場へ足を踏み入れようとしていた。いくら気が進まないとはいえ、生きていく上では、サケよりも花嫁を釣りあげるほうが優先される。少なくとも今の彼にとっては。

　ガウアンの到着が告げられるや否や、若い娘たちが真っ白な歯をこれ見よがしにのぞかせて、階段のほうへ近づいてきた。ガウアンからすれば、どの娘も同じような反応をするのが退屈だったが、公爵のお出ましとなればそれが自然なのだろう。なんといってもガウアンは、五体満足の独身貴族だ。髪だってある。事実、そこらのイングランド男よりはよっぽどふさふさしていた。おまけに城つきだ。

娘たちから客を守るように、舞踏会の主催者であるギルクリスト伯爵とその妻が、階段のすぐ下で待機していた。ガウアンは、ギルクリスト伯爵に親しみを覚えていた。厳格だが公正な男で、スコットランド人と見まがうような思慮深いまなざしをしている。イングランド紳士の大半とちがって、経済に興味を持っているところも共感できるし、伯爵自身も凄腕の投資家だ。〈スコットランド銀行〉の頭取を務めるガウアンに対して、ギルクリスト伯爵は〈イングランド銀行〉において似たような役職についており、ここ数年は頻繁に文書をやり取りしてきた。ただ、顔を合わせる機会はめったにない。

「本日はようこそ、キンロス公爵。妻を紹介します」

ギルクリスト伯爵はそう言って、妻の背中を押した。意外にも伯爵夫人は夫よりもだいぶ若く、まだ二〇代後半と思われた。唇はぽってりと色気があり、豊満な胸が、バラ色のシルクで仕立てたボディスを気前よく押しあげている。どうやら上流階級の女性といっても、服装やマナーに関してはオペラの踊り子を手本にするタイプらしい。

一方のギルクリスト伯爵は、せいぜい生真面目な教区委員といったところで、お似合いのふたりとは言いがたかった。ガウアンの考えでは、夫婦というものは、年齢も興味の対象も釣り合っているべきだ。

伯爵夫人が夫の前妻の娘、レディ・エディスの話を振ってきたので、ガウアンは会釈をして、お嬢さんに引き会わせていただけるとは言語に絶する喜びだと返した。

それにしてもエディスとは！　もう少しましな名前があっただろうに。

いかにもおしゃべりな女を連想させる。やぼったくて、頭がおかしくて、耳の大きい……典型的なイングランド女を。

伯爵夫人はなんの断りもなくガウアンの腕に手をまわし、隣の応接室へ向かって歩きだした。ガウアンは顔をしかめそうになるのをこらえた。幼いころは、召使たちが四六時中そばに控えていて、本人の意思とは関係なく服のしわをのばされたり、首にふれられたり、口をぬぐわれたりしたものだ。だが、一四歳になって以降、やむにやまれぬとき以外、そういった接触に耐える必要はなくなった。

プライベートな時間が極端に少ないからこそ、自分と周囲のあいだには一線を画しておきたかった。別にひとりの時間がないことを嘆いているのではない。たとえば着替えをするにしても、プライバシーを気にかけるよりも、秘書の報告を聞きながらするほうが効率がいい。ガウアンが何より嫌うのは、時間を無駄にすることだった。

時間というものは、何もしていなくても流れていく。人はあっという間に年を取り、いきなりぶっ倒れて、それで人生はおしまい。

人生が永遠に、いつまでも続くふりをするのはまったく愚かしいことで、それこそ――ガウアンが思うに——ゆったりと湯船につかったり、だらだらと詩を読んだりしている人々がしていることだった。ガウアンは、できるだけ多くのことを一度にすませるのが好きだったし、また、そういうふうにする習慣がしみついていた。

まさにこの舞踏会がよい例だ。明日はブライトンで銀行家の集まりがある。それに参加する前に、一ポンド札発行における問題点について、ギルクリスト伯爵の意見を聞いておきたかった。そんな折、当の伯爵が舞踏会を企画した。舞踏会となれば若い女性たちがやってくる。ガウアンには早急に、適当な伴侶を見つける必要があった。無論、相手に不自由しているわけではない。

ともかく一石二鳥だった。本来なら一石三鳥か四鳥をねらいたいところだが、二鳥でよしとしなければならないこともある。

唯一の問題は、舞踏室にひしめいているのがイングランド娘ばかり、ということだった。そのうちのひとりと結婚するのは、あまり賢明とは思えない。結婚によってイングランドの良家との縁故を結びたがるスコットランド人がいることは事実だ。

しかし、イングランドの小娘が必然的に、イングランド人であることもまた事実なのである。

イングランド人は周知のとおり、怠惰な民族だ。良家の女性たちがすることといったら、椅子に座ってがぶがぶお茶を飲み、小説を読むくらいのもの。一方、北に位置するスコットランドの女性たちは、四人の子どもを育てながら、一〇〇〇頭のヒツジがいる地所をどう切り盛りするかに知恵を絞る。

　ガウアンの祖母も、朝から晩まで愚痴もこぼさずによく働く人だった。本を読むなら心を鍛えるためでなければならない、というのが口癖で、読むのは主に聖書とシェイクスピア。軽いものが読みたいときはモンテーニュの随想録に手をのばす。ちなみに今は亡き彼の婚約者も、祖母と同じ鋳型《いがた》から出てきたとしか思えない人だった。祖母みずからお膳立てをした相手なので当然といえば当然だろう。ところが婚約者であったそのミス・ロザライン・パートリッジは、貧しい人々の家を訪問している際に熱病にかかり、天に召されてしまった。善行が——ロザラインの場合は——仇《あだ》となって返ってきたのである。

　ガウアンは、善良さよりもむしろ勤勉さを備えた花嫁を求めていた。大前提として、美しく清らかで、良家の出身でなければならないのは言うまでもないが。未来のキンロス公爵夫人が時間を無駄にするようでは困るのだ。

　伯爵夫人はガウアンを率いて舞踏室を抜け、ややこぢんまりとした部屋に入った。さっと室内を見まわしたガウアンは、財力にしろ爵位にしろ、独身男性で自分と肩を並べる相手はいないと判断した。ちなみに、彼がロンドンで同格と認める男は三人しかいない。

　このような状況においては、求愛に無駄な時間を費やす必要はない。結婚市場もほかの市場と同じ。正しい相手を見つけたら、単にライバルよりも高値をつければいい。

　伯爵夫人は壁際へ行き、若い娘の前で立ちどまって、夫の娘ですと紹介した。

　ガウアンにとって、それは現在と未来を断ち切り、運命を永遠に変えてしまうような瞬間だった。

レディ・エディスは、人いきれのするイングランドの舞踏室にはなじんでいなかった。この世のものではない雰囲気を漂わせ、まるで妖精の丘にあるわが家を夢見ているような表情を浮かべていた。謎めいた緑色の瞳はほの暗く、嵐の日の湖を思わせる。

男の目を喜ばせる曲線美と、日射しをたっぷり浴びた金色のリンゴのように艶やかな髪。その髪は今、結いあげられて毛先がくるくるとカールしている。あの髪をほどいてヒースのベッドで愛を交わせるなら、何を差しだしても惜しくはない、とガウアンは思った。

しかし、ガウアンを心底夢中にさせたのは緑色の瞳だった。公爵を前にしながら、失礼にならない程度の無関心さと俗世に乱されない穏やかさを保ち、ふつう未婚の娘たちが見せる、熱っぽい興奮はみじんも感じさせない。

ガウアンは自分を、肉欲に屈する男だとは思っていなかった。公爵たる者、女にうつつを抜かす時間などない。

これまで、官能的な微笑みや肉づきのよい尻にひざまずく男たちを、理解しがたい思いで眺めてきた。そういう連中を哀れに思ったし、つい先ほども、あでやかな妻にめろめろのギルクリスト伯爵をひそかにさげすんだばかりだ。

しかし、レディ・エディスを見ていると、愛について書かれた詩の世界があざやかに立ちのぼってくるような気がした。

〝今夜まで、本当の美しさを見たことがなかったのだから……〟

『ロミオとジュリエット』の一節は、まさに今の自分のためにあるのではないだろうか。

結局のところ、シェイクスピアも役に立つことがあるのかもしれない。

レディ・エディスのバラ色の唇が弧を描いた。彼女は膝を深く折って頭をさげた。

「公爵様、お目にかかれて光栄です」

ガウアンの視界から伯爵夫人が消えた。舞踏室いっぱいの客も壁紙の中に溶けてしまった。

「光栄なのはぼくのほうです」ガウアンは心から言い、右手を差しだした。「次のダンスを一緒に踊っていただけますか？」

レディ・エディスはあくまで涼やかだった。がつがつした反応を見たら興ざめしたにちがいないが、彼女の落ち着きはガウアンの好奇心を駆りたてた。彼女の澄みきった瞳が、自分のために輝くところが見たかった。澄ました顔に憧れの表情が――愛情でもいい――浮かぶところが見たかった。

レディ・エディスがもう一度頭をさげて、彼の手の上に自分の手を置いた。互いに手袋をしているのに、彼女の手がふれたところが焼けたように熱くなり、まるで、体の中の冷えきっていた部分が、じわじわとあたたまっていくようだった。ふだんは人にふれられると顔をしかめたくなるのに、彼女の場合は、もっと引きよせたくなった。

舞踏室に移動したレディ・エディスはガウアンの腕の中で、水面に立つさざ波のように優美に踊った。彼女は終始、静かだった。

振りつけに合わせて、ふたりの体が離れては近づく。ステップを踏みながら舞踏室のいちばん端まで移動したガウアンは、踊りはじめてからまだ、ひと言も言葉を交わしていないことに気づいた。これほど無口な女性も珍しい。独身公爵を射とめようという気負いはないらしく、まして単なる異性としても意識していないようだった。だからといって気詰まりな感じがするわけでもなく、なんとも心地のよい沈黙なのだ。

ガウアンは心底、驚いていた。

ふたりは向きを変え、反対側へステップを踏みはじめた。ガウアンは何か話しかけようとしたが、適当な話題が浮かばなかった。こんなことは珍しい。公爵を前に緊張している人々に向かって、ひと言ふた言、吟味された言葉をかけ、緊張を解くのは得意のはずだ。

ただ、これまでの経験に照らし合わせると、若い女性の場合はこちらから声をかける必要がなかった。だいたいにおいて、女性のほうが下心のにじむ微笑みを浮かべ、取るに足りない言葉を垂れ流すからだ。

ガウアンは現実主義者だ。おとぎ話など信じていない。ところがレディ・エディスは、あらゆる面で夢の女性だった。口数が少ないところも、穏やかで曇りのない雰囲気も、うっとりするほど美しい顔立ちも、つま先が地面から浮いているように軽やかに踊るところも。

彼女なら完璧な公爵夫人になるだろう。将来、注文するであろう肖像画の出来栄えが、今から想像できる。公爵夫人だけを描いたものと、のちに三人――もしくは四人の子どもと一緒のもの。子どもの数は彼女に任せるつもりだ。ともかく二枚の肖像画を、応接室のマントルピースの上に掲げるのだ。

曲が終わり、ワルツの旋律が流れた。

レディ・エディスが膝を折るおじぎをした。

「もう一度、踊っていただけませんか？」気づくとガウアンは、そんなことを口走っていた。

彼女が顔を上げ、あいさつをして以来、はじめて口を開いた。「申し訳ないのですが、ベックウィズ卿とお約束をしたので――」

「だめです」

ガウアンは最後まで言わせなかった。そんな無礼なことをしたのは生まれてはじめてだ。

「だめ？」レディ・エディスがわずかに目を見開く。

「ワルツはぼくと踊ってください」

ガウアンが手を差しだす。レディ・エディスは一瞬ためらったのち、その手に自分の手を重ねた。ガウアンは、小鳥を慣らすときのように慎重に、もう一方の手を彼女の腰に置いた。

恋しい人の手の感触に肌が焼けるなどというロマンチックなたわごとが実際に起こるとは、想像もしていなかった。

ステップを踏みながらガウアンはぼんやりと、客たちが残らずこちらをうかがっていることに気づいた。キンロス公爵が二度続けてギルクリスト伯爵令嬢と踊っているのだ。明日の朝にはロンドンじゅうに知れ渡るだろう。

それでも構わない、とガウアンは思った。レディ・エディスのしぐさを観察しながら踊っていると、鼓動までがワルツのリズムにのってくるようだった。本当に美しい娘だ。自然な弧を描いた口元は、今にも微笑むか、キスをしそうに見える。それでいて、どちらも決して安売りはしないのだ。

彼女の足は、ガウアンのリードに合わせて軽やかに動いた。かつて、これほどうまく踊れたことがあっただろうか？　ふたりは炎から飛びだした火の粉のように、くるくるとワルツを踊った。ひと言も言葉を交わすことなく。

言葉など必要ない。ダンスそのものがふたりの会話なのだから。

ガウアンはさらに、こうも思った。ぼくは孤独だったのだ。今、この瞬間まで。

最後の音が宙に吸いこまれて消えると、ガウアンはおじぎをした。上体を起こしたところでベックウィズ卿の顔が目に入る。自分の番を待っていたらしい。

「公爵」ベックウィズ卿は冷え冷えとした声で呼びかけた。「この曲は私が踊るはずだったのですよ」ベックウィズ卿は憮然としてレディ・エディスのほうへ肘を出した。

レディ・エディスはガウアンに向かって礼儀正しく微笑むと、ベックウィズ卿の腕に手をかけた。

ガウアンは胸をかきむしられる思いだった。彼はスコットランド人だ。こういう場面で礼儀正しく引きさがる習慣はない。女性に関してはとくにそうだった。彼女を引きとめて、熱い胸の内をぶちまけてやりたかった。柱の陰に連れていって抱きしめ、キスをしたかった。

だが、彼女はガウアンの妻ではない……まだ。夫婦になるまでは、イングランド社交界のルールを尊重しなければならない。ガウアンは子爵に抱かれてダンスを踊る未来の花嫁を見守った。

財力では勝っている。外見も自分のほうが上だ。レディ・エディスの好みが小枝のような男だというなら別だが。しかし正直なところ、彼女はガウアンに気のあるそぶりを見せなかった。

もちろん、ほれっぽい妻はごめんだ。ガウアンの祖父は晩餐会で祖母と出会い、その場で彼女が未来の公爵夫人だと直感したという。そのとき、祖母はたった一五歳で、かなり内気な娘だった。いずれにせよ未来の公爵夫人におかしな虫がついては困る。

ガウアンは明日の朝もう一度、ここを訪れようと決めた。それがイングランドにおける求愛の流儀だ。花嫁にしたい相手の家を三度もしくは四度訪れ、馬車でドライブに出かけて、それから父親に、娘さんをくださいと頼む。

腹が決まったガウアンは、伯爵を捜して一ポンド札の件を切りだした。そして仕事の話が終わるとこう言った。「明日の朝ブライトンへ行き、この件を〈ポンフリー銀行〉と協議します。その前に、ここへ寄ってお嬢さんにあいさつをしたいと思います」

伯爵の目に了解の色が浮かぶ。どうやら今回の招待は、紙幣発行の問題とはなんの関係もなかったようだ。

そのあとガウアンは、ほかの誰とも踊らなかった。踊りたいと思わなかったし、舞踏室をうろついて、レディ・エディスがほかの男たちと踊るのを眺めるのもいやだった。想像しただけで歯ぎしりしそうだ。

嫉妬心が強いのはスコットランド人の欠点だった。それは最大の美徳である、忠誠心の暗い一面でもある。スコットランド人は死ぬまで伴侶に忠実だ。気まぐれなイングランド人の夫とちがって、この人だと決めたら、ほかの女性のベッドに潜りこんだりはしない。

ガウアンは、自分が独占欲の塊で、忠誠心はすべてに優先されると見なしていることを自覚していた。薬指にはめる指輪を贈りたいと思っている女性が、次から次へとダンスのパートナーを替えるのを見たら、生きながら嫉妬に食われてしまうだろう。

できることなら、彼女の心に自分の名前を刻みたいとまで思っているというのに。

舞踏室に残ってレディ・エディスの求愛者に歯をむいても時間を無駄にするだけだ。ガウアンは時間を無駄にするのが嫌いだった。そこでさっさと引きあげて、ロンドンの事務弁護士であるジェルヴスに手紙をしたためた。近々結婚するつもりだから、結婚にかかわる契約書の下書きを作って朝いちばんに届けるよう指示を出す。

きっとジェルヴスは徹夜するだろう。今度、特別手当を支給してやらなければ。

翌日のガウアンは夜明けとともに目を覚まし、何時間か仕事をした。ひと晩経っても、レディ・エディスを妻にしようという決意は変わっていなかった。そもそもひと晩くらいで重要な決断をひるがえした経験はない。やつれた面持ちのジェルヴスが到着したあとは、結婚に際する取り決めについてみっちり一時間かけて検討した。書きあがった契約書は——ジェルヴスが遠慮がちに指摘したところによると——寛大すぎるようだった。

「レディ・エディスは公爵夫人になるんだ」ガウアンは、事務弁護士の探るような視線を意識して言った。「ぼくの妻になるんだぞ。ぼくの死後に彼女が受け取る遺産をけちる理由などないじゃないか。ぼくが生きているあいだも、人生を謳歌できる額を与えたい。ぼくらスコットランド人は、きみらイングランド人のように女性をぞんざいには扱わないんだ。妻とのあいだに娘しかできなかったとしても、その子がぼくの領地の大部分を引き継ぐことになる」

歯をむくような勢いでしゃべっていたのだろう。ジェルヴスがつばをのみ、こくこくとうなずいた。

熱弁を振るっているうちに出発時間が遅れ、ガウアンは毒づいた。二時間後にはロンドンを出て、ブライトンへ向かう街道を進んでいなければならない。なんといっても長机にずらりと並んだ銀行家たちを待たせているのだから。ガウアンは随行者たちに二台目の馬車に乗るよう言いつけ、御者にカーゾン通りのギルクリスト家へ向かうよう指示を出した。

外套を受け取ったギルクリスト家の執事は、伯爵夫人とレディ・エディスはじきにおりてまいりますと言って、応接間の扉を開けた。広々として品のよい応接間は目下、紳士クラブそのものだった。

どちらを向いても男ばかりが花束を脇に置き、談笑している。信じられないことに、ある一角ではひそかにカードゲームが進行していた。見覚えのある顔は半数程度だ。その中にはベックウィズ卿もいて、派手なボタンのついただいだい色の上着でめかしこんでいた。プリムローズ＝フィンスベリー卿もいる。一代貴族ではあるが、メリルボーンに広大な土地を所有している男だ。その手には上品な紫色の小さな花束が握られていた。

ガウアンはいらだちを覚えた。コヴェント・ガーデンへ使いをやって、バラの花か何かを買ってこさせようなどという気のきいたことは、彼の頭をかすめもしなかった。

「ほかのお客様と一緒にお待ちいただけますか？　すぐにお飲み物を持ってまいります」執事が言った。

しかしガウアンは踵を返して玄関へ戻った。

「お名刺をお預かりいたしましょうか？」執事があとをついてくる。

「むしろギルクリスト卿と話がしたい。レディ・エディスはいつ社交界にデビューしたんだ？」

執事は眉をぴくりと動かしたものの、落ち着いた声で答えた。「昨夜でございます。お嬢様にとっては、昨夜がはじめての舞踏会でございました」

彼女をひと目見て、自分の傍らに立つ姿を想像したのは、ガウアンだけではなかったのだ。とにかく、舞踏会に呼ばれた理由がこれではっきりした。あの招待状には、ひとり娘の将来が託されていたのだ。伯爵からの無言の申し出を受ければ、これ以上、ほかの男どもと競う必要もない。

「伯爵と話がしたい」ガウアンはきっぱりと言った。頼むというより宣言に近い。常にほしいものが手に入る身分の者にとっては、どちらでも同じことだ。だいいち人にものを頼むなど、公爵としての威厳を損なうように思われた。

公爵たるもの——ガウアンが思うに——人にものを頼んだりはしない。
ただ、宣言するのだ。
レディ・エディスに関しても、頼んだりする必要はない。ガウアンはそう思った。

2

エディことエディス・ギルクリストを舞踏会の花に押しあげ、キンロス公爵の手を——おそらく心も——勝ち取る原動力となったのは、発熱だった。どうしようもないほどの体調不良に悩まされていなかったら、社交界デビューの舞踏会でこれほどの人気を博すことはなかっただろう。中身をくり抜かれたひょうたんのような気分だったエディは、舞踏室をふらふらとさまよい、微笑むことしかできなかった。あちらでにこにこ、こちらでにこにこ、という具合に。

それが異常なまでの成功を引きよせたのである。

二時間足らずのうちに、結婚市場で人気のある独身男性と片っ端からダンスをし、キンロス卿、ベックウィズ卿、そしてメンデルソン卿とは、それぞれ二回ずつ踊った。途中、継母のライラが彼女の腕をつかみ、レディ・ジャージーがエディを今シーズンでいちばん魅力的なお嬢さんだと褒めていたことを伝えた。〈オールマックス〉のお得意様の中でも女王の座に君臨するレディ・ジャージーは、エディがすでに一九歳で、デビューしたての娘としてはかなり年を食っていることを失念していたらしい。

エディは微笑んだだけだった。まっすぐ立っているのがやっとだった。

翌朝遅くに父親の書斎に入ったときも、エディの頬はドレスと同じくらい白かった。そして彼女の結婚に関する取り決めは、すでに終わっていた。

エディは充血した目を見られないように伏し目がちにたたずみ、話しかけられたら微笑んで〝もちろんですわ、お父様〟と答えた。〝妻にしていただけるなんて身に余る光栄ですわ、公爵様〟とも。

「はっきり言って――」キンロス公爵が去って五分後に、継娘の部屋までつき添ったライラが言った。「あなたの体調不良は守護妖精からのプレゼントね。さもなければ、公爵がつかまるはずなどないわ」

公爵といってもスコットランド人だったが、ライラによれば、スコットランドでもっとも広大な領地を所有しているという事実によって、キンロス公爵はイングランド人と同等と見なされており、今季の結婚市場ではいちばん人気の夫候補らしい。

エディはうめいただけでベッドにつっぷした。頭ががんがんして気が遠くなりそうだった。そもそも婚約者がどんな顔をしていたかすら、よく思いだせない。声はすてきだったけれど、背が高すぎる。本当に大きな人だった。少なくとも赤毛ではなかったような……エディは赤毛の男性が生理的に嫌いだった。癇癪持ちが多いような気がするからだ。

「そこまで言わなくてもいいじゃないの」エディは枕に向かって言った。

「あら、事実だもの。昨日のあなたははかなげで、とても美しかったわ。その長い髪に編みこんだ真珠もよく似合っていた。なんといっても、余計な口をきかずに、ひたすら微笑んでいたのが功を奏したのね。沈黙は金なり、だわ。いずれにしても殿方に対しては」

「公爵って、やや衝動的な面があると思わない?」エディはもごもごと言った。

ライラはカーテンを引いて窓を押し開けた。この部屋はエディのお気に入りだ。広々として風通しがよく、裏庭を一望できる。ただし、継母がその窓枠に腰をおろして両切り葉巻を吸いたがるのには閉口していた。

「わたしの部屋で、胸の悪くなるものを吸わないでちょうだい」エディはきつい調子で言った。「くさいし、だいいちわたしは病人よ」

ベッドにつっぷしたままでも、ライラがまったく聞いていないのはわかった。きっとろうそくの炎で両切り葉巻に火をつけて、窓の外に向かって煙を吐きだしているのだろう。そうすれば部屋の中に煙が入らないと思っているのだろうが、そうはいかない。

「なんだか吐きそう」エディは言って、枕カバーのひんやりした部分に頰を移動させた。

「嘘おっしゃい。熱があるだけで、胃腸の具合が悪いわけじゃないでしょう」

エディはそれ以上言っても無駄だと悟った。「未来の旦那様は、衝動的でなければ間抜けなんだわ。昨夜会ったばかりで求婚するなんて」

「間抜けなんじゃなくて、男らしいのよ」ライラが言った。「決断が早いの」

「愚かなのよ」

「あなたは美しいわ、エディ。それはわかっているでしょう。そう、社交界じゅうが知っている。おそらく彼は、とっくの昔からあなたの評判を聞いていたのよ。艶麗《えんれい》なエディスがついに社交界に登場するのだと、もっぱらの噂だったもの」

「充分な持参金つきでね」エディは自嘲気味につけ加えた。「鼻の形より、そっちのほうがよっぽど重要だわ」

「公爵ですもの。持参金なんてあてにする必要がないわ。彼をつかまえたがっている娘は掃いて捨てるほどいるのよ。以前はスコットランドの娘と婚約していたのですって。オンドリ家《カポン》だったかしら？　それともヤマウズラ家《パートリッジ》だったかしら？　ともかく何か鳥にちなんだ苗字だったわ。その娘が一年前に亡くなって、以来、誰も彼の気を引くことはできなかったの。もちろん、数カ月は喪に服していたのでしょうけれど」

「なんて切ない話でしょう。公爵はたぶん、心の傷を癒やしていたのね」

「わたしの聞いたところでは、ふたりとも揺りかごに揺られているときから許嫁《いいなずけ》だったとかで、とくに親しくする間もなく、相手の娘さんが亡くなったそうよ」

「それでも悲しいことには変わりないわ」

「同情しなくていいのよ。公爵自身が立ち直っているんだから。そうでなければ舞踏会に現れてあなたとワルツを踊り、恋に落ちたりしないでしょう」ライラはそこで言葉を切った。

窓の外に向かって煙の輪を作っているにちがいない。しばらくしてつけ加える。

「むしろロマンチックだわ」

「でも、ロマンチックというタイプじゃなかったように思うの。視界がかすんでいたから、自信はないけれど」

「わたしは彼の顔を見たもの」

「でも、ダンスをしているあいだ、公爵はぜんぜんしゃべらなかったのよ」エディはわずかに顔をずらし、燃えるように熱い頬をひんやりしたシーツにあてた。「お願いだから両切り葉巻を振りまわさないで。煙が部屋に入ってくるじゃない」

「あら、ごめんなさい」

短い沈黙が落ちる。エディはインフルエンザで死ぬのと、顔もよく知らない男と結婚するのと、どちらが悲惨か思案した。

「公爵はどんな顔をしていたの？」エディは尋ねた。「それと、メアリーを呼んでもらえないかしら。頭が割れそうなの」

「わたしが額におしぼりをのせてあげる」

「だめ。そのいやらしいものを吸い終わるまで、あなたは窓辺から動かないで」

「だったらどうやってメアリーを呼ぶの？」

依然ベッドにつっぷしていたものの、エディには、継母が相変わらず葉巻を吸っているのがわかっていた。「あなたって母性に欠けるわね」

「そのとおりよ」ライラが淡々と答えた。「子どもができなくて幸いだったわね」

エディの母親が亡くなったあと、ギルクリスト伯爵は何年も再婚しなかった。ところが三六歳になったとき、ライラに盲目的な恋をした。エディは当初、この継母が好きになれなかった。一三歳の少女にとって、男好きのする継母というのは歓迎できるものではない。父親が二〇歳にも満たない女性と結婚したことも不快だった。

しかし、数年前にライラが泣いているところに出くわした。彼女は跡継ぎに恵まれないことで深く傷ついていたのだ。それ以来、ふたりは急速に親しくなったが、残念なことに、いつまで経ってもライラに子どもはできなかった。最近のライラは平気で葉巻を吹かすし、何かというと捨て鉢な態度を見せる。

「ごめんなさい。そんなことを言わせるつもりじゃなかったの」エディは謝罪した。

「いいのよ。どっちにしても、ひどい母親になったかもしれないし」

「そんなことはないわ。あなたはおもしろいしやさしいもの。葉巻なんて捨てて手ぬぐいを絞ってくれたら、継娘として永遠の愛を捧げるわ」

ライラがため息をついた。

「葉巻は消した？」

「消したわ」しばらくして、エディの肩にライラの指先がふれた。「仰向けになって。おしぼりをのせるから」

エディは素直に寝返りを打った。「あなたも昨日はすばらしくきれいだったわよ、ライラ」そう言って継母を横目で見る。ライラはいつもやせなくちゃと言うが、エディにすれば、丸みを帯びた体つきはそのままで完璧だった。

ライラがにっこりした。「ありがとう。メアリーを呼んで着替えてから眠る？」

「もういいわ」着替えるのもおっくうだから」

ライラは母性に欠けているという言葉を証明するように、おしぼりを継娘の額にのせただけでさっさとベッドから遠ざかった。

「また葉巻を吸うつもり?」

「ちがうわ。暖炉の前に座って、模範的な継母のふりをするのよ。手芸でもしたらなおいいでしょうね。あなたの未来の旦那様が、わたしみたいな女をよしとするかどうかわからないから、訪ねていっても追い返されないように、それなりの雰囲気を身につけないと」

「どうしてそんなことを言うの? 彼は堅物なの?」

「わたしだって昨日会ったばかりだもの。よくわからないわ」

「少なくとも、どんな人かは見たでしょう。わたしとちがって熱もなかったんだから」

「そうね、ちょっぴり頑固かもしれない」ライラが言った。「でも、あなたはお父様の娘だもの。そういうことには慣れているはずよ」

おしぼりから垂れた水滴が首筋を伝った。ひどく火照《ほて》った体には、それすら快かった。

「お父様みたいな人と結婚するのはごめんだわ」

「あら、そこまで悪くないわよ」

「悪いわよ。しょっちゅう家を留守にするし、あなたをどこにも連れていかない。ふたりきりのときはちがうって言いたいんでしょうけど、食事の席で口を開けばお説教しかしないじゃない。わたしは心配なんてちっともかけていないのに。むしろ感謝してほしいくらいよ。

先日あなたのお母様から、ジュリエット・フォールスバリーの話をうかがったの。あの方、従者と駆け落ちしたんでしょう?」

ライラがいたずらっぽく笑った。「あの話はうちの母のお気に入りなのよ。いちばんの理由は、従者のあだ名が長いやつ《ロングフェロー》だったことね。あのね、エディ、少しは反抗してもいいのよ。見ず知らずの人と喜んで結婚するなんて不自然だわ」

「喜んでいるわけじゃないけど……」エディは指摘した。

「反抗もしていないでしょう。旦那様の前でもその調子だと、きっと彼をとんでもない暴君にしてしまうわ」

ライラの物言いにはどこかひっかかるところがあったが、今のエディにはいちいち分析する余裕がなかった。

「わたしも逃げちゃおうかしら。男の格好をしてオーケストラに入るの。想像してみて。世間には、昼間っから音楽を奏でることしかしない人もいるのよ。夜になったらなったでまた演奏。それも観客つきで」エディの頭の中に、バッハの『無伴奏チェロ組曲第一番、ト長調』の出だし部分が流れた。熱があるせいか、アルペジオの音が水面を漂う油のようにゆがむ。

「エディ、わたしが言いたいのはね、もっと自己主張すべきだということ。男の人と一緒に住むのは楽じゃないから」

「わたしが心から望んでいることをお父様が拒んだことは一度もないわ」

「社交界にデビューする年をとうに超えても、家にとどまってチェロを弾くことをお許しになったのは事実ね」

またしてもチェロの音色が思考に割りこんできて、エディの注意を、バッハの前奏曲のさざ波のような和音へ引きよせた。簡単な音階練習のように見えて、実際に弾くと……。

そこへ継母の声がかぶさってくる。「あなたのお父様は、娘を手放すのが怖いのよ。あなたがいなくなったら、誰が一緒にチェロを奏でたり、音楽談義につき合ったりしてくれる？　あなたかわいそうなのはわたしだわ。チェロのうんちくなんてこれっぽっちも興味がないのだもの。演奏を聴くのはいいとしても、楽器について語って何がおもしろいの？　でも、あなたのお父様といるかぎり、運弓法だの、チューニングだのについて、死ぬまで熱弁を振るわれるんだわ」

「お父様とわたしの共通点はチェロだけなの。それ以外のことを話した記憶なんてほとんどないわ。それが今度はあんな、音楽なんて皆目知らなそうな人と結婚しようとしているなんて、われながら信じられない」

本当のところ、これほど具合が悪くなければエディも父に意見したかもしれない。だが、心身ともに弱っている今は、無教養な男との結婚を嘆く余裕もなかった。「目がゆで卵になったみたい」

「かわいそうに。お医者様を呼んでほしい？」

「いらないわ。アヘンチンキを処方されてよくなるとは思えないもの。熱は麻薬じゃ治らないのよ」

「あら、わたしはアヘンチンキって好きよ」ライラが言った。「一度しかのんだことがないけれど、あの宙に浮くような感じと開放感は忘れられないわ。この世に悩みがなくなったみたいだった」

「あなたにアヘンチンキは禁物ね。ミセス・フィッツヒューのように中毒になってしまうわ。『ベルズ・メッセンジャー』紙によると、彼女ったら先日の舞踏会で卒倒して、旦那様に会場から運びだされたんですって」

「それはまずいわね。あなたのお父様が、わたしを担げるとも思えないし」

「おしぼりをもう一度冷やしてもらえる？」

ライラが手ぬぐいを水に浸しているあいだ、エディは差し迫った結婚に思いをめぐらせた。

「キンロス公爵は、唐突な求婚の理由について何かおっしゃっていた？」

「そんなことはきかなくてもわかるわ。恋に落ちたのよ」ライラは即答し、エディの額におしぼりをのせた。「金色に輝く長い髪をひと目見て……もちろんほかの部分だって愛らしいと思ったでしょうけど、ライバルたちを蹴落とそうと決めたんだわ」ライラの口調には何か含みが感じられた。

「ほかにも急ぐ理由があったのでしょう？」

「そうねえ、何か重要な仕事があるみたいだったわ。あなたのお父様と話してすぐにブライトンへ発ったから」

「仕事……」エディは繰り返した。「具体的には？」

「紙幣がどうとか言っていたわよ。でも、あまり考えこまないほうがいいわ」ライラが助言した。葉巻を入れているブリキの箱を開ける音がする。

「詳しく教えてよ」

「どうでもいいじゃないの。もっとおもしろいことを話しましょうよ。キンロス公爵はスコットランドでいちばん広大な領地を持っているそうよ。想像できる？　馬車二台に、従僕を八人も連れてきたんだから。しかもそろってお仕着せ姿だったわ。窓から見たの。あの人と結婚したら、女王様みたいな生活ができるわよ。お父様の話では、公爵はお城に住んでいるんですって」

「お城？」エディはその情報を咀嚼《そしゃく》しようとした。「わたしをお城の女主人に据える前に、馬車でドライブへ連れだすくらいのことはできなかったのかしら。せめて一緒に食事をしてから求婚するべきだと思わない？　音をたててスープをすすったり、鳥の骨にしゃぶりついたりするような女だったらどうするの？　もしかして、お城に隠し子でもいるとか？」

「隠し子がいるとは思わないけれど、重要なのはご両親がそろって他界しているから、気性の激しいスコットランド人の義母と渡り合わなくてもいいというのは確かよ」

「だとしたら、未来の妻への求愛をはしょる理由は何？」

「男性の視点で考えなくちゃ」

「わたしはあなたじゃないもの。男性の視点なんてわからないわ」

ライラはいきなり男性の声音をまねた。「今の結婚市場でぼく以上の夫候補はいない。これという女性がいたら、その娘の父親に幸運を知らせてやればいい」

「なるほど。ありうるわね」

「あなたのお父様は公爵をたいそう気に入っておられるの」

「似た者同士だってこと？　ちっとも慰めにならないわ。結婚式の前にロンドンへ戻ってくる程度の気遣いはあると思う？」

「ブライトンのあとはチャタリス伯爵の結婚式に参加されるそうだから、そこで会えるわ」

エディはうめいた。「花嫁はスマイス－スミス家の姉妹のひとりでしょう？」

「ホノーリアよ。とってもきれいな娘さんじゃないの。才能ある音楽家とは言えないけれど――」

「やめてよ。才能以前の問題だわ」

「そうかもしれない。でも、飛び抜けて感じのいいお嬢さんでもあるわ」

「ハウスパーティーって嫌いよ。練習時間がなくなるんだもの」

3

ブライトンの〈ニュー・スタイン・ホテル〉へ向かう馬車の中で

婚約者に〝衝動的〟というレッテルを張られたまさにそのとき、ガウアンは自分に同じ評価をくだしていた。こんな向こう見ずなまねをしたのは生まれてはじめてだった。過去に、入念な下調べもせずに決断をくだした記憶はない。まして今回の決断は、人生でもっとも重要なもののひとつだ。

よくよく考えてみると、公爵であるガウアンは、自分の手で何かを買い求めた経験がなかった。そういうわずらわしさを避けるために召使を雇っているのだ。買い物にはとくに興味がない。みずから買いつけたことがあるのは馬だけだ。

幸いにも、馬を手に入れるときに悩んだことはないし、不適切な馬を選んだこともない。理想とする雌馬を見れば、繁殖計画のどこに組みこむべきかまで瞬間的にわかった。

未来の妻を馬とごっちゃにするのは褒められたことではないが、レディ・エディスを目にしたときも、即座にこの人だとわかったのだ。彼女と、彼女の子どもがほしいと思った。

今から初夜が楽しみだ。まなざしや言動は控えめでも、彼女の肉体は見事な曲線を描いていた。ほかの娘たちが、布きれをまとった骸骨に見えたほどだった。

骸骨は言いすぎか。もちろんそんなことを口に出しはしない。ただ、ガウアンは女性を見ると往々にして、欠点を探してしまう。

ところがレディ・エディスに関しては、ひとつも欠点が見つからなかった。たしかに名前はいただけない。彼女は繁栄《エディス》と争いどころか天使《エンジェル》と呼ぶにふさわしい。

前の婚約者は、ロザラインという詩的な名前の持ち主だった。子どものときからの許嫁で、はじめて会ったのは、ガウアンが一九歳、ロザラインが一六歳のときだ。ロザラインの成人を待って結婚するはずが、一八歳の誕生日を目前にしてロザラインは他界した。それまでの二年間で彼女に会ったのはたったの二回。あまりロマンチックな関係とは言えない。

「公爵様？」

家令のバードルフが向かいの座席で怪訝そうな顔をしていた。バードルフはもともと父親の下で働いていた男で、父の死後、ワインセラーのワインと同様に、ガウアンが引き継いだのだ。ただしワインとちがって、年月とともに価値を増しはしない。のびすぎた顎ひげなどはヤギにそっくりだ。

ガウアンは相手の話に注意を引き戻した。「なんだ？」

「執行吏の長と鉱山の責任者がもめておりまして、それというのもクリーにあるスズ鉱山の採掘作業で岩盤に亀裂が生じ、それが原因でグラスコリー川の魚が死んでいるとか」バードルフは妙にかしこまった口調で繰り返した。

「だったら採掘をやめさせろ」ガウアンは端的に答えた。「排水の処理ができるまで鉱山は閉鎖とする。あの川の魚に頼っている村が六つもあるのだから」

バードルフは帳簿に注意を戻し、ガウアンはふたたび思索に戻った。

ギルクリスト伯爵の提示した五カ月の婚約期間は妥当に思えた。焦って新婚生活をはじめるつもりはない。他人と一緒に住むのだからある程度の意見の食いちがいは避けられないだろうし、ガウアンはもめごとが嫌いだった。

しかし、レディ・エディスのクリームのような肌を思うと……。いや、クリームは適切な言葉ではないな。あれほど白い肌ははじめて見た。最上級の羊皮紙のようだ。瞳は湖でなければ、糸杉の緑だ。

ガウアンの心に独占欲がわきあがった。もうじき彼女はぼくのものになる。あの夢見るような瞳も、白い肌も、バラ色の唇もすべて……。その代償として提示した金額をバードルフが聞いたら、卒倒するにちがいない。

ギルクリスト伯爵の出した条件はひとつ残らずのんだ。値切るつもりなどなかった。ガウアンに言わせれば、そんなところで出し惜しみをするのは下品だ。

バードルフがまたしても顔を上げた。「公爵様、グラスコリー川にかける橋に関して、ミスター・スティックニー＝エリスとのあいだに交わす契約をご説明いたしましょうか？　先方の作成した契約書が手元に届いております」

ガウアンはうなずき、背もたれにゆったりと体重を預けた。レディ・エディスのことはもう考えるまい。集中力が散漫になる。公爵として、それは許されなかった。彼女を城に迎えた暁には、気を散らされないように充分に気をつけなくては。

祖母が朝から晩まで何をあんなに忙しくしていたのか、正確にはわからない。女の仕事やら……ともかくリネン類や病人や小作人に関係する何かだろう。あのギルクリスト伯爵の娘なのだから、細かく指示をしなくても女主人の務めを果たしてくれるはずだ。

やや頭の固いところはあるものの、ギルクリスト伯爵は常識のある紳士だった。

ふいにバードルフの発言が脳に浸みこんできて、ガウアンは片手を上げた。「二エーカーよりも三エーカーがいい」

家令は主人の発言を書きとめ、残りの部分を単調に読みあげた。

ガウアンは咳払いをした。

「はい、なんでしょう?」

「明日の朝、『モーニング・ポスト』にぼくの婚約の告知が出る。ジェルヴスが用意した契約書については、すでに先方も了承ずみだ」

バードルフはあんぐりと口を開けた。「公爵様、それは――」

「婚約者はレディ・エディス・ギルクリストだ。ギルクリスト伯爵が新聞社に告知の手配をした」

バードルフは頭をさげた。「心からお祝いを申しあげます」

　ガウアンはうなずいて応えた。「伯爵は、五カ月ほどの婚約期間が適当と考えている。結婚にまつわる諸事はおまえにやってもらいたい。ギルクリスト卿の代理と連絡を取ってくれ」

　バードルフはもう一度頭をさげた。「承知いたしました」

「ぼくと公爵夫人の寝室のあいだにある浴室は、結婚式までに改築しろ」

「かしこまりました」

　バードルフは綴じられた書類束を取りだした。

「それでは続きまして、領地代理人から届いたドルビー農場の品種改良についての対策です。ここに血統記録を持参いたしました」バードルフが書類を読みあげはじめた。

　ガウアンは仕事以外のことに心が泳ぎそうになるのを必死でこらえた。いろいろと刺激を受けたせいだろう。新たな経験のあとで心が浮つくのは自然なことだ。

　何より驚きなのは、これまでにない充足感だった。満ち足りた気持ちが、まるで嵐の前の雲のように全身を覆っていく。静かだが、たしかな手応えを持って。レディ・エディスは今やぼくのものだ。あの美しくて魅惑的な女性を、スコットランドへ連れ帰る日も近いことだろう。

　これまでずっと穏やかな家庭を求めつづけていながら、自分でもそのことに気づいていなかった。ガウアンは彼女に対して、欲望よりも大きく深い感情を抱いていた。その正体はわからない。

バードルフが咳払いをした。

「なんだ？」

「先ほども申しあげましたとおり……」

4

　エディがようやくベッドからはいだしたのは、二日後のことだった。ライラの強い勧めで往診を受けたものの、医師からは、常識の範囲内でわかっていたこと――つまり部屋を暗くして寝ていろ、と指示されただけだった。もちろんチェロの練習は禁止だ。

「お父様はわたしの具合を気にしていらした？」朝食をとれるまでに回復したエディは、継母に尋ねた。ライラは部屋着の上にローブをはおっていた。胸元が開いて、滝のように流れ落ちるシルクのひだがのぞいている。クリームをかけたモモのタルトのようだ。

「いいえ」ダイヤモンドの指輪を選ぶほどの真剣さでブドウの房を吟味しながら、ライラが答えた。またしてもおかしなダイエットを開始したらしい。

　エディはテーブルの反対側に座ってチーズを三切れ取り、口に放りこんだ。「薄情ね」彼女の口調は、さして恨みがましそうでもなかった。「ひとり娘がインフルエンザで命を落とすかもしれないのに。ひょっとして、死んでも気づかないんじゃないかしら」

「あら、気づくかもしれないわよ」ライラは念を入れてブドウを眺めまわした。「妻であるわたしが息を引き取っても気づかないでしょうけど、一緒にチェロを弾く相手がいなくなったら、さすがにおかしいと思うでしょう」

「いじりまわしていないで食べなさい」エディはブドウを房ごとつかんでライラの膝に落とした。

父の結婚生活について、エディにできることは限られている。自室に戻ったエディは、熱い湯につかりながらライラの発言を思い返した。

婚約したとはいえ、今の自分は、夫となる人の顔を判別することさえできない。三万ポンドの持参金を持つ貴族の娘ともなれば、いずれは政略結婚をすることくらい、五歳のときからわかっていた。子孫をもうけ、富を分散させないための結婚だ。そもそも夫となる人に対しては、できれば気の合う相手がいい、という程度の期待しか抱いていなかった。

ライラと父のように、感情のもつれにわずらわされるのはまっぴらだ。魅力的なスコットランド訛りを持つ婚約者が、自分と同じく合理的で、常識を備えた人であることを祈ろう。

求愛を省略されたことには腹が立つが、早々に結婚を申しこんでくれたことには感謝していた。ライラの言うとおり舞踏会に出席する前から目星をつけていて、ダンスをしてみて、猫背でも義足でもないとわかったので求婚したのかもしれない。

浴槽に深く沈むと、湯が顎先を叩いた。考えれば考えるほど、そうにちがいないと思えてくる。衝動的な男は好きではない。公爵は理性的な判断をしたのだと思いたかった。

父親とライラを苦しめている、いわゆる感情の嵐だけは、なんとしても避けたい。

ようやく浴槽から出たとき、エディの全身はピンクに染まって、指先がしわしわになっていた。元来の楽観的な性格が戻ってくる。公爵が父のような男なら、うまくあしらう自信があった。

ライラは恋に落ちるという過ちを犯した。おそらく父が、意外なほどの熱情をぶつけて求愛したからだろう。ライラの気持ちがもっと軽いものだったら、ほかの男といちゃついて夫の注意を引き戻すなんて面倒なことはしないはずだ。一方の父も、妻に対する愛情が浅ければ、あれほど怒りはしないだろう。ふたりのようなみじめな事態に陥らないためには、キンロス公爵とのあいだで、大人のつき合いにふさわしい基本ルールを確立しなければならない。

ふたたび彼に会うのを待つ必要などない。この考えを手紙にしたためればいい。

考えれば考えるほど名案に思えてきた。婚約者に宛てて、結婚生活を成功に導くための提言を綴るのだ。彼はブライトンにいるのだから、従僕に手紙を届けさせればいい。郵便馬車を使えば一日で届けられる距離だし、馬車二台と八人の従僕を連れた公爵を見つけるのはそう難しくないだろう。

ゆったりした部屋着を着たエディは、侍女がさがるのを待って書き物机の前に座った。言いたいことを簡潔にまとめなくてはならない。なんといっても夫婦になるのだから、互いを尊重することが大事だ。結婚したからといって、ひとりの時間もたっぷりと持ちたい。チェロの練習の邪魔をするような夫は困る。

書きづらいのは愛人についてだ。貴族の男性の多くが愛人を囲っているようだった。それに対して強い反感はない。そもそも他人同士が――それも権力と金に起因して――立てた誓いなど、神聖とは言えない。かといってライラのように、夫からあからさまに軽んじられるのもいやだった。父など、行き先も告げずにひと晩帰ってこないことさえある。

さらに夫が雇った女性から病気をうつされるのもいやだ。果たして愛人を〝雇う〟と言うのかどうか、定かではないが……。便箋を取りだしたところで、エディは動きをとめた。そういった病気は婚姻関係を破棄する理由になると、はっきり書いたほうがいいだろうか？

しかし、女性関係については父からも話があっただろう。

あとで確認することにして、エディは手紙を書きはじめた。一時間後、便箋二枚が埋まった。読み返してみても、われながらいい出来だ。

丁寧だが率直な文面だった。

夫と妻のあいだでいちばん大事なのは――エディが思うに――正直でいることだ。父がライラに、どうしようもなく愛していることと、彼女が別の男に媚を売るたびに傷ついていることを伝えささえすれば、あれほどこじれることはなかったのだ。一方のライラも、夫の愛情に飢えていて、子どもができない自分に引け目を感じていることを打ち明けさえすれば……。

そうすれば本当の結婚生活が戻ってくるだろう。長年のいさかいが終わる。

エディは呼び鈴を鳴らして執事のウィリキンスを呼び、手紙をことづけて、至急ブライトンへ届けるよう指示した。


翌朝の朝食の席についたエディは、父の結婚生活が一段と悪い方向へ向かったことを悟った。

「お父様は、昨日も帰ってこなかったの？」赤い目をしたライラに声をかける。

ひと粒の涙がライラの頬を滑った。ライラは手の甲でそれをぬぐった。「あの人は、わたしが若くてたくさん子どもを産めそうだから結婚したのよ。子どもができないとわかった今、一緒にいる理由が見あたらないんだわ」

「そんなはずないわ。お父様は男の跡継ぎがほしいなんて、ひと言もおっしゃらないもの。いとこのマグナスのことを気に入っているし」エディは継母にハンカチーフを手渡した。

「ちがう。あの人は子どものできないわたしを憎んでいるのよ」

「憎んでなんかいないわ。そんなに思いつめないで」

「だったらどうして、グライフス卿と浮気をしたと決めつけるの？」

「グライフス卿？　どこからそんな話が出てきたのかしら。たしかにグライフス卿はハンサムだけれど」

「見た目なんてどうでもいいわ。わたし、結婚の誓いを破ったことは一度もない」ライラがしわがれた声で言った。「あなたのお父様が舞踏会にエスコートしてくださらないから、グライフス卿の食事のお誘いを二、三度受けただけよ。ゴシップになっているなんて知らなかった」

「お父様が妬いているのは、グライフス卿があなたと同年代だからではない？　まったく誰がそんな噂話を流したのかしら。不愉快だわ」

「ジョナスはわたしに釈明の機会も与えず、心ない噂を丸のみしたの。それで今は……今は、わたしを徹底的に避けている。田舎へひっこんで、恋人を呼びよせればいいなんて言うのよ。恋人なんていないのに！」ライラは思いきりしゃくりあげた。「もう少し人目を考えろ、ですって」

「くだらない言いがかりだわ。お父様に言ってあげる」

ライラがエディの手首をつかんだ。「だめよ。それはだめ。あなたは娘なんだから」

エディは眉をひそめた。「わたし以外の誰がお父様の目を覚ませると思うの？　そもそもこれは家族の問題でしょう。『ハムレット』にもそんな場面があったじゃないの。家庭教師に何度も読まされたから、ハムレットの嘆きはなんとなく覚えているわ。〝ああ！　ぼくはいい、それを正すために生まれてきたのだ〟とか、そんな感じじゃなかった？」

「娘がそんなことを言ったら、ジョナスはひどく気分を害するでしょうね」ライラがしゃっくりの合間に言った。「だいいち、あなたが何を言ってもわたしをかばっていると思われるだけよ。あの人は、わたしのことをぜんぜん信頼していないの」

エディは立ちあがり、継母の隣に座って肩に手をまわした。「大事なライラ、お父様は愚かだわ。あなたを愛しているくせに。わたしにはわかるの」

「愛しているものですか。昨日、廊下でばったり会ったとき……きみのようなばか女と結婚するんじゃなかったなんて言ったのよ。たぶん、ほかにいい人を見つけたんだわ」ライラの声がまたしてもかすれた。「まちがいない。だって外出したきり帰ってこないんだもの」

しばらくして、ライラが落ち着きを取り戻したころを見計らって、エディは言った。「ちょっと待っていてちょうだいね。すぐに戻ってくるから」

部屋を出たエディは廊下を走った。大事なチェロは、ふだん練習室として使っている予備の寝室に置いてある。彼女はそれを抱えて、さっきよりもゆっくりとライラのもとへ戻った。

ライラは長椅子の端に体を丸め、ときおり肩を震わせていた。

エディは演奏者用の椅子に座って大きく脚を開き、スカートを整えて、脚のあいだにチェロを構えた。この姿勢はとても演奏がしやすいが、他人に見せられたものではない。ただし、ライラは家族なので気にならなかった。

エンドピンがきちんと床についていることを確認して、弦の上に弓を滑らせる。チェロを弾くのは四日ぶりで、いつもに増して音色が胸にしみた。チューニングをしてから演奏をはじめる。八分音符ふたつと二分音符が空気を震わせた。

ライラが声を詰まらせて尋ねた。「それってわたしの大好きな曲?」

「そうよ。バッハのミサ曲、ロ短調『わたしたちに平和を与えよ《ドーナー・ノービース・パーケム》』よ」

穏やかな旋律が、ギレアデの乳香(芳香性の樹脂または香料で、傷を癒すために用いた)のようにライラの傷を癒やす。いつもながら壮麗で、ゆったりとしていて、抑制された喜びのにじむ演奏だった。

何日も練習を休まざるをえなかったとはいえ、エディの指は決してもつれなかったし、弓は完璧な角度で弦の上を滑った。そして彼女が生みだすメロディーには、聴く人の心を揺さぶる力があった。

曲が終わりに近づいたとき、ライラが深く息を吸った。エディは継母に笑いかけ、ふたたび頭を傾げてヴィヴァルディの『四季』から協奏曲第四番、へ短調『冬』を奏ではじめた。体調を崩す前に練習していた曲だ。

演奏に没頭するあまりライラの存在をほとんど忘れかけたとき、扉が開いた。顔を上げると、部屋の入り口に父親が立っていた。

ギルクリスト伯爵は妻を見つめていた。ライラの顔には乱れた髪が張りつき、手にはハンカチーフが握られていた。

エディは危うく父親に同情しかけた。背が高くて肩幅が広く、整った顔立ちをしてはいるが、父は外見について褒められるのを嫌う。見た目に一喜一憂するなど低俗だと思っているのだ。ライラとは正反対だった。

「今のはいい演奏だった」ギルクリスト伯爵が娘に目を移した。「完璧ではないがな。最後の部分はアレグロなのだから、もう少し速く弾かねばならん」

エディはライラを見た。夫の登場に、いっそう小さく体を丸めている。

「しばらく妻とふたりきりにしてくれるかな?」ギルクリスト伯爵は無表情のまま言った。そして次の瞬間、エディの脚に気づいた。楽器を挟んで大きく広げられ、スカートが膝までまくれている。「なんだその格好は。はしたない!」

「お父様」エディはチェロを体から離して立ちあがった。スカートの裾がざっと床に垂れる。エディは弓を脇に挟み、チェロを持ちあげて継母に向き直った。「ライラ、あなたが田舎にひっこんで道楽の日々をはじめるときは、いつでもお供するわ」

ギルクリスト伯爵が娘をにらむ。エディは堂々と父の前を通り過ぎ、部屋を出た。

三〇分後、朝食を――ライラの部屋では手をつけられなかったので、改めて準備させた朝食を――平らげたエディは、バッハのチェロ組曲の練習をはじめた。

いらだちは練習の妨げになる。音が濁るのだ。バッハが楽譜に記したとおりの感情を音にこめられるようになるまで、三度か四度、弾き直さなければならなかった。

区切りのいいところで休憩し、召使が運んできた昼食をとる。そのあとはボッケリーニの『チェロ・ソナタ』を練習した。非常に難しい曲で、何度も中断して楽譜を確認しなければならなかった。

午後四時になると右腕が痛くなったが、エディは深い満足感に包まれていた。

ライラの涙を別とすれば、まずまずの一日だった。

5

ガウアンはあっけに取られて目の前の便箋を見つめた。力強い筆跡で綴られている。これをあのレディ・エディスが書いたというのか！

ガウアンの祖母は繊細な字を書く人で、彼女からの手紙にはいつも、ところどころに飾り書きが入っていたものだった。ところが今、目にしている手紙には飾りなどかけらもない。

ガウアンは目を細めた。

これは本当に女性の書いた文章だろうか？　あまりに直接的で、押しが強すぎる。舞踏会の可憐な花が――公爵の求婚を承諾したと父親に告げられて、控えめに目を伏せた娘が――したためたものとは信じられなかった。レディ・エディスが誰かに異論を唱えたり、反抗したりするところなど想像もつかない。

改めて手紙を手に取ってみる。いや、反抗的というのとはちがうな。これは……。

そう、まるで契約書だ。〝提案します〟という表現がまさに〝要求します〟という意味で使われている。

〝愛人を囲う、または、それに類する放蕩行為は、必要な数の跡継ぎができ、その過程において生じる夫婦関係が解消されるまで、慎んでくださるよう提案します。子どもの正確な数については、友好的な話し合いのもとに決定するものとします。親密な行為により、感染する病をうつされたくないのです〟

すでに四度も読んだ段落を、もう一度読み返してみる。それに類する放蕩行為だと？　愛人？　夫婦関係が解消する？　解消するとしたら、それはぼくが死んだときだ。これまでそういった行為を慎んできたからといって、興味がないわけではない。むしろ強い興味がある。ベッドで試してみたいこと――もちろん相手は妻だが――は増える一方だった。しかし妻は、そういった行為を計画的に消化するものと見なしているらしい。しかも必要最低限の回数で。

〝肉体関係についてはほとんど興味がありませんので、その点についてはご心配はいりません〟

まるで修道女ではないか。まあいい、この記述にはこだわるまい。肉体関係に興味を抱かせるよう導いてやればいいのだ。時間は一生分ある。

ところが、次の提案はとても無視できなかった。

〝三年が経過するまで――五年ならなおよいのですが――跡継ぎをもうけるのは待つことを提案します。わたしたちは若いですし、生殖能力が衰える心配はありません。わたしはそういった負荷に対する心の準備ができていないのです。率直に言って、単純に時間がありません〟

ガウアンは最後の一文を長々と見つめた。彼女は子どもがほしくないのか？　子どもの世話をする暇もないほど、一日じゅう何をするつもりなのだろう？　ガウアンはすぐにも子どもがほしかった。半分血のつながった妹のスザンナは五歳なので、弟か妹ができれば喜ぶだろう。

時間がないというが、五年経ったところで、公爵としての役目が減るわけでもない。ただ、次の段落は気に入った。

〝あなたは多岐にわたる重い責任を負っていらっしゃることでしょう。よって、日中は互いに干渉しないよう提案します。人生における重大な不幸は、妻、または夫が相手に依存しすぎることに端を発するものです。このようなことを書いたからといって、侮辱されたと受け取らないでください。わたしたちはまだ、互いのことをまったく知らないのですから。わたしはただ、幸せな結婚生活を送りたいのです〟

これについては賛成だ。

ただ、なんとなく腹が立つ。いや、なんとなくどころではない。ものすごく腹だたしい。ただし、自分が似たような手紙を書くとしたら——こういったことをいちいち文字にするとどうにも味気がなくなるので、実際は書くはずもないが——まったく同じ段落をもうける可能性が高かった。

少なくとも似たようなことを書くはずだ。

ところが最後の部分を読んだガウアンは、便箋に向かって歯をむきそうになった。

〝最後になりますが、あなたが迅速に求婚してくださったことに感謝しております。はじめは戸惑いもありました。しかしよく考えてみると、本件に関しては、あなたの判断が正しいのだと思うようになりました。あなたの結婚観はわたしのそれと同じなのではないでしょうか。つまり結婚とは、血統と社交界全体の利益のために交わされる契約だと考えておられるのではありませんか？　人生における大切な吉事であり、夫も妻も相手の差しだすものに満足していなければならないと。結婚が、節度のない感情の言い訳となってはなりません。わたしは家庭内のいさかいがこの上なくいやなのです。結婚の誓いを口にする前に、互いの要求をはっきりさせておけば、あらゆる形の不快な衝突を避けられると考えております〟

つまり、彼女はぼくのことを愛してもいなければ、今後愛するつもりもなく、結婚において愛は重要ではないと考えているのだ。

強い怒りがわきあがった。怒る権利などないことはわかっている。求愛を省略したのは自分だ。応接間いっぱいの男たちに背を向けて、単刀直入に言えば、金で話を通したようなものだった。

にもかかわらず、侮辱された気分だった。

いや、ちがう。ぼくの感情はこんなことで傷ついたりしない。

おまけに彼女の手紙はそこで終わったわけではなかった。

〝お返事をいただけたらとてもうれしく思います。あなたにも提案したいことがあるでしょうし、それらについて、わたしも検討したいのです〟

検討だと？

今度こそ、激しい怒りで胸が破裂しそうだった。ぼくの提案を検討して、気に入らなければ拒絶するつもりか？

そもそも提案などするわけがない。ガウアンは泣く子も黙る公爵だ。提案ではなく、命令するのだ。

ガウアンは怒りをあらわにするほうではなかった。片眉を上げるだけで相手を縮みあがらせ、ひと言発すれば、誰でも牢屋へ投げこむことができる。もちろん実際にそうしたことはないし、これからもしないだろう。それでもガウアンには、物事の流れを根底から覆すほどの力があった。

おまけに、怒りを表現したところで、たいして得るものはないばかりか、みっともない思いをすることのほうが多い。

しかし今、激しい怒りが腹から脳天へ突き抜けていた。レディ・エディスの手紙は無礼そのものだ。ガウアンの身分や人柄、そして彼女に対する思いを踏みにじるものだった。ガウアンは便箋をつかんだ。力任せに羽根ペンを突きたてたせいで、便箋が裂ける。

せっかく公爵夫人にしてやろうというのに。それもそんじょそこらの公爵ではない。キンロス公爵夫人に……スコットランドでもっとも古く、栄誉ある一族に、女主人として君臨する機会を与えてやろうというのに。ちなみにキンロス家を、イングランド女性が仕切ったことは一度もない。ただの一度も。

おそらくそれなりの理由があってのことだったのだろう。

ガウアンは便箋を取りだして、さっそく返事を書きはじめた。

〝レディ・エディス
スコットランド人気質のせいで――〟

だめだ。不幸にもスコットランド人でないからといって、彼女に引け目を感じさせたくはない。それはレディ・エディスの落ち度ではないのだから。そもそもイングランド貴族の娘を選んだのはぼくだ。彼女の生まれにけちをつけるべきではない。

ガウアンは大きく息を吸った。彼が婚約者に選んだのは、ヤマネほどのユーモアしか解さない、実用第一主義の女性らしい。しかし、彼女にユーモアがあるかどうかを確認してから求婚したわけではない。深い緑色をした瞳をひと目見て、一国の王女をもらい受けるような条件を提示してしまった。

軽率だったのかもしれないが、もう手遅れだ。気難しくて、子ども嫌いの、官僚みたいな女性を選んでしまったのだ。

ところが魅惑的な曲線と謎めいた瞳が脳裏をよぎると、全身がいっきに緊張した。ベッドの中以外は、離れて暮らすのが正解かもしれない。

ガウアンはもう一度、羽根ペンを手にした。

〝レディ・エディス

手紙をありがとう。率直な意見を聞けて光栄に思う。ぼくも端的に書くので、気を悪くしないでほしい。きみとの結婚に関して、ぼくの提言は次のとおりだ。

一、ぼくは九〇歳——最低でも八五歳——になるまで、毎晩きみのベッドで夫の務めを果たすつもりでいる。

二、スコットランドでは、日時計のみだらな指は常に正午の急所をいじっている。これが活動を中止するのは、たったひとつの場合だけだ。
三、ぼくが愛人を囲うとしたら、それはきみが恋人を作ったあとで、それ以前にはありえない。
四、子どもは神の意志で授かるものだ。きみの提言が、個人的な部分にブタの腸をかぶせろという意味なら、到底受け入れられない。
五、きみは錯乱しているのか？　それが知りたい。すでに婚約の書類に署名をしたのだから、今さら自由を乞うつもりはない。この質問は、純粋な好奇心の表れと理解してくれ〟

ここまで皮肉っぽい文章を書いたのは生まれてはじめてだった。公爵たる者、とくに親しい相手を除いて、皮肉をこめた手紙を書く機会はない。さらにガウアンには、親しい相手があまりいなかった。

実際、ファーストネームで呼び合うのは、近々、結婚式に招待されているチャタリス伯爵を筆頭に数えるほどしかいない。チャタリスとは、どちらも注目を浴びるのが好きではないという点が一致して友人になった。何年も前、まだガウアンの父親が生きているころ、夏にハウスパーティーへ連れていかれ、大人を喜ばせるために子どもが余興をやることになった。ガウアンはチャタリスと一緒に、ダンシネイン城へ詰めよってマクベスを驚かせる木の役を演じた。それ以来、暗黙のうちに、気を許せる相手として認め合っている。

手紙の最後に正式な肩書きをつけて署名をする。クレイギーヴァーのガウアン・ストートン、キンロス公爵、マコーリー・クランの長、と。

それからめったに使わない蠟を取りだして、手紙に封をし、公爵家の指輪で印章を入れた。なかなか見栄えがする。

公爵らしい。

これでよし。

6

エディの父親と継母はどうやら和解条約を結んだようだったが、それは凍っていた食事が冷めた食事になった程度の和解だった。

「まだベッドをともにしてはくれないの」

数日後、昼食の席でライラが言った。ギルクリスト伯爵も一緒に食事をとる予定だったのに、まだ食堂に姿を現してはいなかった。

エディはため息をついた。親の夫婦生活など知りたくもない。しかし自分が話を聞いてやらなければ、ライラにはほかに相談する人がいない。

「例の件でわだかまりが残っているの？　お父様の目を盗んで、グライフス卿とそういう関係を結んでいると思われているということ？」

「グライフス卿の件は、わたしの言い分を信じるそうよ。でも、見てのとおり、いまだに家で眠ろうとしないのよ」

ちょうどそのとき、手袋をしたウィリキンスが、小さな銀のトレイを運んできた。

「ああ、よかった」ライラが言った。「ラットランド将軍からレビューの招待状が届いたのね。ミセス・ブロッサムが、わたしをボックス席に入れてくださるっておっしゃったの」

「こちらはエディス様宛でございます」執事はそう言ってテーブルをまわり、エディの脇に立った。「朝、従僕に持たせた手紙の返事でございます」

エディは手紙を手に取った。厚手の紙を使った便箋は見るからに上質なもので、赤い蠟をたっぷり使って封印がしてあった。

「キンロス公爵から？」ライラはそう言ってフォークを置いた。「婚約者同士が文を交わすのはいけなくはないと思うけれど、これがわたしの母なら……」

ライラはまだ話しつづけていたが、エディは構わず封を切って手紙を読みはじめた。しまいまで読んで、はじめからもう一度目を通す。〝ベッドで夫の務めを果たす〟というくだりまできて、エディは鼻を鳴らした。九〇歳ですって？　父など、まだ四〇かそこらであのていたらくなのに。

愛人に関する彼の答えは、あらゆる女性が満点をつけるだろう。しかし〝ブタの腸〟はどういう関係があるのだろう？

とくに念を入れて読み返したのは、四項目と五項目だった。未来の伴侶はユーモアを解する人物にちがいない。彼の皮肉を、エディは好ましく思った。好ましいどころか、刻一刻と近づいてくる結婚を、これまでとはまったくちがった視点で見られるようになった。

「彼はなんと書いてきたの？」ライラが尋ねた。テーブルに肘をつき、手で額を支えるようにしている。「頭が割れるように痛むの。字なんて読めそうもないから、内容だけ教えてちようだい」

「九〇になるまでシーツにくるまってダンスを踊るつもりだと大見えを切っているわ」

「つまり外見ほど堅物じゃないということね。というより、完璧じゃないの。あなたのお父様とは正反対だわ」

エディは手紙をたたんで脇に置いた。恋文とは言えないが、未来の夫からのはじめての手紙だ。大切に取っておこうと思った。そして返事を書こうと。

「ねえ、ライラ、お父様と理性的に話し合ったらどうかしら？　これから先、不調和を避けるためにはどうすればいいかも含めて」

ライラはわずかに顔を上げてエディをにらみ、すぐにうつむいた。

「そういう言い方をするとお父様にそっくりよ。いかにも口やかましそうだわ」

「本当に？」父に似ていると言われて、うれしい気はしない。「ごめんなさい」

「話し合ったところで解決はしないわ。わたしたちはもっと親密なところで意思疎通をするのよ。つまるところ、最近はまったく意思疎通ができていないってこと」

「そういうあなたなら〝日時計のみだらな指〟が何を暗示しているかわかる？」

「さっぱりだわ。それにしても、婚約者が下品な手紙をよこしたと知ったら、お父様は喜ばないでしょうね。まさか不適切な行為をほのめかされてはいないでしょうね？」

エディは思いきり口角を上げた。「公爵が、〝日時計のみだらな指は常に正午の急所をいじっている〟と約束したことは、お父様には伝えないほうがいいと思う？」

ライラがふたたび顔を上げた。「急所と書いてきたの？　手紙に？　暗喩ではなく？　正午の〝急所〟と？」

「ええ」エディは便箋を開いて該当部分を声に出して読んだ。読めば読むほど好感がわいた。舞踏会の夜も熱さえ出ていなければ、公爵との出会いを楽しめたかもしれない。ただ、彼が口数の少ない自分を気に入ったのではないかと思うと複雑な気分だった。ふだんの彼女は、とりたてて静かとも言えないからだ。

そのとき扉が開いて、ギルクリスト伯爵が登場した。

「遅れてすまない」そう言って席についた伯爵の膝に、従僕がリネンのナプキンを置いた。

「レディ・ギルクリスト、ご機嫌はいかがかな？」

「頭痛がするの」ライラが答えた。「ジョナス、あなたが選んだ婚約者は、エディにみだらな手紙を送ってきたのよ。あの人は――」

「そんなことはないわ」エディが口を挟んだ。「キンロス公爵は、わたしが送った手紙に対して相応の返事をくださっただけよ」

ギルクリスト伯爵が目を細めた。「おまえから公爵に手紙を差しあげるなど不適切だ。知りたいことがあるなら、私を経由してきけばいい」

「それはそうかもしれないけれど、あなた宛に日時計だの、正午の急所だの、書けるわけがないわ」ライラがからかう。

「なんだと？」

そのたったひと言で、ギルクリスト伯爵が非常に憤慨しているのが伝わってきた。

「キンロス公爵は、ご自分の国についてお書きになったのよ」エディは答えた。「スコットランドでは日時計のみだらな指は常に正午の急所をいじっているのですって」

驚いたことに、父親の顔から怒りが消えた。

「シェイクスピアの引用だな」フォークを取って言う。「不名誉な登場人物が発した不愉快な台詞ではあるが、シェイクスピアにはちがいない」

「それで、どういう意味なの？」エディが言った。

「わからなくて当然だ。そういった語彙は、育ちのよい若いレディが習得すべきものではないからな」伯爵はフォークを置いた。「娘よ、結婚の前に言っておこうと思っていたのだが、スコットランドで生活する以上、これまでよりも野卑な環境に置かれることを覚悟しなさい」

「つまり、みだらな指というのは、野卑な言葉なのね？」エディは、男女の営みについて基礎的な知識がごっそり抜けていることを自覚していた。

「何度も繰り返すな」伯爵が怒鳴った。「レディが口にすべき表現ではない」

ライラが顔を上げた。瞳にいたずらっぽい光が浮かんでいる。結婚当初のように。

「がっかりするでしょうけど、ジョナス、女性というのはその部位について日常的に話すものなのよ。話題としている部位の大きさによって、ダーツの矢とか針とか言うの。その下がピンね。もちろん、ピンと形容するのはこれ以上ないほど残念な状況に限るけれど。槍の場合もあるわ」ライラは目にかかった髪を払い、夫を怒らせることに成功したかどうかを確かめた。

大成功だ。

「耐えがたいほど下品だ」伯爵はきしるような声を出した。

「剣とも言うし、道具《ツール》に、鉤つきの斧なんていうのもあるわ」ライラはますます調子にのって続けた。「エディも既婚女性になるのよ。子ども扱いはできないわ」

エディは心の中でうめいた。父とライラは泥沼に向けて急降下している。父は清教徒と結婚するべきだったのだ。

幸いにも、キンロス公爵は堅物ではなさそうだった。勇気を出して槍についての冗談を言ったら、笑ってくれるような気がする。ただ残念なことに、そもそもエディには彼の冗談が理解できないかもしれない。とくにそれがシェイクスピアの引用だった場合には。文学は苦手だ。本を読む時間などなかった。

「ちなみにどの戯曲からの引用なの？」エディは尋ねた。

「『ロミオとジュリエット』だ」

キンロス公爵に返事を書く前に、ちょっと芝居を観てみよう、とエディは思った。芝居なら最後まで起きていられるかもしれない。

「話題を変えましょう。今日は本当に具合がよくないの。癌か結核ではないかしら？」ライラが言った。「あまり重症ではないけれど。朝食のクランペット（厚みがあり、もちもちした食感のパンケーキ）を見て、気が遠くなる程度の……」

「きみは——」伯爵はそこで口を閉じた。

父が後悔するような発言をする前に、エディは余計なお世話かもしれないと思いつつ、会話を継いだ。

「キンロス公爵に再会するのがとても楽しみだわ」

父親が思いつめたような目をしてライラを見ている。気のせいだろうか？　いつもなら、ライラの無防備で衝動的な発言をいちいちあげつらうのに。

「言うまでもなく、私としては、おまえと公爵の幸せを祈っている」伯爵が言った。

「赤ちゃんの誕生が待ち遠しいわ。たくさん産んでね」ライラが言った。

そのあとに落ちた沈黙があまりに重苦しかったので、エディは立ちあがり、もごもごとあいさつをしてその場から退散した。

結婚当初、ライラと父が愛し合っていたのはまちがいない。ところが父は、かつてあがめていたライラの言動を非難するようになった。ふたりの周囲には、常にとげとげしい雰囲気が垂れこめている。

ともかく、自分と公爵はそんな事態を避けなければならない。少しは——いいえ、必要ならいくらでも——論理的に話し合おう。

7

ガウアンはロンドンからの手紙が届くのを待って時間を無駄にしたりはしなかった。返事を待つなど、いかにも女々しくて男の沽券にかかわる。レディ・エディス宛の手紙はいちばん信頼のおける従僕に持たせ、返事をもらってこいと指示しておいた。ロンドンとブライトンの往復にどのくらいかかるかわかっているのだから、この件についてこれ以上考えても無駄だ。

それでも……。

これまで二二年間というもの、ガウアンは低俗な感情――つまり欲望――を比較的容易に制御してきた。金で親密さを買う行為は軽蔑しているし、既婚女性からの魅惑的な誘いも、紳士の名誉にかけて断ってきた。何より当時は、相手が成人に達するのを待っていたとはいえ、婚約者がいた。もちろん健全な男としての欲望はあるが、それに屈したことは一度もない。

レディ・エディスに出会うまでは。

今は暴れ馬にまたがったも同然で、性的欲求が手に負えないほど膨張しつつある。よく熟れた肢体が自分の体に巻きつく夢を見て、目が覚めることもしょっちゅうだ。気を許すとすぐ、牧師が青ざめるような妄想の世界に迷いこんでしまう。

自分でもどうにもならないのだ。論理的な思考を必要とする場面、そう、今のような場面でも。

ガウアンとバードルフは目下、〈ニュー・スタイン・ホテル〉の専用談話室で仕事をしながら、〈ポンフリー銀行〉に銀行家たちが再招集されるのを待っていた。ガウアンは書類に署名をする傍ら、バードルフが読みあげる領地管理人からの報告を聞いた。

目の前に置かれた書類に機械的に署名しつつ、クランの長が何世代にもわたって寝起きしてきたクレイギーヴァー城へ、妻を連れていく場面を想像する。先祖たちが結婚の誓いをまっとうしたベッドに、彼女を横たえるところを。

レディ・エディスを仰向けに寝かせたら、あの長い髪がシーツの上に中国産のシルクのように渦を巻くだろう。ぼくは上から覆いかぶさって、むきだしの肩に手を滑らせてクリームのような感触を楽しみ、取りつかれたようにキスをするのだ。すると彼女が少し目を開ける。情熱にけぶる瞳に体じゅうの細胞が雄叫びをあげる。〝この女はぼくのものだ〟と。そして彼女は――。

バードルフが意味ありげな咳払いをしたので、ガウアンは現実の世界に引き戻された。

ズボンの前がこれ以上ないほど張っている。人生いちばんの勃起だった。前に机がなかったらと思うとぞっとする。

ガウアンはゆっくり手をのばし、署名を待っている手紙を引きよせた。

「チャタリス家の結婚式か」文面に目を落とす。ややしわがれてはいるが、落ち着いた声が出たことにほっとした。

バードルフがうなずいた。「贈り物として、シカ肉と十二羽分のガチョウ肉をクレイギーヴァーから発送しておきました。そちらの手紙は、チャタリス様の屋敷であるフェンズモアに、期間を延長して滞在する招待を受けるものでございます。私が思いますに、招待客リストがあまりに長いため、招待客の大部分は付近の宿屋に宿泊することになるのではないかと」

ガウアンは羽根ペンをインク壺につけた。便箋の上で動きをとめる。ペン先から大きな滴がぽたりと垂れて、便箋にしぶきが飛んだ。バードルフの口から、乾燥した枝を踏んだような声がもれた。

「そういうことなら随行員の数は絞ろう。おまえとサンドルフォードとヘンドリックだ」ガウアンはそう言って、書き直しとなった便箋を押し戻した。「昨日の夜、ウエスト・ライディングの織物工場に関するヘンドリックの調査報告書を読んだので、それについて話し合いたい。ケンブリッジに到着後、おまえたち三人はロンドンへ戻って構わない。サンドルフォードには、バーミンガムのガラス製照明器具の製造所に投資すべきかどうか意見をきくつもりだ。そのあとは王立取引所へ帰していい」

「加えて、従僕を全員連れていきましょう」バードルフがひとり言を言いながらメモを取った。「馬車は四台よりも三台がいいでしょう。公爵様のシーツ類や食器は移動中に必要なだけで、おそらくフェンズモア館では用意していただけるでしょうから」

ガウアンは立ちあがった。「乗馬に出る」

バードルフがいつものように眉をひそめた。「目を通していただきたい手紙があと一四通もあるのですよ、公爵様」

ガウアンは家令の抗議を無視して、大股で部屋を出た。いつになく力がみなぎって、じっとしていられなかった。ロマンチックな言葉と奔放なイメージが心の中で渦を巻いている。レディ・エディスを森へ連れていき、スミレの咲く野原に白い布を敷いて、その上に寝かせたかった。屋外で彼女の声を、悦びにむせぶ声を、小鳥のさえずりのような声を聞いてみたかった。そして……。

とても仕事などする気分ではない。息苦しい書斎であと一四通も手紙を読んで、長たらしい署名をするのはごめんだ。

レディ・エディスはユーモアを解さないヤマネなんだぞ、と自分に言い聞かせても、猛る心はおさまらなかった。率直に言えば、彼女に関する妄想に、ユーモアを要するものはない。ガウアンの頭には豊かな想像が庭園のバラのように咲き乱れていて、そのひとつひとつが、彼女の手紙からにじみでる知性に呼応していっそう艶やかな輝きを放った。

彼女の上に贈り物の雨を降らせたい。しかし何を送っても足りないように思える。天の刺繍を施した、金と銀の光で織った布があるなら、それを優美な足元に……。

いや、やはり布の上に彼女を横たえるほうがいい。トロイのヘレンのようにうやうやしくあがめて……。

ああ、ぼくの頭はどうかしてしまったにちがいない。

ほんの一時間しか一緒にいたことのない女性を形容する言葉が、次々とわいてくる。

その夜ガウアンは、金を溶かしたような髪を腰のあたりまで垂らしたレディ・エディスが、自分に向かって両腕を広げる夢を見た。

「愛しい人よ」夢の中でガウアンは言った。「ぼくの心は、きみの巻き毛に絡め取られてしまった」自分の声で目が覚める。

寝言を言ったのだ！

ぼくはいよいよ正気を失ってしまった。

その理由はわかっている。あまりに長く女性を遠ざけていたせいだ。健全な男に禁欲はお勧めできない。すっかり頭の回転が鈍くなってしまった。なんの準備もなく舞台の上に放りだされて、どうすればいいかわからずにおたおたしている三流役者になった気分だった。

ちくしょう。

そのとき、手紙が届いた。

〝公爵様

夫婦生活における行為についてのあなたのお返事を読み、うれしく思いました。女神があなたにさまざまな資質を奮発したのは、多くの女たちを悦ばすためでしょうに、くだんの行為を六〇年分ほど、わたしのためだけに取っておいてくださるなんて、たいへん光栄です〃

ガウアンはその段落を三回読んでから、のけぞって笑った。レディ・エディスは、彼の引用がシェイクスピアだと気づいて、同じく引用で返してきたのだ。

〃この手紙をしたためながら、あなたはわたしのことを誤解していらっしゃるのではないかと心配しております。社交界デビューとなった舞踏会の日、わたしは静かでしたが……あれはあまりに体調が悪く、話す気力がなかったせいなのです。継母であるレディ・ギルクリストにこの件を相談したところ、結婚前の男女が互いの性格を探り合うのはよろしくない、と言われました。しかし、彼女はわたしの父とほとんど口をきかないのですから、幸せな夫婦生活について信頼のできる情報筋とは言いがたいでしょう〃

妻をひと目見てその気質を読み取れないのであれば、この世の時間を費やしても、それ以上に理解が深まることはないだろう、とガウアンは思った。それにしても、レディ・エディスが体調不良だったとは。

〃また、わたしはとくに錯乱していない、ということもお伝えしておこうと思います。ただし、錯乱していたとしても正常だと主張するでしょうから、公爵様としてはそのままお信じになるわけにもいかないでしょうね。わたしの判断力、もしくはその欠如については、次にお目にかかる機会、つまりチャタリス家の結婚式までお預けとするしかありません。あなたは錯乱していないわたしを、そして残念ながら、舞踏会のときのようにおしとやかではないわたしを発見することでしょう〟

活き活きとした文章を読んでいると、まるで彼女が目の前で話しているような気がした。ただし、どんな声をしていたのかはさっぱり思いだせない。病気でない彼女に早く会いたかった。

しばらくのあいだ、さざ波のようにステップを踏んでいた清らかな天使の姿を思い浮かべてから、そのイメージを脇へ押しやる。穢れなき天使より、夫のことを、女神が世の女たちのために地上へ遣わしたと書く女性のほうがいい。おとなしいヤマネは扱いやすいだろうが、きっと退屈だろう。

〝それから、エディスという名は響きが悪いと思いませんか？　わたしはエディスよりもエディと呼ばれるほうが好きです。未来の妻より、あなたの幸運を祈って。わたしには、あなたの健康をお祈りする充分な理由がありますわね。六五年――もしくは七〇年！――の幸福な夫婦生活のためですもの。エディより〟

8

ケンブリッジシャー
フェンズモア館
チャタリス伯爵の本宅

エディは自分の言動がいつもとちがうことに気づいていた。ふだんなら、楽譜を前にしたときか、父とライラの口論を目の当たりにしたとき以外、強い感情をかきたてられることはない。感情を抑制するのは彼女の特技だった。

ところが今、一時間もしないうちに応接間でチャタリス伯爵とその婚約者、そして招待客と合流し、その後に夕食をとるのだと思うと、緊張で胃が痛んだ。この感覚をどう言い表せばいいのだろう。高ぶる感情が皮膚を破って噴きだしてきそうだ。いらいらして、とても落ち着いて座っていられない。

客室の中を歩きまわりながら、エディは侍女が差しだすドレスを次々に却下した。いつもは着るもので頭を悩ませたりしないのだが、だからといって、男を骨抜きにするドレスの威力を知らないわけでもない。

昨日、メアリーがフェンズモア滞在中に着るドレスを旅行鞄に詰めたときは、たいして注意を払っていなかった。ボッケリーニの楽譜に心を奪われていたせいだ。しかし、フェンズモア館に到着してホノーリア・スマイス－スミス――じきにチャタリス伯爵夫人になる女性――から、キンロス公爵はすでにお見えですと告げられたとたん、何を着るかがたまらなく気になりはじめた。

公爵は夕食の席にいるだろうし、彼に会うのは実に求婚されて以来だ。いろいろ考えはじめると、またしても熱が出そうだった。

まともな女なら、ランプを持たないウェスタの乙女（女神ウェスタに仕え、神殿の聖火を守った六人の巫女）のような装いで、未来の夫に会いたいとは思わないはず。ところが、裾に控えめなフリルがついた白いドレスでは、どうやってもウェスタの乙女を連想させる。

公爵からの手紙を読むかぎり、彼は大胆で官能的な妻を欲しているように思えた。〝みだらな指〟などという表現を平気で口にするような女性だ。エディは何より、公爵に好ましい相手だと思われたかった。欲望さえ感じてほしかった。再会の場面で、日時計のみだらな指が正午を指さなかったら屈辱的だ。

彼を骨抜きにしたかった。

ただし、なんとも間の抜けたことに、招待客の中から彼を識別する自信がない。長身でスコットランド訛りがあることはわかっているものの、顔はまったく覚えていないのだ。

それでもあんな手紙を書く人なのだから、笑いを含んだ瞳をしているにちがいないと思った。いやらしくもなければ、放蕩者のようにだらしない顔つきでもなく、情熱的な瞳をしているはずだ。

荷造りしたドレスを一着ずつぜんぶ広げさせて、どれも冴えないと却下したあとで、ついにエディはライラを呼んだ。

「あなたのドレスを借りてもいいかしら？」ライラが客間の入り口に現れるとすぐにエディは言った。「わたしのドレスはどれもだめ。あんなのを着たらおもしろみのないおばかさんに見えてしまうわ」

「未婚の若いレディは色味の薄いドレスを着なければならないことくらい、あなただって百も承知でしょうに」ライラが部屋を横切り、窓を押し開けた。

「葉巻はやめて」エディはきっぱりと言って椅子を指さした。

ライラがため息をついて椅子に腰をおろす。

「もう既婚者も同然よ。キンロス公爵がいらっしゃっているのに、つまらないドレスは着られないわ」うまく言葉にできないが、公爵に再会したときに彼が落胆の表情を浮かべたりしたら、恥ずかしさのあまり死んでしまいそうだった。エディは、彼が求婚したのは本来の自分ではないのではないか、という懸念を捨てきれずにいた。

「あのね、わたしとあなたじゃ大木とヤナギよ」ライラが諭した。「あなたの言いたいことがわからないわけじゃないのよ。むしろよくわかるわ。あなたの目や髪の色は、淡い色のドレスでは引きたたないものね。でも、そうだとしても、わたしのドレスをあなたにぴったりに仕立て直す時間なんてないわ」

「背丈は同じくらいでしょう。それに腰まわりはともかく、胸の大きさだって同じだわ」

「わたしの場合はお尻も胸も、大きすぎるのよ」

「あなたがそう言うのは自由だけれど、わたしは自分の胸が気に入っているわ。だいたい同じ大きさなんだから、どのドレスだって着られるわよ」エディは粘った。「わかるでしょう、ライラ？　キンロス公爵とはある意味、初対面なの。彼が理性的な考察に基づいて妻を選んだことには感謝しているけれど。本当よ。賢明だと思っているの」

ライラがくるりと目をまわした。「理性的な考察に基づいて結婚するなんて、ばかみたい。あなたのお父様がおっしゃっていたのだけれど、前の奥様が亡くなったあと、次の伯爵夫人に必要な資質を六つ挙げたんですって。わたしはそのうちの五つを満たしたわ。それなのにこのありさまよ」

「六番目はなんだったの？」

ライラは椅子から立ちあがり、エディが放ったドレスのほうへ歩いていった。「言うまでもなく、誠実さね」そう言ってドレスをひっくり返す。「それから一二人とは言わないけれど、一〇人は跡継ぎをこさえる能力かしら。この緑色のドレスはどうなの？　白いドレスよりはましじゃなくて？」

「あなたとお父様は好き合っているじゃないの」緑色のドレスのネックラインになんとか色

気を添えようと虚しい努力をしているライラを無視して、エディは言った。「あなたたちに足りないのは――」

「愛情ね」ライラがあとを続けた。それから思いきりよく胸元のレースを引き裂いた。

「そんなはずないわ。愛情はあるはずよ。もっと話をすればいいだけだと思う。ともかく、あなたの不運は脇に置いておくとして、わたしは幸せな結婚生活を送りたいの。キンロス公爵にしおれたユリみたいには見られたくないのよ」

「あの手紙からして、その心配はないでしょう」ライラが指摘した。「あなたのお父様がシェイクスピアの名言集を持っていてよかったわね。公爵はあなたのことを、シェイクスピアの全戯曲を読破した文学かぶれだと思ったかしら?」

「もうじきちがうことがわかるわ。ライラったら、ドレスをだめにしちゃったじゃないの」

ライラは白いレースから解放された緑色のドレスを掲げた。「袖を下へひっぱって肩を出せば、かなりそそると思うけど」

「〝そそりたい〟わけじゃないの。大人っぽく見られたいのよ」

「そういう女はこういうドレスが大好きにちがいないわ。ジョナスのもとを逃げだして、ドレスショップを開こうかしら」

エディは継母に近づいてドレスを持ちあげた。「これは着られないわ。ほら、肩の縫い目が裂けているでしょう。わたしはただ、清らかな白鳥みたいな格好をしたくないだけ」

「でも、清らかなのはまちがいないでしょう。処女なんだから」ライラがため息をついた。

「そういう格好をするのも、人生における避けて通れないひとつのステップだと考えるといいわ。年を取って、歯が抜けて、スープばかり飲まなきゃならなくなるのと同じよ。残念なことに、殿方は女をワインみたいに思っているの。価値があるのはコルクを抜くまでだって」

エディは継母の言わんとすることを理解しようと首をひねったが、結局よくわからなかった。

「でも、三〇をとうに超えて、しかも既婚の女だって、白ばかり着る人はいる。男と同じ幻想に取りつかれた女こそ哀れだわ」ライラが、白いドレスを着る女たちと、大胆であざやかなドレスを着る自分を対比させているのは明らかだった。

「処女であることを否定したいわけじゃないの」エディはそう言って鏡台の前に置かれたスツールに戻った。「取り澄ました、いかにも純情なレディ・エディスを演じたくないの。病気だったときのわたしがまさにそうだった。というより、生まれてからこれまでずっとそういう役割を演じてきたのよ」

「大胆なドレスなんて着たら、あなたのお父様がご機嫌を損ねるから」

「婚約の書類に署名した時点で、お父様はわたしに指図する権利を放棄したわ。今度は夫が父の権利を継いで、わたしを言いなりにしようなどと思わないようにしたいの」

「よく言ったわ！」ライラが叫んだ。「それは大事よ。わたしとあなたのお父様の場合、年齢差のせいで余計に保護者ぶられるのかもしれない」

エディは目をまわした。「今まで気づかなかったの?」

エディの言葉が響いたようで、ライラは緑色のドレスをベッドに投げた。「あなたにぴったりのドレスがあるわ。メアリー、わたしの部屋へ行って、濃い赤紫色のドレスを出してもらって。エディ、あなたのためにひと肌脱ぎましょう」ライラはエディに向き直った。「明日の夜に着ようと思っていたドレスだけれど、あなたのほうが急を要するものね」

ライラは窓辺へ近づいた。

「両切り葉巻を出さないでちょうだいよ」エディは鋭く言った。

「その言い方はお父様にそっくり。城を切り盛りするようになったら、折にふれて召使をしつけなければならないでしょうから、ちょうどいいかもしれないわね」

「あなたを相手に練習するの。今後、わたしの目の届くところでは二度と葉巻を吸わないこと」

「わたしだって、やめようとしているのよ」ライラは窓枠に寄りかかって窓の外を眺めた。「あなたのお父様は葉巻がお嫌いだし、ここにいるあいだは同じ部屋で寝起きしなければならないでしょう」

それがふたりの関係にどんな変化をもたらそうとしているのか尋ねようとしたところで、メアリーが虹色に輝くシルクの塊を掲げて戻ってきた。

「ほら、届いたわ」扉が開くと同時にライラが言った。「その色はチャイナ・ローズって呼ばれているの。こんなにきれいな色合いは見たことがないでしょう? 朱色よりも濃くて、赤ワイン色よりも深みがあって……まあ、赤ワイン色に近いけれど」

メアリーは手際よくエディのドレスを脱がせた。

「シュミーズの上に直接着るのよ。コルセットはつけちゃだめ」ライラはそう言って、エディの周囲を歩きまわった。

メアリーが上等なシルクをエディの頭にかぶせると、赤紫色の布が滝のように肌を滑った。えも言われぬ感触だ。

ライラがみずからエディのボディスを整えた。「すてきだわ。うっとりしちゃう。ボディスのすぐ下に飾りがたくさんついているでしょう？」

エディは振り返って姿見を見ようとした。シルクが折り重なった襟元から、胸の谷間が大胆にのぞいている。肩口に細かくプリーツが取ってあり、美しく垂れた布は腕をほどよく隠して袖の役目をしていた。

ボディスはかなり露出度が高く、逆にスカートはプリーツを多用してたっぷりとふくらんでいた。背中に結んだリボンがアクセントになっている。

膝をついたメアリーがエディの足に手を添え、ドレスによく合うハイヒールをはかせてくれた。

「靴のサイズは同じなのに、お尻の大きさがこんなにちがうなんて不公平だわ」ライラが嘆いた。

エディは体の向きを変えて、横からの見え方を確認した。ドレスを変えただけで、純情な乙女ふうだった自分が第二のライラになった。いつもより胸が大きく、脚が長く見える。悪くない。「公爵は気に入ると思う?」

「男なら誰だって気に入るわよ」ライラがきっぱりと言った。「光り輝いているもの。さあ、ドレスに合う口紅を差しましょう。鏡台の前へ行って」

慣れないハイヒールで歩くのは難しかった。病気のときも足元がおぼつかなかったが、それとはまたちがう。しなを作るように右左に揺れて、まるで強風に揺れる小舟だ。

しかし、姿見に映る自分はとても色っぽく見えた。自分を見てそんなふうに感じることはめったにない。言うまでもなく、両脚のあいだに大きな楽器を挟んだ姿は、色っぽさとは程遠いからだ。チェロを弾くなどという常軌を逸したことに執着する貴婦人がほかにいるとすれば、きっと両脚をそろえて横に倒し、片尻でバランスを取って、馬に横乗りするような格好で演奏するだろう。

エディもそうしようと思えばできるのだが、そうする理由がなかった。プロの演奏家として活躍する夢を見るほど世間知らずではない。伯爵の娘である以上、チェロは単なる趣味で、人前で演奏する機会などないのだ。それならば、いちばん弾きやすい座り方をして何が悪い。同じくチェロ好きの父から子ども用のチェロをもらい受け、さらに一六歳の誕生日にはルッジェーリを買ってもらったからといって、彼女が伯爵の娘である事実は変わらなかった。

エディと父のあいだには昔から、言葉にはしない取り決めがあった。ぎりぎりまで社交界デビューを遅らせてもいいが、いずれは父親の選んだ相手とおとなしく結婚することだ。それは父と娘の約束であり、エディは約束を破ったりはしない。口に出した約束も、出さなかった約束も。

エディは転ばないように注意しながら鏡台の前まで戻り、スツールに腰をおろした。午後も早い時間に、メアリーが髪をきっちり巻いてくれた。ふだんは適当にまとめている髪も、今はレディらしく、きちんとしたスタイルに整えてある。

ライラがさっとうしろに立ち、巻き毛をひっぱってわざと乱した。

「せっかくメアリーがやってくれたのに」ライラが別の巻き毛をひっぱりだしたところで、エディは抗議した。

「崩しはしないわ。ちょっとした隙を作っているのよ。男の人は完璧を前にすると恐れをなすの。さて、次は紅を差すわよ」

赤く塗られた唇は、いつもの二倍は大きく見えた。とくに下唇が目だつ。「ちょっと下品じゃないかしら。お父様がお許しになるとは思えないわ」エディは自分が自分でなくなったような気がした。敬虔な聖女から経験豊富な売春婦に方向転換したかのようだ。

「そのとおりよ。あなたのお父様は、ちょっと乱れた感じが魅力的だなんて絶対に理解なさらないでしょうね」

「乱れがどうして魅力になるの？」

「ああ、もちろん夫を探しているあいだはだめよ」ライラが説明した。「キンロス公爵に、結婚したからといって……正確には、じきに結婚するからといって、あなたを所有できると思わせないようにしないと」

エディは振り返り、メアリーの目を見て、扉を顎で示した。扉が閉まったのを確認してから答える。

「ライラ、その方法は、お父様にはうまくいっていないんじゃなくて？」

「方法って？」

ライラの髪は、カールさせたあとで芸術的に結いあげられ、あちこちにエメラルドのピンが挿してあった。彼女は姿見の前に立ち、ひと筋の髪を退廃的な雰囲気で肩に垂らした。

「妻を所有することはできないと感じさせること。それがお父様とのあいだに溝を作っているのではないかしら」

ライラが眉をひそめた。「あなたのお父様を裏切るようなふるまいはしていないわ。そのくらい、あの人にもわかっているはずよ。彼はわたしという人間を知っているもの」

「そうだとしても、あなたに属してはいないと言いつづけたら、たとえ言葉にしなくても、暗黙のうちに伝えたら……相手は不安になると思うの。あなたたちふたりを見ていて気づいたのだけれど、男の人って……お父様はとくに、原始的だわ。お父様があなたに向ける目つきったら、苦悩と所有欲がごちゃまぜになっている」

「でも、グライフス卿と寝たことはないって断言したのよ。無条件に信じるべきだわ。夫婦なんだもの」

「たぶん、ほかの男性と寝たいと思っていないことをわからせてあげないといけないのではないかしら」

「そんなことをしたらつけあがるわ」間髪を入れずにライラが言い返した。「今だってわたしを所有したつもりでいるのよ。昨日の夜も、葉巻を吸うなって命令されたわ」

エディは驚かなかった。「それであなたはなんと答えたの？」

「もちろんつっぱねたわよ。ただし、今日は一本も吸っていないけれど……」ライラは唇をゆがめた。「結婚って、あなたが考えるよりも複雑なのよ。夫に機嫌よくしてもらうことばかり考えていたら、頭がおかしくなってしまうわ」

エディはライラの頰にキスをした。「生意気を言ってごめんなさい。気難しいお父様を相手に、あなたはとってもよくやっていると思う」そう言って、手袋と、光沢のある薄い肩掛けを取った。「食事へ行きましょう。婚約者がどんな顔をしているのかが、気になってたまらないの」

9

ガウアンは早めに応接間に入り、あくびをこらえながらスマイス－スミス家の親類たちと立ち話をした。

ギルクリスト家の舞踏会に参加したときもそうだが、これまでイングランドにいるときはたいてい、こちらの紳士の装いに倣って、刺繍入りの上着と糊のきいた首巻き《クラヴァット》、シルクのズボンを身につけるようにしてきた。だが、エディスと手紙を交わして以来、彼女の前ではイングランド男の模倣ではなく、あくまでスコット人らしくありたいと思うようになった。

そこで今日は、キンロス公爵家のキルト（スコットランドの伝統衣装）をまとってきた。特徴のあるタータン柄は、マコーリー・クランの長のみに許されているものだ。やはりこの格好のほうがしっくりくる。小ぎれいなイングランド紳士の中で、ズボンから解放された筋肉質の脚がやけに目だった。

チャタリス伯爵ことマーカス・ホルロイドが、ガウアンの隣で足をとめた。「ガウアン、来てくれてうれしいよ。ぼくの婚約者によると、きみも婚約したらしいな」

ガウアンは軽く頭をさげた。「そうだ。レディ・エディス・ギルクリストと結婚する」

「心から祝福するよ。レディ・エディスは才能ある音楽家だと聞いているが、きみも楽器をたしなむのか？」

婚約者が何に興味を持っているか一度も考えてみなかったことを、ガウアンは少なからず恥ずかしく思った。

「いや。ということはつまり、ぼくの婚約者はきみの大事な女性の〝お仲間〟なのか？」

ガウアンは一度だけ、スマイス－スミス家の音楽会を拝聴したことがあった。願わくは、二度とあんな思いはしたくない。妻が似たような腕前だとしたら、なんとかして楽器を取りあげなければならないだろう。

「残念ながら、ぼくはまだレディ・エディスの演奏を聴く機会に恵まれていないんだ」

チャタリスが答えた。ガウアンの発言に含まれる皮肉については、眉をぴくりと動かしただけだった。

応接間の入り口付近で声があがり、ふたりは振り返った。

「ホノーリアが来たらしい」チャタリスは婚約者を見て、まぶしそうに目を細めた。

奇妙なものだ。貴族の結婚はふつう、愛情を基礎としない。ガウアンが見守る中、チャタリスはホノーリアのもとへまっすぐに歩いていった。

ところでぼくの婚約者はどこだ？　ガウアンは、キルト姿に扇情的なまなざしを投げてくる女どもにうんざりしていた。女たちは、キルトの下がどうなっているのか、興味津々のようだ。

ギルクリスト伯爵が応接間に入ってきて、こわばった表情で近づいてくると、ガウアンに軽く頭をさげた。「公爵」

「家族になるのですから堅苦しいあいさつは抜きにしましょう」ガウアンは打ち解けた声で言い、右手を差しだした。「またお会いできて光栄です」

ギルクリスト伯爵はさっとその手を握った。「舞踏会以来ですから、娘に会うのが楽しみでしょう。結婚前に互いについて知るのは悪いことではありません」

「実は、結婚式の日取りについて調整したいのです。婚約期間について、考え直していただけないかと思いまして」ガウアンは切りだした。

「焦って結婚するのは感心しませんな」ギルクリスト伯爵が主張した。「一年後でもいいくらいです」

エディスと手紙を交わす前ならそれでもよかったが、今は……。「半分血のつながった妹がいることはお話ししましたね」ガウアンは言った。「母親がいないまま一年も過ごさせるのはかわいそうだと思いまして」

そこへレディ・ギルクリストがやってきたので、ガウアンは会話を中断し、伯爵夫人に向かって会釈した。顔を上げたとき、ギルクリスト伯爵の無防備な表情が目に飛びこんできた。妻に対してあんな表情をするとはみっともない。足元にひれ伏しているも同然ではないか。

「レディ・ギルクリスト」ガウアンは言った。「相変わらずお美しい」

「うちの娘に会うのが待ち遠しいでしょうね」レディ・ギルクリストの片頬にえくぼが浮か

んだ。親しみのこもった表情は、妖艶さを強調するよりもずっと魅力的だった。

ガウアンは公爵夫人の手の甲にキスをした。

ギルクリスト伯爵の目が黒々と光る。その目が意味するものはひとつしかない。ギルクリスト伯爵は、妻が義理の息子に色目を使うかもしれないと思っているのだ。ガウアンはぎょっとすると同時に、伯爵を気の毒に思った。

同情が顔に表れたのだろう、ギルクリスト伯爵は目を細め、挑戦的に顎を上げた。「レディ・ギルクリスト」彼は花崗岩のように硬い声で言った。「私の娘はどこだね？」

伯爵の口調はきつかった。うちの娘という夫人の表現をわざわざ言い直したのは明白だ。これに対してレディ・ギルクリストは、まったく動じた様子を見せなかった。

「一緒におりてきたのですけれど、アイリスという愛らしい娘さんとおしゃべりをはじめたのです。その方もチェロを演奏するのよ。スマイス－スミス家の娘さん」レディ・ギルクリストは振り返って部屋を見まわした。「ああ、あそこにいるわ」

どこを見ても若い娘が白いドレスに包まれて、宙を舞う雪片のようにふわふわと漂っていた。ガウアンはそういう娘をひとりひとり確認していった。ちがう……ちがう……これもちがう。眉をひそめ、今一度、白いドレスから白いドレスへ目を走らせる。

レディ・エディスの美しい顔立ちを覚えていないはずがなかった。なんといっても二曲続けてダンスをし、そのあいだずっと見つめていたのだから。鼻の形も、緑の瞳も、頬骨の張り具合も覚えている。

「娘は……」レディ・ギルクリストが笑いを含んだ声で言った。「白いドレスがあまり好きではありませんのよ。どうしても白でなければいけないとき以外は、着たがらないのです」

「何色のドレスを着ていようと、未来の伴侶ならすぐに見分けてほしいものだがね」ギルクリスト伯爵がそっけなく言う。

ガウアンは伯爵を無視して、応接室にいる女性ひとりひとりを――今度は白いドレスを着ていない女性も含めて――確認していった。隣でレディ・ギルクリストが、昼下がりの鳩のように眠たげな笑い声をたてる。

ガウアンの目が彼女を捉えた。

婚約者を……未来の妻を。

エディを。

心臓の音がうるさい。

顔の輪郭も、ふっくらとした唇も、髪も、記憶と同じだった。あの美しい髪を誰が忘れられるだろう。まるで古代ローマのコインをカナリー産のワインに溶かして濃い金色の要素だけを抽出し、太陽の光に編みこんだようだ。

しかし同時に彼が目にしているのは、結婚相手として選んだ女性とは別人だった。

今、目にしている女性はあり余る色香を放っている。まさに男に愛撫されるためにあるような体つきだ。赤いシルクに覆われた胸元から、白くなめらかな肌がのぞき、やさしい曲線を描くふたつの小山へと続いていた。彼女は誰かと話をしていて、ときおり笑い声をあげていた。その口元はドレスと同じ赤に塗られている。明るい蜂蜜色の光沢を放つ髪はアップにされてまとめられ、くるくるとカールしたおくれ毛は、ところどころ色に微妙な濃淡があった。

ギルクリスト伯爵が何かつぶやくのがわかったが、内容は頭に入ってこなかった。全身をどくどくと血のめぐる音がする。はじめて出会ったとき、エディの瞳は穏やかな湖面を連想させた。ところが今、底知れない深みをたたえた目は、笑いと知性に満ちている。穏やかさとは程遠い。紅の唇もそうだし、ふくよかな胸元もそうだ。

「すぐにわからなかったのも無理はない」ギルクリスト伯爵が、とげのある、不服そうな声で言った。「なんと不適切なドレスだ。きみの影響としか思えないぞ、レディ・ギルクリスト」

「わたしだけの影響ではないけれど、わたしのドレスにはちがいありませんわ」レディ・ギルクリストが応じた。「エディは婚約したのですから、白いドレスに固執する必要はないでしょう」

「失礼します」ガウアンは頭をさげた。「レディ・エディスにあいさつをしなければ」

「エディと呼んでやってちょうだい」レディ・ギルクリストは、夫の辛辣な意見に動じることもなく陽気に言った。「あの子は堅苦しいのを嫌いますから」

ガウアンの体は、獲物を前にした獣のように張りつめていた。目の前の女性があの手紙を書いたのだ。彼女はぼくの妻になる。ぼくとシーツの上でダンスを踊ることになる。

ガウアンは婚約者を一心に見つめて歩いた。キルトが脚にこすれ、硬さを増しつつある部分が意識される。これまで感じたことのない、想像さえしなかったほど強烈な、エロチックな衝動に襲われていた。

ガウアンの視線を感じたかのように、エディが振り返った。ふたりの視線がぶつかる。エディのどこを見て、貞淑で、静かで、従順だなどという印象を持ったのだろう？　きらきらした瞳、よく動くぽってりとした唇。まったく別の女性と対しているかのようだ。欲望が炎となってガウアンの全身を焼いた。彼女がかすかに唇を開くのを見て、意識しているのは自分だけではないとわかった。

ガウアンは彼女のことを、清らかな飲み水のような女性だと思っていた。だが、いざ再会してみると、むしろ活力と危険をはらみながら軽快に流れていく川を連想した。人生が変わる予感がする。彼女とかかわったら、自分のすべてが変わってしまうだろう。

ガウアンは反射的に、ハイランドの男たちが大事な女性に対してするあいさつをした。婚約者の前で立ちどまり、片膝をついて、差しだされた手を取る。応接間の中が静まり返るのが、ぼんやりとわかった。

「マイ・レディ」

ガウアンは、深く、落ち着きのある声で言った。エディしか見えなかったし、彼女にも自分しか見えていないことがわかっていた。華奢な手袋をすばやくひっぱって脱がせる。背後で誰かがため息をついた。

これは周囲に向けた演出ではない。自分とエディのための行為だ。

彼女の手を掲げて、細い指にそっと唇をつける。大勢の前でするには親密すぎるしぐさだった。

だが、他人にどう思われようが、ガウアンは気にしなかった。

10

エディは芝居か何かの世界に放りこまれた気分だった。これまでエディス・ギルクリストの人生は、劇的な出来事とは無縁だった。記憶にある中でいちばん胸が躍ったのは、父親が娘の才能を確かめるために、プロのチェリストを家に招待したときだ。ところが今はその比ではなかった。

応接間に入ったエディは、才能あるチェロ奏者であるアイリス・スマイス＝スミスを見つけて声をかけた。アイリスは奇跡的にも、スマイス＝スミス家の魔のカルテットに影響を受けなかったひとりだ。アイリスと話しこんでいるとき、肩甲骨のあたりがちくちくするような感覚に襲われた。なんだろうと振り向いたところで、こちらへ向かってくる男性が目に入った。未来の夫の姿が。

エディは全身を目にして彼に見入った。筋肉質の脚は、周囲にいるイングランド紳士の二倍はありそうだ。胸はたくましく、片方の肩にかけた格子柄の布のせいだろうか、肩幅はさらにがっしりして見える。

そして顔は……。

のみで削ったような荒々しい顔つきだった。意志の強そうな顎は戦士を思わせる。だが、何より印象的なのは目だった。その目に礼儀正しさはみじんもない。あるのは燃えたつような独占欲だ。

エディはふいに、相手に見透かされているのではないかと思った。そんなふうに感じるのは生まれてはじめてだった。魂までも裸にされて、その奥に埋もれていた女の部分を探りあてられた気がした。心臓が喉元までせりあがる。

公爵は彼女の前で片膝をつき、片手を取って手袋を脱がせ、指先にキスをした。

一瞬、エディは崩れ落ちそうになった。唇がわずかにふれただけだというのに、これから彼と過ごすであろうめくるめく時間が垣間見えた気がした。諸国をめぐって剣の腕を磨いた騎士が戦いを前にして、愛する女性に送るようなキスだ。廷臣が、心から慕う女王に捧げるキス。キンロス公爵は彼女の前に膝を折った。ただしそうすることで、生まれながらに人の上に立つ男であることを強烈に印象づけたのだった。

キンロス公爵が立ちあがると、ふたりの身長差が歴然となった。どうして最初に会ったときに、彼がヨーロッパアカマツのように大きな人だと気づかなかったのだろう？　いや、気づいていたのかもしれないが、本当の意味ではわかっていなかったのだ。背だけでなく、手も、脚も、すべてが大きい。確固たる存在感を放っている。

いかにも初対面で女性を見初めて結婚を決めそうな男に見えた。それも、冷静な分析などいっさい抜きで。

　エディは予想を裏切られて愕然とすると同時に、わくわくした。
「レディ・エディス」公爵が、記憶と同じハイランド訛りで言った。彼の声が水滴のように
エディの肌の上を転がった。
「エディと呼んでください」エディはむきだしの手を引き抜きもせずに言った。それから声
を大きくする。「あなた、赤毛だわ！」
　公爵が右の眉を上げた。「生まれつきだ。多くのスコットランド男はもっと濃い赤毛だよ」
「赤毛は好きではないんです」そう言いながらも、今、目にしている髪……公爵の髪色はい
やではないと気づいて、また驚いた。熱した鋼のような色だ。暗闇の中の暖炉……中心に炎
を抱いた炭の色だった。
　応接間に公爵の笑い声が響き、それが合図となったかのように、周囲の人々はそれぞれの
会話に戻っていった。見せ物は終わったと判断したのだろう。
「きみは、ぼくが赤毛だってことを知らなかったし、ぼくは、きみが音楽家だなんてこれっ
ぽっちも想像しなかった」
「チェロを弾くんです」エディは弱々しく言った。
「それはどんな楽器だったかな？」公爵の額にしわが寄った。
「えっ？　ご存じないのですか？」
　公爵の目がエディの目を捉える。またしても心地よい笑い声が彼女をくるんだ。
「どうやらきみには教わることがたくさんありそうだ、エディ」

エディは目を細めた。「ふざけているのかしら？　それとも本当にチェロをご存じないの？」

「音楽の方面にはうといんだ。祖母は軽薄なものに興味を持たせてくれなかった。祖母の考えでは、音楽も軽薄なものに含まれていたらしい」

「音楽は、軽薄なものなんかじゃありません」

「祖母は音楽を、屋敷や食べ物のように生きる上で必要なものと見なしてはいなかったんだな」

音楽はパンよりもはるかに大事なものだと言い返しそうになったが、ここでそんなことを主張してもあまり意味はないだろう。彼は……わたしの公爵は、あまりにも超然としている。その瞳には深い知性の輝きが見えるが、一方で、他人の意見には耳を貸さないように見えた。独善的だ。

おまけに、彼が音楽についてどう考えていようと、そのときのエディはたいして気にならなかった。それよりも、ライラに借りた濃い赤紫色のドレスを、彼がどう思っているかが知りたかった。彼はまだ手を放そうとしない。エディの中の女の部分が、猫のように喉を鳴らした。

キンロス公爵はこちらを見おろして微笑んでいる。力強いまなざしを注がれて、エディの鼓動がふたたび速くなった。

「食堂へ移動する時間が来たようだ」公爵は腕を曲げ、彼女の手をかけた。食事の時間を告げる執事の声は聞こえなかったものの、たしかにほかの客たちが移動しはじめている。

公爵の目は、新しい楽譜を見る音楽家のように鋭かった。そしてエディ自身も、一度も演奏したことのない楽譜を前にしたような気分になっていた。

不思議な感覚だ。

胸があたたかくなって、自然と口角が上がる。

ふたりは、身分の高い者からゆるやかに列を作りつつある客たちのほうへ歩いていった。エディの父とライラは列の前のほうに位置している。キンロスは公爵なので、その前だ。結局、新郎であるチャタリス伯爵と新婦のホノーリアのすぐうしろに並んだ。

キンロス公爵が身をかがめると、あたたかな吐息が耳にかかった。「きみの演奏の腕前は、花嫁やその親族たちと同じくらいなのかな？」

エディは笑いに口元を震わせた。「まさか！」

彼の腕がふれると、全身がびくりとする。「彼らより上？　それとも下？」

エディはさらにおかしくなった。「下と言ったらどうなさるの？」まつげの陰からわざと見あげるようにする。

キンロス公爵の目が愉快そうに光った。「袖の下をつかませたら、弾かないように説得できるだろうか？」

「無理ですわ。わたしはチェロを弾くのがこの世の何より好きなんです」エディは間を置いてつけ加えた。「そのくらいしか能がないの」

「ダンスもうまいじゃないか」

「ダンスは音楽の一部ですもの。でも、はじめて会った夜はひどく具合が悪かったんです。お気づきになりましたか?」

キンロス公爵が首を横に振った。「きみの手紙を読むまでは、夢にも思わなかった」

「高熱を出していたのです。あっちへふらり、こっちへふらりと、宙を漂っているような気分でしたわ」

「踊り子はときとして、宙を舞うと描写されるものだ」キンロス公爵の目が笑いにきらめいた。「あの日のきみはすばらしく優美だった」

「そのうちひっくり返るんじゃないかと、びくびくしていたんですよ」エディは告白した。「あの夜に心から楽しんだのは、あなたと踊ったワルツだけでした。ダンスがとってもお上手なのね」

「きみもね、マイ・レディ」

まさに絵に描いたような公爵だ。あらゆるしぐさが洗練されていた。動作のひとつひとつにそこはかとない品が漂い、立っているだけでも威厳を感じさせる。それでいて……威厳以外の何かを感じる。その正体をつきとめようとエディは首を傾げたが、結論が出る前に食堂へ続く扉が開き、列が前に進みはじめた。

左に座った年配の男性と、右に座ったキンロス公爵に交互に話しかけられて、食事の時間はあっという間に過ぎていった。

話が途切れると、エディは婚約者を盗み見た。一見すると感情の乏しい人にも見える。だが、あの手紙からしてそんなことはないはずだ。あれこれと話しかけて彼の本音を探りだしたかった。

黙っているときの公爵は、近づきがたい顔をしていた。だがエディと目が合うと、たちまち笑みが戻る。彼の瞳に宿っているのが何かはわからないが、飼い慣らされたイングランド紳士には見られないものであることは確かだった。こんな目で見つめられるのははじめてだ。すべて見透かされそうな気がした。ライラの服で、ふだんとちがう自分を演出していることさえも。

公爵が脚を動かした。太腿と太腿がこすれ、くっついたままでとどまる。偶然だとエディは思った。紳士がそんなことをするわけがないと。ところが公爵はいたずらっぽい目でエディをちらりと見ると、すぐに目をそらし、ほかの人との会話に戻っていった。どうやら偶然ではないらしい。

エディの肌がいっきに敏感になった。不適切なふるまいではあるが、いやな感じはしなかった。体の芯が震えるような、はじめての感覚。いや、正直に言えば、ストラディヴァリウス作のチェロを弾くとき以外で、こんなに強い衝動を感じたことはなかった。ワイングラスに手をのばしかけ、指先が震えていることに気づく。だんだんと頰が火照ってきた。

ようやく彼が太腿を離し、エディに向き直った。「『ロミオとジュリエット』を読んだことがあるかい？」

エディは首を横に振った。手紙を受け取ってから、何度か読もうと試みたものの、途中で挫折してしまった。作品が悪いのではない。家庭教師の言うことを聞かず、勉強をさぼっていた自分が悪いのだ。エディはチェロを弾くことにすべてを捧げてきた。本を読む時間などなかった。その結果、学問のほうはあまり身につかなかったのだ。

公爵の熱い視線を受けて、エディは尻の位置をずらした。「本を読むのはあまり得意ではないんです」エディは正直に言った。「あなたはずいぶんとたくさん本を読むのでしょうね」

「ぼくは祖母に育てられたんだが、楽しみとしての読書は認めてもらえなかった。ただし、シェイクスピアは例外だったんだ。家庭教師は複式簿記や家畜学をぼくの頭に詰めこむのに忙しかった。それに、大学には行けなかった。だから、きみが期待するほどの教養はないよ」

エディは声をあげて笑った。「わたしの場合、チェロ以外のことは何も知らないわ」

「ぼくは公爵になることと、領地を管理することについてはかなり多くを知っている。だが、音楽や文学には疎いんだ。ただし、『ロミオとジュリエット』の一節は覚えているよ。舞踏会ではじめてジュリエットを目にしたロミオは、彼女のあまりの美しさに感動して、ジュリエットは松明に輝き方を教えているのだと言った」

「ロマンチックだわ。わたしの場合はそんなふうに見えなかったでしょうけど。とんでもなく具合が悪かったんですもの」

「ぼくの記憶では、きみは松明そのもののように輝いていたよ。その炎で身を焼かれたいと思った」

公爵が、誰に対してもこんなことを言うとは思えない。

エディはなんだかくらくらしてきた。公爵のまつげは濃くてまっすぐで、とても美しかった。その内側にある瞳は、支配者らしい傲慢さに満ちているかと思えば、放蕩者のように飢えと欲望をむきだしにする。彼の目から発せられる炎が燃え移ったかのように、エディの下腹部はじんわりと熱くなった。そうかと思うと、彼の発する捉えどころのないユーモアと機知に富んだ親密な発言に、声をあげて笑いたくなった。

「はじめてロミオを見たとき、ジュリエットはどう思ったのかしら?」エディはなんとか気のきいたことを言おうとした。「やはり燃える松明のようだと思ったのかしら」

「気に入ったのはまちがいないな」公爵が言った。「だが、ロミオほどの衝撃は受けなかっただろう」

「そうなの?　ロミオはそんなに衝撃を受けたの?」

「ロミオの人生は永遠に変わったんだ。舞踏会にやってきたときは、ほかの女性と恋仲だったんだよ」

「まあ!」エディは眉をひそめた。

「ぼくはちがうけどね」公爵が照れもせずに言う。

エディは思わずほほえんだ。男性の視線を意識した笑みを浮かべていることが、自分でもわかった。これではライラのことは言えない。

「ロミオはその女性に恋をしているものだとばかり思っていた。そこでジュリエットを見た」
「彼女が松明のような輝きを放っていたから、前の恋人を忘れてしまったというの？」エデ
ィは笑った。
「そんなところだ」公爵の声にも低い笑い声がまじった。彼があまり笑わない人だというこ
とは、エディにも察しがついた。公爵として生きるのは、それほど楽ではないはずだ。公爵
もエディと同様、何かに駆りたてられている人だった。何に駆りたてられて、どこへ向かお
うとしているのかは、まだわからない。
「ロミオは欲望の虜になり、柱の陰でジュリエットにキスをした。そのキスで、命を落とし
たかもしれないのに」
「ずいぶん思いきった行動に出たのね」エディは言った。彼の目を、頬骨を、鼻を、顎をひ
とつひとつ目でなぞらずにはいられなかった。欲望の虜になっている者がいるとしたら、そ
れはエディ自身だ。どういうわけか恥ずかしいとも思わなかった。
「ジュリエットの手にキスをするために、ロミオはすべてをなげうった」
「手にキスをしたくらいで殺される可能性があったの？」
「ふたりの家族は敵同士だったからね。それでもロミオは彼女の手を取った」公爵の瞳がき
らりと光る。エディの下腹部に火がついた。
「ロミオは彼女を柱のうしろにひっぱりこみ、唇にキスをしたんだ」

エディは息をのんだ。

「さらにもう一度」

「とても……」エディにはふさわしい言葉が見つからなかった。

「そのままひと晩じゅうでもキスをしていられただろうが、彼女は人に呼ばれて行ってしまった。ロミオは彼女が誰なのかも知らなかった。ただし〝自分のものだ〟ということだけはわかっていた」公爵はエディを見つめて熱っぽく語った。「そこで夜も更けてから、ジュリエットの家の周囲にある果樹園の塀を飛び越え、死の危険を冒して彼女のバルコニーを探した」

「ああ、バルコニーの話は聞いたことがあるわ」彼の声の魔力から逃れようとして、エディは口を開いた。このままでは、長テーブルに並んだ客たちの前ではしたないふるまいにおよんでしまいそうだ。「ジュリエットが結婚してくれと頼んだのでしょう?」

公爵はかぶりを振った。テーブルの下で指と指が絡まる。

エディは椅子から跳びあがりそうになった。熱い血がまたしても頬へのぼっていく。

「ちがう」とんでもなく大胆なことをしているのはみじんも感じさせない声で公爵が答えた。「それは正しい解釈とは言えない。女性のほうから結婚する気はあるのかと尋ねたせいで、ジュリエットは厚かましいおてんば娘だと解釈する人は多いが、ふたりは真実を知っていた」

公爵の親指が手の甲をこする。エディの体は小刻みに震えた。

「彼女は知っていたんだ。そして彼も知っていた」公爵の声は低く、自信に満ちていた。「ロミオが塀を飛び越えたのは、おのれの命よりも、ジュリエットとキスをするほうが重要だったためだ。だからバルコニーによじのぼり、誓いの言葉を捧げた。結婚というのは、それらの行為を世間に認めさせるための儀式にすぎない」

エディの耳に、ライラの笑い声と食器が軽くぶつかる音が聞こえた。無理にでも戯曲を読んでおけばよかった。こんな官能的な話なら、何時間でも読んでいられたはずだ。公爵の語る『ロミオとジュリエット』は、家庭教師から教わった話の何倍もおもしろそうだった。

「ジュリエットなしの人生など生きる価値もない」公爵が続けた。「だから彼女が死んだと思ったとき、ロミオはみずからの命を絶った」

「それはやりすぎだと思うけれど」エディはどうにか言った。公爵と手を握っているところを、誰に見られてもおかしくはない。テーブルの向こうで、ライラが夫ではない男性とこれ見よがしにいちゃついている。

「たしかにぼくもこれまでは、ロミオは少し常軌を逸していたんじゃないかと考えていた」

エディの背筋に衝撃が走った。公爵が〝これまでは〟と言ったからだ。今の彼にはロミオが正気に思えるのだろうか？　しかし今は、公爵自身がとても正気には見えない。何かに取りつかれたようだ。

「やめてください。人前でこんなふるまいをしてはいけないわ」エディは手を引き抜いた。

公爵がにっこりする。何が悪いとでも言いたげな笑みだ。「ぼくはスコットランド人だ」

るわ」

「なんの関係があるの？」

「ロミオには、スコットランド人の血が流れていたという人もいる」

「イタリア人ではなくて？　ロミオの行動はいかにも、情熱家のイタリア人という感じがするわ」

公爵が目を細めた。「情熱家のイタリア人に知り合いでもいるのかい？」

「いいえ」エディはびっくりした。「どうしてそんなことをきくの？」

「イタリア人は嫉妬深い」公爵がグラスを持ちあげて赤ワインを飲んだ。

「それは聞いたことがあるわ」エディも自分のグラスを口に運ぶ。

公爵の瞳が氷のように光った。「だが、スコットランド人にはおよばない」

エディはあたりを見まわした。テーブルを囲んでさまざまな会話が飛びかっている。エディと公爵がマナーを無視してふたりだけの世界に没頭していることに気づいた人はいないようだ。公爵がまたしても彼女の手をつかみ、親指でひそかに愛撫しはじめたことにも。

誘惑するような指の動きに惑わされないよう、エディは必死で言葉をつないだ。「文学の話は一時中断して、もっと現実的な話をしましょう。つまりスコットランド人たるあなたは、妻の交友関係に四六時中、目を光らせるつもりかしら？」

「そんなことはないさ」公爵は皮肉っぽい笑みを浮かべた。「誤解を与えるようなことを言ったかな」

「そうかもしれないわね」

った。

「スコットランド人は頭でっかちの愚か者なんだ」そう言いつつも、公爵の声は誇らしげだった。

エディは公爵のほうへ体を寄せ、隣に座った男性の袖に胸をかすめさせているライラのほうを顎で示した。「夫婦間のいざこざは好きではないの。その理由は言わなくてもわかるでしょう？」

公爵が彼女の視線を追った。「ぼくが思うに、きみの継母はむしろ、夫の気を引くために誤った努力をしている」

エディの中にむくむくと希望がわきあがった。公爵は冷静なだけでなく、直感も鋭いのだ。彼女の顔に大きな笑みが浮かんだ。「そのとおりだわ」

「ぼくの場合、嫉妬したからといって、それを行動に表すとはかぎらない」

「そうなの……」この問題についてはきちんと確認しておきたかった。隣人とおしゃべりをするたびに夫からにらまれるのはごめんだ。周囲に聞かれないよう、声を落として言う。「わたしは絶対に夫を……あなたを裏切らないわ」

公爵の目がぎらりと光る。男性のそういう表情を、エディははじめて見た。

「ぼくも、きみに対して同じことを約束する」

「ということは、情熱家のイタリア人があなたの城にやってきたとしても……ところで、あなたは本当にお城に住んでいるの？」

「ああ」

「そのイタリア人が、食事のあいだじゅうわたしに向かってまつげをしばたたいたとしても――」

「そいつを窓から放りだすかもしれないな」公爵は平然と言った。

エディは彼をまじまじと見た。「本気でそんなことをするつもり？　あなたは広大な領地を取り仕切っているのでしょう？　暴力で問題を解決する人が、人々を治められるとは思えないわ」

「正確に言えば領地は五つある。さらにふたつの郡において治安判事の任を負っている。周囲からは、理性的で思慮深く、問題をあらゆる側面から検討できる人物だと思われている」

エディは信じられない、というように片眉を上げた。

公爵が上体を寄せてきた。重ねられた手に少し力がこもる。「ぼくがこんなふうなのは、まだきみを自分のものにしていないからだと思う。シェイクスピアを蒸し返すわけではないが、ジュリエットも言っている。〝恋の館を買ったのに、まだ住んでいない〟と」公爵の声がさっきより一段と低くなっていた。エディはふたたび奇妙な感覚に襲われた。彼の瞳に吸いこまれてしまいそうだ。

公爵の発言が、徐々に頭に浸みこんでくる。「つまり、あなたはわたしを買ったつもりでいるの？」エディは小さく声をあげ、彼の手を払った。「痛いわ。強く握りすぎよ」

「金できみを手に入れたと言いたいわけじゃない。だいいち、これはジュリエットの台詞だ。ジュリエットがロミオを買ったんだ」

「わたしがあなたを?」

「ぼくという家を買ったのに、まだ住んでいないのさ」かすれた深みのある声で、公爵が言う。男女の役割が入れ替わることさえ楽しむ余裕が、男としての自信を感じさせた。彼の声にひそむ熱が、アルコールのように彼女の神経を鈍らせる。

「ジュリエットは強い女性なのね。わたし、前から子犬がほしかったの。でも、男の人でもいいかもしれない」エディは明るい笑い声をたてた。「フェンズモア館の客室には、バルコニーもあることだし」

そう言ったあとで彼の目つきに気づき、エディは赤面した。「そういう意味で言ったんじゃないのよ」

「まだ住んでいないのは、ぼくも同じだ。ジュリエットはさらに〝この身を売ったというのに、まだ使ってもらえない〟とも言っている」

「シェイクスピアの戯曲って……」

「なんだい?」公爵がワインをもうひと口飲んだ。さっきからずっと彼女の手首を愛撫しているにもかかわらず、表面上はいかにも礼儀正しく会話しているように見える。

「なまめかしいのね」エディは咳払いをした。

「そうさ」公爵の笑みが大きくなった。「条件さえそろえば、あらゆる状況が官能的になりうるんだ」

公爵はこれまで何人の女性とつき合ってきたのだろう? 一六のころから、スコットランド娘の耳に愛の詩歌をささやいてきたのかもしれない。そんな疑問を口にしようとして、思いとどまる。答えを知らないほうがいい問いもある。

なんだかふわふわして落ち着かない気分だった。これまで自分のためにシェイクスピアを引用してくれた男性などいない。この手のこととなると、エディはまったく経験不足だった。

「さっき、エディと呼ばれるほうがいいと言ったね」

エディはうなずいた。

「ぼくのことは、ガウアンと呼んでもらえるとうれしい」

エディはふたたびうなずいてから、向かいに座った若い娘の視線に気づいた。娘は心底うらやましそうな顔をして、エディと目が合うと〝あなたってすごく幸運な方ね〟と声を出さずに伝えてきた。

エディは感謝の意をこめて微笑み、隣に座ったガウアンに視線を戻した。ようやくエディに集中するのはやめて、反対側に座った女性に声をかけている。

日に焼けた肌が蠟燭の光を反射していた。耳のうしろの髪が跳ねている。髪の色は、濃いサクランボ色の唇と同じ赤。先祖代々、戦士の家系だと言われても信じてしまいそうだ。

エディは自分を見失っていた。これまでロマンスとは無縁の人生を送ってきた。来る日も来る日もチェロを弾き、召使以外で言葉を交わす異性といえば、父親だけ。自分を特別に不細工だとは思わないが、かといってライラのように色気があるとも思っていなかった。ガウアンのように雄々しさにあふれる男性に求婚されるなど、予想外だ。異性を惹きつける会話をしたり、意味ありげな視線を投げたりするタイプではないのだから。どうしたらそんなことができるのかさえ、よくわからない。

もしかするとガウアンは、あらゆる女性に――少なくとも手に入れようと決めた女性すべてに――あいさつ代わりとして『ロミオとジュリエット』を引用するのかもしれない。これまで何人の女性が、自分をジュリエットになぞらえたのだろう?

エディはガウアンが隣に座った女性と会話を終えるのを待った。無作法と知りつつも、左隣に座った男性には目もくれなかった。

ガウアンがこちらを向いたので、彼女は思いきって言った。

「あの、今日のわたしはふだんのわたしじゃないの」

それを聞いたガウアンは笑いだした。

「わたしったら、また同じことを言っているわね。舞踏会のときだって口数の少ない、全身白ずくめの――」

「天使のようだった」彼の声には先ほどと同じ熱がこもっていた。エディの顔がいっきに火照る。

「でも……実際は天使じゃないわ」彼女はどうにか続けた。「とくに静かっていうわけでもないし。もちろん、争いごとは嫌いだけれど、それで今夜の……」エディはドレスを示した。

「これもわたしじゃないの」

「色香に満ちたきみも仮の姿なのかい? ぼくはすっかりそそられたんだが」

そのときエディは、どうしてカサノヴァが大勢の女性と浮き名を流すことができたのかわかった気がした。視線で女をとろけさせることができたにちがいない。ちょうど今のガウアンのように。そうなったら女は、カサノヴァのベッドに倒れるしかないのだ。

しっかりしなさいと自分に言い聞かせる。「バビロニアの女王みたいなドレスでしょう？でも本当に、いつもはずっと控えめなのよ」

「ぼくだって、いつもキルトを着ているわけじゃないさ。クランの色をまとうのは好きだが、すねがむきだしだと風が冷たいからね」

エディはにっこりした。「とてもよく似合っているわ」正常な判断力を持った女なら、この人がキルトを着るのをいやがるはずがない。

「きみのドレスもよく似合っている」

ふたりのあいだに濃密な沈黙が落ちた。

ガウアンが声を落として言った。「袖をひっぱりおろしたくなる」

エディは唇を噛んだ。息ができなかった。

「舌をはわせたいんだ。その唇から——」

「そんなことを言ってはだめよ」エディはあわてて言った。「誰かに聞かれたらどうするの？」

「スキャンダルになるだろうな。ただちに結婚させられる。ぼくにとってはそのほうが都合がいいけど」

ガウアンの瞳に宿る光はもはや、からかいの域を超えていた。もっと激しい。怖いほどだ。エディは圧倒され、動けなくなった。どうしてこんな状況になったのだろう？　この気持ちは何？

人は、こんなに簡単に恋に落ちるものなのだろうか。ちょっと言葉を交わした程度で、ハンサムで、キルトが似合うというだけで、好きになったりするものだろうか。もちろん、ガウアンは知的で、声もすてきだ。ふだんは険しい表情をしているのに、わたしに対しては笑顔を見せるし、笑い声を聞かせてくれる。話もおもしろいし……何よりわたしを好ましいと思ってくれる。想像したこともないほど情熱的に求めてくれる。

そう。

わたしは恋をしたのだ。

ホノーリアが立ちあがった。食事が終了した合図だ。このあと男性たちは図書室でポートワインを楽しみ、女性たちは音楽室でお茶を飲み、おしゃべりをすることになる。

エディはまだ、彼の質問に答えていなかった。ガウアンが手を取って、椅子から立たせてくれた。「あと四カ月も待ちたくない」彼はエディの両手を取り、その場でキスでもしそうな顔をしていた。そんなことをしたら、まちがいなくスキャンダルになる。

「父はいつも、婚約期間を充分にもうけずに結婚してはいけないと言うわ」自分の声が一六歳のうぶな少女のように聞こえて、エディは舌を嚙みたくなった。

ガウアンを見ていると、血管の中を音楽が流れていくようだ。「説得してみることはできるかもしれないけれど……」山場を迎えた音楽がエディの体からあふれだし、ふたりのあいだを跳ねまわる。彼女はささやいた。「話してみます」

エディは自分でも何を言っているのかよくわかっていなかった。しかしガウアンの瞳に喜びの光がはじけるのを見て、それだけで充分だと思った。

11

ほかの紳士に続いて図書室へ入りながら、ガウアンはとても世間話などする気分ではなかった。不意打ちを食らって失神し、目を覚ましたらまったく別の世界にいたというくらいの衝撃を受けていた。

別の世界でなければ、芝居の中に放りこまれたか……。

つまりぼくはロミオなのか？　この芝居はふたりの死で終わるのだろうか。

何より衝撃的なのは、エディと一緒ならそれもいいかもしれないなどと思っていることだ。そもそもエディに万が一のことがあったら……。

ぼくはいったい何を考えているんだ？　まだ結婚もしていないのに。エディのことなどほとんど知らないくせに。部屋を見まわすと、ギルクリスト伯爵がひとり、暖炉のそばで炎を見つめていた。ガウアンはポートワインのグラスを受け取ってそちらへ行った。

「ギルクリスト伯爵」

「あなたが娘の伴侶にふさわしいのかどうか、わからなくなってきた」伯爵が切りだした。

「ご期待に添えなかったのだとしたら残念です。しかし、考え直すには手遅れでしょう。ぼくはレディ・エディスと結婚します」ガウアンの口調には、公爵らしいプライドがにじんでいた。

ただ、横柄な口調の裏には、もっと原始的な感情もひそんでいた。エディは自分のものだ。祖先であるピクト人の慣習に倣って彼女をさらい、馬の背に乗せてスコットランドへ運ばなければならないとしたら……そうするまで。

伯爵はガウアンに鋭い視線を向けてから、暖炉の炎に目を戻した。「そういう態度が問題なんだ」

「なんですって？」

「あなたは欲望に身を焦がしている。ちがうかな？　赤いドレスを身につけたわが娘を見て、完全に理性を失っている」

「まあ……そのようなものです」ガウアンは認めた。

「最悪だ」ギルクリスト伯爵は重々しく言った。「大失敗だ」

ガウアンが反論する前にギルクリスト伯爵が続けた。「あなたを娘の伴侶に選んだのは、情熱に屈しそうもなかったからだ。みずからの経験に照らして、肉体的な情熱は結婚の土台にはならない。これは断言できる」

「ほう？」

「娘は本物の音楽家だ。あの子には理性的な夫を与えたかった。あの子の才能を尊重してくれる伴侶を見つけたかった。いや、実際のところ、娘は〝天才〟なんだ」

「天才？」ガウアンはマントルピースにグラスを置いた。

「あの子のようにチェロを弾く女性はこの国にはいないし、あの子と同じくらいうまい男の演奏者だってそうそういない」

ガウアンはチェロを弾く女性など見たことがなかったし、男の演奏家だってひとりも知らなかった。しかし、誇らしさといらだちの入りまじった顔をしている伯爵に向かって、そんなことを言うほど浅はかではなかった。

「あの子の腕前は私よりも上だ。はっきり言って私は、貴族でなければ演奏家として成功しただろう。娘は、その私が敬服する才能の持ち主だ。伯爵家に生まれていなければあの子は今ごろ、世界の名だたるコンサートホールで演奏していたはずだ。誰がそう言ったと思う？」伯爵の目は口と同じくらい雄弁だった。

ガウアンは首を横に振った。わかるわけがない。チェロがどんな楽器かさえよく知らないというのに。

「ロバート・リンドレイだよ！」

ガウアンの表情を見て事情を悟ったのだろう。ギルクリスト伯爵は平坦な声でつけ加えた。

「イングランドでもっとも偉大なチェリストだ。エディスは彼の前で演奏した。もちろん彼を自邸に招いて、個人的に演奏を聴いてもらったんだ。リンドレイは、エディスが女でなかったら、自分の息子のよきライバルになっただろうと言った。私が思うに、息子だけでなく、リンドレイ自身のよきライバルになっただろう」

「音楽には詳しくないのですが――」ガウアンは咳払いをした。「しかし、未来の公爵夫人がそのような才能の持ち主と知って、鼻が高いですよ」

伯爵は口を開け、さっと閉じた。それから絞りだすように言った。

「私にはこれ以上どうすることもできない。エディスは私の血を引く唯一の子どもだ。結婚させないわけにはいかない」

伯爵の顔は後悔にゆがんでいた。何を恐れているのだろう？　ガウアンがチェロを窓から投げ捨てるとでも？　チェロというのは弦楽器の一種にちがいない。ただ、ガウアンが知っている弦楽器といえば、ヴァイオリンくらいのものだった。

もうポートワインを飲む気はしなかったし、みっともなく取り乱している未来の義父と一緒にいたくもなかった。

ギルクリスト伯爵の嘆きの根底にあるのは娘のことではなく、伯爵夫人との埋めようのない溝ではないだろうか。エディの理路整然とした手紙は、彼女が理想的な結婚相手であることを裏づけている。エディが夫婦間の意思疎通を強調するのは、まちがいなく父親の結婚生活を間近に見て育ったせいだ。

ガウアンは頭をさげた。「これで失礼します。庭を散策したいので」

伯爵は、炎から顔を上げもせずにうなずいた。

ガウアンは図書室を抜けて外へ出ると、フェンズモア館をじっくりと観察した。歴代のチャタリス伯爵が拠点としていた館は、煉瓦と石からなる巨大な建物で、センスのある先祖とセンスのない先祖が増改築を繰り返したあとが見て取れた。

ガウアンは一時間ほどかけて、中庭と屋敷の裏に広がる芝生、テニスコートと生け垣の迷路……そしてバルコニーを見てまわった。

バルコニーは六つあり、うちふたつは中庭に面していて、残りの四つは裏の芝生に面していた。どのバルコニーにものぼれないことはないが、もはや壁をはうツタに命を託す年齢でもない。中庭に面したバルコニーは、比較的、最近になってから増築されたようだった。裏の四つははるかに古く、屋敷が建設された当初からあったか、もしくはそのすぐあとに作られた可能性が高い。年代的にいっても、まさにジュリエットのバルコニーだ。

知恵のまわるガウアンは、古いバルコニーは館の主人とその夫人の寝室および、ここでもっとも広くて豪華な客室のものだろうと見当をつけた。親族でもなければ、レディ・ホノーリアのとくに親しい友人というわけでもないエディが、いずれかの部屋を与えられるとは考えにくい。

そこで改めて、ふたつのバルコニーを観察した。欄干は大理石だ。あれならロープを巻いて体重をかけても崩れることはないだろう。

いろいろな考えを頭にめぐらせながら、ガウアンはぶらぶらと散策を続けた。未来の公爵夫人の評判を汚すようなまねをするつもりはない。だからといって、同じ屋根の下で寝起きしながらおやすみのキスもせずに終わるのはいやだった。彼女の唇にそっと、やさしくおやすみのキスができれば、それで満足だ。

ガウアンは自身の内面の変化に戸惑っていた。つむじ風にさらわれたようだ。エディのことを考えただけで、胃がよじれるほどの激しい飢えが突きあげてくる。彼女の指が手をかすめたとき——女性らしく細い指先は、怯えた子ジカのようにすぐにひっこんでしまったが——体の奥に火がついた。欲望が膨張しすぎて、自分を制御することができなくなりそうだった。

さらに三〇分ほど庭園を歩きまわり、冷たい夜気で肉体の高ぶりをおさめてから図書室に戻った。チャタリス伯爵に誘われて書斎へ移動し、ぶらぶらとあとをついてきたもうひとりの幼なじみ、ダニエル・スマイス－スミスとともにビリヤードをする。

三人はしばらく静かに球を突いた。ねらいどおりのポケットに球を落としたチャタリスが、上体を起こして唐突に言った。「夕食のとき、婚約者と話していたな」

ガウアンはちらりと友人を見た。「隣に座っていたのだから、話くらいはするさ」

「おめでとう」チャタリスが言った。「レディ・エディスは実に美しい」

チャタリスはキューを構え、いちばん遠い角のポケットにやすやすと球を落とした。「それで、いつ結婚するつもりだ？」

「あと四カ月のうちに」ガウアンは答えたものの、すでに四カ月も待つ気はなくなっていた。

「もしかすると、もう少し早まるかもしれないが」

「きみらを見ていたのはぼくだけじゃない。レディ・エディスのお父上は、あまりうれしそうには見えなかったな」

ガウアンは肩をすくめた。「すでに署名をしたのだから関係ないさ。ただ、伯爵は娘の伴侶に、愛情よりも理性を求めているようだ」

チャタリスがまたしても球を落とした。「さっきのきみらは、少なくとも理性的には見えなかった」

ガウアンは便宜上の理由で婚約したふりなどしなかった。そんなことをしたら、エディと自分のあいだに育ちつつある絆を汚すことになる。「今夜見たかぎりでは、きみらの結婚だって理性的ではないだろう」

チャタリスは満足そうな笑みを浮かべた。「ぼくらはどちらも幸運だ」チャタリスの球が跳ね、回転してとまる。「そしてきみもな」チャタリスは挙式を約一週間後に控えたダニエル・スマイス－スミスに向かってうなずいた。

ガウアンはキューを構えた。「ぼくの婚約者はバルコニーつきの客室をあてがわれたとか言っていた」そう言ってちらりとチャタリスを見る。「それは中庭に面した部屋だろうか？」

チャタリスは眉をひそめた。「どうだったかな」

「教えてやれよ」ダニエルが口を挟んだ。「レディ・エディスの部屋にバルコニーがあるなら、中庭に面した部屋にちがいない。裏庭に面した部屋は、うちの両親が使っているからな。ぼくの母のバルコニーにのぼられては困る」

チャタリスはじきに義理の兄弟となるダニエルを無視して、ビリヤード台に寄りかかった。

「ガウアン、きみのことは生まれたときから知っている」

「出会ったのは八歳のときだった」ガウアンはねらいどおりに球を落とした。「まさにこの館で開かれたパーティーだった」

「だからこそ、目隠しをした赤ん坊の放った矢が、きみにも命中したと知って、うれしくてならない」

キューピッドの矢ということか？　たしかに見当ちがいというわけでもない。

「同じ台詞を返すよ」ガウアンは言い返した。「それで、バルコニーに関するダニエルの推理は正しいのか？」

「思うんだが――」チャタリスが答えた。「もっと楽な手段を選んだらどうだ？　つまり、階段があるじゃないか」

ガウアンは視線を上げた。ロマンチックな企てに、子どものように興奮しているのは百も承知だった。「彼女を驚かせたいんだ。夕食のときに戯曲の話をしていたから」

チャタリスが噴きだした。「そんな話をしていたのか？　賭けてもいいが、テーブルについていた半数の人たちは、きみらが文学的な話をしているとは思っていなかっただろう」

「文学の話だとも。『ロミオとジュリエット』だ」

「おっと、その話にはバルコニーが出てくるぞ」

ガウアンがもうひとつ球を落とした。「体力には自信がある」

「馬車を入れている小屋に、子どものころに遊びに使った古い梯子がまだ入っているんじゃないか」ダニエルが笑いまじりに言った。

「そうだとしても、あのバルコニーまでは届くまい」ガウアンが返す。

「縄梯子だよ」ダニエルが答えた。「馬の尻尾の毛で編んだやつだ。よく考えてみると、バルコニーに忍びこむために作られたのかもしれない」

「余計なおせっかいを焼くな」チャタリスが言った。

「余計なもんか！」ダニエルはチャタリスの脇腹を肘でつついた。「きみは明日結婚する。ぼくはあと一週間かそこら待てばいい。ところが哀れなキンロス公爵には、まだ何カ月も残っているんだぞ。もしかすると一年になるかもしれない」ダニエルは茶目っ気たっぷりにガウアンを振り返った。「誰かに梯子を取ってこさせよう。ぼくの従者なら、彼女の侍女に気づかれないよううまくやるさ」

ガウアンは最後の球を落とし、背筋を伸ばしてダニエルの目を見た。そして大声で笑いだした。「そうか、きみも使ったんだな！」

「憶測でものを言われちゃ困るな。回答は控えさせていただく」ダニエルは楽しそうに目をくるりとまわし、出口に向き直った。「レディたちはあと一時間かそこらは部屋に戻らないだろう。これはぼくからの結婚祝いだと思ってくれ」

ガウアンは、チャタリスとともに書斎を出ていくダニエルを見送った。ふたりともすこぶる男っぷりがいい。

エディが今年まで社交界デビューを待ったことに、ガウアンは心から感謝した。そうでなければ今ごろ、レディ・チャタリスとして紹介されていたかもしれない。

そんな事態にはとても耐えられない。

結婚してしまえば、夕食会でキスをすることだってできる。クレイギーヴァー城なら、従僕をさがらせて、食堂のテーブルの上で妻と愛を交わしたってとがめる者はいない。

ガウアンは低くうめいた。散歩でほぐしたはずの体が、またしても張りつめていた。

12

エディは夢見心地で寝る準備をした。湯を使ったあと、ネグリジェの上にガウンをはおり、スツールに座る。メアリーが髪をほどいてとかしてくれた。

ガウアンは本当に複雑な人だ。厳格で、意志が強く、ときおり皮肉っぽいユーモアをのぞかせる。誠実な人にはちがいないが――エディの見立てでは――一筋縄ではいかないところがあって、他人にはなかなか本心を明かさないように思えた。

「お嬢様、ベッドにお入りになりますか?」メアリーが言った。

「もう少し起きているわ」エディは微笑んだ。「なんといっても練習をしないと。あなたはもう休んでちょうだい。ご苦労様」

メアリーが部屋を出たあとで、エディは壁際に立てかけてあったチェロを取り、チューニングをした。どんなに疲れていても、一時間は練習しなければならない。それでなくても明日は結婚式で、まったく練習できない可能性が高い。

何年も前、エディがチェロなしではどこにも行かないと宣言すると、父がベルベットの内張りをつけた特製ケースを注文してくれた。父が持っているケースとほぼ同じものだ。旅行のとき、父娘のチェロは別々の馬車で運ばれる。保護ケースがあまりに重いので、積み降ろしは従僕がふたりがかりで行わなければならなかった。

エディはヴィヴァルディからはじめた。『冬』の楽章がうまく弾けない。運弓法に注意を払いながら、二つの小節を何度も何度も納得するまで繰り返し弾いた。

それが終わると最初から演奏した。通して弾けたら、今夜はやめるつもりだった。ヴィヴァルディに没頭していたとき、ふいにバルコニーへ続くフランス窓から強い風が吹きこんできて、楽譜を床に吹き飛ばした。集中力が切れてミスタッチする。エディはぶつぶつと悪態をついて最初から弾きはじめた。

もう楽譜は必要なかった。弓の動きよりも半テンポ前に、次の音符が頭に浮かんでくる。エディのチェロから、滝のように旋律がほとばしった。

その後も何度か微風によって楽譜がかさこそと音をたてたが、エディの集中力は二度と途切れなかった。あと少しで弾き終わるというとき、廊下側の扉がノックもなしにいきなり開いた。エディはきっとそちらをにらんだ。練習中に邪魔をされるのは大嫌いだ。メアリーはよくわかっているはずなのに。

だが、そこに立っていたのはメアリーではなかった。チェロを抱えた父だ。頰がこけて、思いつめたような目つきをしていた。

エディは弦から弓を離し、暖炉の反対側、窓の近くに置いてある椅子を顎で示した。そして父親が楽器を持ってそこへ移動するあいだ、ガウンをひっぱって脚を隠した。いつも就寝前に練習するので、エディのネグリジェには特別に長いスリットが入っており、大きく脚を開いても裾がみっともなくまくれあがらないようになっていた。

ギルクリスト伯爵は横向きで演奏する不自由さを知っていた。真剣にチェロと向き合う者なら、腕の動きを妨げられて我慢できるわけがない。

伯爵は椅子に座り、弦に弓を引きよせてから娘のほうへ楽器を向けた。

「バッハの『イタリア協奏曲』の新しいアレンジをやってみる？」エディが提案した。二重奏は父と娘の絆そのものだ。幼い時分から、エディは毎晩、父が子ども部屋にやってくるのを心待ちにしていた。最初は父の喜ぶ顔が見たくて練習したが、しだいにチェロそのものにのめりこんでいった。

ギルクリスト伯爵は昔から愛情を示すのがうまくなかった。それでも毎晩欠かさず子ども部屋に顔を出し、エディにチェロを教えてくれた。教えることがなくなったあとも、二重奏は続いた。

伯爵が同意の印にうなずいた。ふたりが同時に弦を構える。長年一緒に弾いてきたので、言葉を発しなくても互いのタイミングはわかっていた。エディが選んだ曲は力強く、音域が広かった。ふたつのチェロから発せられる音には深みがあり、情緒にあふれていた。

エディは副旋律を弾いた。彼女の音が父親の奏でる主旋律のまわりで躍る。まるで夜の闇に太陽の光を織りこむように。向かいに座った伯爵は、極限まで集中しつつも、ふたつの楽器の呼応に酔いしれているようだった。

演奏が半ばに差しかかったとき、微妙な空気の揺れを感じて、エディはふっと顔を上げた。力強い主旋律を超えて高音を出さねばならないところで、弓を弦から離しそうになった。なんと演奏に没頭する父の背後に、ガウアンが立っていたのだ。彼は半開きになったフランス窓のすぐ外側、バルコニーの上にいた。

エディはガウアンを見つめたまま、指板の上で機械的に左手を動かした。ギルクリスト伯爵が弓を上げる。彼女のチェロから薄っぺらい音が発せられ、何もない空間へ漂った。父も第三者の気配に気づいたのだろうか？　エディは息を詰めて弓を離した。

「ダ・カーポ」

幸いにも、ギルクリスト伯爵はエディの集中力が途切れたことを指摘しただけだった。しかし、この状況で音楽に集中できるわけがない。地面から六メートル以上はある小さなバルコニーに、婚約者がスコットランドの亡霊のごとく現れたというのに、バッハが要求する集中力を保てるわけがないではないか。ガウアンはいったいどうやってバルコニーにのぼったのだろう？

今、父が振り向いたら……。

エディの中の女性らしい部分は、婚約者の前で色気のある自分を演じたがっていた。ネグリジェの中で脚を動かすとスリットが割れ、左脚があらわになる。父にとがめられることはあるまい。奏者は演奏中、音のことしか考えないものだ。だいたい、父はいつも目をつぶって演奏する。

「それよりも――」エディは提案した。「ヴィヴァルディの『冬』から第二楽章ラルゴをやりましょう。さっきまでメルチェットの編曲を練習していたの」

「楽譜は？」

「いらないわ。体調を崩す前にもよく弾いたから。第二チェロの練習をしていたので、お父様は第一チェロでいいかしら？」

ギルクリスト伯爵がうなずいた。「叙情性を表現するんだ。前回は運指法に気を取られて、音楽が表現するものに耳を傾けていなかったぞ」

父の声には生気が戻っていた。父がバルコニーにいるガウアンにまったく気づいていないことがわかって、エディはほっと肩の力を抜いた。父親の背後にもう一度目をやる。ガウアンは空を背景にして欄干に寄りかかっていた。うれしいような、恥ずかしいような、複雑な気持ちがわきあがった。

ガウアンと目が合う。あの目の輝きは悪魔から借りたものにちがいない。エディははじめてチェロの音を耳にしたときと同じく、心と体が別の世界にさらわれていくような感覚に陥った。

ギルクリスト伯爵が頭を傾げ、弓を構え直す。エディはゆっくり、大きく弓を引いた。最初の音が奏でられると、彼女の心はしだいに音楽の世界に戻っていった。

ガウアンにも、この情熱を理解してもらいたかった。ただの暇つぶしでないとわかってほしかった。だからこそ、エディは彼の存在を頭から締めだし、演奏に意識を集中させた。チェロに向き合った膨大な時間と、こつこつ積みあげた技術のすべてを曲に注ぎこんだ。弓の先から優美で躍動的な旋律が紡ぎだされ、主旋律にかぶさって、朗々と冬を表現する。ゆっくりとメロディーが周囲の空気を取りこんで膨張し、奏者の感情を溶けこませてふたたび大気に放たれた。弓の動きに合わせてエディの体も揺れる。音楽がいちばんの難所に差しかかった。エディは頭を倒し、弦をなめらかに、そして正確に押さえるよう心がけた。

彼女は一度もつかえなかった。われながらここいちばんの演奏だった。父は一度も彼女のほうを見なかったが、同じ音楽家として、深い喜びがその体を駆けめぐっているのが感じられた。部屋に来たときの憔悴した様子はどこにもない。伯爵は音楽を紡ぎだすと同時に、自分の紡いだ音楽を体内に取りこんでいた。曲が終わりに近づくにつれてテンポが落ちる。最後の音が夜気に漂って消え、父がようやく顔を上げた。エディはガウンを揺すって脚を隠した。そのあいだも、バルコニーから目が離せなかった。

「よくやった」伯爵はそう言って立ちあがった。「おまえはこの楽曲を、完全に自分のものにしたんだ」これは、伯爵にすればかなりの褒め言葉だ。

エディは父に向かって微笑んだ。意見の食いちがいはあっても、彼女は父のことを深く愛していた。そして堅苦しい態度の裏で、父が自分を愛していることもわかっていた。「ありがとう」エディはそっと言った。「おやすみなさい、お父様」

伯爵が頭をさげた。ひとりの音楽家としてエディに敬意を示したのだ。

「ゆっくり休みなさい」

伯爵は自分のチェロを抱え、それ以上ひと言も発することなく部屋を出ていった。

エディは部屋の扉を閉めて振り返った。ガウアンの姿はすっかり闇に溶けている。それでも目を凝らすと、星空に浮かぶシルエットが見えた。エディは扉に寄りかかり、世慣れた女のようにネグリジェのスリットからちらりと脚をのぞかせた。

「公爵様」エディは言った。「こんな時間に訪ねてくるなんて驚いたわ」

ガウアンが部屋に入ってきた。「ぼくも驚いている」

「何に驚いているのかしら?」

エディは扉の前を動かず、彼が自分のほうへ来るのを待った。

音楽は気分を高揚させてくれる。それはいつものことだった。だが、これほど深い陶酔をもたらしたのははじめてだ。血液が、血管の中を歌いながら流れていくようだった。心が浮きたって、ちょうど楽器を見ると手をのばさずにはいられないように、目の前の男性にふれてみたいと思った。いや、彼にふれられたいのかもしれない。どちらかよくわからない。エディは経験のない興奮状態にありながらも、ようやく本来の自分を彼に見せることができたと感じていた。

血液の流れをとめられないように、魂に刻まれた音楽を手放せないように、体の奥からわきあがるエネルギーを抑えることができなかった。

「伯爵が言っていた。きみはあらゆる偉大な演奏家と肩を並べると」

「父親だもの。親ばかなのよ」

「さっきの演奏からして、彼自身も相当の演奏家だ」ガウアンはふたりの距離を半分に詰めた。

「そのとおりだわ」エディは自分の中にみなぎる力を意識した。女の力だ。これまで存在すら知らなかった力。男たちの目を引きつけようとするライラの気持ちがはじめてわかった。

ガウアンが眉をひそめる。「おそらく、スコットランドにはチェロ奏者がいない」

「そう」それでもいい。父と演奏するのは好きだが、ひとりで弾くのも好きだし、チェロさえあればどこでも演奏はできる。

「いったいどうやってバルコニーに現れたの？」

「のぼったんだ。ロミオのようにジュリエットの名を――きみの名を呼ぼうかと思ったんだが、まるで妖精の丘から響いてくるかのような演奏に引きよせられてしまった」

「妖精の丘？　それは何？」

「スコットランドには、妖精たちの丘から音楽が聞こえるという言い伝えがある。妖精の国は、草深い丘の下にあるんだよ」ガウアンがさらに数歩、前へ出た。

エディは彼に微笑みかけたが、その場を動かなかった。「つまり、わたしの弦から紡ぎだされる魔法に引きよせられたのね」

「そうだ」

「あれはヴィヴァルディの協奏曲よ」

ガウアンは間を置いてから口を開いた。「音楽について、ぼくの知らないことはたくさんある」

「察するところ、あなたはチェロの音を耳にしたのもはじめてなのね」

「スマイス－スミス家の音楽会を除けばね」

エディは苦笑した。「これまで聴衆の前で演奏したいと思ったことはないの。でも、今夜はあなたが聴いてくれてうれしかった」

「また、ぼくのために弾いてくれるかい？」

「もちろんよ」

ガウアンがさらに距離を詰める。彼の吐息がエディの額の小さなカールを揺らした。

「ぼくがバルコニーにのぼったのは、お父上が入ってくる前だった」

熱っぽいまなざしを浴びて、エディの頬は火照った。

「きみは……チェロを弾くきみほど官能的な女性は見たことがない」ガウアンはそうささやいて、彼女に口づけをした。

それはエディにとってはじめてのキスだった。

ガウアンの唇は甘く、どこまでもやさしかった。互いのことなどほとんど知らないというのに、誰よりもよく知っている気がした。

ガウアンにとってもはじめてのキスだった。

彼女の唇はスイカズラの花芯のように甘かった。自分たちが本当に唇を合わせているのだということが、信じられない気がした。唇と唇が軽くこすれ、もう一度こすれて……ガウアンは舌で彼女の唇を押し分けた。

エディが小さく声をあげて唇を開く。ガウアンは体を前に倒し、両腕を扉についた。ふたりの舌が絡み合う。ガウアンは彼女のまぶたに、そして頬にキスをして、我慢できずにふたたび唇を合わせた。キスを続けるうち、彼女が自分の腰に白い脚を絡ませ、体を弓なりにし、喉の奥から絞りだすような声を出す場面がガウアンの脳裏を横切った。

だめだ！

こんなところで未来の花嫁を汚すわけにはいかない。たとえ彼女が首に腕をまわし、熱っぽくキスを返してきたとしても。彼女の舌が大胆に、そしてなまめかしく、絡みついてきたとしても。

細い指がガウアンの襟足をなでる。ふれられたところすべてがちくちくとうずいた。互いの鼓動が競うように打っている。薄いネグリジェを通して、彼女の鼓動がやわらかな乳房の震えとして伝わってきた。

ガウアンはエディから顔をそむけ、自分の荒い息遣いに耳を澄ませた。彼女が何事かつぶやき、唇が顎のほうへ移動する。さらに耳たぶにキスをされ、ガウアンは思わず声をもらした。

「こんなことをしてはいけない」ガウアンはささやき、ひんやりとした木製の扉に額をつけた。「いけないんだ」

「ガウアン……」エディが息を吸う。その手が彼の首を離れ、胸へ滑りおりた。「エディ、きみの評判を汚すわけにはいかない。きみはぼくの花嫁、公爵夫人になるのだから」

エディの目はややうつろで、唇はキスで腫れぼったくなっていた。しかし少し首を傾げた直後、彼女の目つきが変化した。理性が戻る音が聞こえそうなほど、劇的な変化だった。

「あなたってなんて高潔なの」

ふたりは見つめ合った。

エディの存在自体が詩だ、とガウアンは思った。だが、今は詩を口ずさんでいる場合ではない。

エディが片方の口角を上げて控えめに微笑んだ。その笑顔とはじめてのキスがあいまって、ガウアンを深く感動させた。

「そろそろおいとましなくては」彼はかすれ声で言った。

エディの笑みが大きくなる。「あなたと婚約できてとてもうれしいわ、公爵様」

「それを聞いてぼくもうれしい。こういう状況だから余計に」どうしても我慢ができなくなり、ガウアンは彼女の首筋に手をあてて自分のほうへ引きよせた。

「これは……貴族らしいふるまいとは思えないけれど……」彼女は小さく息をのんだ。

ガウアンも首を横に振った。自分たちほど劇的に引かれ合うふたり——恋の炎に身を焦がす男女を、社交界で見たことはなかった。彼は両手を彼女の頬にあてた。「確かめなければ」厳かな気持ちで宣言する。「ぼくらが一瞬で燃えつきる美しいものではないことを」

エディは彼の手の上に自分の手を重ねた。「家庭教師を雇ってスコットランドに連れていったほうがいいかしら？　今のもシェイクスピアの引用？」

ガウアンがうなずいた。

「これまで、文学は退屈なものだと思っていたわ」エディは横を向き、大きなてのひらにキスをした。「でも、あなたと一緒なら変わるかもしれない」

「ぼくは詩が好きだ」

「あなたの中に女をたぶらかす言葉がたくさん詰まっていることは、ひと目でわかるわ」

ガウアンは一歩さがって笑った。「そうかい？」

ただでさえ赤かったエディの頬が、さらに赤みを帯びた。「わたしの言いたいことはわかるでしょう。あなたは……あなたはなんでも知っていて、一方のわたしは何も知らないのよ」

正直に打ち明けるべきだろうか？　ガウアンは迷った。

エディが腰に両手をあてる。実に魅惑的な曲線だ。ネグリジェがぴんと張り、双子のような、形のよい乳房にぴたりと張りついた。彼女の視線があまりにも穢れのないものだったので、ガウアンは真実を打ち明けることにした。「ぼくだって知らないんだよ、エディ」

「そんなはずないわ」そう言った瞬間、エディの頬はこれ以上ないほど真っ赤になった。

「どうして？」ガウアンは心から愉快な気分になった。

「だって寝室のことよ！　わかるでしょ。あなたは知っているのに、わたしは知らないの」彼女は目を細めた。「でも、あなたがそれを笑うなら、結婚式までに多少の経験を積めるように算段するから」

ガウアンはすばやい動作で彼女を扉に押しつけ、両手を頭の上で固定すると、体を密着させた。「絶対にだめだ」

エディはわざとまつげをぱちぱちさせた。「初夜に、無知な女をベッドに迎えなくてすむのよ。きっと感謝するわ」

「だめだ」ガウアンは顔を近づけて、エディの唇を深く、激しくむさぼった。

唇が離れたとき、彼女は息を切らせていた。「あなたは愛の詩はもちろん、シェイクスピアだって引用できるし、ほかにもいろいろあるでしょう。ところがわたしには何もない。本を読もうとしてみたけれど、できなかったの。努力はしたのよ」

「わからなくても構うものか。ぼくが詩の楽しみ方を教えてあげるよ」ガウアンは人差し指で彼女の下唇をなぞった。「きみはぼくのものだ、エディ」

「そういう問題じゃないの」彼女は暗い声で言った。「わたしは……でも、あなたは……」

「ぼくはきみと同じくらい無垢なんだ」ガウアンは、彼女の瞳を縁取る濃いまつげに見とれた。

エディが眉をひそめる。

「まだわからないのかい？　童貞なんだ」怒ったように言う。結局のところ、世間的には男のほうが経験を積んでいるべきだと考えられているのだから。

ガウアンはエディの手を放して、彼女を抱きあげた。羽根のように軽い。女性らしいしなやかな感触が、ガウアンの四肢を燃えたたせた。ベッドを見ないようにして椅子に向かう。

「あなたが？」エディはあっけに取られているようだった。

「そうさ」ガウアンは彼女を抱いたまま椅子に座った。太腿にこすれる尻の感触がたまらなく心地いい。「ごく若いときに婚約したから、公爵夫人の座をねらう娘がいたとしても、深い関係になることはできなかった。だからといって、金でその手の行為を買うのはいやだ。自分自身はもちろん、婚約者をおとしめることになる」

エディはじっと彼の話を聞いていた。ガウアンは彼女の背中にまわした腕に力をこめた。驚きに見開かれた目が、彼の表情を探っている。

「だから〝親密な行為により、感染する病気〟を心配する必要はない」

「ああ、そんなことを書いたわね」エディは自分の手紙のことを思いだした。「そうね、あなたから病気をもらう心配はないわね」

ガウアンはもう一度、彼女に情熱的な、長い口づけをした。体を離すと、ふたりのあいだにぱちぱちと火花が散った。実際に目に見えるのではないかと思うほどだった。

「わたしたち、同じなのね」エディが感嘆して言った。「こんなことは期待もしていなかったわ。女性は結婚まで守るものだけれど、男性は……」

「身のまわりの世話をする召使の女か、酒場の女と寝るものとされているんだろう。だが、それではぼくはもちろん、相手の女性をおとしめることになる」

エディの口からむせぶような笑いがもれた。「あなたは信念の人なのね、公爵様」

「それは褒め言葉と受け取っていいんだろうね？」

13

エディは小さく笑った。黙ってガウアンを見つめていたら、自分のほうから体を寄せてキスをしてしまいそうだった。まぶたを閉じて彼の肩に頬を預ける。「信念を持つのはよいことだわ」そっと、低い声で言う。「そうとも知らず、愛人だの病気だのと書いて、わたしったら滑稽だわね」

「そんなことはない。きみには尋ねる権利があった。妻以外に愛人を囲う男は大勢いるからね。ただぼくは、子どもを産んでほしいと思える女性を見つけるまで待ちたかったんだ。結婚する意思もない女の膝に金貨をまいて、妻を侮辱することなどできはしない」

エディは頭を傾げてガウアンの首筋にキスをした。太くてたくましい首だった。

「あなたって複雑な人」

「複雑なものか。スコットランドには〝今の自分が将来の自分〟という格言がある。ぼくは一時の快楽のために将来を台なしにしたくないだけだ。それに父が……」ガウアンの声が尻すぼみになった。

「愛人を囲っていたの？」エディは尋ねた。

「たくさんね」

エディは彼の顎の、脈打っている部分にキスをした。「うちの父にも愛人がいると思っていたけれど、このところよくわからなくなってきたわ。ライラは、愛人のせいで父が朝帰りするのだろうと気をもんでいるの」

「どうかな。愛人が原因だとしたら恥ずべきことだ。だが、きみのお父上はそういうことをしない人に見える」

エディは顔を伏せたまま微笑んだ。父には融通のきかないところもあるが、根は悪い人じゃない。「お母様は、お父様が愛人を囲っていることに気づいていらした？」

「ああ、気づいていた」スコットランド訛りがさっきよりも強くなった。「だが、母だって似たようなものだったから、父を責める権利はなかった」

「残念だわ」エディはつぶやいて顔を上げた。「そういう環境で育つと、子どもは苦しいでしょうね」

「母の浮気癖は評判だった」ガウアンは投げやりに言った。「ぼくにはスザンナという半分血のつながった妹がいるんだが、お父上から聞いているかい？」

「そうなの？　何も聞いていないわ。スコットランドにいるの？」

「一緒に住んでいる。五歳なんだ。少なくとも、ぼくらの知るかぎりでは」

「なんですって？」エディは背筋をのばした。「半分だけ血のつながった妹さんと一緒に住んでいるくせに、五歳だと思うというのはどういうこと？」

「母はぼくが八つのときに家を出ていった。それきり連絡はなく、数カ月前に妹を残して死んだんだ。父の亡きあとに再婚したのかもしれないが、ぼくはまったく知らなかった。妹の出生証明書はいまだに見つかっていない」

「なんてこと！」エディは彼の膝から立ちあがり、窓のほうへ行ってからくるりと振り返った。「妹さんの母親代わりが必要だったということも、結婚を急いだ理由ということ？　正直なところ、わたしは子どもの世話をした経験がまったくないの」

エディが立ったので、ガウアンも紳士らしく立ちあがった。

「ぼくだってないさ。だが、世話係を三人と乳母を雇った」

「ああ、ごめんなさい。あなたまで立たせるつもりではなかったのよ」エディは彼のほうへ戻り、向かいの椅子に腰をおろした。「五歳の子どもがどのくらいの大きさなのかもわからないわ。もう大人の歯が生えているの？　言葉はしゃべれる？　わたしったら何を言っているのかしら。しゃべれるに決まっているわよね」

「もちろんしゃべるとも」ガウアンはおどけて言った。「しゃべりっぱなしだ。それに歯も生えているよ。クレイギーヴァーに到着した最初の日に手を嚙まれたからまちがいない。きみも、あの子に近づくときは用心したほうがいい」ガウアンはふたたび椅子に座り、身をのりだすようにしてエディの手を取った。

「なんてことでしょう」エディは息を吸い、ガウアンの指がてのひらに模様を描くのをぼんやりと見つめた。彼女は動揺していた。結婚してスコットランドに移住するだけではなく、親を亡くした子どもの面倒を見ることになるとは。どうしてお父様は教えてくれなかったのだろう。

「子どもを作るのは数年待ちたいと書いていたね。手紙の返事を書くとき、スザンナのことを故意に隠していたわけじゃない。正直なところ、スコットランドを離れているあいだはすっかり失念していた」

ガウアンは少しも悪びれずに言った。

「妹さんを育てるのに力を貸してくれそうな親類はいないの？」エディは期待をこめて尋ねた。「おば様とか？」一夜にして五歳の子どもの母親になれるわけがない。これまで五歳児を見たことがあるかどうかも定かでないというのに。

「残念だがいない。おばは何人かいるが、誰もスザンナに会ったことはない。父の姉妹だからね」ガウアンは説明した。「おばたちはオークニー諸島に住んでいるんだ」

「それじゃあ、妹さんは今、ひとりでお城に？」

「一一三人の召使と一緒に。しかも、そのうち四人は妹専属の世話係だ」

母親を早くに亡くしたエディには、たとえ一〇〇人の召使がいても親の代わりにはならないことがわかっていた。

「どこかに育児書があったと思うわ」エディはつぶやいた。「妹さんはすごく悲しんでいるかしら？　お母様はどんなふうに亡くなったのかきいてもいい？」

「尋常でない量のウィスキーを飲んで、湖でおぼれ死んだ」ガウアンはいったん言葉を切ってからつけ加えた。「ちなみに父はその数年前に、ウィスキーのボトルを二本空けて亡くなった。飲み比べの最中にね」

エディは型どおりの悔やみの言葉を述べようとしたが、どれもふさわしいとは思えなかったので黙っていた。

「父は無分別な賭けをして、いい気分で死んでいった。本人にとっては安らかな死だっただろう。ちなみにぼくは酒が嫌いだ。親譲りで酒癖が悪いんじゃないかと心配しているなら、その必要はない」ガウアンの口調は、まるで天気のことでも話しているかのように淡々としていた。

「スザンナの父親は……あなたの義理のお父様になるの？」

「母は自分を未亡人だと言っていた。エディンバラへ移る前の生活をはっきり知る者はいないんだが。手当をとめられないように、再婚したことをぼくに隠していたのかもしれないな。スザンナが庶子だという可能性もある。ボウ・ストリートの捕り手を雇って調べさせているところだ」ガウアンは胸の前で腕を組んだ。「こういう事情だから、ぼくと結婚することできみの名が汚されると考える者もいるだろう」

「ばかなことを言わないで」エディは彼をにらんだ。「ご両親の行いとあなたは関係ないわ」

「寛大だな」ガウアンは口ごもった。「つけ加えておくと、スザンナはかなり手の焼ける子どもだ。噛まれたのはぼくだけじゃない。世話係の召使たちも身の危険を感じている」

すばらしい。子育てというだけでも不安なのに、気難しい子どもとは。

「妹さんは引き取られる前から、自分に兄がいることを知っていたの？　どんな性格なのかしら？」

「小さい。やせっぽちだ。ただ、幼いわりには自分の意見をはっきり持っている。乳母の話では、女の子はそういうものらしい。それから、前の質問については、自分に家族なんてものがいるとはまったく思っていなかったようだ」

「あなたに似てる？」

「髪はもっと明るい赤だ。それ以外は似ているかどうかよくわからない。まだあまり一緒に過ごしていないからね」

「きっとひどくみじめな気分でいるでしょうね。母親を亡くし、面識のなかった兄に引き取られるなんて」

「みじめになる理由などないさ。どうやら母親のことだってほとんど覚えていないようだ」

ガウアンにとって、母の死は感情的になる価値がないようだ。

「たとえ母親と親密な関係になかったとしても、なじみのある人がすべていなくなったのよ」エディは指摘した。

「ぼくのところには毎日、城で起きたあらゆる出来事について報告が入る。世話係は先週、嚙まれてから一度も報告をよこしていないのだから、妹は楽しくやっているに決まっている」

エディは勢いよく椅子から立ちあがった。先ほどまで感じていた甘酸っぱい気持ちが、不安の渦に吸いこまれてしまった。マントルピースに近づいて、美しい磁器の聖母像を手に取る。聖母は幼子イエスを抱いていた。エディはしばし、その人形をもてあそんでからもとに戻した。息子を育てたメアリーなら、育児について熟知しているだろう。そう思っても不安は消えなかった。ガウアンと結婚すると決まったとき、どうして父は小さな子どもがいることを教えてくれなかったのだろう。知っていれば承知しなかったかもしれない。

もちろん、娘が公爵夫人になれるとあれば、育児に自信がないなどと言っても、父は聞く耳を持たなかっただろう。

「あなたはここに、スザンナはスコットランドにいて、どうやって報告を受けられるの？」エディは尋ねた。

「毎朝、詳しい報告書を携えた従僕が城を発って、ぼくのところへ来る」ガウアンも立ちあがってマントルピースの反対側に移動した。「広い領地を管理するには意思疎通が欠かせない。クレイギーヴァーより遠方の領地からは二、三日置きに城へ報告が入る」

「それを実現するためにはかなりの数の召使が必要になるわね」エディは感嘆して言った。「馬車と、馬も」

ガウアンが肩をすくめた。「いくらでもいる」

次の瞬間、ガウアンの瞳の色が変わった。エディの体にちくちくするような感覚が走る。ガウアンが一歩前へ出た。「妹のことは心配いらない。気に入らなかったら、誰か別に世話をしてくれる人を見つける」

「そんなのはだめよ！」エディは大きな声を出した。「たしかに子どもの扱いには慣れていないけれど、でも、なんとかするわ」

ガウアンはセクシーな笑みを浮かべていた。それは、妹の世話に関するエディの発言とはまったく関係がないようだった。

「わたしたちは今、とても危うい状況にあるわね」真夜中の寝室で、ガウアンとふたりきりだということを改めて意識して、エディは言った。「もうお帰りになって。スキャンダルを起こしてホノーリアの結婚式を台なしにしたくないわ」

「たしかに」深みのある声がベルベットのようにエディの肌をなでた。ぶるっと身を震わせたエディの脳裏に、警告音が響いた。ガウアンは動かない。

「こんなところを誰かに見られたら、とんでもない騒ぎになるわよ。あなたは大きいから人目につきやすいでしょう。肩幅もあるし、がっしりしているもの」

「毎日、湖で泳いでいるからね」

つまり、あの胸板は水泳の賜《たまもの》というわけだ。ガウアンは軽く頭をさげ、バルコニーに向かって歩きはじめた。エディは糸でつながれているかのようにあとをついていった。

「ねえ、わたしの演奏をどう思った？」ガウアンが欄干に片手をかけ、バルコニーの角から垂れる縄梯子に移ろうとしたところでエディは声をかけた。

彼の顔は影になってよく見えなかった。中庭を照らすのは月光だけだ。

「天才だと思った。お父上の言ったとおりだ。スザンナにもチェロを教えてもらえるかい？」

れたように。

「ええ」そう答えながらエディはふと、頼まれなくても教えるだろうと思った。父がしてく

「だとしたらスザンナにも、将来ぼくらのあいだに生まれる子どもにも、望めば聴衆の前で演奏できる環境を整えないと」ガウアンは縄梯子をおりはじめた。

ガウアンの頭がバルコニーの下枠から消えるころになっても、エディは彼の発言を反芻《はんすう》していた。手すりから身をのりだしてすいすいと縄梯子をおりるガウアンを見おろす。

地面に足がついたところで、ガウアンが上を向いた。エディの心臓が大きく鼓動を打った。急に恥ずかしくなってくる。もっとよそよそしい態度を取るべきだったのかもしれない。簡単にキスを許して、軽い女だと思われたかもしれない。

「あなたの言うとおりだわ」エディはそっと言った。「わたしたちはきっと〝一瞬で燃えつきる美しいもの〟なのよ。軽率すぎるし、急すぎるし、浅はかすぎる」

「明日になったら、はじめて会ったかのように礼儀正しく接することもできる。だが、今日応接間にいた人は残らず、ぼくの気持ちに気づいただろう。それに、婚約の知らせも新聞に掲載されたことだし」

「こんな劇的なことは、わたしの身には起こらないはずなのに」

「きみの声は音楽のようだ」ガウアンは彼女を見あげて言った。「朝は何時に起きる？」

「どうしてそんなことをきくの？」

「きみのことをもっと知りたいからさ」

エディの心は高く舞いあがった。

「九時に起きるわ。おやすみなさい」

「おやすみ」

ガウアンはほとんど聞こえないほどの声で言ったが、エディの耳にはしっかりと届いた。

エディは冷たい大理石の手すりをつかんで立ちあがった。中庭をつっきって柱廊玄関へ消えるガウアンを見送る。そのあともしばらくバルコニーにとどまり、自分の中からあふれてくる音楽に耳を傾けた。その音色はチェロよりも深く、甘く、夜の闇に響いた。

14

ロンドン、カーゾン通り二〇番
ギルクリスト伯爵のタウンハウスにて

「おまえの婚約者だが――」伯爵が事務的な声で言った。「当初は五カ月の婚約期間を受け入れたのに、今になってそれを短縮したいと言ってきた。おまえにも話したと思うが、公爵は最近、母親を亡くした妹の後見人になった。まだほんの子どもだ。どうやら公爵は、母親代わりがいない状態が長く続くことを危惧しているようだ。おまえを妻に迎えたいと申し出たときは、そんなことはまったく言っていなかったがな」

ギルクリスト家の面々は、結婚式のあと、まっすぐロンドンへ戻ってきた。そしてガウアンはブライトンへ、例の銀行家との話し合いに戻った。エディは彼の仕事が終わる日を、指折り数えて待っていた。明日、いや、今夜には終わるかもしれない。

「喜んで従うわ」エディはしおらしさを装って答えた。幼い妹がいることなどまったく聞いていないと反論して、父の怒りをあおるようなまねはしなかった。

「私は気に入らない」

伯爵はおもむろに体の向きを変え、手にしていたグラスをテーブルに置いた。

「その理由をきかせてもらえるかしら？」

「あの男は見込みちがいだった」

「そんなことはないわ」エディは反論した。「ガウアンはまさに――」

「ガウアンだと？　もう名前で呼んでいるのか？　とんでもないことだ」伯爵は口をぎゅっと結んだ。

エディは言い返したい気持ちをぐっとこらえた。話がこじれるだけだ。「わたしが言いたいのは――」

「議会の時間だ」ギルクリスト伯爵は唐突にそう宣言すると、会釈をして部屋を出ていった。

そして、夕食になっても戻ってこなかった。

「ねえ、ライラ」エディは夕食の席についた。「お父様を甘やかしすぎじゃないかしら？　あなたがこうして家にいるというのに、お父様は外で好きなことをしているのよ」

「わたしにどうしろというの？　グライフス卿を誘惑しろと？　あんな人、好きでもないのに。若すぎるもの」

「そんなことを勧めるわけがないでしょう」エディはフォークを置いた。「でも、どうしてあなたがみじめな生活を送らなきゃならないの？　浮気をしろと言っているわけじゃないけれど、たとえば趣味を持つとか、出かける予定を入れたらいいじゃない。そうすればお父様が帰ってこないからといって、暗い気持ちにならずにすむでしょう」

ライラは疑り深い目でエディを見ていた。

「これまでは娘であるわたしが社交界デビューもせずに家にいたから、あなたも家にいる理由があったでしょうけれど、わたしが結婚する以上、家にとどまる理由はひとつもないわ。それなのにあなたときたら、ほとんど外出しようとしない」

「妻はそうあるべきだもの」

「それを言うなら夫だって、妻と一緒に家にとどまるべきなのよ。そして、妻を舞踏会や芝居に連れていくべきなんだわ。お父様はめったに家にいないし、いるとしてもあなたに冷たくあたるでしょう。ねえ、わたしがキンロス公爵の申し出を承知しなかったらどうだったかしら？　つまり、わたしがまだ夫を探している最中だったら、今夜はどこにいたと思う？」

「〈オールマックス〉でしょうね」ライラが言った。「水曜の夜だし、デビューしたあと、あなた宛に招待状が送られてきたもの」

「だったら――」エディが言った。「ふたりでそこへ行きましょう」

「でも、なんのために？　ジョナスにはわたしの居場所なんてわからないし、わかったところで気にもしないでしょう。昨日に続いて、今日も朝まで帰ってこなかったらどうするの？あの人、貴族院の控え室で寝たと言い張るのよ」ライラはそれを信じていないらしい。

「だとしたら、あなたもダンスを楽しめばいいわ。そういう時間は大事でしょう。わたしがチェロを弾くあいだ、指をもじもじさせて座っていることなどないのよ」エディは立ちあがった。「メアリーに頼んで、出かける支度をしてもらいましょう」

「わかったわ」

エディは継母を指さした。「ライラ・ギルクリスト、今夜は楽しむわよ」

「そうね」ライラは明るい声を出したが、その笑みは弱々しかった。

「外出前にシャンパンを用意するようウィリキンスに伝えて。景気づけに一杯やって、誘ってくれた男性と片っ端から踊りましょう。お父様がゴシップを耳にするように！」

しばらくあとで、エディは乙女のようにも妖婦のようにも見えるドレスで階段をおりた。メアリーがカールごてで髪をまっすぐにのばし、アップにして、肩におくれ毛を垂らしてくれた。ガウアンがロンドンに戻ったという知らせは受け取っていないが、何も特定の男のためだけにおしゃれをするわけではない。

もちろんガウアンに見てほしいとは思うけれど……。

エディを見たライラが大げさに息をのんだ。「まあエディ、あなた、すごくすてきよ！」そう言って自分の姿を見おろす。「あなたはそんなにほっそりしているのに、わたしときたら太る一方だわ」

「太ってなんていものですか。あなたのは魅惑的な曲線っていうのよ。太っているのとはぜんぜんちがうわ。わたしは別にほっそりしてないし」

「わたしに比べればほっそりしているわよ。たぶん、午後のお茶をしないからね。この曲線のひとつひとつはイングリッシュ・マフィンでできているの。そうそう、シャンパンの用意ができているわ」ライラは自分のグラスを振ってみせた。「あの人の好みからすると、わたしは曲線が多すぎるのかもしれない」

「ライラ、もしかして、もう酔っているの?」エディがグラスを受け取ると、ウィリキンスが一礼して奥へさがった。

「たしかにちょっとふらつくかも。新しいダイエット法よ。これから午後三時以降はブドウしか食べないことにする。お茶はやめるわ。あれが足をひっぱっているんだもの」

「ばかげてるわ!」

「このダイエット法が成功すれば、ウィニフレッドからあの人を取り返せるかもしれない」

「ウィニフレッド? それって誰のこと?」エディは継母と向かい合わせに座り、シャンパンをひと口飲んだ。ライラの顔を見て、いっきに杯を空ける。酔っ払いの仲間入りをするのも悪くないかもしれない。「ついにお父様の愛人の名前を探りあてたの?」

「ちがうわ。勝手にウィニフレッドと名づけたの。昔から嫌いな名前だから、楽だもの」

「何が楽なの?」

「彼女を嫌うことが」ライラが答えた。「わたしの幸せとは言えない家庭を破壊したのよ。イングリッシュ・マフィンを食べすぎるのもウィニフレッドのせいだわ。夜中に夫が目を覚ますのは、室内用便器を使うときだけだってことについても」

エディは何も言えなかった。

「わたしに必要なのはきっかけなのよ。ウィニフレッドを思い浮かべて、ダイエットに拍車をかけるわ。きっとほっそりして、優美で、ものすごい美人にちがいないから」

「ものすごい美人はあなたのほうだわ」エディはシャンパンをあおるライラを見つめた。もうグラスは半分空だ。

「わたしのことはもういいわ。大事なのは、ついにそのときが来たってこと」ライラはそこで、思わせぶりに間を置いた。「あなたに初夜の秘密を教えるときが来たのよ」

「それなら知っているわ」エディはあわてて言った。

「基礎的なことじゃないのよ。これからあなたに教えるのは、〝母から娘へ〟語られてきた秘密よ」ライラは言葉を切って眉をひそめた。「小さな死《ル・プティ・モール》について。知ってる?」

いちおう知っているつもりだったので、エディはうなずいた。

「英語にはふさわしい表現がないところが、すべてを物語っているのよね」ライラが意地の悪い顔をする。「フランス語から借りてこなくちゃならないのよ。それって、女性に悦びを与えられるのはフランス男だけってことじゃない?」そこでエディの顔を見る。「お父様を例に取ってもいいかしら?」

「やめて。絶対に聞きたくない」エディは答えた。

「あのね、いちばん大事なことは、男性から要求されるあらゆる行為はお返しを要求できるし、そうすべきだということよ」

エディは眉をひそめた。男女の交わりについての彼女の知識は限られていたが、お返しを要求するなど考えたこともなかった。

「そのときになればわかるわ」ライラが両手をひらひらと振った。「つまり、そうしてくれと求められたらわかる。だまされたと思ってお返しを要求してみて」

「わかった」

「それから、万が一にもないとは思うけれど、キンロス公爵が数分しかもたなかったり、まったく使い物にならなかったりした場合は力になるわ。そういう男にきく薬があるのよ。だから、言ってくれればぴったりの薬を選んであげる。郵便で送ってあげてもよくてよ」

「ありがとう」そういう薬は、夫に効能を伝えてのませるものなのか、黙ってのませるものなのか、エディにはわからなかった。

「それから、これはとっておきの秘訣よ。わたしだって、自分にはそんなもの必要ないと思っていたけれど……」ライラの目に涙がにじんだ。「でも、必要だった」

エディは困惑した。「それは処女と関係あるの？」

「処女？　いいえ。処女喪失はそれほど痛まないから安心して。年のいった奥方連中の話を真に受けちゃだめ。ちょっと血は出るかもしれないけれど、それであなたのスコットランド男が喜ぶのだからいいじゃないの。男は単純だから、処女畑に鋤《すき》を入れたことを誇りたいのよ」

「畑？」

「そう、あなたは畑なの。そして彼には鋤があるってこと。わかる？　たとえとしては鍬《くわ》のほうがいいでしょうけれど。さて、秘訣というのはね、悦びを感じていないのに、感じていると夫に思いこませる方法よ」

「まあ！」ライラの話を聞けば聞くほど、父の結婚生活は修復不能に思えてきた。

ライラの頰を涙が伝う。「最初は問題なかったのに、行為の目的が子作りになってから変わってしまったの。とにかく、すごく負担なときがあるのよ」ライラは洟《はな》をすすった。「でも、あなたはそんなことにはならないわ。すでに面倒を見るべき子どもがスコットランドで待っているんですもの。なんてうらやましいんでしょう」

エディは黙っていた。小さなスザンナに嫌われるのではないかと不安で、昨日は一睡もできなかった。

「演技などまったく必要としない女性もいるのよ。夫が妻の快楽にこれっぽっちも関心を持たないせいでね。でも、よき夫はもちろん気にかけるわ。そして妻が感じていないと判断すると、やめてちょうだいと叫びたくなるまでがんばってしまうの。妻はたまたま疲れているのかもしれないし、悩み事を抱えていて、夫の望むほどの快楽を得られる状態じゃないかもしれないのに、男はそれを察することができないのね。言っている意味がわかるかしら？」

「なんとか」

「それで、その場合、妻が取るべき道はひとつ。演技をするのよ」

「ごめんなさい、なんですって？」

「演じるのよ」ライラが言った。「お芝居よ。ふりをするってこと」

「なんのふりをするの？」

「ル・プティ・モールの」

「ああ……」

「あなた、本当にわかっているの？」

「わかっていないかも」

「男女の交わりというのは騒がしいものなのよ」ライラが言った。

「そうなの？」エディは混乱しつつも好奇心を刺激された。行為を具体的に想像したことがなかったからだ。

ライラは空のグラスを置いて、のけぞった。その唇から低く、なまめかしいうめき声がもれる。彼女は両手を髪に差し入れ、頭を前後に振った。「ああ、そう、もっとして、もっと！」

扉が開き、ライラの背後にウィリキンスが現れた。

「ああ、そうよ、もっと、あなた《モン・シエール》、強く、強く！　ああ……なんて……」ライラはふたたびのけぞり、声を高くした。「おかしくなっちゃう。もうだめ。何がなんだか……あっ、いく！」

ウィリキンスはその場に凍りついている。

演技を終えたライラはさっと身を起こし、髪を整えて言った。「ウィリキンス、わたしたち、シャンパンのお代わりがほしいわ」

「それだけ騒げば喉も渇くわよね」エディはこらえきれずにくすくすと笑った。

「これが幸せな結婚の秘訣よ」

エディは判断を差し控えた。なんといっても、ライラの場合は効果がなかったのだから。

一方のウィリキンスは、何事もなかったかのようにシャンパンを注《つ》ぎはじめた。執事の鏡だ。

ライラはひと息でグラスを半分空にした。

フルート・グラスとはいえ……これで三杯目だろうか？

「もう出かける時間よ」エディはそう言って自分のグラスを置いた。「〈オールマックス〉が待っているわ」

「〈オールマックス〉は――」ライラの呂律は少しあやしかった。「不倫した女が夫の愛人を監視する場所じゃないわ。わたし、自分を変えるつもりだって言ったかしら？　ライラでいることに疲れたの。ぱっとしない名前だもの。スペルだって覚えられない」

「エディスじゃないだけましよ。それに、あなたは不倫なんてしていないでしょう」

「不倫はしていないけど、老いているのよ。そっちのほうが悪いわ」

「大司教様がその意見に賛同なさるとは思わないけれど」

「年より老けて見えるわ」ライラはため息をついた。「わたしみたいな女はそうなるの。何もしないで座っているあいだにどんどん年を取っていく。世界中のウィニフレッドが夫を盗んでいるあいだにね。ジョゼフィーヌって名前だったらぜんぜんちがったでしょうに。ジョゼフィーヌと結婚して浮気できる男なんていないでしょうから」

「真面目な話、馬車を用意させましょう」

「決めたわ、わたし。これからはフランス語で話すことにする」ライラはエディの手からグラスを奪い、残っていたシャンパンを喉に流しこんだ。「いい練習になるわ。田舎にひっこむより、フランスへ移住するほうがましよ」

「人生なんてそんなもの《セ・ラ・ヴィ》」エディは言った。「フランス語はそれしか知らないの。だからあなたがフランス語で話すなら、わたしたちのおしゃべりは弾まなくなるでしょうね」

「エディ、誰だって練習すれば話せるようになるのよ。いい例文を教えてあげる。〝エヴァキュエ・レ・リュ〟」

「どういう意味?」

「退避せよ!」ライラは腕を振って叫んだ。「混雑した場所でそう叫ばなきゃいけない場面に遭遇するかもしれないじゃない。家庭教師が役に立つ言いまわしをたくさん教えてくれたのよ。でも、〝妊娠しておられますか《エ・ヴ・アンサン》?〟はあまり役に立たなかったわ。いいえ、妊娠していません!」ライラは鼻を鳴らして呼び鈴を鳴らした。「出かける前にもっとシャンパンを飲まないと」

「早く〈オールマックス〉に行きましょう」エディは繰り返した。「入場時間に遅れたら、扉を閉めて入れてくれないのでしょう?」

「あの人があれほど頑固でなかったら、わたしだって今ごろ妊娠していたかもしれない」ライラは相変わらずエディの言うことなど聞いていなかった。「ウサギはどうして子だくさんか、あなた知っていて?」

エディは継母をひっぱり起こした。ほろ酔いだろうがなんだろうが、ライラはきれいだ。最高においしそうな、クリームのかかったケーキみたいだった。空色のドレスの胸元は、蚕が世界的に不足しているのではないかと思うほど布地をけちってはいるが、ライラの胸なら倹約するのも納得だ。「ライラ、そのドレスを着たあなたは本当に美しいわ」

「お腹をひっこめておかなきゃ」ライラはそう言って、エディのグラスを手に持ったまま出口へ向かった。「ああ、ウィリキンス、いたのね。もう一杯注いでくれない？ 何をはおっていくか考えるあいだに飲むから」

エディは継母の手からグラスを奪って従僕に渡した。「ウィリキンス、馬車をまわしてちょうだい。〈オールマックス〉が待っているわ」

「馬車はすでに待機しております、レディ・エディス」執事が頭をさげた。それから従僕を振り返り、ライラの外套を受け取った。「奥様、これを」

「ウサギはね、つまり子だくさんのウサギはね、万事を心得ているのよ」そう言うライラの肩に、ウィリキンスが外套をかけた。「それにね、エディ、気が変わったの。〈オールマックス〉には行かないわ。シャンパンがないんだもの。レディ・チャトルのところへ行きましょう」

「レディ・チャトルってどなた？」

「ちょっとした知り合いよ。いつもなら、彼女が主催する舞踏会《レティキュール》はくだらないから欠席するの。でも、これを受け取ったあとでは話が別よ」ライラは手提げ袋からしわくちゃになった紙を取りだした。「あなたのお父様に、〈オールマックス〉へ連れていってとメモを送ったの。これがその返事よ」

エディは紙のしわをのばした。たった二行、〝別の招待を受けたあとなので、申し訳ないがエスコートはできない〟と書かれていた。「お父様がレディ・チャトルの舞踏会へ行くってどうしてわかるの？」

「そんなのきかなくたってわかるわよ。彼のような状況に置かれた男は、彼女のパーティーに参加するものなの。だから〝会場で会いましょう〟と返事を送ったわ」

「まったくの見当ちがいだったらどうするの？」

「ほかにどこへ行くっていうの？」ライラは、執事とふたりの従僕の存在など意に介さず、大声で言った。「ウィニフレッドをエスコートするにちがいないわ。あの人を見たらウサギの話をしてやるんだから。会話のあいだにさりげなく挟んで、彼の反応を確かめるの」

エディは執事の顔を見た。「わかったわ。御者にレディ・チャトルの屋敷へ行くと伝えてちょうだい、ウィリキンス」

ウィリキンスは言われたとおりにした。数分後、エディとライラは馬車に揺られていた。残念なことに、レディ・チャトルの屋敷までは一五分しかかからなかったので、ライラの酔いが完全に醒めるところまではいかなかった。

「ウィニフレッドを見たらすぐにわかるはずよ」大邸宅の前で馬車を降りながら、ライラは陽気に言った。

「さっきのことだけれど、お父様のような状況に置かれた人って、つまりこの舞踏会には高級娼婦が来ているという意味？」エディは不謹慎だと思いながらも高級娼婦を見てみたいと思った。

「まちがいないわ」ライラが答えた。「だからジョナスも参加するのよ。さっきも言ったとおり、ウィニフレッドは見ればわかる。ジョナスの好みはわかるのよ。さっと近よってきて〝うらやましいわ。わたしは何を食べても体重が増えないのよ〟って言うような女よ。わたしだってジョナスに、きみのお腹はぺちゃんこだねって言われたことがあるの。まだお腹がぺちゃんこだったころのことよ」

「ライラったら」エディは抗議した。「ウィニフレッドの話はもう聞き飽きたわ。会ったこともないんだもの。あの感じのよさそうな召使に案内してもらって、あたたかい場所へ行きましょう」

「わたしは侯爵の娘なのよ！」ライラが宣言した。

「はい、はい、そのとおりだわ」エディは励ますように言った。「ウィニフレッドはたぶん、キャベツ畑で生まれたのよ。コルセットの中に詰め物をしないと、胸がぺちゃんこなんだわ」

「わたしの場合は詰め物なんてする必要はないんだから」ライラは外套を放って見ごたえのある胸を突きだした。

「ウィニフレッドがあなたみたいになるには、コルセットの中にキャベツを詰めなきゃだめでしょうね」エディは言った。「それも右と左で一個ずつ」

ライラは鋭くうなずいて、さっそうと玄関をくぐった。

エディが見るかぎり、入り口付近に娼婦の存在をにおわせるものは何もなかった。執事は執事らしく会釈し、ふたりの外套を受け取って、壁際に控えていた従僕に渡した。それから廊下を先導して舞踏室の入り口まで来ると、ふたりの到着を告げた。

「まあ、見て」ライラが歓声をあげ、執事を押しのけて階段を駆けおりた。「ベッツィーがいるわ！」

「ベッツィーってどなた？」エディはそう言いながら小走りであとを追いかけた。ライラがつまずいたら支えなければならない。

「母の親友よ。今はレディ・ランシブルのはずだわ。去年の夏、未亡人になったのよ。お気の毒に。三番目の……いえ、四番目の旦那様を亡くされて」

「なんて悲劇なのかしら。それとも大勝利と言うべき？」

ライラはエディを従えて、人ごみに分け入った。「彼女のせいじゃないのよ。結婚して一、二年すると、旦那様たちが病気になって亡くなってしまうの。それでも彼女は白髪になることもなく、数々の不幸をかいくぐってきた。それこそが……真の勝利よ」

しばらくあとで、ライラはまさに勝者の風格を放つ金色の髪の持ち主とおしゃべりに夢中になっていた。レディ・ランシブルの時間は、どこかの時点でとまっているようだ。エディは礼儀正しい笑みを浮かべ、父はいないかと会場を見まわした。ライラが来ると知っていながら、舞踏会を欠席できるような父ではない。

深い声がして、肘に誰かの手が添えられた。エディが振り向くと、ベックウィズ卿が隣に立っていた。

「レディ・エディス」ベックウィズ卿はエディのドレスをちらりと見た。色は薄いピンクだが、胸元に余計な飾りがなく、胸の形がはっきりわかる。ベックウィズ卿は賞賛に顔を輝かせた。「ここでお会いできるとは、なんたる光栄」

エディは膝を折るおじぎをした。「ベックウィズ卿、こちらこそ、お目にかかれてうれしいですわ」

「それどころか《オ・コントレール》——」近くでライラの声がした。「あまりに長く社交界から遠のいていたけれど、生活を変えるわ。登場よ、あなた。わたし、《ジャリーヴ・マ・シェール》ようやく表舞台に登場《ジャリーヴ》したのよ！」

ベックウィズ卿が会釈をしてエディの手を取り、キスをした。手を放すべきタイミングになっても、彼は放そうとはしなかった。「失礼に取らないでいただきたいのですが、あなたが早々に婚約されて落胆しているのはぼくだけではありません」

「レディ・エディスなら、あと数カ月は独身よ」ライラが急に会話に加わってきた。

ベックウィズ卿はもう一度会釈した。「レディ・ギルクリスト、お目にかかれてたいへん光栄です」

「あなたたち、何か飲まない？」ライラが言った。「馬車の移動で疲れたから、精のつくものがいいわね」しばらくあとで、三人はシャンパンとおいしいもの《ボンヌ・ブーシュ》をのせた小皿が並んだ小さなテーブルに座っていた。

「食べて」エディはそう言って、小さなケーキの並んだ皿をライラのほうへ寄せた。「そうでないと、明日の朝、ひどい頭痛に襲われるわよ」

「オ・コントレール――」ライラが澄んだ声で言った。「シャンパンならいくら飲んでも飲まれることはないわ。きっと生まれつき、わたしの血にはシャンパンの泡が入っているのよ」

レディ・ランシブルはふたりの男を従えていた。次の候補者らしい。五番目の夫という、危険な配役に名乗りを上げた男たちだ。ライラがそのうちのひとりであるグレル卿をしつこく誘惑しはじめた。エディはため息をつき、ベックウィズ卿に向き直った。「もしかして、今夜うちの父を見かけませんでした？」

「いましたよ、レディ・エディス。別々に来られたのですか？」

ライラにもそれが聞こえたのだろう。さっと身をこわばらせ、獲物にいっそう身を寄せた。

「レディ・エディス、一曲踊っていただけませんか？」ベックウィズ卿が尋ねた。

はい、と答えようとしたところで、大股で近づいてくる父の姿が目に入った。「お父様！」エディは大きな声で言い、椅子から跳びあがって膝を折るおじぎをした。「やっぱり来ていらしたのね！」

ライラは大きく息を吸い、割れるのではないかと心配になるほどの力でグラスをつかみ、シャンパンを飲み干した。

「娘よ」父が足をとめた。「それにレディ・ギルクリスト、レディ・ランシブル、ベックウィズ卿、グレル卿」

レディ・ランシブルの取り巻き二号は、あいさつを受ける前にどこかへ消えていた。怒りをたぎらせた伯爵の登場に恐れをなしたのだろう。ギルクリスト伯爵はさながら、夜会服をまとった野蛮人だった。プラム色のベルベットの上着と、完璧に結ばれたクラヴァットでさえ、伯爵の血走った目を覆い隠すことはできなかった。

父の視線をたどったエディは、グレル卿にもたれかかるライラの姿を見た。グレル卿はかなり鈍いらしく、まったく危険を察知していない。

エディははじめて父をかわいそうに思った。ベックウィズ卿は申し訳なさそうに微笑むと、人ごみに紛れて消えた。

「あらあら、わたしの旦那様じゃないの」ライラがはじめて気づいたように言う。その後、椅子から転げ落ちるのではないかと心配になるほど、体をぐっと横に傾けた。夫の傍らにウィニフレッドがいないかどうか、確認しているのだ。

ギルクリスト伯爵は激昂していた。やはりウィニフレッドなど存在しないのだ、とエディは思った。

このころになるとレディ・ランシブルも立ちあがり、グレル卿を連れてテーブルを離れた。彼女の機転でグレル卿は命拾いしたと言える。

ギルクリスト伯爵は妻を無理やり立たせて馬車を呼びそうに見えたが、結局は、つい数分前までベックウィズ卿が座っていた椅子に腰をおろした。エディもふたたび席についた。小さなテーブルを覆う緊迫した沈黙の中で、三人ともしばらくじっと座っていた。

ついにエディが沈黙を破った。「ふたりきりにしてほしい？　舞踏室をまわってきてもいいし、ベックウィズ卿と踊ってもいいのよ」

「どうしてそんなことをする必要があるの？」ライラが言った。「あなたがいなくなったところで、意義のある会話ができるわけでもなし。どうせこの人は、さっきまでここにいたかわいそうな男性とわたしが、何かまずいことをしたと非難するつもりでしょうよ。ベッツィーが結婚すると決めた相手と、どうなれるわけでもないのに」

「私は――」

ライラは夫の発言を遮った。「ところで、ウィニフレッドはどこ？」視線を上げ、従僕に目を留める。

「ウィニフレッドとは誰のことだ？」伯爵が眉をひそめた。

ライラは夫の答えも待たず、従僕にシャンパンを四杯持ってこいと指示していた。四杯のうち二杯は自分用だ。そこでエディが代わりに答えた。

「お父様の愛人のことよ」

「よくも親に対して愛人などと言えたものだ。誰にそんなデマを吹きこまれた？　ウィニフレッドなど知らんぞ！」

「あら？」すかさずライラが会話に戻ってきた。「やせている女よ。とても細いの。コルセットの中に野菜を詰めていて、水に浮かべても沈まないほど軽いんだから。わかるでしょう？　サーペンタイン湖に投げこんでも、水面に浮いてくるようなタイプなの。太れる女性がうらやましいわ、なんてつぶやきながらね」

　伯爵は完全に途方に暮れていた。

「まともに取り合うだけ無駄だと思うわ」エディは父に言った。シャンパンを持った従僕が到着し、エディはライラに奪われる前に自分のグラスを確保した。

「ウィニフレッドは――」ライラがやや悲しそうに言った。「わたしからあなたを奪った女よ、ジョナス。わたしだって昔はあなたを喜ばせることができた。そうでしょう？　ウサギとまではいかなかったけれど。人生なんてそんなもの《セ・ラ・ヴィ》だわ」ライラは肩をすくめ、勢いよくシャンパンをあおった。

「いつからこの調子なんだ？」ギルクリスト伯爵の野蛮度は、当初の四分の三から半分くらいまでさがっていた。

「そうね、二年くらい前からかしら」エディはそう言って首を傾げた。「夫婦の調和を一〇段階で表すと、お父様たちは八段階目くらいにいるのね。ちなみに一〇は落胆のどん底よ」

「親に向かってそんな口をきくな！」伯爵が怒鳴った。

　エディが苦み走った父の顔から視線を上げると……父の背後にガウアンが立っていた。

15

銀ボタンがついた濃紺のベルベットの上着をまとったガウアンは、飛び抜けて立派だった。彼は一歩さがって王子も顔負けのおじぎをした。「レディ・エディス」そう言って背筋をのばす。「ギルクリスト伯爵夫妻」ガウアンはふたたび会釈した。

エディは間の抜けた笑みを浮かべているのを承知で立ちあがった。

「公爵様、ブライトンでのお仕事を終わらせていらっしゃったのね」

ガウアンはエディの手を取り、自分の口元へ近づけた。「銀行家たちに容赦なく鞭を振るって、早めに終わらせてきました。ぼくがロンドンへ戻って、連中はほっとしているでしょう」

「あなたが戻ってくれて、わ、わ、わたしはうれしいわ」

ガウアンは笑顔を見せた。

「こんばんは」ライラが大きな声で言った。まるで歌うようなしゃべり方で、かすかに呂律があやしかった。「ちょうどいいときに戻ってこられたわ。ギルクリスト伯爵は、あなたの婚約を無効にしようとしているみたいよ。この人ったら最近、気まぐれなの」

ガウアンは眉ひとつ動かさずに威圧するような雰囲気を発した。「もちろんギルクリスト伯爵夫人の誤解でしょうね？」彼はそう言って伯爵に向き直った。

伯爵が立ちあがる。「妻は大げさに騒いでいるだけだ。前にも話したとおり、あなたと娘の結婚がうまくいくかどうか、疑問はある。だが、そんな心配は契約を破る理由にはならない」

「結婚に対するぼくの見方はあなたよりも楽観的です。特別許可をもらってきました」ガウアンはエディの手を取り、自分の腕にまわした。「カンタベリー大聖堂の大主教は、快く対応してくださいましたよ」

「特別許可証で結婚するのか？」伯爵が顔をしかめた。「娘の評判に影を落とすつもりかね？」

ガウアンはエディを見おろした。「スコットランド人であるぼくには、イングランド社交界の複雑な事情はわかりません。そんなにひどいことですか？」

「そうなるでしょうね」エディが答えた。「しばらくはのけ者にされるでしょう。スコットランドへ移って、グレトナ・グリーンで結婚するよりはましだけれど」

ガウアンは、エディの不安を吹き飛ばすような笑みを浮かべた。

そこでエディも、彼の無言の問いに答えた。「でも、わたしはスキャンダルなんて怖くはないわ」

ライラがかすかによろめきながら立ちあがった。「スキャンダルなんて一時的なものよ。

なんといっても公爵ですもの。ああ、すてきな知らせだわ！」ライラはふらふらと向きを変えた。「ベッツィー、マ・シェール、どこへ行ったの？　わたしのかわいい娘が明日の朝、結婚するのよ。真実の愛が大波となって彼女をさらい、公爵の胸に届けたの！」

近くのテーブルに座っていたレディ・ランシブルが跳びあがり、化粧にひびが入るのではないかと思うほど眉をつりあげた。「なんてすばらしいのかしら！　『モーニング・ポスト』の告知は見たけれど、これほど急だとは思わなかったわ」

「真実の愛は誰にもとめられやしないのよ」ライラが言った。「悲しい経験をたくさんして、あなたも身にしみているでしょう？　〝人生は過ぎゆく。バラのつぼみは、摘めるときに摘まねばならない〟って。あら、バラじゃなくて虹だったかしら？　ともかく、手遅れになる前に行動しなくちゃ」

「公爵は、スコットランドに重要な仕事をたくさん抱えておられる。それで結婚を急ぎたいと希望されたのだ」伯爵が冷たい声で言った。

「そのとおりです」ガウアンはレディ・ランシブルに笑いかけた。「クレイギーヴァーの城に美しい花嫁を連れて帰るのが待ちきれませんよ」そう言ってエディを引きよせる。

「みなを代表して、おふたりの幸せをお祈りしていますわ」レディ・ランシブルが言った。

「愛はあらゆる障害をのり越えるものよ」ライラはややかすれた声で言った。そしてふたたび腰をおろした。

レディ・ランシブルは歯を見せて笑い、小走りに遠ざかっていった。キンロス公爵とギルクリスト伯爵の娘が早々に結婚するというスキャンダルを広めにいったのはまちがいない。

「明日結婚するのだとしたら――」エディは落ち着いて話している自分に驚いた。「今夜はもうおいとましたいわ」

「何も明日とは言っていない」伯爵が歯を食いしばった。「たとえ特別許可を認めたとしても、式はしかるべき手順を踏んで、適切に執り行う」

ガウアンは満足そうに会釈した。「明日の午後、お宅にうかがいますから、細部を話し合いましょう」

「そういうことなら、わたしはもう少し残っていたいわ」ライラが真珠の刺繍がされたヘアバンドを直しながら言った。「まだ踊ってもいないし、それに当然ながら《ナテュレルマン》……」そのあとに続く内容を忘れたライラは、しばし間を置いて言った。「こんな早い時間に帰るのはみっともないでしょう」

エディとしてはこれ以上、父とライラのそばにいたくなかった。ガウアンに向かって目で懇願する。

「レディ・エディスは婚約者であるぼくがお送りしましょう」ガウアンは伯爵に言った。

「決して不埒なふるまいはしませんからご安心を」

伯爵は顎をこわばらせながらもそれを承諾した。「公爵にお任せできるなら安心だ。わたしと妻も折を見て帰るとしよう」

「ウィニフレッドが同じ馬車ならいやですからね」ライラが言い放った。「わたしにもプライドがあるのだから」

伯爵はふたたび座った。混乱し、いらついているようだった。「申し訳ないが、そのウィニフレッドとやらが誰なのか教えてはもらえないだろうか」

「ウサギについて話すのが先だわ」ライラは夫と同じくらい憮然としていた。空のグラスを押しやり、気取った手つきで二杯目のグラスの脚を持つ。

「ウサギだと？」

「それではライラ、お父様、失礼するわね」エディは両親にそう声をかけると、返事も待たずにガウアンをひっぱってその場を離れた。「みっともないところをお見せしてごめんなさい」充分に離れてからエディは言った。「両親の結婚は、いよいよ最終局面を迎えたようだわ」

「ぼくらなら、ああいった〝節度のない感情〟は避けられると思う」

エディは声をあげて笑った。「わたしがあなたに書いた最初の手紙を引用したのね」

「正確な文言までは思いだせないがね」

「あなたとなら、うちの両親みたいにややこしいことになるとは思えないわ」

ガウアンはエディを出口のほうへ促した。群衆が、サメを見た小魚のように左右に分かれる。「きみは癇癪持ちなのか？」ガウアンが尋ねた。「失礼なことを言うつもりはないが、きみの父上はちょっとばかり怒りっぽいようだ」

「わたしはむしろ、幼いころからなだめ役だったわ。わたしまで怒りの発作を起こしたら、伯爵家はとっくに崩壊していたでしょうね。あなたはどうなの？」

「気をつけてはいるが、癇癪持ちでないとは言えない」玄関に到着したところで、ガウアンは従僕に馬車を呼びに行かせた。「実際、お父上とぼくには、思ったより多くの共通点があるのかもしれない」

「でも、いつも落ち着き払っているわ」エディは大きな声で言った。「正直なところ、最初はちょっと心配したのよ。プライベートでもまったく感情を表さないのじゃないかって」

「きみこそ、あのお父上の下で、感情を解き放っていないんじゃないのか？」

エディは笑った。「ライラと話していたのよ。あなたが愛人を囲ったら、チェロで頭を殴ってやるって」

ガウアンはにやりとした。「ぼくはかっとなって心にもないことを言うかもしれない。自分が癇癪持ちのばか野郎だってことを認めるのに、二二年もかかったよ」

「わたしはむしろ、感情に身を任せるあなたを見てみたい気がするわ」

「そのうち見られるさ」彼の声が、ベルベットのキスのように肌をなでた。

「変な意味じゃないわよ」

「ぼくが癇癪を起こしたら、きっと狂ったように怒鳴るぞ」

エディは少し不安になった。「それは好ましいとは言えないわね」

「ああ。怒鳴られても真に受けないよう、召使たちを訓練しなければならなかった。うちの召使たちは、ぼくがかっとなっているときに命令しても決して従わない」

「たとえばどんな命令をするの？」

ガウアンは眉間にしわを寄せた。「ごくたまに、召使を城から追いだすことがある。それで、あとから悔やむんだ。だが、そんなことをしたのは、爵位を継いでから三度か四度しかないから、心配はいらない」

「わたしも追いだされるのかしら？」その可能性についてどう考えたらいいのか、エディにはわからなかった。父はたしかに気が短いが、家族を追いだすとか、誰かを解雇すると脅したことはない。怒りの言葉をふたつ三つ叫んで、出ていってしまうだけだ。

エディの外套を手にした執事が現れた。ガウアンはそれを受け取り、みずから彼女の肩にかけた。「そんなことはありえない。だが、ぼくの花嫁に色目を使うやつがいたら、自分でもどうなるかわからないな」

エディは顔を上げた。情熱的に見つめられると、腹の下あたりがくすぐったくなった。ただ、一抹の不安もある。

「父のようにはならないでちょうだいね。父がどれほど嫉妬深いかは、さっき見たでしょう。今日のは最悪だったわ。ふだんはどちらもしらふだし、もう少しまともなのよ」

「だったら、ぼくの家族とはちがうな」ガウアンは言った。

すばらしく豪華な馬車の席に向かい合わせに腰かけたところで、エディは尋ねた。「ご両親にはお酒の問題があったと話してくれたわね」

ガウアンはにっこりした。「ほかにおばが三人いて、三人とも犬に夢中なんだ。犬たちは誕生日を祝ってもらうし、宝石を埋めこんだリードで散歩をする。ぼくよりもたくさん上着を持っているんだ」

「上着を？」

「冬はベルベットの上着で、夏はリネンだ。どうやら自前の毛では気候の変化に、つまりスコットランドの風に、対応できないらしい。おばたちの家にはそのときどきで、ほかにもいろんな動物がいる。おばたちは――それぞれサラとレティとドリスというんだが――どんな動物も犬のようにしつけられると信じているんだ。きちんと訓練すればね」

「どんな動物も？　何を覚えさせたいの？　ウサギも訓練したら吠えるようになるとか？」

「そもそも犬を訓練して吠えさせたりはしないよ」ガウアンが指摘した。「たとえば名前を呼んだら来るとか、尿意を我慢して、許可された場所に、居間の絨毯敷きではないところにするとか、あとは各種の指示に反応することだな」

「おば様たちは猫も訓練するのでしょうね」エディは半信半疑で言った。これまで動物と親しくふれあったことはない。「でも、わたしの理解するところでは、猫は簡単には従わないでしょうけど」

ガウアンは首を横に振った。「猫もかなり昔に訓練していたよ。さらに先へ進んで、数種類の鳥、ハタネズミ、ハリネズミ、三匹のリス、それからウサギの一家を訓練した。今はブタに挑戦している。正確には子ブタだ」

「子ブタをしつけるの？」

「おばたちは〝飼い慣らす〟という表現を使うんだ」ガウアンがあまりに淡々と言うので、エディは笑ってしまった。「この前おばの家を訪ねたとき、子ブタたちは自分の名前をちゃんと覚えていた。ちなみにそれぞれペタルとチェリーとマリゴールドだ。今ごろ、三匹の子ブタは母ブタになっているかもしれないな。そうでなければベーコンに」

彼は長い脚をのばした。ブーツの先がエディの靴をかすめる。たったそれだけでも、エディの体にさざ波が立った。まったくどうかしている。救いようがない。

「わたしに言わせてもらえれば――」エディは自分を立て直した。「子ブタに名前を覚えさせるよりも、衛生的な暮らしを守るほうがよっぽど大事だわ」

「子ブタは三匹とも目覚ましい成果を上げていたよ」ガウアンはさして感心してもいないように言った。「夕食のときにぼくの前を行進していった。ピンク色で、ぴかぴかに磨かれて、そろいのリボンをつけていた。衛生面ではいくつか問題もあったようだが、きみが思うほどひどくはない」

「その子ブタたちを見てみたいわ」エディはガウアンと同じく真面目な口調で言った。それから、もう一度笑った。「わたしね、馬以外はどんな動物も間近で見たことがないのよ。乗馬はできるけれど」

ガウアンは馬など問題外だというように手を振った。「人類と動物の歴史の中でも、馬は暗黒時代に属している」

「おば様たちは、そもそもどうして動物を飼い慣らそうなんて思いついたの?」

ぎまぎした。

「少女時代にレティが提案して、残る二人が賛成したらしい」ガウアンの足がふたたびエディの足にふれた。だが、彼の表情は変わらない。ただの偶然なのかもしれない。エディはどぎまぎした。

「でも、無謀じゃないかしら？」

ガウアンはこの発言に驚いたようだった。

「そんなことはないさ。この世にブタを飼い慣らせる人がいるとしたら、サラの可能性が高い。去年サラは、手からリスに餌をやるのに成功したからね」

ガウアンは少年のように誇らしげに言った。エディは幼いころから自分が貴族であることを知っていたし、それに見合った暮らしを当たり前と受けとめてきた。だが、父である伯爵が本当に価値を置いているのは音楽で、それについてはエディも同じだ。音楽を通じて広い世界を知り、自分の限界と葛藤してきたために、上流意識があまり強くならなかった。ところがガウアンや、おそらく三人のおばには、エディにとっての音楽に相当するものがない。何百年にもわたって受け継いできた公爵家のプライドが、エディにとっての音階と同じくらい揺るぎないものとして、彼らの精神を貫いているのだろう。

ガウアンは片方の眉を上げた。彼はおばたちの能力をみじんも疑っていないようだった。

「化学の実験のようなものだ。わが一族は代々、好奇心が強い。何世代にもわたって、それぞれなんらかの研究に没頭してきた。父の死でさえ、人間のアルコールに対する許容量を証明する試みだったと考えることもできる」

「じゃあ、あなたは？」エディは尋ねた。

ガウアンは肩をすくめた。「小麦に多少の関心がある。新しい品種を栽培しているところだ」

小麦の栽培は子ブタの調教よりずっと役に立つ。エディは感心した声をあげ、ガウアンのおばたちは、ガチョウの調教も試したことがあるかを尋ねようとした。少女時代に攻撃的なガチョウを見たことがあったからだ。しかし、折あしく馬車がとまった。カーゾン通りの屋敷に到着したのだ。エディがレティキュールを捜していると、ガラガラと車輪の音がして、別の馬車が横を通り過ぎて急停車した。

エディは窓際ににじりよってカーテンを開けた。父親の馬車が見える。お仕着せ姿の馬丁が飛びおりて、馬車の扉を開けた。「両親が帰ってきたんだわ」

ガウアンも座席の隅に寄り、エディと同じくらいの好奇心を持って窓から外をのぞいた。

「どうやら伯爵は、酔っ払ってダンスをするのは賢明ではないと、妻を説得するのに成功したようだ」

「どうしてさっさと出てこないのかしら？」しばらくしてエディは言った。

「定かではないが、伯爵夫人を起こそうとしているんじゃないだろうか。あれだけ飲めば、気絶しなかったとしても眠くなるだろうから」ガウアンの言い方はどこかとげとげしく、エディはいやな気持ちになった。

ライラをかばおうと口を開きかけたところで、当のライラを抱えた父親が馬車から現れた。

背後に空色のシルクを波打たせながら玄関へ歩いていく。ライラは夫の肩に頭を預けていた。

「あなたの言うとおり、眠ってしまったにちがいないわ」エディが言った。「シャンパンでは眠くなったりしないと思っていたのに」

「種類よりも量が問題なんだ。彼女はどのくらい飲んだ？」

「六杯くらいかしら？　今日はほとんど食べていなかったの」

「六杯というと、ほとんどひと瓶じゃないか」ガウアンが指摘した。「泥酔しているんだ」

ギルクリスト伯爵が玄関へ続く石段に足をかけようとしたとき、ライラがおもむろに手をのばし、夫の顔を自分のほうへ近づけた。目を覚ましていたらしい。エディはカーテンを戻して背もたれに体重を預けた。「あんな場面はあまり見たくなかったわ。どちらにせよ、これでライラが気絶しているわけではないことがはっきりしたわね」

「だとしても、酒量を減らすべきだ」

「そんなきつい言い方をしなくてもいいじゃない」エディはガウアンをにらんだ。「ライラは大酒飲みってわけじゃないわ」

「ぼくの経験上、酒飲みは家族の知らないところで酒瓶と親交を深めているものだ」

「あなたのご両親はそうだったかもしれないけれど――」エディはそこで言葉を切った。

「ああ、いやだ。お互いの家族について不快なことを言い合うのはよしましょう。わたしとライラは四六時中、一緒にいるわ。チェロの練習の邪魔をしないで、と何度言ってもわかってくれないくらいよ。でも、あれほど酔っ払ったところははじめて見たわ」

ガウアンの目に同情の色が浮かんだ。「ぼくの父も、どれだけ強く拒否しても勉学の邪魔をした」

「ガウアン、話の要点はそっちじゃないの」

しばらくして彼が言った。「そうなのか?」どうやら反論されることに慣れていないらしい。

「わたしの言うことも聞いてちょうだい。わたしの継母は限度を超えてお酒を飲んだりはしない。夕食のときにワインを飲むことさえしないのよ。アルコールを口にするのはお父様が帰ってきたときだけで、近ごろはまれだわ」

「わかった」ガウアンはうなずいた。そして窓の外に視線を戻した。「まだキスしているぞ。お父上はあの年にしては情熱家だな」

「お父様はそこまで年じゃないわ」エディは弁護の対象を、ほろ酔いの継母から怒りっぽい父親へ移した。「まだ四〇を超えたばかりよ。スコットランドの男は、四〇をはるかに超えても元気だと自慢したのはあなたでしょう」

「どうりでお父上には、スコットランド人っぽいところがあると思った」

ガウアンがちょっと微笑んだだけで、エディは膝に力が入らなくなった。不条理だが、そうなってしまうものはしょうがない。「どうやらあなたはユーモアのセンスというものを誤解しているみたいね」

「申し訳ない。両親のせいで、アルコールの過剰摂取に対しては過度の嫌悪感を覚えてしまうんだ」

「それは仕方のないことだわ」エディが言った。「両親が中に入ったら教えてちょうだい。わたしも帰らなきゃ。寝る前に部屋をのぞいてわたしがいなかったら、ライラが大騒ぎをするでしょうから」

ガウアンがふたたび外を見た。「入ったよ」

「じゃあ、これで失礼するわ。婚約しているとしても、停止した馬車の中にお目付役もなしで座っているのはよくないものね」

「そうだろうか」ガウアンが目によこしまな光をたたえて言った。「お目付役なしで、きみをハイド・パークへドライブに連れていくことはできるのに」

「暗くなってからはだめでしょう。本当に、もう行かないと」言葉とは裏腹に、エディの声はかすれていた。

「おやすみのキスをするまではだめだ」ガウアンはささやき、彼女の両手を取って自分の座席へひっぱった。「きみはもうじきぼくの妻になる」

エディは顔を上げて彼の目を見た。

ガウアンの顔が近づいてくる。エディは息を詰め、二度目も最初のキスと同じくらいすてきだろうかと考えた。そのあとは……何も考えられなくなった。ガウアンの舌が滑りこんできたところで、あらゆる思考がとまってしまったのだ。

頭を使わないほうがよい場合もあることを、エディは学びつつあった。そこで彼女はガウアンのやわらかな髪をもてあそび、両手を首から肩、さらに下へはわせて、盛りあがる筋肉の感触を楽しんだ。

いつしかキスはぐっと濃厚になり、気づくとエディは、ガウアンにしがみついて息も絶え絶えになり、正体不明のリズムに——血管の中で脈打つ本能のリズムに体を震わせていた。

「エディ！」ガウアンがかすれ声で言い、こもったうなり声とともに唇を離した。「この辺でやめておかないと——」

「いやよ」エディは彼の唇を引き戻した。「わたしたちがどこにいるかなんて、誰にもわからないわ」

そう言われたガウアンは、キスを続けた。次に声をあげたのはエディだった。ガウアンに胸をつかまれた彼女は、あまりの快感に支離滅裂な言葉をつぶやいた。ガウアンは低い笑い声で応え、親指で乳房の頂をこすった。

エディが声をあげ、彼の手に胸を押しあてる。いつの間にか外套は脱げていた。ドレスやシュミーズを介しても、ガウアンの手の熱っぽさや力強さがはっきり伝わってきた。ふれられるたびに感情の大波が突きあげてくる。

ガウアンはうっとりとした表情で、手からはみだすほど豊かな乳房に見入っていた。

「ちょっと大きすぎるわよね」ライラが自分の胸をみっともないと評していたことを思いだして、エディは言った。

ガウアンは彼女をちらりと見た。その瞳が強い光を放つのを見て、エディは彼に体を寄せ、もっとふれてちょうだいと懇願したくなった。

「きみは完璧だ」ガウアンが言った。その声は、チェロのいちばん深みのある音のように彼女の肌をこすった。「きみを抱くところを何度も夢見た」

「本当に？」

「はじめて会った夜からずっとだ。だが、どんな夢も現実にはかなわない」

ガウアンの両手がもたらす快感に、エディは体に力が入らなくなって座席に身を沈めた。彼の体が迫ってきて、首筋に唇があたる。乳房をもてあそばれながらエディは、ドレスやシュミーズといった障害物なしでふれてもらったら、どんな気持ちがするだろうと考えた。ガウアンほど大柄な男がのしかかってきたら、たとえ肘をついて体重を支えてもらったとしてもつぶれてしまうのではないかと思ったが、しかし実際はそんなことにはならなかった。筋肉質の熱い肉体を、エディは好ましいものとして受けとめた。両脚を腰に巻きつけたくなって、自分のはしたなさに衝撃を受ける。

ガウアンは細いうなじに手をまわし、キスをする代わりにエディの唇をなめた。とても気持ちがよかったので、エディはあえぎ、背を軽く弓なりにした。それによって、ふたりの体はさらに密着した。

ガウアンが乳房の曲線に口づけし、両脚のあいだに太腿を割りこませてくる。エディは爪のあとが残るほど強く、彼の肩をつかんだ。

ガウアンが低い声で何かつぶやく。次の瞬間、ドレスの胸元がぐいっと下にひっぱられた。

ボディスからのぞいた胸の頂を、彼の唇が覆う。いきなり未知の世界に放りこまれたエディは、小さく悲鳴をあげてのけぞった。

ガウアンが繊細なつぼみを甘嚙みし、なめ、キスをする。官能的な攻撃に打ちのめされてエディの頭は真っ白になり、感覚がすべてを支配した。ガイ・フォークスのわら人形のように、情熱の炎が彼女を焼きつくそうとしていた。今にも体が爆発して、何か明るくて人を驚かせるような、すばらしいものが生まれそうな気がした。エディは彼の脚を押し返した。炎が体をなめつくしていく。息もできないほどだ。

しかし、いよいよ引き返せないと思ったとき、ガウアンが動きをとめた。あたたかな唇が離れると、歓迎しがたい夜気が肌を刺した。エディは自分の体を見おろした。かすかな明かりの中に浮かびあがった青白い乳房。その頂は色を増してぴんと立ちあがり、さらなる注目を求めている。

ガウアンの視線もそこへ落ちた。しかし彼は、すっかり公爵然とした顔つきに戻っていた。なんの感情も読み取れない表情に。

エディはぼうっとした頭で、これはよくない兆候ではないかと思った。キスにわれを忘れ、途中からはまだ結婚していないことさえ*どうでもよくなっていた*。今すぐ座席の上で愛を交わしたかった。地面の上でもいい。彼が選ぶなら、どんな場所でもよかった。

ところが彼は終始、理性を保っていたようだ。

「どうしてあなたはそんなにちゃんとしていられるの？」

反対側の席に座らされ、小さな女の子のように外套をはおらせてもらいながらエディは言った。

「ちゃんとしてなどいないさ」ガウアンは端的に答えた。その声に生々しい感情の動きを感じて、エディは少しだけ気持ちが楽になった。

「全身が火照ってむずむずするわ」エディはそう言ってガウアンの額にキスをした。完璧な蝶結びを再現しようと努力している彼の邪魔をしないように。「もう眠れそうもない。なんだか……」

「ぼくだって眠れない」ガウアンが手をとめて彼女の目を見た。「こんなに官能的な女性と人生を分かち合うことができるなんて、夢にも思っていなかった」

「わたしは別に官能的じゃないわ」エディがささやいた。「ごくふつうよ」

「ふつうなものか」ガウアンは彼女の顔を両手で包み、すばやく唇を押しつけた。そしてエディがまだぼうっとしているあいだに馬車の扉を開け、彼女の手を支えて歩道へおろした。

「ガウアンってば！」エディは抗議した。馬車から飛びおりてきた従僕が扉の両脇にふたりずつ控えていることに気づいて声を落とす。「特別許可証をもらってきたのでしょう？　結婚の誓いに先走ったのではないかと疑われ、評判に傷がつくかもしれないなら、実際にそうしたって同じじゃないの」

ガウアンは彼女の手を自分の腕にかけ、玄関の扉のすぐ右側に控えているウィリキンスのほうへ歩きだした。「たしかにそのとおりだ。だが、これはわかってほしい。ぼくは世間の評判よりも自分自身の名誉を重んじるんだ」ガウアンは公爵然とした口調で言った。お仕着せ姿で立っている召使たちを意識してのことだろう。

エディは小道を半分ほど進んだところで立ちどまり、ウィリキンスにも従僕にも聞こえないことを祈りながら、とがめるように言った。「意地悪な人ね」

ガウアンは動かなかった。玄関からもれるかすかな光の中では、正確な表情を読み取ることはできない。エディはむっとして、彼の腕を軽く揺すった。「公爵様、ずいぶんとお高く留まった態度じゃなくて？」

「お高く留まっただって？」ガウアンの瞳にひねくれたユーモアの光が戻ってきた。「ぼくを爵位で呼ぶのだって、充分にお高く留まっているじゃないか」

エディの気持ちはおさまらなかった。ガウアンが日曜の説教を終えた教区牧師のように落ち着き払っているのも気に食わない。そこで背のびをして、彼の下唇をなめた。

「エディ、いったいどういうつもりだ？」

ガウアンが胸の奥のほうから絞りだすように言ったので、エディはうれしくなった。おそらくガウアンは感情を抑えこむのが人よりうまいだけなのだ。

「あなたも、わたしと同じくらい眠れないだろうってことを確かめたかったの」

彼女はそう言うと、両手でガウアンの顔を引きよせてキスをした。四回目のキスでもなければ、一四回目のキスでもない。彼女のほうからした最初のキスだ。

そう思うと、エディはいっそう大胆な気分になった。しかしガウアンはキスに応えたものの、婚約者を抱きあげて大股で馬車へ戻り、どこかの寝室へ向かえと御者に怒鳴ったりはしなかった。

すぐに立ち直って唇を離し、彼女の手を首からはずしてうなるように言った。「さあエディス、玄関までエスコートしよう」

辛抱強く待っていた執事の前を通り過ぎるとき、エディはどうにか呼吸を整えていた。執事の表情からはなんの感情も読み取れず、そのことがエディをいっそういらだたせた。わたしは一生、誰かの目を気にして生活しなくてはならないのだろうか？

エディはガウアンの目を避けながら、膝を折るおじぎをした。そのまま踵を返して石段をのぼろうとしたとき、不機嫌そうな声がして肩をつかまれ、彼のほうへ向き直らされた。ガウアンは低く、迫力のある声で言った。「公爵たる者、花嫁を馬車の中で奪ったりはしないんだ」

エディはちらりと横を見たが、ウィリキンスは気をきかせる場面だと察知して家の奥へひっこんでいた。

「そういうことじゃないわ。いきなり感情をなくしたみたいにふるまうのが気に入らないの。さっきまで情熱的にキスをしていたと思ったら、丸太みたいにつったっているのだもの。笑わせてくれたかと思ったら、いたずらっ子を諭す教師のような話し方をする。それって不愉快だわ、とっても」充分に怒りが伝わるよう、エディは力をこめてつけ加えた。

「男は行動で判断されるんだ」ガウアンが言った。「婚約者の処女を奪ったら、ぼくはぼくでなく、別の人間に……欲望に負け、社会規範を破った男に成りさがってしまう」

エディは急に議論する気力を失った。「そうね、たぶんあなたの言うとおりなんでしょう」もう一度おじぎをしようかと思ったが、嫌味だと思われるかもしれない。彼女は婚約者の頬を軽く叩いた。なんといっても彼は愛しい相手だ。たとえ人生の方向性がちがっているとしても。エディは無言のまま部屋へ引きあげた。

16

馬車へ戻ったガウアンは座席に座り、腕組みをして、自邸までの短いドライブをやり過ごした。

屋敷に到着すると執事にうなずいて上着を投げ、自分の寝室へ引きあげる。そのあいだも、よじれるほどの体のうずきと戦っていた。エディの熟れた乳房や、キスをしたときに息を詰まらせる様子を思いだすと、自分という存在が根元から揺さぶられているような気がした。

近侍が入ってきて、着替えをするあいだに本日の支出について報告を聞くかどうか尋ねた。

ガウアンは風呂の準備をするよう言いつけて、近侍を追いだした。興奮状態から覚める気配のない部分を見られたくなかった。

くそっ。これではいつまで待ってももとに戻らないかもしれない。きっと結婚式で祭壇の前に立つときもこの状態なのだ。そのあとはどうなるのだろう？　ぼくはいったいどうするのだろう？

公爵夫人を馬車に押しこんで、野獣のように座席の上で奪うのか？　すかさず、そうしたところでエディは逆らうまい、と思った。実際、夫の妄想に嬉々としてつき合ってくれる夢の女性を見つけたようだ。

ガウアンの妄想は際限がなかった。みずから思いついたものだけではない。キンロスの祖先もみだらな想像をふくらませてきたらしく、それらを書きとめたものが図書室に収納されていた。しかし奇妙なことに、エディの押し殺した叫び声を聞いたあとでは、それらの本が呼び覚ますイメージがそろって下品なものに思えた。切なそうにあえぐ彼女を見たあとでは。

エディをクレイギーヴァーへ連れていって、そこで結婚式を挙げることができれば、城のチャペルから寝室へ直行できる。だが、スコットランドへ逃げれば、生涯にわたって陰でいろいろ噂されるとエディは言っていた。ガウアンにしてみれば、ロンドンであわてて結婚するのも、グレトナ・グリーンで結婚するのも同じことだ。結局のところ、特別許可証などいくらか金があれば誰でも入手できる。スコットランドまで旅をするほうが、替えの馬だの宿だの、避けられない車軸の故障だのでよほど費用がかさむのだ。

それなのにどうしてスコットランドのほうが大きなスキャンダルになるのだろう？

ガウアンは不満そうに寝室を見まわした。馬車を初夜のベッドの代わりにするのは論外だとしても、このロンドンで、結婚式の夜にふさわしい場所を見つけなければならなかった。この寝室はあんまりだ。彼の屋敷はロンドンでも一等地にあり、ギルクリスト伯爵家とも道を三、四本隔てただけなのだが、購入した当時から内装を変えていない。しかも前の持ち主はよりによって最盛期のエジプトに異常なほど傾倒していたのである。

ロンドンにいるあいだガウアンは毎晩、ジャッカルの頭部をモチーフにした帯状装飾《フリーズ》の下で眠りにつく。別にジャッカルが嫌いなわけではない。大英博物館で見たかぎり、エジプトのジャッカルは鼻口部が長くて気品のある外見をしていた。ジャッカルというよりも、彼の好きなビーグル犬に似ている。だとしても、犬の絵に囲まれた寝室に花嫁を招き入れたいとは思わない。

〈ネロッツ・ホテル〉が妥当だろう。ガウアンは呼び鈴を鳴らした。近侍のトランドルがすぐに顔を出す。

「バードルフに、〈ネロッツ・ホテル〉へ行っていちばんいい部屋を借りるよう伝えてくれ」

トランドルは一礼した。「期間はいかほどにいたしましょうか、公爵様」ガウアンが思案しているあいだ、トランドルは浴槽に湯を運ぶ従僕を監督した。

明日、結婚すると言ったら、ギルクリスト伯爵はビーツのように顔を赤くするだろう。だがこれ以上待つ気はない。待てないのだ。

「明日から別途、指示するまでだ」浴槽から出てきたトランドルに告げる。「いちばんいい部屋が空いていなければ、二倍の金額を払って滞在客を追いだせ」

キンロス家としては何十年ぶりかの倹約家の公爵が、そんなことを言うのは珍しかった。

「お召し物をお脱ぎになりますか、公爵様？」

「いや」

「しかし、湯が冷めてしまいますが」トランドルは途方に暮れているようだった。

「構わん。おまえはさがっていい。バードルフに伝言しろ。服は自分で脱ぐ」

トランドルは眉根を寄せて口を開けたものの、ガウアンが片眉を上げるのを見て一目散に部屋を出ていった。

ガウアンは浴室に入り、湯気の立ちのぼる浴槽を見ながら考えをまとめた。エディの唇を思いだすとたちまち思考が乱れる。正確には乱れるどころではない。頭がどうにかなりそうだ。

服を脱いだガウアンは振り返り、鏡に映る自分を見た。エディはこの肉体を好ましく思ってくれるだろうか？

二〇歳以降はさすがにもう背はのびない。その代わり、二年ほど前からめきめきと筋肉がついてきた。たくましい脚はきつい肉体労働の賜だ。クレイギーヴァー城にいるあいだは五時に起きて書斎へ行き、午後は農場に出て、小作人と一緒に働くのを常としていた。

イングランド貴族には無理な話だろうが、ガウアンのクランでは、手の空いたときは長でも農作業に従事するのが当たり前だった。長に大鎌を手渡し、耕すべき畝《うね》を示す。クランの男たちにとって、それは酒場で長から酒をおごられるよりもはるかに日常的な光景なのだ。彼らが丸太を運んでいるとしても、収穫した穀物を束にしているだけだとしても、ガウアンは必ず一緒になって働いた。

そういった肉体労働に加えて何年も水泳をしているせいで、脚だけでなく胸にも筋肉がつき、イングランド紳士のしなやかな体つきとは正反対の肉体が完成した。別にイングランド紳士たちのことを軟弱だと侮っているわけではない。ロンドンにある〈ジェントルマン・ジヤクソンのボクシングジム〉へ行ったとき、計算された残忍さで殴り合うイングランド紳士たちを見た。どうやらイングランド人は、筋張った筋肉がつく傾向にあるようだった。

スコットランド人の場合は鍛えた分だけ盛りあがる。

そしてがっちりした胴の下には平均よりは大きい一物がさがっていた。この比較は避けるに避けられない観察の結果から導いた結論だ。農場できつい仕事をしたあと、クランの男たちは素っ裸になり、痛いほど冷たい湖に飛びこむ。もちろんガウアンも一緒だ。一八のころでさえ、ガウアンは祖先から受け継いだのが城だけでないことを承知していた。だが、エディがそれを気に入らなかったら？

ガウアンは手をおろして根元の嚢《ふくろ》をてのひらにのせた。今夜エディを見た瞬間から、硬く締まったままだ。火薬入れをぶらさげているようで不快だった。限界までこわばっていて、いつ爆発するかわからない。

鏡を見ながら武器をつかむ。視界がぼやけ、輪郭が二重になった。まるで隣にエディが立っていて、彼女の細くて長い指がそれをしごいているように見えた。

完璧なレディに見えるエディだが、左手の指には長時間の練習でタコができていた。音楽家を妻にするということが、いまだにうまく理解できない。父娘の二重奏を聴いて、ガウアンは心底驚いた。エディの体は強風に吹かれるヤナギのようにしなり、顔は喜びに活き活きと輝いていた。

自分と一緒のときもあんなふうでいてほしい。楽器を奏でるように愛おしげにふれてほしい。

そんなことを考えると、エディが自分の前に膝をついて片方の肩に豊かな金色の髪を波打たせ、唇を開いて……と妄想が広がり……。

喉の奥からかすれ声がもれて、おのれを握る手に力がこもった。

しばらくして、ガウアンは湯の中に身を沈めた。湯が愛撫の手のようで、ふたたび全身に緊張が走る。簡単に抑制を失う自分がいやだった。こんなのは自分らしくない。

火にかけたブランデーのような一過性の情熱ではだめだ。自分には夫としてエディに対する責任がある。そしてその責任は、単に結婚の誓いをまっとうするだけにとどまらない。夫婦にとって最初の夜というものは、その後何年にもわたる夫婦関係を決定するのだから。

若くして公爵領を継いだガウアンは、新しいことに挑戦する際は計画と予行が何よりも大切だということを早くに学んだ。浴室は彼にとって大事な予行の場だ。ひとりになれる場所がほかにないのだ。地元の議会における演説や銀行の理事会で披露する演説も、湯船につかりながら練習した。こうした地道な努力を積んできたからこそ、不測の事態が起きたときも冷静に対処できるようになった。

結婚およびそれに伴う男女関係も、彼にとってはそうした新しい挑戦のひとつだ。経験のない分野だけに、抑制を失い、未熟な少年のようにふるまってしまう危険はあった。そんなみっともない事態は容認できない。しかしガウアンは楽観的だった。たしかにエディの体から手を離すのは容易ではなかったし、魅惑的な乳房をボディスの中に戻すのは輪をかけて名残惜しかった。それでも今夜は、自分を制御できたのだ。

エディがはじめての行為を楽しめるように計画を立てねばならない。女性ははじめてのときに痛みを感じるという。どんなに綿密な計画を立てても、この痛みの部分だけは不確実性として残る。何しろ聞いたところでは、痛みの程度は女性によって異なるという。一瞬だけ痛みを感じる者もいれば、終始耐えがたい思いをする女性もいる。そして多くの女性は、まったく痛みを感じないらしい。

エディも痛みを感じないといいのだが。いずれにせよ初夜に彼女を悦ばせるのは――感極まらせるところまでいかないまでも――夫である自分の務めだった。彼女が感じやすいのはまちがいない。不感症の心配はない。初夜の段取りも、さほど難しくないだろう。イメージが次々と浮かんでくる。それもこれも、クレイギーヴァー城の図書室で発見した本のおかげだ。

エディは切れ切れに息を吸い、胸の頂を吸いあげるたびに小さな声をもらしていた。それを思いだすと頭がぼうっとする。熱く濡れた場所に身を沈め、恍惚に目を見開く彼女を想像すると……。潤った通路で締めつけられることを思うと……。

ガウアンはのけぞって浴槽のふちに頭をつけた。ちくしょう。もうたくさんだ。

一日も早く、エディを妻にしなければ。

17

エディはガウアンと踊る夢を見ていた。完璧なステップで円を描き、一回転ごとにその半径を増す。旋回の最中、彼女はぴたりと足をとめ、ガウアンの顔を自分のほうへ引きよせてキスをした。

彼女は幸せな気分で目を覚ました。朝食の時間はとっくに過ぎていたので、昼食になるまで数時間は練習した。階下へ行くと食堂にライラがいて、身なりはややだらしないものの、久しぶりに明るい表情をしていた。

「ああ、エディ!」ライラが声をあげた。「さあ、座って。ジョナスもじきに来るわ」

「詳しい説明を聞くのは遠慮しておくわ」エディはテーブルをまわりながらきっぱりと言った。

「わたしがそんな下品なことをすると思う?」ライラはそう言って手を振り、それからこもったうめき声とともに額を押さえた。「ひどい頭痛がするのよ。あなたには想像もつかないでしょうね。ジョナスと一緒に――」

「冷静に話し合えたのならいいのだけれど」

エディの言葉にライラはくすくすと笑った。「覚えていないわ。でも、冷静に話し合えたとは思えない。ウサギよ、あなた、ウサギ！」

エディの思慮深い意見では、夜を徹してのウサギごっこは、スタートとして悪くはないかもしれないが、夫婦間の溝を埋めるのにふさわしい方法ではない。

「でも安心して」ライラが続けた。「たとえ頭がふたつに割れそうだとしても、あなたの結婚式の計画は立てられるから。もちろん買い物にもつき合うわ。あなたの娘になる小さなお嬢ちゃんのために、何か贈り物を買わなくちゃね。まあ、正確には娘ではなくて義理の異父妹とかになるのでしょうけど」

エディは唇を噛んだ。

ライラの視線がやわらいだ。「あなたなら、かわいそうなお嬢ちゃんのやさしいお母様になれるわ。信用して。その子を見た瞬間に、あなたの心はとろけるでしょうよ」

ライラの心は、どんな子どもに対してもとろけてしまう。乳母車が通るたびに足をとめ、他人の赤ん坊をあやしたり褒めたりするのだ。一方のエディは一歩引いてしまうことが多い。赤ん坊はあまりに小さく、もろく見えて、どうすればいいのか、なんと声をかければいいのか見当もつかない。

「今日の午後にも〈エグバート百貨店〉へ行きましょう」ライラが続けた。「お嬢ちゃんには人形がいるわ。絶対よ。おもちゃの農場もいいかもしれない。イングランドの地図のパズルもね」

「スコットランドの地図のほうがいいんじゃないかしら」エディが口を挟んだ。

「イングランドだろうがスコットランドだろうが、どちらでも構わないわ。何日か前にすごく愛らしい人形を見かけたの。替えのボンネットが三つもついているのよ。知っていたら買っておいたのに。ジョナスときたら、スザンナがいるって教えてくれないんだもの」

父がライラに言わなかった理由はよくわかった。両親を亡くした女の子と聞いただけで、ライラは目に涙をためるだろう。明らかに父は、面倒を避けたのだ。エディはテーブルごしにライラの手を握った。「城へ訪ねてきてくれるでしょう？　お願いね」

「もちろんだわ！　世界中の子どもが思い描くどんなおばさんよりも甘いおばさんになるつもり。覚悟しておいてね。リボンや靴や、ありとあらゆる髪飾りや服を、その子の上に湯水のように降らせるから。わたしとあなたでスザンナの心に開いた穴を埋めるのよ」

食堂の扉が開き、ギルクリスト伯爵が入ってきた。妻とちがって、いつもどおり身だしなみを整えている。完璧な装いをしていない父など、エディには想像もできなかった。もちろん、わざわざ想像しようとも思わないが。

伯爵が席につき、最初の皿が給仕される。伯爵は娘のほうを向いて宣言した。「おまえの結婚式について、ある結論に達した」

エディはうなずいた。ちなみに彼女の導いた結論は、あと四カ月も待てないということだ。

「公爵は特別許可証を手に入れて、婚約期間の短縮を要求している。何も頭ごなしに反対するつもりはない。だいいち、噂が立てばあと四カ月待ったところで同じことだ。最悪なのは、公爵の要求をレディ・ランシブルが聞いてしまったことだ」伯爵はとがめるようにライラをにらんだ。やはり、ウサギごっこで魔法のように夫婦の問題が解決したわけではないのだ。

幸い、ライラは腕枕をしてテーブルにつっぷしていたので、夫の声なき叱責には気づかなかった。

「そこで、挙式を早めるのを認めることにした。当然の成り行きとして、祝賀パーティーはささやかなものになる。ローチェスターの司教に頼んで式を執り行ってもらおう。学校の同窓だからな」

エディは頬が自然とゆるむのを感じた。

「ただし、結婚後も数カ月間はロンドンに滞在してもらう。公爵がスコットランドに戻らねばならない場合、おまえを残していくのだな。不適切なつき合いをしたせいで結婚を急いだわけではないことを、誰の目にも明らかにしておかなければならん」

「でも、エディが一、二週間で懐妊《アンサン》したらどうするおつもり？」ライラが顔を上げて言った。

「その場合はここにいても、スコットランドへ行っても、同じことよ」

「そんなことにはならないわ」エディは急いで言った。「絶対にそうならないから大丈夫よ」

「おまえの母は身ごもったぞ」伯爵は無情に言った。

ライラは気丈にも顎を上げたまま言い放った。「キンロス公爵はとても雄々しい方とお見受けするしね」

「でも、ロンドンではどこに滞在すればいいの？」エディはすばやく言った。テーブルを包むぴりぴりした雰囲気が怖かった。自分がいなくなったらこのふたりはどうなるのだろう？父が再婚してからというもの、夫婦の調停役はエディが務めてきたというのに。

「公爵は、ここからすぐのところに大きなタウンハウスを所有している」伯爵はいつもどおり落ち着き払った口調で答えた。「夫の財産なのだから、おまえも承知しておかねばならんぞ、エディス。公爵はスコットランドに、城とそれに付随する土地を有している。また、少し離れたところに二箇所、公爵家の領地がある。一方はハイランド地方で、彼のクランが代々住み着いてきた土地だ。加えてシュロップシャーの屋敷と、先ほど言ったここのタウンハウス、さらに――」伯爵は堅苦しくつけ加えた。「イタリアの海岸沿いに小さな島を持っていると聞いている」

「なんてロマンチックなの！」ライラが大きな声で言った。「その島へわたしを招待してちょうだいね、エディ」夫のとげのある発言に動揺しているらしく、ライラの声はわずかに震えていた。

「もちろんよ」エディは答えた。「その島に屋敷があるなら、ぜひともあなたを招待するわ」

公爵家が所有する領地の多さに、エディはややたじろいでいた。どうやら夫になる人は勢力家らしい。夫に資産があることを知ってうれしくないわけではないが、手放しで喜んでいるわけでもなかった。伯爵家が受け継いできた領地や、数々の屋敷の維持管理に奔走する父を見て育ったからだ。

そういった責任がなければ、父は世界でも名の通った音楽家になれただろう。そう思うたびに、エディは父が哀れになるのだった。女として生まれた自分が公の場で演奏する機会に恵まれないことは、子どものころからわかっていた。だが、父には道を選択する機会があったはずだ。どこかで……。

改めて父の力強い顎の輪郭を見たエディは、頭を殴られたような衝撃を受けた。選択など、ないも同然だったのだ。伯爵が、みずからに課された責任に背を向けることはない。エディが性別にとらわれているのと同様に、父は身分にとらわれている。

もしガウアンが公爵でなかったら、おそらく小麦を栽培して一生を過ごしただろう。世界的な音楽家になるほど胸の躍る夢ではないとしても、のんびりと幸せな一生が送れそうだ。

「午後にも、式に関する私の意見を公爵に伝えよう」ギルクリスト伯爵が言った。

「今からウエディング・ドレスをあつらえる時間はないでしょう。わたしのを着たらいいわ」ライラが口を挟んだ。「わたしが結婚したころから、流行はさして変わっていないもの。何箇所か手直しすれば、きっとよく似合うでしょう」

「ああ、ライラ、なんてやさしいの！」エディはもう一度、継母の手を取り、心の底から、彼女に血を分けた娘がいたらと思った。ライラは自分の娘のために花嫁衣装を取っておいたにちがいない。そして……その夢をあきらめたのだ。

年ごろの娘らしい憧れとは無縁だったエディも、ライラのウエディング・ドレスを見たときは感動した。シルク仕立てで、全面に小さなスパンコールの刺繍が施してあった。スパンコールが光を反射すると、この世のものとは思えない優美な雰囲気を醸しだしたものだ。ライラは流れる水のようにヴァージンロードを歩いてきて、夫となる人に大きな笑みを見せた。今となっては苦い思い出だ。

「エディスは母親の花嫁衣装を着る」伯爵がそっけなく言った。

ライラの顔がゆがむ。

エディは父をにらんだ。「お母様の花嫁衣装を取ってあるなんて知らなかったわ」

「母親の花嫁衣装や宝石は、結婚式の日におまえにやるつもりだった」

「わかりました」エディはテーブルの下でライラの手をぎゅっと握った。

ライラは今にも泣きそうに見えた。だが、すっくと立ちあがり、そっけなく言った。「昨日はシャンパンを飲みすぎたので、今は何も食べられそうにないわ」

エディと父親は沈黙の中で朝食をとった。父が二階へ行ってライラと話し合うそぶりを見せないかと思ったが、廊下へ出た父は、外套を持ってこいと召使に言いつけた。間もなく玄関の扉が開き、伯爵は出かけてしまった。

二階へ駆けあがったエディは、メイドと、ふたが開いた三個の旅行鞄に囲まれたライラを見つけた。

「ベリック＝アポン＝ツイードにある両親の家へ行くわ」ライラは羊皮紙のような顔色をしつつも、涙は見せずに言った。「ちょうど父が痛風の治療でロンドンに来ているから、一緒に帰ることにしたの」

エディは椅子に身を沈めた。

「唯一の心残りは、あなたの結婚式に出られないことよ」ライラが続けた。「でも、お母様のドレスを着るのだし、わたしがいたら気まずいでしょう」

「ああ、ライラ、行かないで！」エディは叫んだ。

ライラの目に涙がたまった。「あなたのことは大好きよ。でも、結婚式のあいだずっとあの人の隣で、無関心な態度に傷ついていないふりをするなんて……無理なの」

「わかる」エディは立ちあがり、ライラを抱きしめた。「よくわかるわ」

「両親の屋敷はスコットランドとの境に近いのよ。だから落ち着いたら訪ねていくわ」ライラは大きく息を吸った。

エディは継母の背中にまわした腕に力をこめた。胸がずきずきした。きっとすぐにお父様が迎えに行くわと言おうとして口を閉じる。あの父のことだから、何もしない可能性も大いにある。

「大切なことは、あなたが幸せになることよ。あのすてきなスコットランド男性と」

ライラはエディの頰にキスをした。

その日の夕食の席に現れた父は、予想どおり冷淡な口調で、スコットランドとの境にある小さな町ではやることもないだろうにと言った。「気晴らしもできずに退屈して、すぐロンドンに戻ってくるに決まっている。わざわざ追いかけていくのは時間と体力の無駄だ」

「もう少しライラにやさしくしてあげてよ」エディは懇願した。「ライラはお父様のことが大好きなのに」

「大人のことに口を挟むな」伯爵がぴしゃりと言った。

「わたしだって大人だわ。お父様はライラのことを愛しているのに、妾みたいに扱うのよ。まるで自分は人より高い位置にいて、周囲の者は例外なくへりくだらなきゃいけないみたいに。ライラの気持ちは――」

ギルクリスト伯爵は娘の分析を最後まで聞かず、席を立って食堂を出ていった。エディはため息をついた。父がマナーを無視するのは極度に動揺している証拠だ。マナーを神のように、いや、ひょっとするとそれ以上に大事なものと考えているのだから。

ライラの低くて大きな笑い声と、突拍子もないことをまくしたてる甲高い声が聞こえない屋敷は、不気味なほどしんとしていた。

翌日の昼食の席で、伯爵はいつにも増してよそよそしい顔をしていた。エディの記憶にあるかぎり、二重奏をしないかという誘いに父が首を横に振ったのははじめてだった。どうやっても父の気持ちを変えることはできないと悟ったエディは自室に戻り、何時間も練習した。しかし、その日のチェロの音は、彼女の心と同じくらい空虚だった。

午後も遅い時間になってガウアンが現れ、なるべく早く式を挙げたいと、公爵らしい、有無を言わさぬ口調で提案した。伯爵は、前のように気色ばんだりはしなかった。さらにガウアンが、ゴシップ好きの連中を満足させるためだけにロンドンにとどまるのはばかげている、下品な噂を信じたい者は地獄へ落ちればいいとつけ加えたときも、伯爵は反論しなかった。何から何までガウアンの言いなりだった。

それからエディの結婚式の朝まで、伯爵は無表情を保った。結局、エディはライラのドレスを身につけて階下へおりた。母親の形見のドレスは、リボンまで虫に食われていたからだ。

エディは虚栄心の強いほうではないが、それでもライラのドレスをまとった自分を誇らしく思った。全体についた小さなスパンコールが光を反射して、まるでダイヤモンドのきらめきのようだ。袖は短めで、体のラインに沿った仕立てになっており、胸元は大きく開いて、腰の周囲に優美なひだが取ってある。髪はちょうどライラがしていたようにアップにして宝石を飾ったが、そこはライラと同じ真珠ではなく、母の形見のオパールをつけた。

これを見て、伯爵の石のような表情にはじめてひびが入った。伯爵は顔をしかめ、一瞬、苦しげな表情をしてから頭をさげて言った。「すばらしくきれいだ」いつもの抑制のきいた口調だった。

ウェストミンスター寺院に入ったときでさえ、伯爵は傍らに妻がいないことを気にするそぶりを見せなかった。

しかしエディは、ライラがここにいてくれたらと思わずにはいられなかった。がらんとしたロンドンの屋敷に、たったひとりで父を残していくのもつらかった。父を慰めるのは四台のチェロだけで、それがどれほどの慰めを与えるとしても、しょせんは楽器にすぎないのだから。

ライラがいない以上、いかなる祝賀パーティーもしないと事前に決めていたので、短い挙式のあとは伯爵家へ戻り、心づくしの昼食をとった。食事の最中、三人とも伯爵夫人の話題を注意深く避けた。

伯爵とガウアンはイングランドの税制度を非難していた。呆れるほど同情心のない政治家たちが推し進めている所得税が、とくに手厳しい批評にさらされていた。善良な国民が――つまりテーブルについているふたりの貴族が――正当に得た利益をかすめ取る行為だと。父親から夫へ視線を移したエディは、ふたりがよく似ていることに改めて気づいた。どのあたりが似ているのか、あとでじっくり考えてみなければならない。

午後も遅くなってから、エディは新調した上品なドレスに着替えた。旅行鞄や身のまわりのものを従僕が馬車へ運んでいき、ついに父娘の別れのときが来た。ガウアンは馬車の隣に控えている。お仕着せを身につけた従僕たちがずらりとそのまわりを囲んで、まるで王子のようだった。

エディは父の手を取り、もう一度懇願した。「お願いだからライラを迎えに行ってちょうだいね」

伯爵は短くうなずいたが、おそらく聞こえたという意味で、迎えに行くことを承知したわけではないだろう。

これ以上、自分にできることはない。エディは公爵家の馬車に乗りこんだ。わたしはもうレディ・エディスではない。ギルクリスト家の調停役ではないのだ。未婚の娘時代は終わった。

今の彼女はキンロス公爵夫人であり、向かいに座っているのは夫なのだ。

そして夫は……。

ガウアンはどこまでも穏やかで、感情を抑えていたが、エディにはわかっていた。彼も自分と同じくらい、結婚にまつわる儀式に心を動かされていることを。

ガウアンが〝病めるときも健やかなるときも、これを愛し、これを慰め、これを敬い、これを助ける〟と誓ったとき、彼の瞳を見たエディは胸が熱くなった。呼吸が浅くなり、支えがなければ倒れてしまいそうで、ガウアンの両手を握りしめた。

結婚の誓いがこれほど神聖なものだとは。まして自分が、この世でただひとりの、ぴったりな相手を見つける幸運に恵まれようとは、想像もしていなかった。

そのあと〝命あるかぎり、ともに歩むことを誓います〟とエディが言うと、ガウアンの瞳は、人がその一生の中でめったに見せないような、喜びの輝きを放った。

今、彼女は、夫の向かいに、真珠をあしらったベルベットの外套を着て座っている。しばらくするとエディは外套を肩から滑らせた。長い髪のあいだからオパールのように艶のある胸の谷間がのぞく。

ガウアンの目が情熱にけぶった。食い入るような視線にさらされたエディは尻の位置をずらして背筋をのばしたものの、それが余計に胸の曲線を強調する結果となった。〝女の武器なんだから、せいぜい見せびらかしてやりなさい〟と言ったのはライラだ。

ライラのように公の場で胸を見せびらかすのが、結婚にいい影響を与えるのかどうかはわからない。だが、ライラの助言は別にして、ガウアンが妻の胸を気に入ったのはまちがいなかった。

交わされるべき言葉はすべて交わした。

ここから先は……言葉などいらない。

18

ロンドンの〈ネロッツ・ホテル〉

「ホテルに入るのははじめて」ガウアンと並んでエントランスをくぐりながら、エディは好奇心いっぱいでロビーを見まわした。「それにしても、あなたのタウンハウスがあるのに、どうしてわざわざホテルに滞在するの？」

「ぼくのタウンハウスは公爵夫人にふさわしくないからだ」ガウアンは答えた。ジャッカルが見おろす部屋で初夜を迎えるなど、想像しただけでもぞっとする。〈ネロッツ・ホテル〉なら、公爵夫妻にふさわしい贅沢とプライバシーを与えてくれる。城で初夜を迎えられない以上、〈ネロッツ・ホテル〉が最上の選択肢だ。

ロンドンのタウンハウスの執事を務めるビンドルが玄関ホールを横切って近づいてきた。うしろに、背の低い、驚くほど髪の豊かな男を従えている。茶色いタンポポの綿毛といったところだ。それがホテルの支配人、ミスター・パーネルだった。

ガウアンにしてみれば支配人に用はなかった。滞在に関するすべてはビンドルに任せてある。それでも支配人が執事や料理人を含むガウアンの側近を受け入れるためにいろいろ苦労したことを夢中で話しているあいだ、礼儀正しく耳を傾けた。

従僕や馬丁、料理人に近侍をはじめとするさまざまな召使を引きつれてきたのは事実だ。それ以外にも大量の旅行鞄やエディのチェロ専用の馬車まであるが、随行員たちの宿泊は、ガウアンの知るところではなかった。

ガウアンはちらりと執事に目をやった。すかさずビンドルが支配人の腕に手を置き、主人を先導してきびきびと歩きだす。大理石の階段をのぼる短い廊下を進んだ先に、金箔を惜しげもなく張った大きな両開きの扉があった。

「すてき」エディは感嘆の声をあげた。

支配人は額の汗をぬぐった。「貴賓室でございます。この扉はフランスから輸入したものでして、パレ＝ロワイヤルで使われていたものでございます、奥様」支配人が鍵穴に鍵を差しこみ、一行は広い応接間に足を踏み入れた。

ビンドルが五分後に夕食だと告げる。

エディはぶらぶらと応接間の中を見てまわった。ガウアンを振り返ると、彼も何かを感じたのか、さっと彼女のほうを見た。エディは食事などほしくなかった。それが伝わるように、夫に熱っぽい視線を投げる。

しかし、ガウアンの計画では食事は必須だった。しっかり食べさせなければ、妻の体力がもたないかもしれない。ガウアンはビンドルに向かってうなずき、執事と支配人を部屋から出した。それからゆっくりとエディに近よった。細長い窓から差しこむ光が、金の円柱のごとく彼女を包んでいる。エディのドレスは男の正気を奪うためにデザインされたかのようだった。二、三箇所ピンをはずせば、たちまち魅惑的な裸体が現れるような錯覚を起こす。

扉がふたたび開いて、エディの侍女のメアリー、そしてガウアンの近侍のトランドルがせかせかと入ってきた。

ガウアンは肩ごしに振り返った。「こちらから呼ばないかぎり、部屋に入ることを禁ずる」

メアリーはよろけそうになるほど深々とおじぎをして、トランドルと一緒に退散した。

「そんなに邪険にすることはないでしょう」エディは言った。

「ぼくの召使は主人のプライバシーに鈍感だからね」ガウアンは指先で妻の眉をなぞった。

「それはなぜかというと、これまでぼくがプライバシーを要求しなかったからだ。今後は新しいやり方に慣れてもらわなければならない」

「プライバシーを要求しなかった？　まったく？」

「浴室以外はね」

「召使たちが、気の向くままに部屋に出入りしていたということ？」エディの声には、信じられないという思いがにじんでいた。

「もちろん、用もないのに入ってきたりはしない」

「わたしは日中ほとんどひとりで過ごすわ。断りもなく部屋に入ってくる者などいない。ライラを除いては」

「きみが演奏したとき……お父上と二重奏をした夜、練習中に部屋に入ってきたのがお父上だとわかる前は、殺してやると言わんばかりの形相でにらみつけていたね」

「お父様だったから許したわけじゃないのよ。お父様が楽器を携えていたことが重要なの。演奏の邪魔をされたり一方的に中断させられたりするのは、相手が誰であろうと我慢がならないわ」

「召使たちに言い聞かせておくよ。練習の邪魔はさせない」ガウアンは立ち位置をずらして妻の真正面に立ち、頬と顎を指でなぞって上向かせるようにした。「きみは本当に美しい。怖いほどだ」

「そんなふうに思う必要はないわ。わたしはあなたが怖くないもの」

そして言葉どおり、エディの瞳に怯えた様子はみじんもなかった。やんちゃな輝きと欲望が入りまじっている。それを見ているうちに思考が麻痺してきて、ガウアンはオオカミのように彼女に襲いかかりそうになった。どうにか自分を押しとどめて計画を思いだす。そして顔を近づけ、彼女にやさしくキスをした。紳士が妻にするように。敬意をこめて。

エディが彼の首に腕をまわし、キスを返してくる。彼女は敬意にさほど関心がないらしく、貪欲に、まったく別の種類のキスを求めてきた。彼女の舌がややぎこちない動きで差し入れられると、ガウアンの下半身に火がついた。

それからふたりは熱烈なキスをはじめ、エディがクラヴァットをひっぱっているのに気づいたところで、ガウアンはようやくわれに返った。ガウアンは彼女の手を押さえた。「じきに夕食だ」

実際、もう運ばれてきてもいいくらいだった。ビンドルは五分と言った。いつもなら、執事の行動で時計の針を合わせられるほど正確なのだ。

「食事なんてどうでもいいわ」エディはささやき、ガウアンにしなだれかかって首筋にキスをした。あまりにも強烈な刺激に、ガウアンはもう少しで計画を放棄しそうになった。

そこでたったひとつできることをした。彼女と距離を置いたのだ。エディの手がはずれ、クラヴァットが床に落ちる。

「ああ、ガウアン」エディは首を振った。「今は食事なんてしている場合じゃないでしょう」

大きく扉が開き、ビンドルがいつもどおりの無駄のない動きで入ってきた。うしろにソムリエのリリングスと、皿が並んだ長テーブルを抱えた四人の従僕が続く。長テーブルが部屋の中央に据えられ、上座と下座に一脚ずつ椅子が置かれた。

ガウアンはエディを初対面の召使に紹介した。エディのふるまいは洗練されており、上流階級の娘として申し分なかった。彼女は誰に対しても丁寧で礼儀正しい態度を保ち、ビンドルに対してはほかの召使より少しだけ余分に親しみをこめたあいさつをした。

ガウアンとエディは席についた。テーブルの上には銀の大皿、スプーンとフォーク、そして公爵家の印章の入った磁器の皿が並んでいる。リリングスが食事に合わせて選んだワインについて説明するあいだ、エディは黙って皿を見つめていた。

続いてビンドルが、ふたつきの銀皿に入った料理の説明をはじめる。ガウアンはそれを聞くともなく聞きながら、慣れないホテルの調理場でも、城にいるときと同様の働きをしている召使たちを誇らしく思った。

執事の説明はやや長ったらしかったが、これはいつものことだった。バードルフと同じく、ビンドルも父の代から公爵家に仕えているので、今さら簡潔にしろと騒いでも仕方がない。

ところが、執事のよどみない説明がはじまってしばらくしたころ、牛肉の蒸し煮《ブフ・アン・ドーブ》の解説がはじまったところで、エディが片手を上げた。執事はしゃべるのをやめた。

「ミスター・ビンドル」彼女はやさしく言った。「今晩はむしろ、先入観なしにいただきたいわ。自分の舌で判断したいの」

執事はエディをぽかんと見つめた。話の腰を折られることに慣れていないのだ。公爵家は一定のリズムで動いており、それは潮の満ち引きのように崩れることがなかった。すべてが予定どおりの時間にはじまり、予定どおりの長さで終了する。

エディが微笑みかけると、執事はようやく潮時を悟った。そして従僕とリリングスを引きつれて貴賓室を出ていった。

「今のは見事だった」

ガウアンはグラスを掲げてにやりとした。この特異な世界を支配しているのがもはや自分ひとりでなくなったことを実感して、明るい気持ちになった。これからはエディがいてくれる。ぼくの隣に。

「調理の仕方や材料にさほど興味がないの。これは見た目も香りも上等なビーフシチューでしょう。それだけわかれば充分よ」

「ぼくは一度もメニューの説明を注意して聞いたことがない」

「だったらどうして細々と説明させるの？」

「昔からそうだからさ」

エディは眉をひそめた。「論理的とは言えないわね」

「つまり、あいつは説明するのが好きなんだ」ガウアンは言った。

エディは口に運びかけたフォークをとめた。緑色の瞳で見つめられると、ガウアンの下腹部に新たな興奮がわきあがった。

エディが食事を再開する。ガウアンはテーブルをなぎ倒したくなった。皿の割れる音がロンドンじゅうに響いたって構わない。彼女をベッドへ運んで、そして……。

ガウアンは深呼吸した。

紳士は食事の席で妻に襲いかかったりしない。それは品位を欠く行為だ。

「執事の気持ちを優先するなんて思いやりがあるのね、ガウアン」

エディはそう言ってシチューを口に入れた。油脂で唇が艶めいている。ガウアンはのけぞって咆哮をあげたくなった。食欲などまったく感じなかった。

それでもワインを口に含んでその味わいを分析する。山岳地で育ったブドウのみを使った、充分に熟れた甘い、金色の……リリングスの説明を繰り返そうとしたがうまくいかなかった。

ガウアンは、妻がさらにふた匙ほどシチューを食べるところを目を伏せて観察しながら、計画を復習した。

「おば様たちに参列していただけなくて残念だったわ。ご気分を害されないかしら？」

「まずそんなことはないだろう。きみに会ったら喜ぶだろうが、結婚式に大騒ぎするのは科学者気質に反すると考えるはずだ。スザンナに会いに、クレイギーヴァー城へ来たことさえないのだから。旅行をすると、進行中の調教を中断しなければならないからね」

「あとどのくらい食べなければいけないの？」エディがもうひと口、口に運んでから言った。

「どのくらいとは？」

「夜は長いから、精をつけさせようと思っているのでしょう？　少なくとも、食事が必要なのはあなたじゃないわね。だって、手もつけていないもの」

「きみはぼくの妻だ」ガウアンはやや申し訳なさそうに言った。「きみにちゃんとした身なりをさせ、充分な栄養をとらせるのは、夫であるぼくの役目なんだ」自分で言いながらも、ひどくばかげて聞こえた。彼女にもそう聞こえるだろうか。

だが、仮にばかげて聞こえたとしても、エディにはそれを聞き流すだけの知恵があった。彼女は優美に立ちあがった。あらゆる動きが洗練されている。おそらく、彼女にしか聞こえない音楽に合わせているのだろう。

ガウアンも立ちあがって、テーブルを離れて寝室の扉へ近づく妻を食い入るように見つめた。

その場に立ちつくして彼女の尻が惜しげもなく右へ、左へと揺れるさまに見入る。

エディが振り返って微笑んだ。「ガウアン？」

ガウアンはたちまち彼女の隣へ行った。エディは……ぼくの花嫁は魔女だ。彼女が微笑むだけで、ぼくは骨抜きになってしまう。あんな目で見つめられて抗えるはずもない。ガウアンは彼女を抱きよせ、むさぼるように口づけをした。熱く激しい口づけを。ようやく彼女を自分のものにすることができると思った。ぼくの妻、ぼくの恋人、ぼくのエディ！

華奢な背中に両手をはわせ、自分のほうへ引きよせる。体と体をパズルのピースのように密着させても、もはや誰にとがめられることもない。たくましい肉体に、しなやかな肉体がぴったりと寄り添った。

「さあ、ガウアン」エディがささやいた。

ガウアンは彼女を抱えて寝室へ入った。天蓋つきのベッドは、ちょっとした穀物倉庫ほどもあった。縦と横が同じ長さで、青みがかったピンク色の天蓋には銀糸と真珠で刺繍が施されている。

まさに公爵夫人にふさわしい。

ガウアンはひと息に上掛けをめくり、シーツの上にエディを横たえた。艶のある髪が渦を巻く。エディがこちらを見あげて微笑んだ。

「ぼくの妻」ガウアンはささやき、額にキスをした。続いて鼻に、そして唇に。「きみはすばらしい。ドレスを脱がせてもいいだろうか？」

エディは寝返りを打って、無数の小さなボタンが並ぶ背中を夫のほうへ向けた。

ガウアンはそれらをはずすのに意識を集中させ、ボタンの先にある、丸みを帯びた尻のことは考えないようにした。

最後のボタンがはずれても、コルセットが残っている。ガウアンは無言でコルセットの紐をゆるめた。コルセットの下はシュミーズで、ごく薄い生地の下に肌が透けて見える。

「あなたも服を脱ぐの？」

エディの問いかけに、ガウアンは一歩さがった。彼女はきっと自分だけ服を脱ぐのが恥ずかしいのだろう。「脱ぐとも。恥ずかしがる必要はない」

「恥ずかしがってなんかいないわ」エディは夫に向かって微笑んだ。

ガウアンは彼女の言うことを信じた。

「それは、あなたのクランの色なの？」

「ああ」ガウアンはその場にしゃがんで靴紐をほどき、脱いだ靴を放った。「これはキルトだ。ゲール語ではフェーリア・ベッグという」ガウアンは靴下を脱ぎ、貴重品入れ《スポーラン》のベルトを外した。

エディは興味津々だった。「その小さな袋はなんのためにあるの？」

「小銭入れだ」キルトはもともとすばやく着脱できるように作られている。ガウアンはふいに、妻がこちらの体をすみずみまで観察していることに気づいた。彼女は観察結果に満足しているようだ。ボクシング・サロンで見かけるような、細身のイングランド紳士でなくてもいいのだ。

ガウアンは上着を取り、いつもよりもゆっくりとシャツを脱いだ。思わせぶりな動作に、自分でも噴きだしそうになった。シャツから首を抜くとき、腕の筋肉がぐんとのびる。ガウアンはシャツを脇へ放った。エディはもっと見たがっているようだ。夫の肉体に嫌悪を覚えているのなら、あんな表情はしないはず。

実際、エディはものほしそうな顔をしていた。ガウアンの体をむしばんでいる獰猛な欲望を、彼女も感じているのだ。

ガウアンは心の中で次の行動を復習した。

ベッドの上ではエディが彼のまねをして、シュミーズを頭から抜いている。それを見たとたん、ガウアンの頭は真っ白になった。優美な曲線を描く腕のあいだで、ふたつのふくらみが気持ちよさそうに揺れていた。下へ目を落とすと、白い内腿のあいだに金色の小さなしげみがのぞいている。

ガウアンは危うく抑制のきかない闇の世界へ引きずりこまれそうになった。意思の力を振り絞って、どうにか踏みとどまる。そして妻の隣に横たわり、彼女をやさしく抱きよせて愛の儀式をはじめた。

まず、彼女の唇が腫れて色を増すまでキスをした。エディの喉の奥から、小さく、切ない声がもれる。それを確認したのちに、鎖骨から下へ手をおろす。彼は芸術品のような乳房の重みを楽しみながらも、愛撫に対して身をよじる妻の反応をいちいち確認した。首にまわされた腕に力がこもり、息遣いが浅く、速くなる。ガウアンは彼女の肌を少しだけ噛んだ。ごく軽くだ。エディが叫び声をあげる。ガウアンは心の中で、やるべきことのリストにひとつ終了の印を入れた。

充分な時間が経ってから、ガウアンは手をさらに下へ滑らせ、彼女の内腿に添えた。やわらかな感触に理性が吹き飛びそうになる。なんてすべすべしているんだろう。太腿のあいだに顔を埋めて、そこらじゅうに歯型をつけたかった。少しずつ噛む場所を移動して、彼女をじらしたかった。

だが、だめだ。次の項目を消化しなければ。そこでガウアンは両手で内腿をなであげ、彼女の中心にふれた。そこは想像よりもずっとあざやかなピンク色で、美しく、濡れていて、花のようだった。エディの全身がぶるぶると震える。両手がガウアンの肩をはい、手の届く一帯をなでまわした。

エディの愛撫にうっとりしているわけにはいかないので、ガウアンは彼女の手が繰りだす刺激を頭から締めだそうとした。

彼女は濡れて、すっかり準備が整っていた。しかし、指を一本そっと差し入れてみると、あまりの狭さに愕然とした。

「ガウアン！」

霧の向こうからエディの声が聞こえた。これでどう事を成せるのか、ガウアンは必死で考えた。

彼女に、あの大きさのものを……。

おそらくイングランド女性はあそこが小ぶりなのだ。イングランド男の筋肉が細いのと同じように。

くそっ!

19

エディは自分がふたつに分裂したように感じていた。夫と一緒にベッドに横たわっていると同時に、もうひとりの自分がそれを上から見おろしている。

ベッドの上のエディは、さあ食べてくださいと言わんばかりに四肢を広げ、腹部から両脚へ伝わる官能の波に打ち震えていた。そして観察者であるエディはそれを見ながら、横向きに寝たほうが脚が細く見えるのに、などと考えている。全体的に脚の形は悪くないのだが、太腿が……。

ガウアンが頭をさげて舌を出し、壊れものに接するようにそっとそこに顔をつけた。エディの思考がとまる。何か空恐ろしい気がしたあと、一瞬遅れて女の本能が噴きだした。わけもわからないまま〝お願い〟と、何度も何度も叫んでいた。ちょうど居間でライラが演じてみせてくれたように。

彼がそこをなめはじめると、感覚が思考を押しやった。それでも心のどこかは醒めていた。どうしてだろう？　キスをしているのはガウアンなのに。こんなに親密で、官能的で……。

じわじわと両脚があたたかくなってくる。ガウアンが、体をずらして顔をのぞきこんだ。

「準備ができたようだね、エディ」

エディは眉をひそめた。発酵の進んだパン種でもあるまいに。くすぐったいような感覚が薄れていく。それでもエディはうなずいて、夫の体を引きよせた。そうすることで寂しさを埋めようとした。

「きみがほしくてたまらない」ガウアンはかすれ声で言い、唇にキスをした。「でも、きみを傷つけるんじゃないかと心配でもある」

それを聞いたエディはにっこりした。彼と顔を合わせていると、醒めている部分を意識せずにすんだ。「それほど痛くないと聞いたわ。ライラが言うには、痛いというのは年のいった奥方連中のやっかみなんですって」

ガウアンは、自分のものに手を添えてそこにあてがった。彼女の体の入り口に。エディは軽い困惑とともにそれを見つめた。とてつもなく大きく見える。ピンク色をした巨大なマッシュルームのようだ。あまりロマンチックとは言えないが、的確なたとえだと思った。

最初のうちは悪くなかった。変な感じだが、どちらかというと気持ちよかった。ガウアンが動きをとめて尋ねた。「どうだい?」

あまりの親密さに、エディはたまらなくなった。記憶にあるかぎり、こんなに間近に他人の顔を見たことはない。彼の肉体が自分の真上にあり、そしてその一部が自分の中にある。全身がぶるぶると震えた。彼を押しのけたいと同時に、引きよせたかった。

「いいわ」エディは答えた。吐息が彼の顔にかかった。

「続けてもいいだろうか？」

エディはうなずいた。ガウアンが尻の筋肉を収縮させる。その瞬間から、気持ちがいいどころではなくなった。エディは思わず息を吸って、彼の肩に爪を立てた。

「痛いかい？」ガウアンの声がいっきに低くなった。

「ち、ちょっと」エディはなんとか言った。

ちょっとですって？　まるで拷問よ。

「やめようか、エディ？　また明日、試してもいい」

数分前に感じた浮きあがるような高揚感は、もはやどこにもなかった。心だけではなく、肉体がふたつに引き裂かれようとしている。だが、明日また最初から試すのはまっぴらだった。不安な思いを抱えて夜を待つだけでも消耗してしまう。「とにかくやってちょうだい」エディはざらついた声で言った。「終わらせて。お願いだから」

ガウアンが、彼女の唇に甘くやさしいキスをした。

そしてひと思いに押し入ってきた。一分で終わったようにも、一時間続いたようにも感じた。苦痛と、圧迫感と、体が分断される恐ろしさに、エディの心臓は縮みあがった。

彼が刺さっている。コルクで瓶にふたをするみたいに。エディは心と体を切り離そうとした。罵詈雑言がわきあがる。今度ライラに会ったら言ってやらなければ。年老いた奥方連中のやっかみどころか、ものすごく痛いじゃない、と。

「終わった？」いつまでもガウアンが動かないので、エディはささやいた。耳元で、ガウアンが荒い息をしている。

「まだだ」

「あなたも痛いの？」

「いいや。想像を絶する気持ちよさだよ」ガウアンが腰を引き、もう一度押し入ってきた。ぞっとする感触だった。

同じ動きが繰り返される。

四回、五回、六回……だんだん夫がメトロノームに見えてくる。

「いつまでこれが続くの？」エディはあえいだ。七回、八回……。

「きみの好きなだけ続けられるよ」ガウアンは苦しそうではあるが、抑制された声で答えた。

「心配いらない。そのうちよくなるから。今にも悦びの波を感じられるさ」

悦びなど感じなかった。ガウアンの動くリズムに合わせて、頭の中に葬送歌の前奏が流れた。九回、一〇回、一一回……一四回、一五回。両目に涙がたまる。

「ちょっとごめんなさい」エディは弱々しく言った。「もう終わってくれると、とってもうれしいのだけれど」

ガウアンは動きをとめた。「きみがいくまで、ぼくもいかない」スコット人らしい、頑なな言い方だ。

「たぶん次のときはね。お願いよ、ガウアン」

「痛い思いをさせてすまない」

「最初だから仕方ないのよ」エディは本能的に腰をそらせ、より深く彼を受け入れた。「さあ、ガウアン、早く」

ガウアンは腰を引き、何度も何度も押し入ってきた。一六、一七……二七、二八。突き入れられるたびに痛みが走る。もはや痛くなくなるときが来るとは、到底思えなかった。

「ガウアン！」エディは叫び、まだしかるべき場所へ行きつけないのであれば、明日またやり直そうと言いかけた。

「ああ、エディ！」ガウアンがうなり、次の瞬間、彼女の中でびくびくと脈打った。

エディはほっとして息を吸った。やっと終わると思った。だが、そうはいかなかった。

二九回。

三〇回。

三一回。

ついにガウアンの体から力が抜け、彼女の上に崩れてぶるぶると震えた。その肩を軽く叩いたエディは、手が滑るほど汗が噴きだしていることに気づいて眉をひそめた。シーツの端をひっぱって肩を拭いてから、ふたたび軽く叩く。

ようやくガウアンが両手をついて腰を引いた。

それさえも痛くて、喉の奥が涙でちくちくした。ガウアンがベッドの片側に身を投げだす。エディは自分の下半身を見るのが怖くて、しばらくじっと仰向けになっていた。

きっと血だらけだ。マットレスまでしみているにちがいない。これが自宅なら、メイドが汚れたマットレスを運びだして、夜には新しいものと交換してくれるだろう。だが、ここはホテルだ。どうやって説明すればいい？　エディは心の底から、家ならよかったのに、と思った。

わたしの体はどこかおかしいにちがいない。ライラは痛くないと言っていたのだから。もしくはガウアンがおかしいのかもしれない。いや、ひょっとしてふたりとも？　エディはどうしていいかわからなかった。こんなに親密な問題を医者に相談するなどできそうもない。

そのときガウアンが顔を上げ、とろんとしたまなざしでこちらを見た。「エディ、ひどく痛かったかい？」

エディは息をのみ、そして悟った。彼を落胆させることはできない。だから最初の嘘をついた。〝ええ〟と答えるべきところで〝いいえ〟と言ったのだ。さらにガウアンが〝今夜はもうしないよ〟とやさしく言ったとき、〝二度としたくない〟と言いたいところで〝わかったわ〟と答えた。

彼の立派なものを見おろして、思わず言う。「終わったあとはやわらかくなるものだと思っていたわ。もっと小さくなるものだと」

ガウアンも股間を見た。「きみが望むなら、ひと晩じゅうだって悦ばせてあげられるよ、エディ」

エディの顔から血の気が引く。幸いにも、ガウアンはそれ以上、無理強いしなかった。

恐れていたほどの出血はないとわかってからも――ただし、ライラに聞いたよりはずっと多かったが——内部に深刻な傷ができているのではないかという不安がつきまとった。

エディはそれを打ち明けることもできないまま、ガウアンに血をぬぐってもらった。ようやく彼が眠りに落ちたので、腰にまわされている腕をはずして反対側を向く。彼女は体をできるだけ小さく丸め、声を忍ばせて泣いた。夫となった男性を起こさないように注意しながら。

ガウアンは起きなかった。

20

目を覚ましたエディは眠っている夫を置いてベッドから飛びだすと、寝室とひと続きになった豪華な浴室へ逃げこんだ。だいぶ気分がましになっていた。ともかく初夜は終わったのだ。たしかにひどい体験ではあったけれど、今日からはちがうだろう。処女ではなくなったのだから、もう少し簡単に事が運ぶはずだ。

それでも寝室に戻って、仮説が正しいことを証明したいとは思わなかった。だからガウアンが浴室の扉をノックして、しばらくロンドンに残りたいか、クレイギーヴァーへ行くかときいたとき、エディは城を選んだ。

「だってスザンナが待っているでしょう」エディは扉の隙間から顔を突きだした。

ガウアンは妹のことなどすっかり忘れていたようだったが、異論は唱えなかった。「従僕を先にやって宿の部屋を確保しよう。スティーブニッジの〈スワン亭〉で昼食をとるなら、すぐに出発しないと」

ガウアンが一歩前に出た。エディは曇りのない瞳に見とれた。

「おはよう、ぼくの奥さん」彼がそう言って身をのりだしてくる。

エディは頑として浴室から出なかった。そうすることで、ベッドへ戻る意思がないことを夫に知らせようとした。彼にそういう意図があったら困る。ガウアンは両手で彼女の顔を包み、とろけるようなキスをした。

「もし……」体を引いた彼を見あげてエディは言った。

ガウアンの指がエディの頬を滑る。「もし、なんだい？」

しかし、エディには先を続けることができなかった。〝キスで子どもを授かることができたら、どんなにいいかしら〟とは。彼女はつま先立ちになって返事の代わりに軽いキスをすると、浴室へひっこんだ。

一時間後、エディは馬車の中にいた。贅を凝らした公爵家の馬車に家令のバードルフが乗りこんでくる。どうやら家令も同じ馬車に乗るらしい。エディとしては夫とふたりきりがよかったが、無礼な印象を与えずにそれを伝えるタイミングを逃してしまった。

もちろん三人が乗っても座席はゆったりとしていた。しかもほかの四台は荷物をのせてすでに出発しており、後続の一台には事務弁護士とふたりの領地管理人、そしてエディの侍女が乗るはずだった。最後の馬車には彼女のチェロが積まれ、ガウアンの近侍であるトランドルが楽器を保持する役を任された。

エディは馬車の中で夫と話をするつもりでいた。昨日の夜、実際はどう感じたかを打ち明けようとさえ思っていた。一夜明けてだいぶ落ち着いたものの、やはり話し合うべきだと思ったのだ。

だが、バードルフの前で切りだすわけにはいかない。

「なんだかこの馬車は書斎みたいね」

エディは落胆を隠して、馬車に乗りこんできた夫に言った。

バードルフが咳払いをする。そして馬車が最初の角を曲がるよりも先に三、四冊の帳簿を開き、冬季に発芽する特殊な小麦について淡々と語りだした。

ガウアンも、結婚式の翌朝に仕事をするのは常識とでもいうように座席にゆったりと腰かけ、種まきをした土地の広さと収穫量を比較する家令の声に耳を傾けている。

「そんなになんでもかんでも列挙する必要があるの？」

一時間ほどして馬車がロンドンを抜けたところで、エディは尋ねた。バードルフはバターやミルクの量を比較しているところだった。そうでなければラードの量を。

バードルフが言葉を切った。家令の鼻は、寺院の壁から突きだしている飛梁《とびばり》にそっくりだった。

「必要だとも」ガウアンが答えた。「収穫高を予想できるようになる。以前は年によって、また領地によってばらつきがひどかった」

「収穫をかすめ取られないようにしたいということ？」

「それもある。しかしそれ以上に、収穫量を把握しておけば、ひとつの場所で試したやり方が有効かどうかの判断材料になる」

エディはうなずき、ふたたび黙りこんだ。たくさんの数字が耳を抜けていく。バードルフが帳簿のページをめくるかさこそという音がやけに大きく響いた。エディはだんだんいらついてきた。家令の声は鷹揚で、無味乾燥で……唇をほとんど動かさずに話すので、歯がまったく見えないのも気に食わない。

家令がある領地のウナギ用の仕掛けを別の領地の仕掛けの数と比較しはじめたとき、エディはふたたび口を挟んだ。

「ガウアン、お昼はどこかで休憩するの？」

ガウアンは家令の話を聞きながら、ときどき指示または命令を挟み、それと同時に別の帳簿を確かめていた。「もちろんだ。最初の休憩地となるスティーブニッジで昼食をとる。きっかり一時間半後に到着だ。昼食の時間は四五分間ほど確保した」

「公爵様はしょっちゅうロンドンと城を往復されます」バードルフが補足した。「何時にどこに到着するか、正確に掌握しておられるのです」

「正確に……」エディは繰り返した。

バードルフがクルミ割り器のように相槌を打った。「いつもグレート・ノース・ロードを北上します。旧道よりも路面の状態がよく、馬車の事故も少ないためです。公爵様はいかなる理由であっても旅の途中で足どめされるのがお嫌いです。定宿には公爵家の馬を置いてありますので、いつでも馬の交換ができます」

「構ってやれなくてすまないね」

ガウアンの声に保護者のような気遣いがまじっているのを聞き取って、エディは余計にいらだった。

「ひどく退屈したかい？」

「ウナギの仕掛けについて聞くのが退屈かって？　まさか」エディは言った。「続けてちょうだい。そうすればどこかの領地で夜までに仕掛けを設置できるのでしょう？　仕掛ける時間帯はウナギの〝収穫高〟に影響するのかしらね。収穫という言葉が正しいかどうかわからないけれど」

バードルフはエディの皮肉っぽい調子に気づいた様子もなく、中断したところから説明を再開した。エディは窓の外を流れる草地に目をやった。バードルフのほとんど動かない口元を見たくなかったのだ。

スティーブニッジの〈スワン亭〉に到着すると、あたたかい食事の待つ貸し切りの応接間に通された。およそ四〇分後、ちょうどエディが、給仕の者たちをさがらせて話をしたいと言ったらガウアンはどんな反応を示すだろうかと考えていたとき、バードルフがやってきた。

そしてあっという間に皿が片づけられた。

「マス料理は食べている途中だったのに」エディは言ったが、ときすでに遅し。マスの皿は見事な統制で動く従僕たちに持ち去られたあとだった。間髪を入れずに食後のお茶が運ばれてくる。

ガウアンが気遣いを見せた。「バードルフ、指示を出すタイミングが早すぎたな」

「気にしなくていいわ」エディは果物を選びながら言った。

「今後、公爵夫人の皿をさげるときは必ず確認を取るように」ガウアンは構わず言った。

わざわざ指示するまでもないことだ、とエディは思ったが、これが公爵家で生きるということなのかもしれない。君臨するのは公爵ひとりで、それ以外の者は従うしかないのだ。

それから三分かそこらすると、予定に遅れが生じないよう馬車に戻れとせきたてられた。

エディは事務弁護士のジェルヴスと同じ馬車に乗ろうかと思った。彼ならいい話し相手になってくれそうだ。ところがふたを開けてみると、ジェルヴスのほうがガウアンの馬車に移動してきた。

それから午後いっぱい、三人の男たちが仕事に没頭する中、エディは自分の席でおとなしくしていた。イートン・ソコンの宿に到着するころには精神的にも肉体的にも疲労の限界だった。尻の感覚がなくなったようで、それでいてひりひりする。矛盾した現象だ。

ガウアンが彼女の腕を取って〈ジョージとドラゴン亭〉の玄関へ歩きだしたところで、エディは夫を制した。「あれを見てよ」息をのんで屋根を指さす。

沈みかけた太陽から銅線のような筋が放たれ、板葺きの屋根を濃い紫色に染めていた。

「雨の気配はないな」ガウアンが言った。

エディは辛抱強く言った。「ほら、太陽が屋根を美しい色に染めているでしょう。光の中をツバメが飛びかう様はまるで……」

「まるで……なんだい？」ガウアンが言った。

「そう、モーツァルトの音楽のようだわ。光が音符なのよ。まさにモーツァルトよ。だってあんなふうに高く飛んだり、低く飛んだりして――」エディはガウアンの腕をぎゅっとつかんだ。「あなたにも見える？　ツバメたちの踊りが」

エディが顔を上げると、夫はツバメに目もくれずに彼女のほうを見おろしていた。その目は欲望に色を増している。

「きみの言うとおりだ」そう言うガウアンが、エディの言いたいことを少しも理解していないのは明らかだった。「ツバメたちが愛のダンスをしているんだ」ガウアンが彼女の下唇に指をあてる。いかにも愛おしげに見つめられると、例によって下腹部のあたりがくすぐったくなった。彼はまるで、妻の全身をなめまわしたいというような顔つきをしていた。

銅色の日射しが薄まってゆく中、エディは夫のような男性に体をなめられたらさぞかしすばらしい気持ちがするだろうと考えていた。

それを声に出そうとしたとき、バードルフがふたりの前に進みでて、喉の奥からひっかくような音を出した。伯爵家ではライラが召使たちを仕切っており、エディの役目といえば、召使に対する継母の愚痴を聞くくらいのものだった。そうして何年も愚痴を聞いてきたというのに、ライラならこういう状況でどうふるまうのか、エディには見当もつかなかった。

たとえ馬車に乗ってすぐにバードルフの同乗を――馬車だけではなく、新婚生活への介入も含めて――拒否したとしても、おそらくガウアンになだめられただろう。エディは公爵夫人になったというより、ガウアンに仕える者の仲間入りをさせられたような気分だった。その場合、立場はバードルフの下なのではないだろうか。

バードルフが、いちばん上等な部屋に公爵家のリネン類を入れたと報告するあいだ――公爵は旅行に、食器だけでなくリネン類も携行するらしい――エディは〈ジョージとドラゴン亭〉の中庭にたたずみ、ぼんやりと夕日を眺めていた。

ガウアンが妻のほうに向き直って腕を差しだすころには、ツバメたちは草原の向こうに沈む太陽目がけて矢のように飛び去ったあとだった。

〈ネロッツ・ホテル〉の貴賓室とちがって、ここでは夫婦別々の部屋をあてがわれた。おそらく公爵夫妻にふさわしい広さの部屋がなかったのだろう。熱い湯につかって人心地ついたエディは、階下にある専用の食堂へ向かった。不安が忍びよる。今夜も痛かったらどうしよう？　夫がベッドに来る前に、そうした不安を伝えておくべきかもしれない。

席につくなり執事のビンドルが、ハムのパイにしか見えない食べ物についていつ終わるとも知れない演説をはじめた。ビンドルが発した料理名は、ハムのパイよりもずっとしゃれたものだった。ビンドルが終わるとリリングスが出てきて、食事に添えるワインについて講釈を垂れた。

エディの背後に立っている従僕はグラスを満たすことが唯一の仕事らしく、彼女がほんのふた口飲んだだけでもうワインを注ぎ足しに来た。エディはなんとも落ち着かなかった。二皿目が運ばれてきてリリングスがもったいぶった顔でトカイ・ワインの栓を抜いたとき、彼女は口を開いた。

「わたしは水のほうがいいわ」

リリングスは眉をひそめた。「このような場所の水が健康によいとは思えません、奥様」

エディは仕方なくワイングラスを受け取った。彼女の好みからすると甘すぎる。「ガーネットのような深い色合いはトカイ産のブドウが持つ……」

「トカイ・ワインはハンガリーが原産でございます」リリングスが続ける。

リリングスがハンガリー産ワインの歴史を語り終わって食堂を出ていくと、エディはグラスを押しやった。「ガウアン、どうしてワインの由来をいちいち知らされなければならないの？　カビの生えたブドウを原料にしていることなんて知りたくないわ」

「カビはカビでもただのカビじゃない」ガウアンが言った。「このワインの原料となるブドウに付着するのは〝貴腐菌〟と呼ばれる貴重な菌だ」

「貴重かどうかなんてどうでもいいわ。いちいち講義を聞くことなく、単純にワインを味わいたいの」

「わかった」ガウアンが答えた。「リリングスには別の機会に報告するよう伝えよう」

「報告ね。あなたは毎日どれだけの報告を聞くの？　どうしてワインの報告まで聞かなければならないの？」

「このワイン一ダースに三〇ポンドを支出したんだ。それだけの額を消費したのだから、どんなものを飲んでいるのか正確に知っておきたい」

結婚というのはなんと不思議な制度だろう。エディはもはや自分の生活が、自分のものではないように思えた。夫となった人とテーブルにつきながらも、一方ではキンロス公爵夫妻の食事に際して四人の従僕が主人の無言の要求を満たそうとせかせか動きまわるのを、傍観者のように眺めているのだ。ビンドルが立ち位置を変えながら給仕される料理の説明をする。エディはアーモンドケーキをひと切れと、少量のシラバブ（生クリームにワインをまぜ、砂糖と香料を加えて固めたもの）を受け取った。さらに新しいワインが注がれ、ニワトコの花を使った繊細なムースまで給仕された。

「宿の主人においしかったと伝えてちょうだい」エディはビンドルに言った。「このムースはいい味だわ」

「奥様のお言葉は、公爵家の料理人にお伝えいたします」ビンドルは頭をさげて、またしても部屋を出ていった。

エディは片眉を上げた。

「旅のときは料理人も連れていくようにしている」ガウアンが説明する。

「それってなんというか……そう……費用がかさむのではない？」

「五年前からの習慣なんだ。不適切な食事のせいで五日間も寝こんだことがあってね。従僕のひとりは死にかけた。そのときに、もう何人か使用人を余分に連れていく経費は惜しくないと思った」

エディはうなずき、皿に目を落とした。公爵家の紋章が入っている。「だから食器も携行するのね」

「そのとおりだ。そういう病気については原因がよくわかっていないが、調理場や食器の状態は当然関係してくるだろうからね」

随行員のひとりひとりが、公爵の生活を維持するために欠くことのできない役割を担っており、旅に同行する確固とした理由があるわけだ。たくさんの従僕を連れているのは、そのうちのひとりが毎朝スコットランドへ出発し、入れ替わりにひとり帰ってくるためなのだ。領地管理人も地所とロンドンを行ったり来たりしているし、事務弁護士だっていつ必要になるかわからない。そしておそらく、バードルフはいつでも必要なのだろう。

「たくさんの人に囲まれて生活することに、わたしは慣れていないの」エディは言った。本当は〝人に囲まれているのは好きじゃない〟と言ってしまいたかった。

ガウアンは大自然のように無限のエネルギーを秘めている。多くの部下を掌握し、意のままに動かすことができる。同時に異なった方向へ力を発揮することができるのだ。そういう生き方が日常になっている。五日間も――むしろたった一日であっても――体調不良で時間を無駄にするくらいなら、旅に料理人を同行するのは彼にとって理にかなったことなのだろう。

問題は、彼の生活すべてが分刻みで動いていることだった。夫婦の時間も含めて。

若い肉体が、妻を求めて弓のように張りつめているのはわかる。彼は一日じゅう――土地の広さや、小麦や、ウナギの仕掛けについて話しているあいだも――欲望を感じているはずだ。彼と目が合うたびに、冷静な表情の下にひそむ猛々しいエネルギーがひしひしと感じられた。だが、ふたりきりになれるのは、夕食後に寝室へ引きあげたあとだけ……。

「残念ながら、ぼくにはひとりの時間がほとんどない」エディの考えを読んだように、ガウアンが言った。「当然のことながら、きみは好きに日課を組めばいいが、大きな城を切り盛りするとなると、おそらくチェロを練習する時間もこれまでのようには確保できないだろう」

この発言にエディは眉を上げた。ガウアンはいちおう申し訳なさそうな表情を浮かべている。妻にとって音楽がどれほど重要な意味を持つかを、遅ればせながら理解しはじめたかのように。だが、完全にわかっているわけではない。

エディはこれまで、召使や食事にわずらわされたことがなかった。ガウアンは時間を無駄にすることを嫌うが、チェロに関してはエディも同じだ。

「わたしは毎朝、三時間チェロを弾くの」エディは言った。「昼まで演奏する習慣なのよ。午後も練習するときだってあるけれど、弓を持つ手を休めなきゃならないから。このあいだ見たとおり、寝る前にもよく練習するわ」

ガウアンはフォークを置いた。「そういうことなら、家を切り盛りする者が必要になるだろうな」

「今は誰がやっているの？」

「家政婦のミセス・グリッスルだ」

「きっと有能なんでしょうね」エディの考えでは、使用人に能力に見合った仕事をさせ、あとで褒めるのがいちばん楽ということになる。しかし、ガウアンはちがう。彼は広大な地所を支配しつつ——まさに支配という表現がぴったりだが——細かなことまで掌握しようとする。

「あなたには、何かを忘れることなんてあるの？」

「先日、母の顔を思いだせないことに気づいた」ガウアンは悪びれたふうでもなく答えた。

「そうじゃなくて、領地で起こったことや数字について」

「幸運にもぼくの頭脳は細かなことを分類して記憶するのが得意なんだ。うっかりすることはほとんどない」

どうりで人々がスズメのように群がるわけだ。「なのにどうして大学へ行かなかったの？」

「一四のときに父が亡くなったので、進学する機会がなかった」ガウアンは肩をすくめた。

「父はメイドと寝たりウィスキーをひっかけたりするのに忙しかったから、公爵としての仕事は手つかずのまま放置されていた。クレイギーヴァーの農場は再生するのに四年かかったし、ほかの場所だってここ二年でようやく利益を出すようになったんだ」ガウアンがなんの感情もまじえずに話すので、エディはなんだか怖くなった。

ガウアンの上着は夕暮れどきの霧を思わせるダークグレーで、銀糸の刺繍が入っていた。ボタン部分には、スパンコールのついた銀のフロッグ飾りと房がついている。蠟燭の光が赤毛を金色に輝かせ、その手に握られた銀食器にも反射していた。

ガウアンはどこから見ても洗練されていた。

それでいて、野生の獣のようなところがある。

しかも彼はまだ若い。二二歳でこの仕事ぶりなら、四〇までにスコットランド全土を支配することだってできるだろう。君主制が障壁でなければ、ブリテン諸島全体を支配することだってできるかもしれない。彼はそれほどの力量と、器の大きさを感じさせた。彼の行くところなら、男たちは――言うまでもなく女たちも――どこへでもついていくだろう。

エディはワインを飲んだ。トラと結婚したようなものだと思った。トラが爪を出さないからといって、攻撃できないわけではない。

前の夜、あんなにみじめな思いをしたというのに、夫を間近に見るだけで太腿のあいだがむずむずする。その一方で、互いのことをほとんど知らない男女が同じベッドで眠ったり、眠る以外のいろいろなことを――前夜に引き続いて――したりすることが、奇妙に思えて仕方がなかった。

「見ず知らずといっていい女と結婚して、翌日はその相手と一緒に食事をしているなんて、なんだか奇妙だと思わない？」エディは尋ねた。

長旅で疲れていたのでマナーを無視してテーブルに頬杖をつき、露骨にならない程度に夫を見つめる。それにしてもなんて精悍なのだろう、わたしの夫は！

「おかしいことはない」ガウアンが答えた。「きみについて知るべきことはみんな知っている気がするんだ」

自分がどういう人間か、これほど短時間のうちに掌握されたとは思いたくないが、少しだけうれしい気持ちもあった。「ご両親のことを話してくれたわね」エディはゆっくりと言った。「そしてあなたはチェロを弾くわたしを見た。だからお互いのいちばん重要なところはわかっているのかもしれないわ」

ガウアンの眉間に深いしわが寄った。実家の父を彷彿《ほうふつ》とさせる。

「両親とぼくは関係ない」彼はきっぱりと言った。

エディはひるまなかった。父のおかげで、威圧的な言い方には慣れっこだった。ライラのように表だって反撃しないからといって、エディは臆病ではない。「だったら何があなたを定義しているの？　爵位？」

「いいや」

「だったら何？」

「ひとつの項目で定義できる人間などいない」

公平な目で見ると、ガウアンはエディの父よりもずっとうまく癇癪を抑えていた。

「きみは音楽家かもしれないが、それがきみのすべてではない」

エディにしてみれば、自分から音楽を取ったら何も残らない。しかしわざわざ指摘しなくても、音楽しか能がないことはいずれわかるだろう。「それならば、ご両親や爵位以外にあなたを定義するものはなんなの？」エディは背筋をのばした。

「召使の前でするのにふさわしい会話とは思えないな」ガウアンが逃げた。

エディが眉を上げる。「ガウアン、あなたは食事のたびに召使に囲まれているじゃない。つまりこれから先、食事の席では天気の話しかできないということ？」

ガウアンが本気でむっとしたようなので、エディはますます追及したくなった。トラをからかうのは楽しい。エディは微笑んだ。夫のことが愛おしかった。注意しなければ、ライラをみじめな夫婦ごっこに追いやった感情の泥沼にはまってしまいそうだ。

ガウアンが不機嫌そうに押し黙っているので、エディはさらにたたみかけた。

「いつなら話せるの？」エディは繰り返した。「仕事をしないのは食事のときだけじゃないの？　もしくはわたしと一緒にベッドにいるときか」

ガウアンの唇がぎゅっと引き結ばれる。何年も怒りっぽい父親と暮らしてきた経験から、癇癪持ちが自分の非を認めたがらないのはよくわかっていた。エディは夫に向かってにっこりした。「それじゃあ、もう少しウナギの話でも聞かせてくれる？」

ガウアンが口の端を上げた。「つまりぼくは、従僕を引きあげさせるか、食事の席でウナギの話をするかの二者択一を迫られているわけだ」

「ドメニコ・ガブリエッリのすてきなプレリュードがチェロの旋律を最大限に引きだすことについて、長々と演説してさしあげても構わなくてよ」

ガウアンがさらに口の端を上げた。エディにからかわれていることがわかったようだ。

「まあ、ガブリエッリは明日に取っておきましょう」エディが目で合図をすると、従僕のひとりが近づいてきて彼女の椅子を引いた。

ガウアンが立ちあがり、テーブルをまわって彼女のほうへやってきた。「ひどく疲れただろう」

本当にくたくただった。だが、昨日も今日もチェロにさわっていないので指がむずむずする。「練習をしないと」エディは言った。ガウアンが彼女の腕に手を添える。エディの体を電流が貫いた。あまりの強烈さにめまいがしたほどだった。

「一時間くらいかな」食堂を出ながらガウアンが尋ねた。その顔にはもう、エディの体をとろけさせた官能的なあたたかさはなかった。

「二時間よ」エディは言った。いくら夫のキスがすてきだからといって、練習を放棄するわけにはいかない。それだけは譲れなかった。

ガウアンは廊下に控えていたバードルフに向かってうなずいた。「鉱山の買収計画について検討する時間がありそうだ。居間で待っていてくれ。ジェルヴスも同席させるように」

バードルフが居間に消え、階段をのぼっていたエディはつかの間、夫とふたりきりになった。「今夜、わたしの部屋にいらっしゃる?」小さな声で尋ねる。

「ああ」

ガウアンの黒い瞳の奥にトラの姿が見える。まだ不安な気持ちはあるものの、かすかな希望がわいた。

ガウアンがやさしく言った。「もう処女ではないんだ」エディの両手を取り、唇に近づける。「今夜はまったくちがった体験になるだろう」

夫の自信に満ちた言い方に、エディは背筋がぞくぞくした。もちろん彼の言うとおりだ。ガウアンと目が合うたびに、体の奥の空洞が意識される。

「そんなふうに見るな」ガウアンが低い声で言った。「くそっ、エディ。チェロの練習をしたいんだろう?」

エディは唇をとがらせた。彼の目が自分の下唇に吸いよせられるのに気づき、女性らしい優越感に浸る。「練習はしたいけれど、でも……」一歩前に出る。ガウアンは彼女の両手を放し、自分のほうへ抱きよせた。エディは彼の上着に顔を埋めた。「あなたっていいにおいがするのね」明日、日の出とともに起きて練習すればいいのかもしれない。チェロは逃げないのだから。

ガウアンは彼女の顎に手を添えて上向かせ、唇を軽くこすらせた。炎でひとなでされたような感触がして、まぶたの裏に火花が散った。

「きみは野に咲く花の香りがする」

ガウアンはそう言うと潔く身を引いた。エディには、そんな彼の手を取って部屋に引き入れるほどの度胸がなかった。

自分の部屋に滑りこんだエディはチェロを取りあげて椅子に座り、スカートを太腿まで引きあげた。

演奏をはじめるともやもやした気持ちがほどけて、ヴィヴァルディの『四季』をいつもとちがう角度から感じることができた。まず『春』が来て、感情が芽生える。続いて『夏』は? 喜びにあふれるメロディーが弓の下で力強くうねった。気づくと約束の二時間はとうに超え、エディは残った体力を消耗しきっていた。

呼び鈴を鳴らすと、メアリーが来て着替えを手伝ってくれた。遅くまで待たせてごめんなさいというエディの謝罪を、侍女はにこやかに受け入れた。

「この旅の行程ときたらどうかしてますよ」侍女が言った。「まったく正気とは思えません。ミスター・バードルフはまるで軍隊の将軍ですね。わたしが奥様づきの侍女でお着替えを手伝うのでなかったら、明日は三時に起床して、四時には馬車に乗らなければならなかったのですよ」

「それはひどいわ！」エディは驚いた。「ぜんぜん眠れないじゃないの」

「ああ、その点については心配ありません。公爵様はあらゆる面で公正な方です。旅行のときは特別のお手当が出ますし、目的地に到着してお迎えの準備ができたら、公爵様の馬車が到着するまで仮眠を取れるのです」

「それにしても、そんなに早く起きるなんてぞっとするわ」

「部屋係だったころを思いだしますね」メアリーはエディにネグリジェを着せ、歯ブラシを手渡した。「夜明けから起きだして暖炉を掃除しなければなりませんでした。一階の担当のメイドに昇格したときはどんなにうれしかったことか、奥様には想像もつかないでしょうね」

「そうね。ともかく、今日は遅くまでごめんなさい」エディはそう言ってベッドに飛びこんだ。「明日の夜は着替えをすませてから練習するわ。そうすればあなたを待たせなくてすむから」

メアリーが敷居の前で振り向いた。「奥様と公爵様はお似合いだと、みんな申しておりますよ」

「本当に？」エディはちょっと意外な気がした。夫と自分には、たいした共通点がないと思っていたのだ。夫の頭にあるのはウナギのことだけ。対する自分は楽譜のことだけで、重なる部分がほとんどないと心配していたところだった。

「おふたりともきちんとしていらっしゃって――」メアリーが言った。「公爵様の下で何年も働いている者たちは、あるじが召使に敬意を持って接してくださるので、とんでもない時間割りで働かされても愚痴ひとつ言いません。公爵様はすばらしく頭がいいそうです。召使たちがそう言っていました」メアリーが目を見開いた。

「頭がよすぎるのよね」エディは言った。「でも、ありがとう、メアリー。みんなの言うとおりだといいのだけれど」

ベッドに横たわって人を待つのは不思議な気分だった。ふだんは気にも留めていないようなところが妙に意識される。

昨日の夜、ガウアンは尻の形を褒めてくれた。なんにせよ褒められて悪い気はしないが、尻がどんな形をしているかなど、これまで考えたこともなかった。存在も知らなかった親戚から遺産をもらったようなものだ。

暗闇に横たわっていると、体じゅうの細胞が覚醒していくのがわかった。腰のくびれから丸みを帯びた尻へと、大きな手が滑っていったときのことが思いだされる。乳房を吸われたときの感覚や、歯を立てられたときのことも。それだけで胸の頂がネグリジェを押しあげた。

まだガウアンは現れない。エディの中では、前夜のイメージがどんどんふくらんでいった。ガウアンが激しいキスをして、しまいに雷のようにとどろく彼の心音しか——いやひょっとするとあれは自分の心音だったのか——聞こえなくなった。目に映るのは……。

太腿のあいだに昨日と同じひりひりする痛みがあるかどうか、手をふれてみた。痛くない。

驚きだった。欲求に導かれるままに、彼がしてくれたように自分にふれてみる。やわらかくて複雑な形をしている。刺激が渦を巻いて太腿から下へ伝播《でんぱ》していった。一九年間、毎日一回、無頓着に洗っていた場所が……別のものに感じられる。

自分のものではないようでいて、完全に自分のものなのだ。

閉じられたまぶたの奥の安全な闇の中でガウアンが靴を脱ぎ、ゆっくりとキルトを開くところを思い返す。彼がシャツを投げたとき、腹部に筋肉の筋が走った。

そんなことを考えるあいだも指を動かしていたので、下腹部が濡れてうずきだした。

暗くした部屋で上掛けに包まれていると、まるで繭《まゆ》の中にいるような安心感があった。

そのとき扉が開いた。

21

音をたてて扉が開いたとき、エディはびくっとして本能的に膝を閉じた。部屋の入り口にガウアンが立っていて、廊下にいる誰かと話をしている。彼の肩ごしに光がもれてきた。

エディはベッドの上に起きあがった。「ガウアン？」

「なんだい？」彼がエディを振り返る。一瞬、顔が熱くなった。彼があまりにすてきだったからだ。額にひと房の髪が垂れかかっている。高い頬骨はスペインの征服者《コンキスタドール》を思わせた。

「わたし、寝ているのよ。というより、さっきまで寝ていたの」

ガウアンの眉間にしわが寄る。彼が頭の中で妻の訴えに対する解決策を導くのが手に取るようにわかった。〝寝ている妻の邪魔をしない〟だ。

「部屋に入っても構わないのよ。でも、お話がすんでからにしてほしいわ」

ガウアンは短くうなずいた。彼が廊下に出て話にけりをつけるあいだ、エディはふたたび上掛けの下に潜りこんだ。どうしていいかわからない。昨日の夜よりも混乱していた。

ガウアンが部屋に戻ってきて扉を閉めた。「起こしてしまって本当にすまない」

「いいのよ……誰と話していたの？」

「バードルフだ。あいつが――」

「つまりバードルフはあなたが自分の部屋ではなく、わたしの部屋に来たのを知っているのね」

「ああ」

「なんだかいやだわ。だって――」ガウアンが部屋着を椅子の上に放る。それを見たエディは、次に言うべき言葉を忘れてしまった。彼は全裸だった。筋肉質の長い脚が濃い蜂蜜色に輝いている。

ガウアンが覆いかぶさってきて、両手でエディの肩をつかんだ。「なんだい、奥さん?」

「召使たちに、夫婦のことまで知らせるべきじゃないと思うの」自分の声の弱々しさが情けなかった。

「ぜんぶ知らせるわけじゃないさ」ガウアンが額にキスをした。「きみが悦びにわれを忘れるまでキスしようと思っていることは、知らせていない」次は鼻先にキスをする。「きみが息も絶え絶えになるまで抱くつもりだということも」唇に長いキス。先の展開をにおわせながらも、彼はある一線を越えようとはしなかった。「バードルフはぼくが午後じゅう、あいつの話を聞いていたと思っている」

「だって聞いていたじゃない」エディは息を弾ませた。「わたしも聞いたわよ。少なくとも一部は」

ガウアンが首を横に振った。

「ちがうの?」

「ぼくは一日じゅうきみのことを考えていた。昨日は痛い思いをさせたね。今からその埋め合わせをするつもりだ」

エディは彼に微笑みかけた。「お風呂に入ったのね」両手で彼の肩をなぞる。かすかにアーモンド・ソープの香りがした。自分だけまだ服を着ていることが刺激的に思えた。

「もちろんだ」ガウアンはさらに体を近づけてきたが、全体重をかけないように気を遣っているようだった。

エディはむしろ、さっきのガウアンのほうがいいと思った。男っぽい汗と革のにおいが刺激的だった。「入らなくても気にしないのに」エディはつぶやいた。

「風呂も入らずに妻の寝屋へ来たりするものか」

ガウアンの体は、背骨のつけ根から下も引きしまっていた。

「わたしのお尻とはぜんぜんちがうのね」エディは言った。「すごく硬いわ」

「鍛えているからね」ガウアンは横向きに寝転んで、片手をエディの乳房に添えた。

「だったらわたしは怠け者ということ?」エディはおもしろがって言い返した。

「きみの体は完璧だ」

彼と唇を合わせると、周囲の世界が渦を巻いた。くらくらしたエディは彼にしがみつき、小さくあえいだ。夢中で舌を絡ませている自分たちをどこか滑稽だと思いながらも、なまめかしい感触に陶酔していた。ガウアンの手はまだ乳房の上にあり、荒々しさと慈しみの両方を感じさせる手つきで愛撫を続けている。エディはわきあがる小さな叫び声を何度ものみこんだ。

　ガウアンが顔を上げ、彼女の首筋にキスの雨を降らせる。彼は体を下にずらして胸の頂をくわえ、薄いネグリジェの上から吸いあげた。エディは彼の肩に指を食いこませてあまりの気持ちよさにすすり泣いた。彼を引きよせ、その重みを自分の上に感じ、親密な場所をこすりつけて彼の脚に膝を巻きつけたかった。

　心の中を暴風が吹き荒れている。ガウアンがもう一方の乳房に口を移したとき、エディは一瞬われに返った。ネグリジェが湿って張りついている。自分なら、いくらきれいに洗ってあったとしても、布を口に入れるのには抵抗を覚えるだろう。

「ネグリジェを脱いでほしい？」

　彼を見おろして問いかけたときに体の奥深くにうずきを感じ、うめき声をあげそうになった。

　ガウアンが顔を上げた。その瞳はカラスの羽のように黒かった。エディはすばやくネグリジェを脱いでベッドの脇に放り、夫と並んで横たわった。

　頬がかっと火照る。昨日の夜も全裸になったのだから、一糸まとわぬ姿で夫と並んで横たわっているからといって、それほど自意識過剰になる必要はない。それでもやはりどぎまぎした。

「わたし本当に……」

　ガウアンがキスを再開する。

夫がたまらなく愛おしくなって口を開いたものの、自分が何を言いたいのかわからなかった。わたしはガウアンを愛しているのだろうか？　今ここで〝好きよ〟と言ったら、彼を侮辱することになるだろうか？　でも、本当にそう思うのだ。ガウアンが自分の生活を顧みず、公爵領とそこに住む人々のことばかりを優先するのが心配だった。しかしそれは、湯気の立つココアがココア色をしていることに文句を言うようなものだ。ガウアンは根っから利他的な人なのだ。

「あなたがほしいわ」エディは思いきって言った。

ガウアンの表情がぱっと明るくなる。彼はエディを仰向けにして胸から腹へと手でなでおろし、真剣な表情で彼女を見つめた。濃いまつげの向こうの瞳がどんな感情を宿しているのか、エディにはわからなかった。

「わたし、どこかおかしくない？」エディはささやいた。

「きみの体は、きみが何より大事にしているチェロに似ている。ここの曲線と、そしてここも」ガウアンの両手が胸の傾斜をなぞり、くびれた腰から豊かな尻へと移動した。

「そんなふうに考えたことなどなかったわ」エディはいつになく自分の体に愛着がわいた。

「きみはチェロと愛を交わす。そして、ぼくはきみと愛を交わす」

エディが微笑んでいると、彼の指が脚のつけ根に潜りこんできた。自分でふれたときよりもいっそう湿り気を帯びて、敏感になっている。彼が呼び覚ます感触は、自分のとは比べものにならなかった。自分の指は頼りなくて遠慮がちだ。ところがガウアンの愛撫におずおずしたところはどこにもなかった。息もつかせぬ刺激を与え、真っ向から彼女の反応を要求してくる。油断していると、やけどをしそうだ。

エディは全身を火照らせ、身をよじった。「なんて気持ちいいの」そう言いながら息を吸い、腰をそらせる。旋回しながら上昇と下降を繰り返しているうちに手足が液体になってしまったかのようで、体に力が入らなくなった。

「こっちのほうがもっといいぞ」ガウアンが太い声を出し、彼女の上にのしかかってきた。ところが、ちっともよくなかった。

ガウアンのものがすっかりおさまるころには、エディはショックに凍りついていた。地獄の痛みだ。昨日よりもひどいかもしれない。傷口に塩とはまさにこのことだった。

実際にどうなっているのかわからない。エディは彼の肩に顔を埋め、太いものが引き抜かれると大きく息を吸い、ふたたび突き入れられるとうめいた。

「そうだ、エディ」ガウアンの低く荒っぽい声が響く。「一緒にいこう」

苦悶のあえぎを悦びと勘ちがいされたことに気づいたときにはすでに手遅れだった。ガウアンは両腕を支えにして、彼女の中に何度も何度も突き入ってきた。

「きみもいけるさ、エディ」ガウアンがつぶやいた。「きみが乞うなら、ひと晩じゅうでもこうしていられる」

いけ、いけと言われると、まるで競争をしているみたいだ。いったいなんの競争だろう。競う相手などいないのに。ル・プティ・モールに到達することを期待されているのはわかったが、そんなことが起こる確率は、今すぐこの宿が崩壊する確率と同じくらい低い。

それでも彼女は努力した。ガウアンをがっかりさせたくない一心だった。膝を曲げたり、背中を弓なりにしたりと工夫する。体をずらすと圧迫感は減るが、夫のそれがぴったりおさまらなかった。

さっきまで感じていた甘いうずきは消えていた。むしろ気を許すと泣きそうだった。ガウアンの息遣いがどんどん荒くなる。汗が一滴、腕に落ちたことに気づいて、エディは顔をしかめた。

ガウアンは乳房を愛撫しつづけ、合間にキスもしてきたが、エディは彼を押しのけたくてたまらなかった。どうにかして痛みと息苦しさから逃れたかった。ガウアンの動きが速まる。エディは思わず悲鳴をもらした。

「そうだ！」ガウアンが息を吸い、キスをした。まるで発育の遅い子どもが、はじめて言葉を発したのを褒めるように。

もうあまり長くは耐えられない。一分だって無理だ。

これが競争なら喜んで負けたかった。ガウアンが勝者になればいい。今すぐやめてほしい。自分の上からただちにおりてほしかった。彼の目には、妻が悦びを感じるまでひと晩じゅうでも挑戦するのだという決意がみなぎっている。

そんなことになるくらいなら、エディはむしろ死んでしまいたかった。

ライラの話では、男女の交わりはずいぶん騒がしいものらしいが、エディの場合は苦痛のうめき以外は出てきそうもなかった。ライラの演技を思いだす。

「ああ！」まねをして声をあげてみた。まるで床に落ちて割れた花瓶を発見した中年女がうろたえているみたいだ。

とても悦びの声には聞こえない。

「ああっ」今度はもう少し大きな声で言ってみた。人生でいちばんばかげた行為だろう。

ガウアンが顔をさげて首筋にキスをする。彼が芝居を信じたのかどうかはわからない。彼の手はまだ乳房に添えられていて、親指が頂をこすっていた。さっきまではそうされるのが好きだったのに、今はまったく気持ちいいと思えなかった。

ガウアンの激しい鼓動は、彼が紛れもない快感の中にいることを表していた。エディにとっては苦痛でも、彼は気持ちがいいのだ。それで少しだけ慰められた。もう一度腰をそらせ、少しでも圧迫感と痛みを軽減しようとする。次の瞬間、彼女はライラがやったとおりにのけぞって、それから力を抜いた。

自分に演技の才能があるとは思えなかったが、どうやらそれなりに信憑性があったらしい。ガウアンが〝ついにやった〟というようなことをつぶやき、深く息を吸って、さらに腰の動きを速めた。永遠とも思える時間が過ぎたあと、彼の体に痙攣が走った。形のよい唇からうめきがもれ、さらに意味不明の言葉が絡まり合って吐きだされた。

その部分だけはエディも気に入った。

ガウアンほど自制心の強い男が、自分の腕の中で無防備な姿をさらけだしている。ガウアンは顔をゆがめ、快楽に身をゆだねていた。あらゆる教養や洗練さがはがれ落ちている。そんなところを見られるのは、世界でひとり、わたしだけだ。

ほかの人たちにとっては非の打ちどころのない公爵でも、今のエディにとっては自分の上でわれを忘れるひとりの男にすぎなかった。彼はまだ、物理的に彼女の中にいる。ガウアンの表情を見つめるうち、なんの前ぶれもなく、彼女の内側がぎゅっと収縮した。一瞬痛みが蒸発し、甘い充足感が広がった。

ガウアンが両手で上体を支えてエディを見おろしている。「ああ、今のは気持ちよかった。でも、ちょっとだけ休ませてくれ」彼はそう言って肩で息をした。

彼の言わんとすることに気づいて、エディはあわてふためいた。もう突かれるのはたくさんだ。やさしく胸を押すと、ガウアンが彼女の上からおりて寝転がった。予想どおり、彼の武器はいまだ臨戦態勢にある。

おそるおそる自分の下半身に目をやると、もう血は出ていないようだった。奇跡としか思えない。

ガウアンが手をのばして汗でべとつく体に彼女を引きよせた。「よかったかなんて聞く必要もないな。きみときたら、きつくて、熱くて……」

「でも、まだ少し痛むの」エディはささやいた。

そのあと、ガウアンがあまりにも丁寧に体を拭いてくれたので、エディはまた涙がこぼれそうになった。

嘘をつくのはいやだ。一度も体験したことのないル・プティ・モールを装うのは、なんとも罪深い行為に思えた。きっと今だけのことだ。エディは自分に言い聞かせた。明日は新しい日。もっとよくなるはず。ガウアンがひんやりしたタオルで彼女の肌をなでる。なんだか体がむずむずしてきた。

「もういいわ」エディは上体を起こした。腰の動きを誘いの意味に取られてはかなわない。

ガウアンがエディにキスをした。「ここで眠ってもいいかな?」

エディは頰を染めて答えた。「もちろんよ」

翌朝は後悔とともにやってきた。ガウアンが目をきらきらさせて、〝昨日の夜はどんな奔放な妄想よりもすごかった〟と言ったのだ。エディは彼に嘘をついた自分がいやになった。心底いやだった。

深く息を吸って正直に打ち明けようとしたちょうどとき、扉が小さくノックされた。ガウアンが〝入れ〟と答える。するとメアリーが現れ、ぞっとすることにガウアンの近侍まで入ってきた。そのうしろに朝食のトレイを持ったメイドが続く。

チャンスは失われた。近侍のトランドルがガウアンの部屋着を広げ、メアリーがエディの身支度の準備をはじめる。ガウアンは朝食を終えると、ベッドをおりて自分の部屋へ戻っていった。そこで着替えをしながら、たとえば牧場の柵に関する報告を聞くのだろう。

結婚には妥協が必要だ。

それでも、嘘はつきたくなかった。だが、いまだに痛むと打ち明けたら、何か欠陥があると思われるかもしれない。〝不感症〟という恐ろしい言葉もあるではないか。〝不感症〟と呼ばれるのは、〝氷室〟とあだ名されるのと同じくらい悪いらしい。実際にわたしは不感症なのだろうか？　これから先、いつまで経ってもライラがやってみせたような声をあげられなかったら、どうすればいいのだろう？

エディはもともと、ライラほど騒々しい人間ではない。

本当のことを知ったら、ガウアンは痛みの原因について医者に相談しろと言うかもしれない。こんなことを第三者に打ち明けるなんて論外だ。ライラなら話せるかもしれないが、もう同じ屋敷に住んでいるわけではない。

結婚生活は、ことごとく悪いほうへ進んでいくように思えた。

22

その日もまた、馬車の中で過ごす、永遠とも思える午前中が過ぎていった。前日とまったく同じことの繰り返しで、実は前の日だと言われたら納得してしまいそうだった。エディは座席に小さくなって、ガウアンと領地管理人の気のめいるような会話をなるべく聞くまいとした。聞いたからといって、貢献できることは何もない。その代わりに、前の晩に起きたことについて考えた。いや、むしろ起きなかったことについて……。

またしてもル・プティ・モールを体験できなかった。そもそも自分には、一生体験できないい気さえしてくる。しかし、問題はそれをのりきった方法だ。夫に嘘をついてしまった。演技をして……。

エディは考えるのをやめた。ともかくこんなことはまちがっているし、自分でもそれはよくわかっていた。だいいち……ちらりとガウアンに目をやる。エディは夫を好きになりかけていた。夫に対してそういう感情を抱くのはいいことだ。しかし夜の営みを嫌うのは……いいことではない。

正直に打ち明けなくては。

給仕されるのも平らげるのも大急ぎの昼食のあと、エディはガウアンの腕に手を置いた。

「ねえ、お話ししたいことがあるの」バードルフや従僕の前で言う。召使の前で切りださないと、永遠に切りだす機会がないからだ。

「もちろんだ」妻をエスコートして馬車に向かおうとしていたガウアンは、期待に満ちた表情で足をとめた。

「馬車の中で」エディは言った。

「そうだな。そのほうがいい」ガウアンは食堂の出口へ向き直り、随行者に向かってついてこいとうなずいた。妻の声色がいつもとちがうことに気づかないのは、男という生き物の特徴なのだろう。エディはその場を動かなかった。

「ふたりきりでよ」

夫がこの件についてバードルフの意見を求めたら、すぐにでも実家へ帰ろうかと思った。しかし、ガウアンはかすかに眉を上げ、それからバードルフに目で合図した。家令は小さく頭をさげてきびきびと遠ざかっていった。

バードルフとの勢力争いに、エディははじめて勝利したのだ。だが、一時的な勝利では意味がない。随行員たちに午後の仕事について指示を出す夫を尻目に、エディは馬車に向かった。馬車に乗りこむと、夫の席にはすでに三冊の帳簿が置かれていた。エディは扉から顔を出した。従僕が近づいてくる。

「これは別の馬車に乗せてちょうだい」エディは帳簿を従僕の手に落とした。

「ですが公爵様が……」従僕が泣き言を言う。

敵はバードルフだけではないらしい。戦域はもっと広いのだ。

「公爵夫人の命令です」エディはきっぱりと言って馬車の中にひっこみ、夫を待った。


部下たちに指示を与えたガウアンは、大股で馬車に向かった。その横を、午後に目を通すつもりでいた帳簿を抱えた従僕が通り過ぎる。当然、いらつくはずだった。馬車の中で無為に過ごすのは大嫌いだ。

ところがガウアンが感じたのは期待だった。

エディを最初に見たときから、規律正しい生活に波風が立つことはある程度予想していた。特定の女性に対する原始的な欲求を抑えきれずに出会って一カ月と経たずに結婚したのだから、生活のリズムが、少なくとも最初のうちは乱れるのが当たり前だった。エディと過ごすあいだは、公爵としての責務を果たせない。だが一方で、ここで欲望に屈しておけば、朝から晩まで彼女を欲するのをやめられるかもしれないではないか。あと二、三日もすれば、肉体の欲求を夜まで抑えることができるようになるだろう。少なくとも一日じゅう彼女を求める気持ちにさいなまれることはなくなる。

本当に、そんな日が来るのだろうか？

実に厄介だ。

ガウアンには責任があった。彼はたくさんの人に頼られている。公爵領だけでなく、スコットランドの銀行制度をうまく機能させることも彼の仕事だ。

しかし、それらひとつひとつの重要性が、今はぼんやりとしか感じられなかった。頭の大部分をエディのことが占めている。尋常でない勢いで燃え盛る欲望に身を任せてしまいたい。彼女を目にするたびに、バードルフを追い払って帳簿を馬車の窓から投げ捨てたくなる。

ガウアンは悪態をついた。もっと自制しないといけない。来る日も来る日もベッドに入り浸って、妻の肉体におぼれているわけにはいかないのだ。このままでは骨抜きになってしまう。エディが世界の中心になってしまう。そしてもし裏切られたら、父のように酒におぼれるしか……。

ガウアンはどきりとした。欲望は肉体の衝動でしかない。生活の一角を占めてはいても、そこからはみだしてはならないものだ。馬車の中で妻を組み敷きたいのをこらえてどうにか反対側の席におさまったガウアンは、落ち着いた、紳士らしい笑みを繕った。それから手を上げて馬車の天井をちょうどいい強さで叩き、御者に準備ができたことを知らせた。

エディはボンネットの下から控えめに、この上なく愛らしい笑みを返してきた。それだけで欲望が大波となって襲いかかり、ガウアンを海中へ引きずりこもうとした。〝仕事はいつでもできるじゃないか〟そんな声が聞こえてくる。ガウアンは口を開き、すぐに閉じた。〝服を脱いで裸になってくれ〟と言いそうになったからだ。

馬車の中で公爵夫人に向かって発する台詞ではない。それでも何か言わずにはいられなかった。「いつか、昼間にきみを抱きたい」

エディの瞳を、解読できない感情の光がよぎる。彼女は無言のまま顎に手をやり、ボンネットのリボンをほどいた。そしてボンネットを取って脇に置く。夫の要求をくんで服を脱ごうというのだろうか？　馬車はすでに街道に入っており、扉を開けられる心配はない。

ガウアンの脳裏に、みだらな場面が次々と浮かんだ。エディが上体をかがめ、手袋に包まれたほっそりした指で彼の膝を叩いた。

「バードルフ」エディは滑稽なほど低い声で、うなるように言った。「明日の朝、七時一五分から七時四五分まで妻と交わる予定なので、出発時刻を遅らせるように」彼女はそう言って、いたずらっぽく微笑んだ。

ガウアンはあっけに取られたあと、噴きだした。

「まあ、よかった」エディは手袋を取り、ボンネットの横に置いた。「ユーモアを完全になくしてしまったわけではなかったのね」

エディが言って、意地悪そうにくすりと笑う。「あなたにユーモアがあることはわかっているのよ。ウナギの仕掛けに打ちこんでいるふりをしようとしても、もう遅いんですからね」

「やれやれ、ウナギの話がよほど印象的だったみたいだな」

ガウアンはそう言って脚をのばし、彼女の靴を両側から挟んだ。心は決まった。道中のどこかで、このなまめかしい女性を抱こう。午後の予定は空けたので、仕事に邪魔されることもない。

妻にじっくり集中できる。

「自分でまいた種でしょう」エディは心地よい笑い声をあげた。「きっと八〇歳になっても、ウナギは放っておいてユーモアを思いだしてちょうだいとからかうことになるわ」

「ユーモア」ガウアンはゆっくりと繰り返した。「ぼくにユーモアがあると本気で思っているのか？」

エディはうなずいた。「もちろんよ。小麦やウナギの話をしているときは、人生になんの喜びも見いだせない人になってしまうけれど」

ガウアンは反論しようとしたが、エディはさらに続けた。「いいえ、それは正しくないわね。あなたは仕事そのものを楽しんでいるんだわ。そうでしょう？」

仕事？　ぼくが楽しむのは、妻の頰の繊細な曲線や、濃いバラ色の唇や、くるりとカールしたまつげだ。夫を分析しようとするところさえ愛おしく思える。

エディが上体を倒して、彼の膝を軽くつついた。「ガウアン、わたしの話を聞いているの？」

「仕事は仕事だ。楽しいからするものでもない」

「じゃあ、責任があるからね」エディは間髪を入れずに答えた。「父はチェロを弾くのが何より好きだけれど、仕事があるからまとまった練習しかできないの」

「ぼくが仕事よりもしたいことはひとつだけさ」ガウアンは痛いほどに高ぶる肉体を意識した。

「ガウアン、わたしが言いたいのはそういうことじゃないのよ」

ガウアンはエディとの会話に注意を戻した。「つまり、ぼくは退屈な堅物男で、女性の相手などできないと言いたいんだな」ガウアンは申し訳なさそうな顔をした。「そのとおりかもしれない。バードルフを相手に気のきいた会話はしないからね」

「バードルフは完全に堅物だわ」エディはそう言って鼻をつんと上げた。「そしてあなたも。親愛なる公爵様、気をつけないと堅物の片鱗がのぞいているわよ」

「ぼくは堅物じゃないさ」ガウアンは小さく笑った。「むしろ夫としてはもっとひ弱で、堅物な男のほうがよかったかもしれない」

エディは弱々しく微笑み、大きく息を吸った。「実はね……まだ少し痛むのよ、ガウアン」

ガウアンはいっきに現実に引き戻された。妻のほうへ上体を寄せ、両手を取る。

「そうか。本当にすまない。でも、前よりましにはなっただろう？」

エディがうなずいた。

「ぼくにとっては、きみを悦ばせることが何より大事だ。経験不足で恥ずかしいよ。そのことできみをがっかりさせるくらいなら、男であることを完全にやめてしまったほうがいい」

エディが眉をひそめた。「がっかりなんてしていないわ」

途方もなく大きな安堵の波が、ガウアンの心を洗った。

「昨日、きみがいったときほどうれしかったことはない」ガウアンは、彼女の手を口元へ運んでキスをした。最初は右に。次は左に。「ただ、最初の数分間がそれほど苦痛でなければと思うよ」

美しい花嫁はいまだに恥じらっているのか、絡み合った指から目を上げなかった。

「ぼくを見て」ガウアンはやさしく促した。「なんでも話し合わないと。夫と妻のあいだに秘密はいけない」

「そうね」彼女は言った。「だからわたし……」その先は尻すぼみになる。

エディがあまりに暗い顔をしているので、ガウアンは居ても立ってもいられなくなった。座席から腰を浮かせ、布張りの天井に頭をぶつけないようにしながら彼女のボンネットを押しのけ、隣の席に移る。「〝屹立した一物に良心はない〟と書いたシェイクスピアは核心を突いていた」

エディはとっさに理解できなかった。「屹立した、なんですって?」

そう尋ねた直後、彼女の頬がモモ色のはけでひとなでしたかのように染まる。ガウアンはうっとりと見とれた。

「ガウアンったら!」エディはぷっと噴きだした。「屹立した一物?」

「ぐったりしているよりずっといいだろう?」ガウアンが指摘する。「だが大事なのは、ぼくには良心があるってことだ。たとえ肉体の一部がきみを貪欲に求めているとしても。エディ、マ・クリー。そんなに痛いなら、その場で痛いと言えばいいんだ。わかっているだろう?」

エディの頬が赤みを増す。初物のプルーンのようにみずみずしい色だ。

「もちろんだわ」彼女は言った。「ところで、マ・クリーってどういう意味?」

「〝ぼくの心〟という意味だよ」ガウアンは彼女を軽々と抱きあげて膝にのせ、包むように腕をまわした。「きみはすばらしい。きみほど美しい女性は見たことがない」

「あなたにも同じ言葉を返すわ」エディの率直さが、またしてもガウアンの胸を打った。ほかの人なら隠そうとするか出し惜しみする言葉を、彼女はさらりと口にする。

エディの腕が、ガウアンの胸をはいのぼって首にまわされた。ガウアンの世界がぐらりと揺らぐ。まるで馬車が――もしくはこの世界ぜんぶが――傾いたかのようだった。エディは例のひそかな笑みを浮かべた。こっそり交わしたキスのあとに見せる笑みを。

「フェンズモア館であなたがこちらへやってくるのに気づいたとき、あの部屋にいる誰よりもハンサムだと思ったわ。そして今や――」エディはいたずらっぽい笑みとともに言った。「赤毛だって好きよ。それがあなたの髪ならば」

自分の容貌など、ガウアンは気にかけたこともなかった。公爵の地位さえあれば、外見に関係なく羨望のまなざしを浴びることがわかっていたからだ。だが、エディに見つめられると、自尊心をくすぐられた。

エディはぼくの見た目を気に入っている。彼女は爵位に執着する女性には見えない。そういう意味では、財産にも執着していないようだ。

エディは彼の肩に頭を休めた。「でもね、あなたのことが心配なの。生活を楽しむ気持ちがないと、生きることはとても困難になるわ」

ガウアンは背筋がぞくぞくした。「ぼくには生活を楽しむ気持ちがないと思うのかい？」

「ぜんぜんないわけじゃないのよ。だってあなたは、シェイクスピアを一度も最後まで読みきったことがないわたしに、読んでみたいと思わせることができるもの。ただ、毎日あんなにたくさんの報告を聞いていたら、息が詰まるんじゃないかと心配で」

「そんなことはない。だいいちぼくは、きみの近くにいるといつも冷静さを失ってしまう」

ガウアンはそう言って彼女の頬骨を指でなぞった。「仕事などどうでもよくなってしまうんだ。バードルフに指摘されたよ。馬車に帳簿を持ちこもうとするのは、内容がちゃんと頭に入っていない証拠だと」

エディは背筋をのばし、眉をひそめた。「バードルフのことはあまり好きじゃないわ」

「あいつのことは放っておけ。それよりも、ぼくのことはどうなんだい？」

自分がそんな愚かしい問いを発したことに、ガウアンは衝撃を受けた。エディの何かが彼の自立を侵食していた。彼の雄々しさを弱めていた。

「好きだと思うわ」エディは言った。

彼女の瞳はどこか悩ましげだった。

「何も心配することはない」ガウアンは彼女の唇にキスをした。「ふたりで力を合わせてこの結婚をよい方向へ導こう。どちらにも手本となるような親がいないのは残念だ。ぼくの両親は、出会わないほうがよっぽど幸せだったにちがいない」

「父とライラに関しては、そうとも言いきれないわ。ふたりは愛し合っているの。ただ、父は忘れてしまっているのよ。どうやって……」エディは少し考えてから言葉を継いだ。「父は、ライラと恋に落ちたときに魅力的だと思った点を愛おしむのをやめてしまったの。まるで彼女を第二の自分にしたがっているみたい。父は生まれつき、かなりの堅物だと思うわ」

ガウアンがうなずいた。

「しょっちゅう不機嫌そうにしているのよ。とくに不機嫌でないときでさえ」

「しかし、ギルクリスト卿は〈イングランド銀行〉から来た能なしどもを相手にしている最中も癇癪を起こさなかった」

「ライラが冗談を言ってもにこりともしないわ」

「きみが冗談を言ったときは、必ず笑うと約束するよ」ガウアンがささやいた。

「わたしに冗談が言えればね」エディはため息をついた。「あなたの好きそうなしゃれ……つまり正午のなんとかとは、縁遠い生活をしてきたから」エディは彼の肩に顔を埋めた。

「喜んで教えてあげるよ」ガウアンが声を低くした。

だが、彼女は夫のほのめかしを聞いていなかった。「夜更かしをしたり昼食にワインを飲んだりする習慣もないし」そう言って、レディらしく上品にあくびをする。「馬車で水を持ち運ぶことはできないかしら？　昼食にワインを飲むと眠くてたまらないの」

「もちろんそうしよう」

ガウアンはふと、いつから食事のたびにワインを飲むようになったのだろうと考えた。最初は自分を試すつもりだった。昼食や夕食で酒を飲んでも、両親のように限度を超えることはないと確認するつもりだった。

親のように酒で破滅することは、ガウアンにとっては最大の、そして誰にも打ち明けたことのない恐怖だった。しかし、夫婦のあいだに秘密を作らないという約束に照らすと、エディには打ち明けるべきかもしれない。ガウアンは視線を落とした。エディはぐっすりと眠っていた。

ガウアンは妻の寝顔をまじまじと見つめた。馬車の中で彼女を誘惑するはずが……。腕の中で体を丸くしたエディはどこまでも穏やかに見えた。ガウアンは少しむっとしたあとで、自分勝手だと反省した。結局のところ、彼女が睡眠不足なのはぼくのせいなのだから。

せめてここに帳簿があれば……。

現実にはない。目的地に到着するまで、することがなかった。

いや、正確には数枚の紙とペンがある。彼女を壁にもたれさせて仕事をすることは可能だ。だめだ。そんなことができるわけがない。それではエディが目を覚ましてしまう。彼女の眠りを守りたいと思う気持ちの強さは、自分でも驚くほどだった。エディは疲れきっている。目の下がかすかに青くなっているではないか。ぼくが昨日の夜中に彼女を抱いたせいだ。

ガウアンはガラスの花瓶を扱うように妻をそっと抱え、座席の端に移動して壁にもたれた。そのまま、美しく、甘い香りのする妻のまつげや唇をじっくりと観察する。最初に出会ったときのように。

あのときとはまるで状況がちがった。なぜなら彼女はもう自分の妻だからだ。自分は彼女を抱く最初の男となったし、最後の男になるだろう。毎朝、目を覚ましていちばんに見るのは、情熱と知性を宿した彼女の瞳であり、最初に聞くのは、気をつけないと堅物になるわよと警告する、彼女の率直な声だ。

ガウアンの口元に浮かんだ笑みは皮肉っぽくもなければ、悲しげでもなかった。エディならきっと、喜びに満ちた笑みと言うだろう。ガウアンは感謝をこめて彼女を抱きよせた。心地よく揺れながら進む馬車の中で、ガウアンは結婚について考えた。

居眠りはしなかった。

時間の無駄だから。

23

夕闇が迫るころ、馬車は街道をはずれ、玉石を敷いた通りへ入った。馬車の揺れで目を覚ましたエディは、ガウアンの腕の中で眠っていたことに気づいた。馬車が角を曲がり、宿の庭に入る。ガウアンは彼女をしっかり抱えていたが、エディがキスをするまで目を覚まさなかった。

ガウアンがぱっと目を開けて顔をしかめる。そしてエディが何もきかないうちから、居眠りなどしていないと言い訳した。

エディは反論しなかった。父を思いだしたからだ。父も、生まれてこのかた癇癪を起こしたことは一度もないと言い張っている。

パルデンの〈クイーンズ・アームズ〉は、たくさんの召使を引きつれて旅をする貴族に慣れていた。宿の主人の案内で専用の居間に通されたガウアンは、心ここにあらずといった様子でエディにキスを返すと、その朝にスコットランドから到着した従僕の報告を聞こうと椅子に腰をおろした。

また報告だ！

エディはしだいに〝報告〟の二文字が嫌いになってきた。二日間もまともに練習していない長時間、馬車に閉じこめられていたせいで疲れていたし、彼女は適当な言い訳をして部屋に引きあげ、風呂の準備をするよう召使に指示した。メアリーが部屋の中を忙しく歩きまわっていという焦りもあった。気をゆるめたら涙がこぼれそうだ。

エディはしだいに〝報告〟の二文字が嫌いになってきた。二日間もまともに練習していないという焦りもあった。長時間、馬車に閉じこめられていたせいで疲れていたし、気をゆるめたら涙がこぼれそうだ。彼女は適当な言い訳をして部屋に引きあげ、風呂の準備をするよう召使に指示した。メアリーが部屋の中を忙しく歩きまわってあれやこれやと不満を言うので――どうやらバードルフは召使たちにも好かれていないらしい――しまいには、いい加減にしてと叫びたくなった。

熱い湯につかっても完全にくつろぐことはできなかった。この上、夫との交わりに耐えられるとは思えない。また痛いに決まっている。かといって事実を打ち明けることもできない。きみがいったときほどうれしかったことはないと言われて、勇気が萎えてしまった。またしても夜がやってきた。今度こそぼろが出そうな気がする。また嘘の上塗りをするのか。

「メアリー？」侍女を呼ぶ声は、エディが思っていたよりも大きく響いた。「紙とペンはあるかしら？」

「ミスター・バードルフが、奥様に書き物机《スクレテール》を用意してくださいましたよ」メアリーは家令の名前の部分だけ、ことさら冷ややかな声で言った。エディが風呂からあがると、メアリーが部屋の隅の書き物机を示した。革張りの箱の中には、手紙を書くのに必要なあらゆる道具が入っていた。

〝最愛のライラへ〟と書いたところでエディは手をとめた。ライラがまだ実家のベリック＝アポン＝ツイードにいるとはかぎらない。すでに父が迎えに行ったかもしれないではないか。

エディは父の表情を思いだしてため息をついた。いや、やはりライラはまだ実家にいる確率が高い。

エディは継母を城へ招待するつもりだった。ベリック＝アポン＝ツイードはスコットランドとイングランドの境界にあるので、それほど長旅にはならないはずだ。しかし、どう書いたら今すぐ会いに来てくれるだろう？　夫婦の事情を詳しく書くわけにはいかない。

悩んだ末、エディはペンを取った。

〝お願いですから訪ねてきてください。必ずよ、ライラ。あなたが実演してくれた秘訣のことを覚えてる？　相談にのってほしいの。愛をこめて、エディより〟

しばらくあとで夫と向かい合って夕食の席についたとき、エディは手紙を取りだした。

「ライラがベリック＝アポン＝ツイードのご両親の家に滞在しているから、スコットランドへいらっしゃいと手紙を書いたの」

新婚生活に義理の母親が加わることに、ガウアンはいやな顔をしなかった。目を覚ましているあいだじゅう、バードルフやジェルヴスやほかの随行員と一緒なのだから、義理の母親が加わるくらいたいしたことではないのだろう。その日の午後、ふたりきりで馬車に揺られた時間を除けば、夫婦の時間は食事の時間と夜の営みだけだ。

「さっそく従僕をベリック＝アポン＝ツイードへ向かわせよう」ガウアンが言った。「ぼくらも母上のところへ寄ってから、城へ帰ればいい」

「今から使いを出すなんて無理よ。もう夜だもの」

「きみの母上にも、招待について検討する時間が必要だ」ガウアンがきっぱりと言った。彼が人差し指を上げると、従僕のひとりが小走りに部屋を出ていってバードルフと一緒に戻ってきた。

バードルフの顔を見れば、こんな時間に手紙を出す女主人をとんでもない常識はずれだと思っているのは明らかだった。

それを見たエディは、明日でいいと言うのをやめた。家令にかすかな満足感を与えたくなかった。

手紙を携えて食堂を出ていくバードルフを新たな希望とともに見送る。ル・プティ・モールを経験できないなら、ライラの助けを借りるのがいちばんだ。きっとまた、秘訣のようなものを教えてくれるはず。

ガウアンは近侍をさげ、部屋着をはおってエディの部屋へ向かおうとした。ところがドアノブに手をかけたところで動きをとめた。彼はすでに高ぶっていて、自分でも肌から立ちのぼる熱気が感じられるほどだった。まるで獣ではないか。みだらな思いで頭をいっぱいにして、妻の顔を見ただけで達してしまいそうだった。

しばらく廊下で興奮を静めてからエディの部屋に入って扉を閉めると、彼女は顔を腕で覆うようにして眠っていた。もつれた髪が枕の上に広がっている。部屋は暗く、厚いカーテンの隙間から差しこむ月の光が長い髪を白っぽい金色に輝かせていた。ガウアンは部屋着を床に落とし、上掛けに滑りこんで妻の体に腕をまわした。

「ガウアン？」一瞬あとで、エディが眠そうに言った。

「午後はずっと寝ていたじゃないか」ガウアンはささやき、彼女の頬に唇をこすらせた。

「起きて、ぼくと一緒に遊ぼう」

エディはあくびをして仰向けになり、ふくよかな胸の前で部屋着をぎゅっと合わせた。ガウアンは思わずうめいた。

「きみは本当に美しいよ、エディ」そう言って彼女のほうに顔を寄せる。ところがエディは体をよじってかわした。「ネグリジェを着たままじゃだめ」さっきよりもはっきりした声で言う。「昨日の夜、すごく気持ちが悪かったの。胸の部分が湿っていたから」

もっともな言い分だ。ちょっとつれないが……。

エディはネグリジェから頭を抜いた。ひと筋の光が片方の乳房から腰のくびれを照らす。欲望に体を貫かれたガウアンは、息を荒くした。一定の声を保つのさえひと苦労だった。

「もうキスしてもいいかな？」そう言って、やさしく彼女を仰向けにする。

「胸に？」

あくまで冷静なエディの言い方に、少しだけ気がそがれた。「そうだよ、ここに」ガウアンはよく熟れた乳房の曲線に手を添えた。

「ええ、いいわ」

思考力が失われていく。クリーム色をした乳房と、その頂を吸いあげたときにエディが発する切なげな声に、世界が集約されてしまったかのようだった。

「これが好きなんだね」ガウアンはそう言ってもう一方の乳房に口を移した。彼女がいやがっていないことは見ればわかった。ガウアンは彼女の反応を学びつつあった。愛撫するにつれ、体がやわらかくほどけていく。キスを続けながら白い肌に手をはわせる。あらゆる感触が彼の興奮をあおった。

今、願うことはたったひとつ……。

「エディ」ガウアンはそう言って咳払いをした。恥ずかしいほど声がかすれていた。

「何？」

彼女はすぐに返事をした。彼女の声も、もっと不安定ならいいのだが。ガウアンはそんなことを考えたあとで、ばかげていると思い直した。

「よかったら――」

ガウアンはそこで言いよどんだ。良家の令嬢に、愛撫してほしいなどとは言えなかった。もっとよく知り合ってからなら、あるいは言えるのかもしれない。前の晩、エディは胸や背中をなでてくれたが、ガウアンはもっとほかの部分もなでてほしかった。それなのに、口に出すのがはばかられる。

ガウアンの額にビーズのような汗が噴きだした。あきらめて彼女の胸にキスを落とす。彼女を怯えさせるようなことはしたくなかった。「こうすると気持ちいいかい？」ガウアンはささやき、ごく軽く頂を噛んだ。

エディはぶるっと震え、小さくあえいだ。ガウアンはもう少しで返事を聞き逃すところだった。〝ええ〟という、か細い声を。

彼女がほしくてほしくて、どうにかなってしまいそうだ。彼女の中にいない一秒一秒が苦痛だった。彼女の脚を押し開き、そこをなめまわし、彼女が身をよじって喉の奥から切ない声をもらしたら、いっきに彼女の中に身を埋めたい。

その前にひと呼吸置いて自分を立て直し、理性を取り戻さなければならない。妻はまだ慣れていないのだから。

そしてガウアン自身にとっても、これはまだ新しい経験なのだ。

ゆっくりとキスをしながらエディの体を探索し、膝を割る。ところがガウアンの論理的な部分はちょっと待て、と言っていた。

最初にキスをしたとき――あれはチャトル家の舞踏会のあとで、ギルクリスト家の前にとめた馬車の外だった――エディは彼と同じくらい情熱的な反応を示した。彼女の両手は、彼の体をしきりにまさぐっていた。ところが今はちがう。彼女は息をのみ、小さく体を震わせたかと思えば、急に身を硬くする。彼の体にふれてこないわけではないが、心からそうしたがっているようには見えない。腕や胸をなでたり、髪に指を絡めたりする程度だ。

しばらくのあいだガウアンはしゃにむにキスをした。エディの準備が整ったようだ。太腿のあいだが充血し、やわらかくなってきた。ガウアンがなめるたびに彼女は小さくうめき、髪をつかむ手に力をこめた。

美しい目は閉じられていたが、ガウアンが体をずらして覆いかぶさると、エディがぱっと目を開いた。少しのあいだふたりの視線が交わる。次の瞬間、ガウアンは叫んだ。

「エディ！　いったいどうしたんだ？」

「なんでもないわ」エディは小さく息を詰まらせた。

ガウアンは納得がいかずに彼女を見つめつづけた。エディが背中をそらせ、体をこすりつけてくる。「ねえ……愛を交わしましょう。明日の朝は早いんだから」

やわらかな肌の感触に、ガウアンは一挙に欲情の渦へ引きずりこまれた。

「あまり痛むようだったら教えてくれ」ガウアンの言葉にエディがうなずく。

彼女の中は、前回よりもさらによかった。どうしてほかの人たちは昼も夜も愛し合って過ごさないのか、不思議になるほどだ。ガウアンはなるべく苦痛を与えないようにゆっくりと動いた。彼女の中に完全に没すると、エディが首に手をまわして肩に顔を埋めてきた。

「どんな感じだい、エディ？」ガウアンは彼女の耳にキスをしてやさしく尋ねた。「気持ちがいいかい？」

「大丈夫」エディがささやく。

その言葉に、ガウアンは動きをとめた。

「いえ、いい……よくなったわ」エディが急いで言った。「それほど痛まないもの」

ガウアンの胸を安堵が満たす。あとは抑制を失わないようにするだけだ。三〇分かかるかもしれないし、四〇分かもしれないが、あきらめないでじっくり愛せば、彼女もやがて快感を味わえるだろう。どんなことをしても、自分と同じ快感を妻に与えるのだ。体の奥深くから強い思いがわきあがってきた。ガウアンは両手で体重を支えて動きはじめた。

エディは固く目を閉じて横たわっていた。頃合いを見計らってもう一度尋ねる。「エディ、どうだい？」

エディがぱっちり目を開けた。彼女の目は欲望にけぶるどころか、しっかりと焦点が合っていた。彼女がもっと乱れてくれれば、などという考えがふたたび頭をかすめる。しかしそれはあんまりだ。エディは生まれつき真面目なのだ。そこを否定したら、彼女が彼女でなくなってしまう。

「大丈夫よ」ガウアンの下でエディが体の位置をずらした。わずかな振動が炎のようにガウアンの下腹部を覆った。「とっても……なんて言えばいいかしら、いっぱいな感じ」

いっぱい？　ごちそうを食べたあとの腹具合でもあるまいに。「それは、気持ちがいいということかい？」ガウアンは重ねて尋ねた。

エディが膝を曲げる。またしても下腹部を衝撃が貫いて、ガウアンは震えた。

「いってちょうだい」エディがささやく。

「きみも一緒でなければだめだ。どうしたら気持ちよくなるのだろう？」

ガウアンはぎゅっと目を閉じている妻を見つめた。彼女の考えていることを知りたかった。欲望を抑えてゆっくりと腰を動かす。そうすれば最終的に達するべき場所へそろって到達できると思ったのだ。エディを見おろしているうち、彼女を守りたいという思いが突きあげてきて、思わず動きをとめそうになった。

彼女を幸せにしたい。その願いは、ガウアンがこれまでの人生で抱いたどんな願いよりも強かった。最初に抱いた幻想と本物の彼女は、似て非なるものだった。外見的な美しさはともかくとして、エディは物事をまっすぐに受けとめ、相手のことを思いやって行動できる。ひねりのきいたユーモアの持ち主だ。

「エディ」ガウアンは心から言った。「ぼくのためにいってくれ」そう言ってキスをする。

「お願いだ、マ・クリー」

そしてありがたいことに、エディは達した。彼女の甲高い声を、ガウアンは自分の快楽と同じくらい快いものとして聞いた。そして幸福感に胸を貫かれ、全身を満たす骨の髄まで浸みわたるような歓喜に、われを忘れた。


エディにしてみれば、夜の終わりはいつも同じだった。内側がひりひりする。昨日ほどひどくはないにしても、楽しむには程遠い。行為を重ねれば重ねるほど、自分がどうしようもない欠陥を抱えているように思える。

救いようがない女に思えてくる。

大柄な男にのしかかられ、体の中に押し入られて、動揺する女はわたしだけなのだろうか？　一度か二度、快感の前兆のようなものが見えた気がした。だが、そのたびにガウアンが体位を変えたり考えこませるようなことを言ったりするので、われに返ってしまった。

結果としてエディは夫の下に横たわり、自分を呪いながら、早く終わってほしいとひたすら願うことになった。

たったひとつちがうのは、ガウアンが夫婦で同じ悦びを分かち合えていないことに気づきはじめたらしいということ。今日の彼は前夜までとはちがって、考えこむような顔を見せた。嘘が通用しなくなってきた。それを知って、エディの心は沈んだ。


ロンドンを発って三日目が訪れた。夜の宿に落ち着いたとき、メアリーがくすくす笑いながら、旦那様のお言いつけで本日の夕食は、旦那様のお部屋でおふたりきりでなさることになりました、と言った。

エディはくたくたで、ものを食べるのもおっくうだった。その日の朝、ガウアンから、また午後じゅう昼寝をするわけにはいかないと、申し訳なさそうに告げられた。そして彼は、ベリック＝アポン＝ツイードへ向かう道中、バードルフとともに買収を検討している会社の資料を読んでいた。

エディがチェロの練習をはじめて一時間もしないうちにメアリーが現れ、食事に備えて着替えをさせられた。隣の部屋へ行くと、ガウアンは入浴したばかりで、髪を乾かしてもいなかった。

夫に対してはいろいろとややこしい気持ちを抱えているというのに、彼とふたりきりになると、エディはなぜかほっとした。単に気が休まるだけでなく、ガウアンの本質である荒々しい部分に自分の核となる部分が共鳴している。彼の腕に包まれると、正しい場所にいると思えた。

夫婦間の問題は依然としてそこにあるのに、おかしなものだ。ライラは、結婚したらベッドで苦労するかもしれないなどとはひと言も言わなかった。男性の側にはいろいろあるようだけれど……。

三〇分後、エディとガウアンはベッドに並んで横たわっていた。ガウアンの部屋着は肩からずり落ちている。エディの指は平らな胸をたどって、大胆にも引きしまった腹部へおりていった。ふいに、ガウアンが急に頭を上げて叫んだ「入れ」

扉が開き、ふたりの従僕が入ってきた。

エディはあわてて上掛けを引きあげた。ネグリジェから脚が出ているわけではないが、従僕に見られてもいい状況とは思えなかった。先頭で入ってきた従僕がサイドテーブルに紋章入りの皿を並べはじめる。その目がベッドのほうへ流れることは一度もない。従僕たちは廊下と部屋を往復して、銀食器を運び入れた。そしてすべてが終わるとグラスにワインを注ぎ、一礼して扉のところへ戻った。そのあいだも王室の人々を前にしたように視線はさげたままだった。

「ピーターズだったかしら？」エディは声をかけた。

従僕は驚いて顔を上げた。「プターキンです、奥様」

「ボトルは置いていっていいわ。食事を運んでくれてありがとう」

プターキンはひょいと顎を引いた。「廊下で待機しておりますので、グラスが空いたらお呼びください、奥様」

エディにとって、それ以上にぞっとすることはなかった。「自分たちでできるわ」

ところが食事が終わりに近づくと、ガウアンはまた当然のようにプターキン以下数名の従僕を呼んで皿をさげるよう命じた。いくら上掛けの下とはいえ、そのころにはネグリジェが太腿の上のほうまでめくれあがっていたというのに。ガウアンに脚をなでられたとき、彼女は身をよじって逃げたくなった。

皿が消えるといよいよそのときが近づき、エディは体から力を抜くことができなくなった。行為そのものは明らかに楽になっていた。その日は彼が入ってきても痛みに息をのむことはなかった。ちょっと顔をしかめただけだ。それでもリラックスできないことに変わりはなかった。

ガウアンが、何度でもできそうな様子でいるのが怖かった。

「どのくらい痛む？」ガウアンが両手をついて体を起こし、彼女を見おろす。

「さほどでもないわ」エディはそう言ってガウアンの肩をシーツで拭いてからやさしく叩いた。

ガウアンが微笑み、エディの中に幸福感がわきあがった。微笑んだ理由を考えるとうれしがっている場合ではないのだが、それでも自然と顔がほころぶのはどうしようもなかった。

しかし現実は、夫の期待とはかけ離れていた。

エディがベッドからおりて自分の部屋へ戻ろうとするとガウアンは怒った顔をしたが、エディは気づかぬふりをして自室に戻った。彼女には説明できなかった。説明するようなことは何もなかったのだ。

24

翌朝ネグリジェについた血を見て、エディは大いにあわてた。内部のどこかが裂けたと思ったのだ。

「月のものがはじまったのですよ」背後に来たメアリーが言った。「公爵様はさぞがっかりなさるでしょうね」侍女はそう言ってころころと笑った。

エディも笑った。弱々しくはあったが、安堵の笑いだった。

朝食の席で彼女は夫に、女性特有の事情ができたので、当面は寝室に来ないでほしいと伝えた。晴れ晴れとした気分だった。勢いついでに消化不良のまま終わった練習の数々を思いだして、もうひと押しする。「午後は練習をしたいから、どこかで二時間休憩を取ってほしいの」

ガウアンは妻がフィラデルフィアへ引っ越したいとでも言ったかのような顔をした。

「綿密なスケジュールに沿って旅をしていることくらい、きみも知っているだろう」

「でも、練習しないとならないの。夕食のあとは疲れすぎて集中できないわ。もう一日ここにいてもいいじゃない」

「今夜は〈パートリッジ・イン〉を借りきってある。それに先発隊は一時間前に出発したんだ」

「チェロはまだ手元にあるわ。ガウアン、どうしても練習しなければならないの。ここでするか、昼に二時間の休憩を取るかのどちらかよ」

ガウアンが口を引き結んだ。しかし意外にも、すんなりと折れてくれた。行程を一日延期して、エディに午前、午後と練習させてくれたのだ。

ところがいざ練習をはじめてみると、召使たちが頻繁に出入りしてちっとも集中できなかった。しまいにエディは残っていた召使を——一八人全員を集合させ、今後、練習の邪魔をした者は、即座に雇用を打ち切ると言い渡した。

バードルフの当惑した顔を見て、エディはいいきみだと思った。

「明日の練習はどうする？」夕食のときにガウアンが言った。

「日が出ている時間帯に二時間練習できたらうれしいわ」エディは答えた。「馬車の中で弾くと音が大きすぎて、あなたの大事な報告が聞こえなくなってしまうかもしれないし」馬車の中で安定してチェロを構えることなどできるはずもない。それくらいはエディも承知だった。だが、弦楽器のことをまるで知らないガウアンにはわからない。

「それでは一時間早く出発して、一時間遅く到着することにしよう」ガウアンが言った。なにか問題が発生すると、ガウアンはただちにそれを評価し、対処し、次へ進む。見て見ぬふりをしたり、先延ばしにしたりはしない。領地から届く報告の中で問題があった場合と同じだ。

「もう夏も盛りですもの、屋外で練習しても構わないわ」

「外で練習することはない」ガウアンはそう答えてバードルフに新たな指示を出した。「ピックルベリーで休憩を取るぞ。〈マーチャント・テイラーズ・ホール〉なら公爵夫人もお気に召すだろう。誰かを先にやって、使えるかどうか確かめさせろ。使える場合には相応の額を寄付するように」

その日の午後、馬車は小さな町の広場でとまった。ガウアンは妻をエスコートして、かなり大きなホールに入った。ホールの入り口には邪魔が入らないよう、従僕が見張りに立つことになった。

エディは雑念を追い払って楽器を構えた。二時間みっちりボッチェリーニに没頭したら、馬車の中でいらいらすることもなくなるだろう。加えて馬車に楽譜を持ちこめば退屈せずにすむ。

一時間ほどしてガウアンがホールに滑りこんできた。エディは夫に気づいて視線を上げたものの、すぐに楽譜に目を戻した。そのあいだも、音は切れ目なくほとばしりつづけた。

三〇分後もガウアンは相変わらずホール内にいて、座席の背もたれに腕をかけ、天井を見あげていた。最後の音符を弾き終わって、エディは動きをとめた。ガウアンがゆっくりと顔を上げる。「終わったのかい？」

気のせいだろうか？　なんとなくがっかりしたように聞こえたのは。

「まだよ」エディはきっぱりと答えた。「二時間の最後の一秒まで無駄にしないつもり」それでもボッチェリーニは飽きたので『ドーナー・ノービース・パーケム（わたしたちに平和を与えよ）』を弾くことにした。

最後まで通してからもう一度弾き直す。さらに第三楽節と第四楽節を繰り返した。エディの心は平和《パーケム》を求めていた。

だが演奏は正直だ。そのときのエディには一片の平和もなかった。ガウアンはまだ、はるか頭上の梁を見つめている。エディに見えるのは夫のたくましい顎の線だけだ。

いつもならすぐに曲の世界に没頭できるのだが、そのときはバッハの名曲も、夫を目で愛撫するあいだの背景音楽にすぎなかった。太い首、がっしりとした肩、赤いきらめきを放つ髪。全身から、凡人にはないオーラを放っている。ガウアンは常に物事の本質を見抜くことができる。広大な領地を、声を荒らげもせずに束ねることができる。さらに妻の音楽への情熱を理解して、大事なスケジュールを曲げてくれた。

わたしは幸せな女だ、とエディは思った。本当についている。ただひとつの点を除いては。続いて、エディの目は大きく投げだされた脚へとさまよった。音楽に聴き入っている夫をじろじろと眺めるなんてはしたないと思ってもやめられなかった。

『ドーナー・ノービース・パーケム』が終わると、続けてテレマンのソナタを演奏した。ガウアンに立ちあがってほしくなかったからだ。目を閉じているところを見ると、うとうとしているのかもしれない。

彼の肌に舌をはわせたらどんな感じがするだろう？　そんなことを思うのははじめてだった。真っ平らの腹に舌を行き来させるところが思い浮かぶ。そしてさらに下へ……。

曲が最後の部分に差しかかると、ガウアンが目を開けて立ちあがり、のびをした。音楽に合わせて花火が打ちあげられたかのように見えた。いつもこんなふうだったら。ふたりきりで、バードルフも、報告も抜きだったらどんなにいいだろう。

エディはゆっくりと弦から弓を離した。

25

一週間も経つとガウアンは、自分が正気を失いつつあることに確信を持った。

エディは毎日、馬車の隅で楽譜とにらめっこをしている。一度などぱっと顔を輝かせて、ようやくあなたの旅の流儀がわかったわ、と宣言した。

「これまで、お父様は自分の馬に乗り、わたしはライラと馬車の中でおしゃべりしていたの。でも、馬車というのは楽譜を読むには最適な環境ね。楽器がないのに音楽への理解が驚異的に深まったわ」エディはそれだけ言うとふたたび楽譜に顔を埋めた。それを見ていたガウアンは、その楽譜をむしり取って窓から投げ捨てたくなった。

エディは集中できているのかもしれないが、ガウアンはちがった。彼女のほうを見ずにいられない。何時間でも何日でも。繊細で小さな鼻から下唇の真ん中にあるささやかなくぼみまで、あらゆる箇所をひそかに観察した。楽譜の難所に差しかかると、エディはきれいにそろった白い歯で下唇を噛むくせがある。

ガウアンはその唇を噛みたいと思った。彼女の前にひざまずいてスカートをめくりあげたい。座席に押し倒して体のすみずみまでキスで覆いたい。そのあと自分が仰向けになって彼女を上にのせ、そして……。

みだらな妄想に振りまわされながら何もなかったようにじっと座っているのは、快適とは言いがたかった。しかも相手は終始、涼しげな顔をしている。エディは座席の隅に座って鉛筆の尻をかじり、ときおりはっとしたように楽譜に印をつけていた。夫の存在などまるで忘れて。

愛の行為で妻に苦痛を味わわせたなど、人でなしになった気分だった。二度目も、三度目も、四度目も、挿入するたびに彼女は体を硬直させ、苦しげなうめき声をもらした。

それでもなお、彼女のぬくもりの中に体を埋めたいのだ。彼女が首を傾げるだけで欲望が下腹部を焼きつくす。しかし、エディのオルガズムはごく短く浅いもので、烈火の中で身を震わせながら全身全霊を解き放つガウアンの絶頂とはまるでちがった。

彼女は……。

ガウアンにとってエディは謎だらけだ。一般的に女性は謎の多い生き物だとわかっていても、少しも慰めにならなかった。浅はかな幻想はとうの昔に捨てている。妻がみずからスカートをめくりあげ、上にのしかかってきて、馬車の車輪の音に合わせて腰を振るなどという期待はもう抱いていない。

エディはそんなことをしたいとも思わないだろう。愛を交わすときもじっと横たわったままで、廊下で足音がするたびに身を硬くする。そんな彼女が真っ昼間から馬車の中で体をなでまわされて、欲情するとは思えない。

それでもチャトル家の舞踏会のあとに馬車の中でふれたとき、彼女はまちがいなく悦びに体を震わせていた。エディは夫がユーモアを忘れてしまったと考えているようだが、ガウアンに言わせれば彼女もまた、何かを忘れてきたのだ。

しょせん結婚とはそういうものかもしれない。最初は互いを笑わせ、小さなことにも敏感に反応して喜びを分かち合う。ところがいざ生活するとなると、いつも笑ってはいられない。それはわかっていても、ガウアンは認めたくなかった。出会ったころの感じやすいエディがどこかにひそんでいると信じていた。すっかり男女の交わりに無関心になったはずがない。ガウアンにしてみれば、月のものの最中でも愛を交わしたかった。しかし潔癖な彼女にとっては論外なのだろう。愛の行為のあと、彼女にシーツの端で肩の汗を拭かれるのもいやだった。馬になったような気分になる。

ふたりの関係がいかにうまくいっていないかを思い知らされる。

この結婚は失敗だ！

少なくとも自分に対してそう認めてしまうと気が楽になった。エディと自分のあいだはどこかがまちがっている。期待していたのとはちがう。愛の詩を読むかぎり、男女の愛情はこんなにそっけないものではないはずだ。ベッドの中で快楽の極みにあっても、エディを遠くに感じることがある。妻の上で身を震わせながら、ひょっとすると彼女は音楽のことを考えているのではないかと思えるのだ。

何よりいやなのは、エディを完全に自分のものにした気がしないことだった。彼女は公爵家に伝わる結婚指輪を身につけているし、ふつうにおしゃべりしたり声をあげて笑ったりする。だが、彼女の心はどこか遠いところにあるようなのだ。月のものが終わったら、何か対策を考えなくてはならない。

相手に準備ができていないのに無理強いしても関係がこじれるばかりだ。そもそも月のものとはいったいどれくらい続くのだろう？　あと一週間か？　それとも数日か？

三日後、ベリック＝アポン＝ツイードでレディ・ギルクリストが乗ってくると、ガウアンは義理の母親にまで軽い嫉妬を覚えた。継母を見たエディがあまりにもうれしそうな顔をしたからだ。女同士隣り合って腰をおろし、その夜の宿泊地である〈バンブルとベリー亭〉に到着するまでふたりはずっと手をつないでいた。

日が沈んでから〈バンブルとベリー亭〉に到着する。そこからクレイギーヴァー城までは二時間足らずの距離なのだが、妻にはじめて城を見せるのなら、明るいときにしたかった。ガウアンはバードルフや随行員のほとんどを城へ帰し、身のまわりの世話に必要な最小限の召使を伴って最後の夜を宿で過ごすことにした。

三人は夕食のあと廊下で就寝のあいさつを交わし、それぞれの部屋へ引きあげた。ガウアンはベッドの上に横たわってからも結婚生活について考えつづけていた。

翌朝、ガウアンは妻の寝室に入ってベッドに腰かけた。エディは起きたばかりで髪をとかしてもおらず、まぶたが腫れぼったかった。ガウアンは全身に満ちる欲望と屹立したままの部位を無視して、こう尋ねた。「月のものは終わったかい?」

エディはすばらしい胸を強調するようにのびをしてうなずいた。ガウアンの口から次の言葉がほとばしった。「いつ終わったんだ?」

エディは夫に嘘をつかなかった。まっすぐ目を見て、四日前に終わったと答えた。四日前に終わったのに夫にはひと言もなかったのだ。一度も体にふれてこなかったし、ほかのいかなる方法でも知らせようとしなかった。

ガウアンは暗い気持ちになった。それが表情に表れたのだろう。エディが言った。

「伝えるべきだったのかしら。わたしのベッドに来たければ、あなたのほうから尋ねてくると思ったの。さもなければ、何もきかずに部屋に来るものとばかり」

エディは純粋に困惑しているようだった。

ガウアンはなんとか笑みを浮かべて朝食へ向かった。

しばらくして、レディ・ギルクリストが階下に現れた。彼女はまるで、思いがけずスコットランドのローランド地方に来てしまった、粋なフランス女性といういでたちだった。おしゃれなボンネットが絶妙な角度で片方の耳にかかっている。短めのスカートからは編み上げ靴がのぞいており、くるぶしから上へリボンが十字模様を描いていた。

全員が宿の中庭に集合し、出発準備が整ったのを見たガウアンは、今日は馬車の横を馬で伴走すると宣言した。エディの目に安堵の色が浮かぶ。妻とその継母に手を貸して馬車に乗せたあと、ガウアンは復讐の女神に追いたてられるかのように馬にまたがった。頭の中に鳴り響く辛辣で皮肉っぽい声をかき消すためには風のうなりが必要だった。

これまでずっと両親の低俗なふるまいを非難してきたが、今になって彼らの気持ちがわかるような気がした。おそらくふたりとも結婚生活のただなかにあって、とてつもない孤独を抱えていたのだ。

家族といて孤独を感じるほど、冷たく、寂しいことはない。

ただ、こうなってもまだガウアンは妻にふれ、キスをし、愛を交わしたいと思っていた。できることなら鷹匠を追うタカのように彼女のあとをついてまわりたかった。

だがエディが鷹匠なら、彼を空に放ち、二度と戻ってくるなと言うのではないだろうか。その可能性に思いあたって胸の奥がずきりとした。無理に走らせたせいで、馬の口の両端に泡がたまってくる。ようやく速度をゆるめたあとも、ガウアンはもんもんと考えつづけた。

エディが自分に好意を抱いているのはまちがいない。結婚して以来、城の下水設備からおばたちの子ブタから、イングランドの現状、さらに一ポンド札の将来まで、ありとあらゆることについて話をした。食事の席でエディがガウアンにはほとんど理解できない音楽の話をしたとしても、彼は熱心に耳を傾けた。彼女が興奮して、華奢な手を振りまわしながらボッケリーニの楽譜に文句をつけるのを眺めるのは楽しかった。下品な言葉を使うと、彼女はたちまちしゅんとする。そこがまた愛らしかった。

しかし、夫に好意を抱くのと、愛を交わしたいと思うのとは、まったく別のことらしい。

馬が落ち着いたのを見計らって、ガウアンはふたたび拍車をかけた。馬車をなるべく引き離して、妻とのあいだに距離を置きたかった。

エディが肉体関係を拒んだことはない。それは一度もなかった。それどころか、最初のうちは楽しんでいた……はずだ。少なくとも行為の一部は。

限界を超えて馬を駆けさせても、彼女を求める気持ちを振りきることはできなかった。それなのに、エディは同じようには感じていないのだ。

彼女がそういう喜びを得るのは、チェロを弾いているときだけなのかもしれない。バードルフの目を盗んでちょくちょく練習を見学しているので、節のいくつかは聴き分けられるまでになった。〝節〟などと言ったら、エディは気分を害するだろう。それらはアルペジオであり、バルカローレであり、ともかく外国語の名前がついているのだ。彼女しか知らない魔法の処方箋のように。

演奏中の彼女はまさに、ガウアンがベッドに――腕の中にいてほしいと思う女性そのものだった。情熱的で、まぶしいほど活き活きしている。没頭すると目がとろんとして焦点が合わなくなり、唇が薄く開いて、音楽とともに体が揺れる。それを目の当たりにすると、ガウアンは身を引き裂かれる思いがした。

ふたりのあいだには壁があった。隔たりがあった。彼女の目を見れば、ベッドの中でいかなる高揚感を味わったとしても、あのいまいましい弓を手にしたときとは比べものにならないのは明らかだった。

彼女が真に愛するのは音楽なのだ。

城が近づいてくるとガウアンは馬を駆けさせるのをやめた。森の中から響く口笛に、口笛で応える。見張りからの合図だ。

一瞬あって、樫の木陰から男が走りでて帽子を脱いだ。

「マクレラン」ガウアンは呼びかけた。

マクレランは主人の横を歩きながら留守中の出来事を手短に報告した。野生の猪が穀物倉庫の近くに現れた。翌日、狩猟組がその猪を仕留めた。獲物は解体されて干し肉になったので、次の冬には猪鍋ができる。猪を仕留める過程で見張りのひとりが肩の骨を折ったが、回復は順調だ。

従僕からの報告で聞いた内容ばかりだが、ガウアンは興味深く耳を傾けた。第三者から報告を受けるのと、当事者の話を聞くのとでは情報量がちがう。話が一段落したところで、へまをした見張りの容態を尋ねる。

「銃の扱いに慣れていなかったのです」マクレランが答えた。「その点については前から懸念しておりました。あの男の親父は照準を合わせるのが得意でしたが、息子はからきしだめです。おそらく親父さんを喜ばせようと歩哨になったのでしょう。本人にやる気があるとは思えない。いつか銃を誤った方向へ向けて自分の足をぶち抜くか、悪くするともっとまずい事態になるのではないかと心配です。やめさせようかとも考えたのですが、親父さんが知ったら打ちのめされるでしょうし」

「厩舎で働かせてみろ」ガウアンは言った。「動物の扱いはうまいかもしれない。ともかく、どこかで使い道があるだろう」

カーブした道を進むとふたりの前に、何百年にもわたってマコーリー・クランの拠点となってきたクレイギーヴァー城が現れた。午後の日射しが、歴史ある城壁や銃眼つきの胸壁、そして鼓楼を金色に染めている。胸壁の上にいた見張りがふたりの姿に気づいた。トランペットが鳴り響く。ガウアンたちが道をくだっていくと、銀の布に剣をつかんだ真紅のドラゴンが描かれているマコーリーの旗がゆっくりと塔の上に掲げられた。

キンロス公爵が城に戻った合図だ。

ガウアンは手綱を引いた。大空にひるがえる旗に胸が高鳴った。ドラゴンの口はいかにも獰猛そうにゆがんでいる。ここは彼の場所、ここでは彼が支配者だ。すべて彼の意図したとおりになる。

妻に、夜の営みを好きになってもらうこともできるだろうか？

もちろんできる。

もっと励めばいいのだ。

26

従僕が馬車の扉を閉めた瞬間、ライラが口を開いた。「あのすてきな旦那様といったい何があったの？」大きな声で言う。「こうしてガハラッド卿（アーサー王伝説に登場する円卓の騎士のひとり）のごとく馳せ参じたのだから、ぜんぶ話してちょうだいね」

エディはいきなり泣きだした。

ライラに抱きしめてもらっても、長くこらえていた涙をとめることはできなかった。しばらくしてライラが言った。「かわいいエディ、これが最後のハンカチーフよ。まだ泣くつもりならペティコートを破かなければならないわ。こんなときに即物的な話をして申し訳ないけれど、このペティコートにはアラソンレースの縁取りがしてあるの。ハンカチーフにはしたくないのよ」

「もう泣きやむわ」エディはしゃくりあげ、何度か大きく呼吸した。

「じゃあ、いちばん悪いことから教えてちょうだい」ライラはそう言ってエディをぎゅっと抱きしめた。そして声を低くする。「あの男が実は性的に倒錯していたとか？　あなたをベッドに縛るとかそういうことなの？　ひょっとしてもっとひどいのかしら？　それなら今すぐわたしと帰りましょう。二度と彼には会わなくていいわ。あなたがいないことに公爵が気づくよりも前に、お父様が結婚を無効にしてくださるから」

「今さらむ……無効になんてできないわ」エディは冷静に話そうと努力した。「それに、取り消したいなんて思っていないの」

「もちろん、倒錯した行為の中には、わたしだって試してみたいものもあるわ」ライラが励ますように言った。「そもそも、そんなに気取って考えることはないのよね。男と女が互いにそういう欲望を満たしたいと希望していて、完全に了解ができているのなら、何ひとついけないことなんてないわ。あなたのお父様に――」

「ガウアンは性的に倒錯なんてしていないわ」

「あら、じゃあもっとありきたりの悩みかしら？」ライラは見るからにほっとしたようだった。「あてましょうか？　彼は五秒で果ててしまうのじゃない？　そういう場合にきく薬を持ってくるべきだったわ。ああいう大きくてたくましい男って意外と――」

「その反対よ」エディはしゃっくりをしながら口を挟んだ。

「反対？」ライラが眉をひそめる。「お願いだから、多くの女が夢見る状況に文句があるなんて言わないでちょうだいよ」

「わたしの体はどこかおかしいの」エディは声を荒らげた。ついに核心にふれたのだ。「だって、痛くてたまらないんだもの」

「それはつまり、あなたの夫が立派なものを持っているというだけのことじゃない？　ふむ……ニンジンと比べてどう？　ヘポカボチャとかズッキーニでは？　まさかサヤエンドウじゃないわよね？」

「でも前に、痛いっていうのは年のいった奥方連中のやっかみだと言ったじゃないの」エディはもう一度しゃっくりをした。「いやなの。とにかくあの行為がいやでたまらないの。自分がすごく愚かしく思えるし、どうしようもない落伍者に思えて」

ライラがエディの膝を軽く叩く。「ねえ、結婚を直前に控えた娘に、運のない闘牛士のように串刺しにされた気分になるかもしれないなんて言えたと思う？」

「言ってくれたら心の準備ができたわ」エディは叫んだ。「今までずっと、わたしの体はおかしいにちがいないって、不安でたまらなかった」

「おかしいのはたしかよ。あなたはとんちきだわ。落伍者だなんてどうして思うの？　男女の交わりに落伍者なんていやしないわ。いとこのマージなんて、初夜のあと丸々一カ月も夫が入ってこられないように寝室の扉に鍵をかけたのよ。そのあとでさえ、お勤めを楽しんでいなかったし」

「いとこにも、その旦那様にも会ったことがあるわ」エディが言った。「彼女が楽しめないのには、複数の理由がありそうね」

「まったくよ。あの男ときたら、チョウザメみたいな唇をしているもの。ぞっとしちゃう。ところで、この窓は開くのかしら？」

「開かないわ。いずれにせよ葉巻は禁止よ。ベルベットににおいがついたら取れないわ」

「ちょっと内装が豪華すぎると思わない？」ライラが座面をつついた。「別に銅色のベルベットがいやだっていうわけじゃないのよ。毛裏《ペリース》つきの外套にしたらすてきだと思うわ。でもね、ワインでもこぼしたらたいへん！」

「ガウアンは馬車の中でワインを飲んだりしないわ」エディはますます暗い声で言った。

「ずっと仕事をしているの」

「仕事？　どこで仕事をするっていうの？」ライラはレティキュールから小さな道具を出して、窓を動かした。

「何をしているの？」

「新鮮な空気は肌にいいのよ」ライラは肩ごしに言った。「スコットランドに咲く野の花と森林の香りをかぎたいわ。顔にしみができたらいやでしょう？　今だって処女らしい悩み事で頬をまだらに染めているんだから」

「もう処女じゃないわ」エディはそう言ってから、少なくとも胸のつかえが取れたように感じた。「それじゃあ、痛みは消えると思う？」

「当たり前でしょう。もしずっと痛かったら、人類はとうの昔に消滅していたでしょうね。数週間以上も痛みが続いた人なんて、知っているかぎりひとりもいないわ。既婚女性同士はこういう話を延々とするものなのよ」

窓ががたんと動き、馬車の後方に吹き飛んだ。「地面にぶつかる音がしなかったわね」ライラがしれっと言った。

風とともに、鼻を刺す肥やしのにおいが車内に吹きこんでくる。

「スコットランドの野に咲く花の香りは強烈ね」

エディはペリースの前をきつく合わせた。ライラがブリキの箱から両切り葉巻を取りだして火をつける。

「ああ、ようやく人心地ついたわ」葉巻を吹かして言う。「これでいいシャンパンでもあれば最高だけれど、まだ昼前ですものね。いちおうの節度はわきまえないと。それであなた、どれくらいひどいの？」

エディは身震いした。

「あらまあ、相当つらいのね。そこのクッションを投げてちょうだい。楽な姿勢で話しましょう」

馬車の座席には分厚い詰め物が入っていて、ベッドのようにやわらかかった。エディは馬車の壁に寄りかかって脚を座席の上にのせ、足首を交差させた。これほど豪華なベルベットに土足で足をのせるなんて、なんだか退廃的だった。

反対側の座席で継母が同じ姿勢を取る。「つまり、痛いのはまちがいなくて、でもましになりつつあるのね。さて、いちばん大切なことをきくわよ。あなたの大事な部分にふれられる幸運を、毎晩、夫に思い知らせている？」

「いいえ」打ちひしがれたエディの声が馬車の中に落ちた。

「エディ、元気を出さなくちゃ。この世の終わりってわけじゃないのよ。結婚したてで体の相性がよくない若い夫婦は、ほかにもいるんだから」ライラは少しだけ上体を起こし、壊れた窓のほうへ顔だけ向けて煙を吐きだした。「どうして夫の……えっと……あれが大きすぎることを責めないの？　それだけつらい思いをしたのなら、今ごろダイヤモンドのひとつやふたつ、手に入っていたかもしれないのに」

「恥ずかしくてそんなことは口に出せないわ。痛みなんてすぐになくなると思っていたのに……」

「ひょっとして、彼に伝えていないなんてことはないでしょうね？」ライラがさらに上体を起こした。「だから手紙にあんなことを書いたの？　〝秘訣〟って？　あれはそんなときのためにあるんじゃないのよ！」

エディはため息をついた。そもそもそこからまちがっていたわけだ。

「わたしの秘訣はあなたを楽にするためにあるのであって、彼を楽にするためじゃないわ。向こうががんがん突いてきて、それが痛かったら、はっきり伝わるように悲痛な声をあげなくちゃ。悦んでいるふりなんてしたら相手を混乱させるだけよ。まったく大失敗ね、エディ」

「彼はうすうす気づいていると思うの。でも礼儀正しいから言わないのよ」

「男が寝室で礼儀正しいなんてありえないわ」ライラが片手をさっと動かすと、座席やクッションカバーの上に葉巻の灰がまきちらされた。「礼儀正しいのはあなたのほうよ。問題を整理しましょう。前ほどは痛くないのよね。それで、頻繁に試しているの？」

エディは首を横に振った。「一〇日ほど前に月のものがはじまってからは、していなかったわ」

「月のものがどう関係するのよ？　ああ、何も言わなくていいわ。あなたったら昔、赤ちゃんはどうしてできるのかって質問してきたときと同じ顔をしているもの」

「だって、スエットプディング（牛やヒツジの腎臓の脂肪を使ったプディング）に糖蜜をかけて食べると子どもができるって言うから！」

「あら、本当のことは言えないでしょう？　あなたのお父様が堅物だってことは結婚したときからわかっていたもの。それでもあなたは知りたがるし、わたしとしてはお父様の機嫌を損ねない説明をしなきゃならなかった。スエットプディングは脂肪分が多いのよ。大人になって肥満に悩まないように配慮したわけ」

「とにかく――」エディはつま先を見つめた。「わたしの結婚は大失敗よ。残りの人生、ずっと感じているふりをしつづけるのはいやだわ。そんなこと無理だもの。もともと演技の才能があるわけでもないし。自分でも嘘っぽいと思うんだから」

「話をもとに戻しましょう」ライラは両切り葉巻を窓から投げ捨てた。

「ライラ！　火事になったらどうするつもり？」

「捨てる前に消したわよ」ライラが床についた黒い点を指さす。それから床に顔を近づけた。

「偉大な公爵様ときたら、まさか馬車にも絨毯を敷いているなんて言わないわよね？」

「敷いているわ」

ライラは開き直って背もたれと壁に体重を預けた。「ともかく、公爵様はあなたが泣きたくなるほど長々とするわけね？」

「単純に、大きすぎるからいけないのよ」

短い沈黙が落ちた。

「それについての意見は差し控えるわ」ライラはため息をついた。「下品だもの」

「いつから下品かどうかを気にするようになったの？」

「わたしだってもういい年なのよ。あのね、大事なのは最初よりも痛くなくなってきたってことよ」

「実際、しているうちに痛みがなくなるんじゃないかと思うときもあるの。でも……問題はそれだけじゃないの」エディは勇気を振り絞った。「ル・プティ・モールとかいうの……わたしにはあれが来ないのよ。この先、来るとも思えない」

「しているとき、あそこが気持ちよくなる？」

「ときどきは。でも、頭で考えはじめると、気持ちいいのがどこかへ行ってしまうの」

「それわかるわ！　ほんと！」ライラはまたしてもため息をついた。「何も考えていなかった日々が――正確には夜が――懐かしい。新婚のころは赤ん坊のことなんて考えていなかった。満ち足りた夫婦生活のためには、頭を使っちゃだめなのよ」

「どうしたらいい？　ガウアンには言えないわ。どうしても無理」

「なぜ？」

「あの人はこれまで失敗したことがないの。きっとショックを受けるわ。この問題は〝自分で〟解決しなきゃ。悪いのはわたしなんだから」

「誰も悪くないわ」ライラがきっぱりと言った。「自分を責めないで。余計にうまくいかなくなるわよ。あなたたちに足りないのはロマンスね。すてきな寝室《ブードワール》と一本のシャンパンよ」

「それはもう試したわ」エディの目にふたたび涙がたまった。「ガウアンが寝室で夕食をとろうと言って、シャンパンも用意してくれたの。でも、ベッドに入っているところへ従僕が食事を運んでくるし、ようやく緊張がほぐれてきたと思ったら、ガウアンがまた従僕を呼んで――それもふたりも呼んで――皿を片づけさせたのよ。しまいにはバードルフが廊下をうろついているのじゃないかと思えてきて気が気じゃなかったわ。ガウアンがわたしの部屋で寝たときだって、朝になったら近侍がずかずか入ってきたのよ。もう最悪！」

「ハイド・パークの真ん中で抱き合っているようなものね」ライラが言った。「ねえ、あなたと出会って何年にもなるけど、音楽以外のことでそんなに興奮しているのを見たのははじめてだわ」

「ガウアンはいつだって人と一緒なの」エディは続けた。「わたしだってそう。もう、ひとりの時間は手に入らない。練習の邪魔をしたら首にするって召使を脅さなきゃならなくて、しかもその言葉どおりに実行したらきっと旅のお供はひとりもいなくなってしまうわ。わかるでしょう、ライラ！　練習中に部屋に入ってくるのよ！」

「ともかく、旦那様とふたりきりの時間を作らないと」

「不可能だわ。川にパンの切れ端を投げこむと、小魚の群れが口をぱくぱくさせながら浮きあがってくるでしょう？　彼の周囲は朝から晩までそんな感じだもの」

「つまり、召使たちをしつけ直さなきゃだめってことね。簡単ではないけれど、できないことではないわ。あらゆることに口を挟めばいいのよ」

「でも彼はあらゆる問題に対して、それが起こったと同時に対処してしまうの。口を挟む隙なんてないわ」エディは暗い声で答えた。「誰のことも必要としていないのよ。なんでも完璧にこなしてしまうんですもの。憎らしいほどに」

「でも、愛しているなら行動あるのみよ」ライラが穏やかに返した。「もう一服してもいいかしら？」

「いいわけないでしょう！」

ライラが両切り葉巻に手をのばす。

エディは上体を起こした。「だめって言ったらだめよ！　わたしはそれが大嫌いなの。あなたのそばにいると服がくさくなるわ。あなた自身もくさいのよ。息がくさいの」

ライラが目を見開いた。

エディはとっさに言いすぎたと思ったが、心を鬼にした。「謝りませんからね」

「よろしい」ライラが用心深く言った。「ほかに言いたいことはある？」

「ないわ」そう答えたあとで、エディはつけ加えた。「今のところは」

「息がくさいですって？」ライラは手にした両切り葉巻の箱に向かって顔をしかめた。「それはいやね」

「葉巻はやめたほうがいいわ」エディがぴしゃりと言う。

「そうね」ライラはブリキの箱を窓の外へ投げた。馬車の後方でがしゃんという音がする。

「後続の馬車と距離があってよかったわ」エディが言った。「馬の頭にあたったかもしれないもの」

「馬の頭にぶつけるくらいなら、あのバードルフって男をねらうわ」ライラはふたたび座席に寝そべった。「いやな目をするのよ。若きプリンスを堕落させに来た年増女を見るみたいな」

「わたしのことだってすごくばかにしているんだから。ねえ、本気でやめるの？　こんなに簡単に？」

「葉巻を吸いはじめたのは、あなたのお父様の神経を逆なでするためよ。ひとつ屋根の下に住んでもいないのに吸いつづける理由はないわ。まあ、わたしのしみったれた結婚生活の話なんて、今はどうでもいいわね。あなたの旦那様にロマンスのいろはを仕込まないと」

「花をねだるくらいはできると思うわ」エディは自信なさそうに言った。「つまりそういうことでしょう？」

「公爵が片膝をつき、あなたに向かってリボンで束ねたスミレの花を差しだしているところを想像してみて。どんな感じがする？」

「ちょっと暗い気持ちになるわ。スミレってお葬式を連想するから」

「細かいことにこだわるのね」ライラが非難がましく言った。「あなたのお父様が誰かの棺から抜いてきたデイジーを花束にしたとしても、わたしだったら感激して受け取るわ」

「お父様に手紙を書いた？」

「あなたのところを訪ねると書いたわ。返事はなし。今さら驚くことでもないけれど。その前に書いた二通にも返事をくれなかったもの」

エディはため息をついた。

「とにかくまずは召使のしつけね」ライラが続けた。「それから妻のプライバシーを尊重するよう、公爵自身を再教育する。ほかには？　彼はベッドで不器用なの？」

エディは首を傾げた。「そんなことはないと思うけれど」

「どうしてもらうのが気持ちいいか伝えた？」

エディは首を横に振った。

「そういうことはちゃんと主張しないとだめよ」ライラが助言した。「男は地図が好きなの。いいえ、好きというより、彼らには地図が必要なのね。何年も前に母に言われたことだけれど、本当にそのとおりだったわ」

エディが地図を手にした夫を想像していると、ライラががばっと上体を起こした。

「ところで、一日じゅうこの馬車に乗っていなきゃならないのかしら。もう二時間は経ったわ」彼女は手をのばして天井を叩いた。

のぞき窓が開く。「はい、奥様？」

「レディ・ギルクリストよ」ライラが叫んだ。「馬車をとめてちょうだい。脚をのばしたいの」

「もうじき公爵様の領土に入ります」御者が叫び返す。馬車の速度は落ちなかった。

「〝領土〟ですって？」ライラはそう言って座席に沈みこんだ。「まるで国みたいな言い方をするじゃない」

「召使たちにとっては国も同じなのよ。ガウアンが立ちあがるたびに彼のつま先にキスをする勢いなんだから」

「わたしのつま先ならキスしてもらっても構わないけど。ねえ、これからしばらくのあいだ、いらいらしちゃうかもしれない」ライラは指で座席を小刻みに叩いた。「葉巻を吸えば落ち着くのだけれど……」

「好きなだけいらいらするといいわ。きっぱりやめられるまで、いくら騒いだって構わないわよ」エディが言った。

ライラはため息をついた。「そうね。ねえ、城に着いたら、ロマンチックでめくるめく夜の準備をしましょう。シャンパンと花と詩がいるわね」

「詩？」

「それはわたしが直接、公爵様に指南するわ。過去三年間、ウエスト・エンドで上演されたロマンチックな芝居を残らず見たもの。任せておいて」

「ここで話したことは、彼には秘密よ！」

「べらべら話すほど考えなしだと思う？」ライラは傷ついた顔をした。「とにかく任せなさい。悪知恵なら、キツネに負けない自信があるから」

馬車がカーブに差しかかって大きく揺れる。窓の外を見たエディは息をのんだ。

小高い丘の上に、おとぎ話に出てくるような城がそびえていた。城の石壁は醸造したてのビールのような色合いだ。胸壁が鋭い角度で空を切り取っている。

「圧巻ね。トイレが中にあるといいのだけれど」ライラはそう言って窓から顔を突きだした。

「お城のトイレって屋外にあるのですって。あなた知ってた？　まっすぐ穴を掘って、堀につなげているのじゃないかしら」

「でも、堀は見あたらないわ」エディが言った。「それよりあの旗を見て」

「まあ！　ドラゴンが持っている剣の大きさときたら。誇張した旗なのか、あなたの苦情がもっともなのか、どっちなのかしらね」

エディはドラゴンの剣を見て目を細めた。「あれは……ちょっと大きすぎるわね」

「公爵が独裁的になるのも無理はないわ。これじゃあ城に戻るたびに、自分が生身の人間だってことを忘れちゃうでしょうから。ねえ、馬車から降りたらトランペットが鳴り響くと思う？」

「そうでないことを祈るわ」

「そういう芝居を見たことがあるの。お姫様がブタ飼いと結婚したら、ブタ飼いが実は王様だったわけ。それで吹かれるのよ。トランペットがいっせいに。あなたが王子様と結婚するなんてね。きっと真珠を溶かしたワインを飲んで、クレオパトラみたいにどこへ行くにもお輿《こし》に乗るんだわ。この大きさの城だもの。きっと痛みに声をあげた回数と同じだけのダイヤモンドがもらえるわよ」

「ライラ！」

27

エディはスザンナのために買った人形を抱きしめて馬車を出た。扉のすぐ脇にガウアンがいて、その向こうに大勢の人が集まっていた。

「中世の、封建的な領主の土地へ来ちゃったみたい」ライラは小さな声で言いながら馬車を降り、エディの左側に立った。「その時代って、あるじが帰還するときは召使や小作人が残らず集まったのでしょう？」

エディは落とし格子門からぞくぞくと出てくる人々を見つめた。「たぶん」

ガウアンがエディの右側に立つ。その表情はいつもと同じく超然としていた。馬車から降りるときは手を貸してくれたものの、今はその手を背中で組んでいる。不機嫌そうだが、それがどうしてなのか、エディにはわからなかった。月のものについて尋ねられたとき、彼女は正直に答えた。もっと前にきかれていたら、その時点で夫をベッドに迎え入れただろう。

彼が尋ねなかっただけだ。

集合した召使たちがいっせいに頭をさげ、そしていっせいに顔を上げた。ガウアンが片手を上げる。

召使たちがあまりに静かなので、城壁の向こうでさえずる鳥の声が聞こえるほどだった。

「キンロス公爵夫人を紹介する」ガウアンが言った。抑えた口調だが、有無を言わさぬ響きがあった。「今後はこの城の女主人として、私に対するときと同様の敬意を払い、私に従うように従え。彼女を敬い、愛せよ」

召使たちがまたしても頭をさげた。

「ありがとう」エディはそれぞれの顔を見ながら、果たして全員の顔を覚えられるだろうかと不安になった。召使たちのしつけができなければ、毎日これだけの見知らぬ人たちが生活に割りこんでくることになる。

バードルフが一歩前に出た。「クランを代表しまして、奥様、クレイギーヴァー城へようこそいらっしゃいました」

「まあ」エディは、キルトの下から突きでたバードルフの骨ばった膝を見て、声をもらした。「ご親切にありがとう」

「それではここで働く者たちを紹介いたします。こちらは家政婦のミセス・グリッスルです」ミセス・グリッスルは非常に背の高い女性で、驚くほど大きな前歯をしていた。いちいち目を光らせていなくてもきちんと仕事をこなしそうだが、外見だけでは判断できない。

「ミスター・リリングスとミスター・ビンドル、それから料理人のムシュー・モーニーはすでにご存じですね」バードルフが続けた。

「ご機嫌よう」エディは言った。

「続いて調理場の者たち」バードルフの紹介とともに二〇人ほどの集団が一歩前に出た。

次は自分たちだとはやるメイドたちの一団を、家政婦がなだめる。エディはガウアンに視線をやり、身震いをこらえた。夫婦のあいだに奇妙な隔たりがあるような気がするが、その一方で……。

ガウアンを見ると反射的にキスしたいと思ってしまう。彼にはそれほど異性を惹きつける魅力があった。

「エディ、あなたの娘になる子はどこ？」ライラが尋ねた。「その話が公爵の作り事だとしたら、あなたのお父様はお喜びにならないでしょうね。わたしだってがっかりだわ。その子にプレゼントするはずのジンジャーブレッドは自分で食べればいいけれど」

「スザンナはどこ？」エディはガウアンのほうを向いた。

「妹を」

ガウアンが指を立てる。バードルフがぴんと背筋をのばした。

集団のうしろで騒ぎが起こり、新たな一団が前に出てきた。

「ミス・ペティグルー。乳母でございます」バードルフが紹介した。「続いてアリス、ジョアン、メイジー、そしてスザンナ様です」

ミス・ペティグルーは非常に大柄な女性で、首から足元までぴしっと糊のきいたリネンの服を着こんでいた。それを囲む三人の子守りも同じような服装だ。その脇で、生意気そうに胸の前で腕を組んでいる子どもは全身黒ずくめだった。さしずめ四羽のコウノトリとちびカラスといったところだ。

バードルフがかすかに威圧するような声色で促した。「スザンナ様、公爵様と奥様にごあいさつを」

スザンナはどうにかおじぎに見える程度にぴょこんと頭をさげた。それからガウアンをにらみつける。ガウアンは平然としていた。

「スザンナ、こちらが妻のキンロス公爵夫人だ」ガウアンが言った。

スザンナが険しい視線をエディに向ける。四方に跳ねた赤い髪が喪服に映えて、炎のようだ。少女がリボンから靴まで黒で統一しているのに対して、同じく母を亡くしたガウアンが喪服を着ていないことに、エディははじめて気づいた。よく考えてみると、彼が黒い服を着ているところは見たことがない。

「はじめまして」エディはスザンナに声をかけた。

ガウアンも胸の前で腕組みをした。「公爵夫人にあいさつをしなさい」

スザンナはさっきと同じように小さく膝を折った。

「あなたにそっくりね！」エディは思わず言った。

「そんなことない！」スザンナがはじめて口を開く。まだ幼いにもかかわらず、人を見くだすような言い方だった。キンロス公爵家に受け継がれた才能なのだろう。

エディはかすかに動揺してライラを見た。ライラがささやく。「スザンナが見あげなくてすむように、しゃがみなさい」

てきた人形を差しだした。「これをあなたに」

エディと少女はつかの間、人形を見つめた。美しい人形だ。髪は黄色で、本物のレースの縁取りがついたスモックを着ている。だが、スザンナは人形に手をのばそうとしなかった。代わりにガウアンを見た。「この人、誰?」エディを指さす。

「おまえの新しいお母さんだよ」ガウアンが言った。「それから、レディが指をさすものじゃない」

スザンナは憮然とした表情を浮かべた。「妹がほしいって言ったでしょ。ちゃんと言ったもん。ママなんていらない」一語発するたびに声が高くなる。「わたしよりちっちゃい妹がほしいの」

「妹は無理だと言ったはずだ」ガウアンは明らかに抑制を失いかけていた。

「ママなんていらない。だって、もういるもん」スザンナがその場で凍りついているエディを振り返り、一歩前に出た。少女の鼻先には薄いそばかすが散っている。

「ごめんなさいね」エディはぎこちなく謝罪した。「あなたのお母様の代わりをするつもりはないのよ」

スザンナの瞳が暗くなる。「ママの代わりなんて誰にもできないよ。だってママは死んだんだもん。もういないんだもん。あなたのことはあんまり好きじゃない。それにその人形、かわいくない」スザンナは手をのばして人形を押しやった。

かろうじてつま先でバランスを取っていたエディははずみでうしろにひっくり返り、砂利の上に尻もちをついた。そして不格好に脚を広げて座ったまま、しばらく動けなかった。

周囲を囲んでいる召使たちからひそひそ声があがる。これほどおもしろいものを見るのは前公爵が亡くなって以来なのだろう。もちろん、レディの足首を見るのも――ただし、その足首はレースの白い靴下に覆われているが。

「なんてことでしょう」ライラがつぶやく。

「スザンナ！」ガウアンが大声を出し、しゃがみこんでエディを助け起こした。

それと同時にミス・ペティグルーが前に進みでて、少女の肘を片手でつかんでもう一方の手で尻をひっぱたいた。「今すぐ謝罪しなさい」乳母は甲高い声で言った。頬がまだらに赤くなり、目が干しブドウのようにすぼまっていた。

少女の体が前のめりになるほど強く尻を叩いた乳母に眉をひそめつつ、エディは取りなした。

「わざとじゃないのだから」

「謝らない！」スザンナがさっきまでと同じ強い調子で言い返す。「ママなんていらないって言ったのに。あなたなんて嫌い。だからさっさと帰って。その変な人形と一緒に」少女は乳母の手から逃れようとしたが、できなかった。

ガウアンが目に怒りをたぎらせて少女に近づく。

エディはすばやくガウアンと少女のあいだに割って入った。「わたしの気持ちを傷つけて、悪かったと思っているのよね？」

「思ってない！」

一度はそう答えたものの、エディのまなざしから何かを悟ったのだろう。スザンナはむっつりと言った。「……ごめんなさい」

「この人形がほしくないなら、ここにいる誰かの娘さんにあげるわ。きっとかわいがってくれるでしょうから」エディがもう一度人形を掲げた。

スザンナは人形の金色の髪からエディに目を移した。「いらない」硬い声で言う。「捨てちゃえばいい」

エディは立ちあがり、相手のほうを見もせずにバードルフに人形を渡した。

「エディ、スザンナに紹介してくれる？」ライラがやさしく促した。

「スザンナ、こちらはわたしの大事な継母で、レディ・ギルクリストよ」エディはやや厳しい声で言った。「ごあいさつをして」

スザンナが膝を折る。

ライラはスカートのことなどまったく気にせずに地面に膝をついた。「こんにちは、スザンナ」

ライラの笑いを含んだ目とやさしい口元を見て、エディはやり場のない敗北感を覚えた。スザンナの肩から少し力が抜ける。

「こんにちは」

「わたしも贈り物を持ってきたの。あのきれいな人形ほどすてきじゃないけど」

スザンナの瞳に用心深い光が宿った。「贈り物？」

ライラがうなずいた。「わたしがあなたくらいだったころに、大好きだったものよ」

スザンナは一歩ライラに近づいた。手をつなげる距離だ。「なあに？」

「ジンジャーブレッドのお姫様。ジンジャーブレッドは食べたことある？」

「ないわ。それ、どこにあるの？」

「お姫様は馬車の中にいるわ」ライラはそう言って立ちあがった。「捜しに行く？」

ミス・ペティグルーが進みでた。「残念ですが、スザンナ様はこれからフランス語のレッスンがあります。今朝はひどく無作法なふるまいをなさったので――嘆かわしいことに、そういうふるまいは珍しくありませんが――いつもの倍、勉強していただきます。そのあと一時間は立ち居ふるまいの稽古をします。続く一時間は、板の上で横になっていてもらいます。姿勢が悪くてみっともないですからね」

スザンナは、その年にしてはあまりにも大人びた目つきで、乳母をにらみつけた。

「スザンナ！」ガウアンが雷を落とす。

しかめっ面も、人を見くだしたような態度と同様、遺伝なのだろう。それでもエディは、スザンナのしかめっ面の裏に、痛々しいほどの孤独を見た気がした。

ライラがとても静かな声で言った。「エディ？」

ライラの言わんとすることはよくわかっていた。ミス・ペティグルーは乳母に適した人材ではない。エディがこの乳母を首にしなければ、おそらくライラがそうするだろう。なんの権利もないとしても。エディは背筋をのばした。女主人として、責任を果たさなければならない。ここはもう、わたしの城なのだ。

「乳母には礼儀正しく接しなさい」ガウアンが言う。「公爵夫人にも」

スザンナが、彼女なりの膝を折るおじぎを連発した。まるで水に投げられたコルクみたいに頭が浮き沈みする。「謝ります、ミス・ペティグルー」五歳にして、少女は完璧に感情を殺す術を身につけていた。

ミス・ペティグルーは顎を気持ち動かした。うなずいたとも言えないしぐさだ。それからエディのほうを向いた。「ご覧のとおりです、奥様。この子は甘やかされていて手に負えません。外国語もできなければ、音楽の素養もない。しかもこれまでのところ、いかなる種類の礼儀もまったく身についておりません」

エディはスザンナが甘やかされて育ったとは思わなかった。むしろ人生のごく早い時期に、愛情を乞うことをあきらめたような顔つきをしていた。率直に言って、その気持ちはよくわかる。

「わたしもフランス語はまったく話せませんわ」エディは乳母に言った。

乳母が薄い唇をぎゅっと結ぶ。

「公爵家の娘として、ミス・スザンナは最低でも三カ国語を流暢に操つれなくてはなりません。行儀がなっていないのは、父親がはっきりしないせいにちがいありませんわ。ご覧になればわかるとおり、覚えるべきことは山ほどあるのです」

それを聞いたあとでは、ライラにせっつかれる必要もなかった。エディは乳母の目を見据えた。

「ミス・ペティグルー、これまで公爵家のために働いていただいたことに感謝しますが、あなたを解雇します。今すぐに。バードルフ、必要な手続きをしてちょうだい。ミス・ペティグルーには充分な退職手当を用意して、ご希望の場所へ送ってさしあげて」

衝撃を受けた乳母は、反論するように口を開けた。エディは彼女の目をまっすぐに見て繰り返した。「充分な手当をさしあげてね。でも、推薦状はなしよ」

バードルフはぎょっとしたようだったが、すぐに立ち直り、ミス・ペティグルーを端へ連れていった。

スザンナは目を見開いたまま動きもしなければ、言葉を発しもしなかった。

「それじゃあ、ジンジャーブレッドを捜しましょうか?」ライラはレティキュールを地面に落とし、身をかがめて少女を抱きあげた。ライラの曲線的な体つきとは反対に、スザンナの脚は小枝のように細かった。

ライラとスザンナはしばらく見つめ合った。次の瞬間、少女が笑う。歯が何本か欠けていて、それが妙に愛らしかった。ライラがエディのほうを振り返った。「スザンナと一緒にジンジャーブレッドを捜してくるわね。すぐに戻るわ」彼女はスザンナを宝物のように抱えて行ってしまった。

エディは大きく息を吸い、ライラのレティキュールを拾った。

「どうして不安になっていたかがわかったよ」ガウアンが非難するふうでもなく言った。「きみは明らかに子どもの扱いに慣れていないな。だが、レディ・ギルクリストはちがう。スザンナの問題については、彼女が解決してくれるかもしれない」

エディは愕然とした。この人は妹を手放すつもりなの？

「ギルクリスト伯爵夫妻はずっと離れて暮らすのだろうか？」

「もちろん、そうならないことを祈っているわ」

「レディ・ギルクリストに、当分のあいだここに滞在してもらえないか頼んでみるのもいいだろう」ガウアンはどんどん先のことを考えているようだった。問題を解決する糸口が見つかったら、速やかに実行する。これこそがガウアンだ。

エディは気持ちを切り換えて子守りのメイドたちに向き直った。「子どもひとりに三人も子守りが必要なの？」

「公爵家ともなれば、最低でも三人の子守りと、それ以外に乳母が必要です。できれば家庭教師もつけたいところです」バードルフが横から口を挟んだ。

エディはバードルフをにらんだ。家令が一歩さがる。

「スザンナはあなたたちのうち、誰にいちばんなついているの？」エディは子守りに尋ねた。

しばしためらったあと、丸々とした頬とやさしげな口元をした娘が前に出てきた。「わたし……だと思います、奥様。アリスです。でもフランス語はひと言もできません。英語以外、どんな外国語もしゃべれないのです」

「当分のあいだ、あなたを子守りの長とします」エディは言った。「スザンナはまだ喪に服しているのだから、外国語の勉強はあとでいいわ。それよりも音楽教師を見つけなくては。音楽は早くから習うほど上達するのだから」それはエディが唯一、自信を持って言えることだった。彼女がチェロを手にしたのも、スザンナの年ごろだった。

ガウアンはおもしろがっているような顔をしてバードルフに言いつけた。「あの子を指導できる音楽教師を見つけろ」

子守りたちが膝を折るおじぎをしてうしろにさがった。すかさずバードルフが、えんじ色の服に雪のように白いエプロンを巻いた女性たちに合図をする。「一階を担当するメイドです」

「ご機嫌よう」エディは言った。

バードルフが別の一団を手招きする。「乳搾り担当のメイドです」

「はじめまして」

二階を担当するメイドのあとは洗い場担当のメイドで、さらにいくつかのグループが続き、そのあとは靴磨きだった。最後の集団はブタ飼いだ。驚くほどの人数がいた。

「みなさんにお会いできてうれしいわ」ブタ飼いにあいさつを終えると、エディは全員に向かって言った。「時間はかかるでしょうけど、みなさんの名前を覚えられるよう努力します」

これを聞いて、召使たちの顔がほころんだ。

「それでは仕事にかかってくれ」ガウアンのひと声で、召使たちはそれぞれにおじぎをして解散した。

「使用人はほかにもいる」ガウアンが言った。「領地管理人に財産管理人。塔の守り人、その他もろもろだ。だが、今すぐにあいさつをする必要はない」

ふたりは中庭を横切って豪華な彫刻を施した両開きの扉へ向かった。エディは歩きながらも、この上さらに多くの人の顔を覚えなければならないのかとげんなりしていた。

「塔の守り人と言ったわね？　それはどの塔のこと？　城にはいくつか塔があるようだけれど」

「いずれ、時間のあるときに領地を案内するよ。城の塔は城の管理人が掌握している。管理人はもちろんバードルフの監督下にある。さっき言った塔というのは一三世紀に造られたもので、城とは別の建物なんだ。グラスコリー川沿いの草原に立っている」

「すごくロマンチックな情景ね」

「いや」ガウアンがきっぱりと否定した。「ロマンチックなどではない。むしろ頭痛の種だ。高い塔と見ればのぼりたがる連中があとを断たないのでね。二年前に塔から落ちた少年など、頭蓋骨にひびが入って死にかけた。それからだ。誰も近づかないように守り人を置くようにしたのは」

正面扉の向こうは広々とした玄関ホールで、五月の柱《メイポール》を飾れるほど天井が高かった。音響はきっと最悪だ、とエディは即座に分析した。天井ははるか頭上の薄暗闇に吸いこまれて、ろくに見えもしない。

バードルフがさっそくガウアンを呼びとめ、玄関ホールの隅へ誘導した。ライラが馬車から降りて城内へ入ってきた。その隣をとことことスザンナがついてくる。エディは少女に話しかける機会を逃さなかった。「お兄様の寝室がどこか知っている?」

「知らない」スザンナの答えは予想どおりだった。「あの人にきいて」そう言って家政婦のほうを顎で示す。ミセス・グリッスルは目下、バードルフとガウアンの会話に加わっていた。

「一緒に探しましょうよ」エディは石造りの立派な階段に足をかけた。スザンナとライラがあとにつづく。階段をのぼりきると、エディは廊下に並んでいる扉を片っ端から開けていった。「ここに住むのは好き?」スザンナに尋ねる。

「寂しいわ。ママが死んじゃったし」少女の声がわずかに震えた。

「わたしの母もよ」エディは答えた。

「でも、あなたはもう大きいじゃない」

「母が亡くなったのはわたしがたった二歳のときなの。あなたよりも小さかったわ」

「そう」スザンナはそれについてしばらく考えていた。「あなたのママは湖に落ちておぼれたの?」

「ちがうわ。風邪をひいて肺炎になっちゃったの」

「悲しかった?」

「小さかったからよく覚えていないのよ。でも、母がいないことはずっと悲しく思っているわ。お母様がいてくれたらって思うことがよくあるの」

「ママなんていなくても平気だよ」スザンナが言った。

エディはそれを個人的な批判と受けとめまいとした。

「あら、母親の存在はすごく大事だと思うわ」ライラが口を挟む。

次にのぞいた部屋は大きな寝室だったが、浴室や支度部屋に続く扉がなかった。

「ここは客室みたいね」ライラが言った。「わたしはここで寝てもいいかしら？」

どぎつい配色の部屋で、カーテンから絨毯、ベッドの天蓋にいたるまで、すべてからし色でまとめられている。

エディが答える前にスザンナが言った。「わたしの部屋で寝てもいいよ。ミス・ペティグルーのベッドがあるけど、もういなくなっちゃったし。狭いけど」

エディは反射的に、ふたりを同じ部屋にしたくないと思った。ライラは道端で赤ん坊を連れた人を見るたびに、立ちどまってあやしてもいいかと尋ねるような女性だ。応接間に子どもたちが入ってくるかもしれないというだけで、子どものいる友人の家を訪ねることさえあった。ライラがスザンナをかわいいと思っているのは見ればわかるし、スザンナもライラを気に入ったようだ。

「小さな部屋って好きよ」ライラが言った。「落ち着くもの。そうでしょう？」

ライラは荷物が少ないほうではなく、今回も服がぎっしり入った旅行鞄を三つも携えていた。エディが思うに、〝落ち着く〟かどうかはライラにとってあまり重要ではない。

結局、公爵の寝室は廊下の少し先にあった。絨毯やカーテンやベッドの天蓋は茶色だ。

「ここだったらわたしの部屋のほうがましよ」スザンナは寝室の真ん中で生意気そうに腕を組んだ。「だっていい部屋じゃないもん。悪い部屋よ。誰か死んだかもしれない」

「幽霊なんていないわ」エディは脇にある扉へ近よった。扉を開けると、広い空間に造りつけの浴槽とトイレがあった。

「塔には三人の幽霊がいるんだよ」スザンナが言った。それからつけ加える。「このお風呂って、泳げそう」はじめて、感嘆したような声をあげる。

「あなたのお部屋のお風呂はどうなの？」ライラが尋ねた。

「こんなのはないよ。ブリキの桶があるだけ」

「だったら、今夜はここでお湯を使わせてもらうといいわ」ライラがスザンナに言った。浴室のいちばん奥の扉は公爵夫人の部屋に続いていた。内装は青色だ。絨毯も天蓋もカーテンも、何から何まで青一色だった。エディが青い天井を見あげていると、ガウアンが廊下側の扉から入ってきた。

「この部屋にいるだけで胸焼けがしそう」ライラが言った。

スザンナが鼻を鳴らして笑いこけ、ガウアンにきっとにらまれる。

「部屋ごとに色が決まっているると、召使が作業しやすいのです」

エディはあまりの徹底ぶりに感心していた。暖炉の囲い金具まで青いのだから。「お母様は青がお好きだったのね」

「母の好きな色など見当もつかない」ガウアンは感情を排した表情で言った。「この部屋は一年前に改装したんだ」

「あなたが指示したの？　だとしたら、ようやくあなたの苦手なことを見つけたわ」そう言いながら、エディはむしろほっとしていた。

ガウアンが妻に向かって例のにらみをきかせる。

「ジンジャーブレッドのお姫様を見てもいい？」スザンナが言った。片足ずつ体重を移してぴょんぴょん跳ねている。

ライラは派手な色合いのカンブリック地の袋から、てのひらよりも大きなクッキーを取りだした。「お姫様は夕食のあとに取っておきましょう。これはジンジャーブレッド・マンよ。金のボタンや上品な帽子からして、ジンジャーブレッド・ジェントルマンと呼ぶほうが正しいでしょうけど」

スザンナは注意深くお菓子を受け取った。「いいにおい。これをどうするの？」

「ジンジャーブレッド・マンを見るのははじめて？」

スザンナがうなずく。

「食べるのよ」

「頭から？」

「わたしはいつも足から食べるわ」エディは言った。

スザンナはライラから目を離さなかった。「でも、食べたらこの子が死んじゃう」

「ちがうわ。あなたのお腹に入るだけよ」ライラが答える。「死ぬのとはちがうわ」

「やっぱり頭から食べたほうがいいと思う」奇妙に長い沈黙のあと、スザンナが言った。「そうすれば、この子には何が起こったかわからないから」

「思いやりがあるのね」ライラが褒めた。

スザンナはくるりと向きを変えてベッドの上にのぼった。「この部屋、かわいくない」ジンジャーブレッド・マンを食べながら言う。「でも、ベッドはいいね。わたしのベッドはわらみたいなにおいがするけど、これはやわらかいもん」

「きっと羽毛のベッドなのね」エディが言った。ガウアンが咳払いをする。エディは突然、夫の存在と、羽毛ベッドまでの距離を強く意識した。

ライラが一同を見まわしてスザンナに近づき、そして言った。「あなたのお部屋を見せてくれる約束でしょう、かわいいスザンナ」そう言って手を差しだす。

スザンナは元気よくベッドから飛びおり、ライラとともに、振り返りもせずに部屋を出ていった。

28

前にもこれと似たような気持ちになったことがある、とガウアンは思った。部屋の色調もあいまって、深い海の中にいるようだ。足先からじわじわと水圧で体が締めつけられていく。少年のころに泥酔した父を前にしたときも、ちょうどこんな感じがした。父が死んで、久しく味わったことがなかった感覚。

それを今、感じていた。

ライラに手を引かれ、ジンジャーブレッドを持ったスザンナが跳ねるように部屋を出ていった瞬間、エディは不安げな顔をして家政婦がどうのとつぶやき、そそくさと部屋を出ていった。寝室で夫とふたりきりになりたくないと思っているのは明らかだった。

もやもやした感情が昔の記憶を呼び覚ます。酔っ払った父が暖炉の横に置いたスツールから落ちて、床にのびている。ウィスキーを大量に流しこんだ体は、転がるたびに水音がするのではと思うほどで、もはや同じ人とも思えなかった。

エディを見るたびに激しい独占欲が突きあげてくる。それはスコットランド人であるのと同じように、自分ではどうすることもできない。

　エディはぼくの妻だ。薬指に公爵家の指輪がはまっている。ベッドもともにした。それなのに彼女には、どこかよそよそしいところがある。そういう印象は日を追うごとに強くなり、ガウアンの心をむしばんだ。はじめて目にした瞬間から彼女がほしいと思った。だから妻に迎える算段をつけた。それなのに、まだ手に入れた気がしない。歯がゆさに大声で叫びたくなる。

　音楽のせいだろうか？　彼女が喜んで手をのばすのは、夫の肉体ではなく、あの楽器だ。ベッドの中では、自分からはほとんど動こうとしないのに。

　ぼくはいったい何を期待しているんだ？　貴族の女性が酒場女ほど好色でないのはわかっていたはずだ。

　八歳のとき、父に手首をつかまれ、男女の関係について無理やり話を聞かされた。酒くさい息が鼻にかかるたび、殴られたような衝撃を受けた。

「貴族の女など、マットに詰めるわらほどの価値もない」父は目に奇妙な光を宿して言った。「告解の火曜日（別名パンケーキ・デイ。パンケーキ・レースなどが行われる）に焼くパンケーキのごとく、べったりと寝たままだからな。だったら酒場の女を誘惑したほうがよっぽどいい。〈ホースとポーラー亭〉のアニーなら、男女のいろはを教えてくれる。彼女にはずいぶん世話になった。おまえの面倒だって見てくれるさ」

　嫌悪感が顔に出たのだろう。父は息子を小突いて壁際に追いつめた。

「そんな女とはかかわっていられないとでも言いたいのか？　アニーほど陽気な女はいない

ぞ。なんだってしてくれる。猫のように身をしならせて、おまえをすっかり平らげて――」

そうか、こんなことを思いだしたのは、そういうわけだったんだ。〝おまえをすっかり平らげてくれる〟と父は言った。そう、〝ジンジャーブレッド・マン〟のように。

胃がもんどり打つ。二度と会いたくなかった昔の知り合いに再会したかのようだった。ウイスキーは大嫌いだ。ジンジャーブレッドも。

どちらもこの世から消えてしまえばいい！

バードルフが入ってきた。「公爵様、先ほどの――」

「ノックをしてから入ってこい！」ガウアンは厳しい声で言った。「ここは公爵夫人の寝室だぞ」

バードルフの顔色が、生のジャガイモのような薄い黄色になった。茶色い目が陰を帯びる。古いジャガイモの変色した部分のように。

「奥様でしたらミセス・グリッスルとお話をされています」常に城のすべての部屋で起きることを把握しているバードルフは傷ついたように言った。「レディ・ギルクリストのお部屋について、公爵様にご相談したかったのです」

これだけ召使の多い城に、秘密などない。ガウアン自身も、父が二階担当のメイドをはらませたことはもちろん、その哀れなメイドが子どもを亡くした時期まで知っていた。母が妊娠中に、猟犬のあとを馬で追うと言い張って流産したことも。

母が過剰に酒を飲むようになったのは、その事件以降だ。そんなことは、召使たちだってひとり残らず知っている。

「黄色の部屋はだめだ」義理の母に隣室で聞き耳を立てられていたのでは何もできない。とりたてて聞くほどのことが起きないとしても……。ガウアンは妻の寝室を出て書斎へ向かった。そのすぐあとをバードルフがついてくる。「子ども部屋にいちばん近い部屋に通せ」

「子ども部屋？　子ども部屋は三階でございます。それでは伯爵夫人に対して失礼です」

「そもそもこういったことは妻に確認するべきなんだ。ぼくではなく」

ガウアンはぴしゃりと言った。そして、今夜は妻のベッドに行くのはやめようと思った。この調子では溝が深まるばかりだ。

「それでは、のちほど奥様にうかがいます。それから音楽教師が見つかりました」

「なんだって？」

「スザンナ様に音楽の指導をする者を見つけろとおっしゃったではありませんか。スザンナ様のフランス語教師を務めているムシュー・ヴェドリーヌはジョンリス伯爵のご親戚でして、ヴァイオリニストを目ざしているそうでございます。ここへ来る前も、ロマの民謡を集めておられたとか」

「どうしてぼくにそんな話をする？」ガウアンは書斎に入ってからバードルフに向き直った。

「この城で起きることは、いつも細部までお知りになりたがるではありませんか」バードルフはそう言って口をすぼめた。

「その男の素性については、妻に報告しろ」そう言ってから、エディはバードルフの話を聞くよりも練習したがるだろうと考え直した。「まあいい。その男をなるべく早く連れてこい」

「もう城におります」バードルフが答えた。「スザンナ様のフランス語教師として」

昼食のあとガウアンは書斎に戻り、仕事に没頭した。ようやくエディのことを頭から追いだすのに成功したころ、本人がひょっこり書斎に現れた。美しい顔を縁取る巻き毛が、窓から差しこむ太陽の光を反射して黄金色に輝いていた。

「ここにいたのね」エディが言った。「ミセス・グリッスルに城の中を案内してもらったの。これからライラとスザンナと一緒に川まで散歩に行くけれど、あなたもどうかしら？」

彼女を見た瞬間、ガウアンの肉体はいっきに張りつめた。「もちろんだ」彼はそう言って立ちあがり、上着の裾で前を隠した。

「それと、明日からスザンナにふつうの服を着せてもいい？」迷路のように内扉でつながった部屋を抜けながら、エディは尋ねた。

「構わない」

「あなた自身も喪服を着る習慣を重視していないようですものね」

ガウアンは妻をちらりと見てから目をそらした。バラ色の唇を見ただけで興奮する自分が情けなかった。「母のために喪服を着るのはよしたんだ」どうにか平静さを保って言う。

「スザンナも、三カ月も喪服を着れば充分だと思うの」

うまく声が出ない気がして、ガウアンはうなずいた。母のことを考えただけで怒りと悲しみ、そして悔しさがこみあげてきた。ここで自制心を失うわけにはいかない。

ガウアンの表情を見て、エディも夫の前で前公爵夫人の話をするのは避けたほうがよさそうだと察したらしかった。

玄関ホールに行くと、がらんとした空間の真ん中で、ライラがスザンナの手首をつかんでぐるぐると旋回していた。スザンナの脚は床と平行に上がり、スカートが大きく波打っている。赤い髪は肩のところでもつれて、雲のようにたなびいていた。

言うまでもなく、スザンナは笑い声をあげていた。ライラも笑っており、壁沿いに一定間隔で立っている従僕たちまで口元をゆるめている。しかし従僕たちは、主人の姿を見るとすばやく顔を引きしめた。

ライラは奇跡を起こしたようだ。またたく間にスザンナの心を勝ち取ったのだ。ライラがやさしく少女を床におろす。スザンナのやせた小さな顔はいつになく上気して、目も輝いていた。ガウアンはひそかに罪の意識を覚えた。

スザンナは兄たちの登場に気づいていなかった。ライラの手につかまって、もっとしてとねだっている。ガウアンは妹のほうへ歩いていった。「あまり時間がないんだ。さっさと出発しよう」ふたりの従僕が玄関の扉を左右に開く。

「塔について教えてちょうだい」

中庭を横切って落とし格子門のほうへ向かいながらエディが言った。落ち着いた声だった。ガウアンのいらだちにまったく動じていない。それをどう捉えればいいのか、ガウアンにはわからなかった。

「塔は独立した建物で、城よりもずっと古くに造られたものだ」

スザンナが小走りで大人たちの前へ出る。黒いタイツに包まれた脚はシギのようにすばやく動いた。もっと頻繁に子ども部屋に顔を出すべきだった、とガウアンは反省した。今後は日課の一部として、ほかの予定より優先して実行しよう。

四人は城の立つ丘の周囲をなだらかにくだる道を進んだ。「あの塔は一三世紀に川沿いに立っていた城の名残だと思われる。その場合、天守閣として使われていたはずだ」ガウアンは言葉を切った。「そしていつしか無謀な連中のあいだに、誰もあの塔にのぼることはできないという噂が立った」

「スザンナは幽霊がいるって言っていたわ」ライラが言った。

ガウアンが鼻を鳴らした。「ばかばかしい。恋人を感心させようと塔にのぼった愚か者が三人、落下して命を落としただけですよ。どうしてそんな連中を幽霊として復活させてまで語り継ぐ必要があるのか、理解に苦しみますね。言うまでもなく、ぼくは一度も見たことがないし」

眼下にはグラスコリー川がゆったりとのび、キンロス家の肥沃な土地を通って遠く大西洋へと注いでいた。

「スコットランドでは、こういう平原は珍しいのではなくて？」エディは小麦畑を見おろした。

「そうだ。だから祖先は城を築いたのだろう。城でなければ塔をあの川のほとりに。自分の土地を守るために」

「きっと塔は見晴らしがいいのでしょうね」

「ああ。だが、ぼくの祖先は頭の回転が鈍かったにちがいない」ガウアンが肩をすくめた。

「この平原は毎年、春に洪水で水浸しになるんだ。秋に川が氾濫することも珍しくない。グラスコリー川は濁流となって低地を襲い、はるばる海まで押しよせる」

「それでも塔は残ったのね」

ガウアンはうなずいた。「洪水と火災の両方に耐えた」

やがて彼らは塔を囲む果樹園に入った。ライラとスザンナは手をつないでガウアンたちからやや遅れたところを歩いており、蝶や変わった形の石を見つけては立ちどまっていた。

「ここの木々は洪水でやられなかったの？」

ガウアンは手をのばし、リンゴの木の枝から葉を摘んだ。「無事だったようだ。昔ぼくがまだ幼かったころ、城から外を見たら、水から出ているのは細い枝だけだったことがあった。しかし次の日には水は海へ流れ、すっかり地面が見えていたよ」

「それはひどい洪水ね」

「避難命令を出したにもかかわらず、この川で命を落とした者もいる。去年はヤギが三頭やられただけだ。それも愚かな小作人が、家畜を家の二階へ移動させて安心していたせいだ」

「二階でもだめだったの？」

ガウアンは首を横に振った。「洪水はヤギもろとも家を押し流した。土地が平らなだけに、グラスコリー川は氾濫すると自在に流れを変える。今年、被害がなかった土地が、来年も無事とは言えない」

エディは黙って夫の隣を歩いている。彼女が何を考えているのか、ガウアンにはわからなかった。ついに塔の前に到着した。どっしりした壁の中央に、小さいが頑丈そうな木製の扉がついている。ガウアンは上着のポケットから鉄製の大きな鍵を取りだした。何人もの職人を使って数カ月も作業させた甲斐あって、石組みや壁に塗られたモルタルは新築同様だった。

扉を開けると、熟れたリンゴの甘い香りがむっと鼻を突く。秋に収穫したリンゴを一年じゅう楽しめるよう、上の階に貯蔵してあるのだ。

ガウアンは扉をいっぱいに開け、頭をぶつけないように少し身をかがめて薄暗い一階部分に入った。ざっとあたりを見まわし、問題がないことを確認してから、エディが入れるように脇へ寄る。スザンナが大人たちの横を抜けて部屋に入り、狭くて間隔がまちまちの階段を身軽にのぼっていった。黒いスカートはたちまち角を曲がって見えなくなった。

「狭い場所は苦手なのよ」ライラは入り口でためらった。

「上の階のほうがよっぽど広いですよ」ガウアンが言う。

ライラが観念したように石造りの階段をのぼりはじめる。ガウアンは妻の腕をつかんで引きとめ、義理の母が見えなくなるのを待った。

エディの顔を見おろすと、胸のうずきがいっそうひどくなった。なんて美しいんだろう。出会った夜に思い描いていたとおりの女性だ。この世のものとは思えない透明感を持ち、まぶしく輝いて、いつも彼女にしか聴こえない音楽に合わせてステップを踏んでいる。彼女は音楽家でもある。それも天才だ。その才能で世界をひれ伏させることすらできたかもしれない。男に生まれてさえいれば。

ただ、本人は女であることをあまり気にしていないようだった。自分の音楽だけに集中している。ガウアンとしては、夫に魂を捧げてほしいのだが。

「きみはぼくのものだ」

嫉妬と独占欲をにじませて、ガウアンは言った。

エディは目を見開き、思いがけない行動に出た。ガウアンの首に手をまわしたのだ。近ごろは自分から夫にふれようとはしなかった彼女が。

エディはつま先立ちになり、ガウアンと唇をこすらせた。「だったら、あなたもわたしのものよ」彼女は息を吸った。微笑みが口の端でダンスをしている。

ガウアンは彼女の虜だった。はじめて見たときからずっとそうだった。そしてエディはそれを知っている。悔しいが、世界中が知っているだろう。少なくともチャタリス家の結婚式に出た人は残らず。それでいて、彼女の瞳には一抹の不安が見て取れた。だからガウアンは、思いの丈をこめてキスをした。愛も、妄想も、独占欲も、不安も、残酷さも……すべてをこめて。

エディが意味不明のつぶやきをもらし、首にまわした手に力を入れた。舌が絡み合う。ガウアンの心臓が猛烈な速さで打ちはじめた。結いあげた髪がほつれ、グラスコリー川の流れのようにガウアンの指に垂れかかる。その瞬間、ガウアンは心から満たされていた。髪さえしっかりつかんでおけば、妻に逃げられる心配はないように思えた。

やがてエディが身を引いた。

「あら、いやだ」彼女が頭に手をやるよりも早く、長い髪が崩れて肩に流れ落ちた。

「きみの髪が好きだ」ガウアンはその日はじめて、人生はすばらしいと思った。「こんなに暗い部屋でも月光のように輝いている」

「またひっぱったわね」エディは鼻にしわを寄せた。「これを結ってもらうのに四五分もかかったのに。身繕いに時間をかけるのは嫌いなのよ」

「すまない」ガウアンはつぶやき、またしても口づけをした。キスをすることで彼女の心に自分を刻みつけようとした。そうすれば、すべてが変わるかのように。

実際は何も変わりはしない。

ガウアンは落胆して身を引いた。エディが小さく抗議の声をあげる。彼女の唇はキスのせいでサクランボのように赤くなり、少し腫れていた。二週間前なら、それだけで欲望をとめられなくなり、ただちに彼女の唇が自分の体をはうところを想像しただろう。だが、今はうまく想像できなかった。

そんなことは起こりっこないからだ。彼女はそういった行為を欲するほど、盲目的な恋に落ちていない。エディは……。

妻が目の前にいるというのに、ガウアンは寂しかった。この胸の痛みはなんだろう？　感傷的になっているだけか？

「きみと話がしたい」ガウアンは唐突に切りだした。

エディが緊張したように息を吸う。ガウアンの心はしぼんだ。自分が抱いている不安はすべて妄想にすぎず、ひょっとしてエディは結婚生活になんの不満も抱いていないのかもしれない。頭のどこかにそんな期待があった。

だが、エディが小さく震えたのを見て、そうではないとわかった。

「ぼくの寝室で、ふたりだけで食事をしよう」ガウアンはいろいろな可能性を頭にめぐらせた。「従僕は入れない」

エディの瞳が曇った。「だめよ。今日はライラにとって城で過ごす最初の日だもの。それにバードルフから聞いたの。スザンナのフランス語の先生が音楽も教えられるらしくて、その人も一緒に食事をするって」

「だったら明日の夜でもいい」ガウアンはそう言うと一歩さがった。これ以上エディのそばにいたら、さらなる醜態をさらしてしまいそうだった。ひざまずいて、お願いだからぼくを愛してくれと懇願してしまいそうだった。「仕事に戻らないと。約束の時間をすでに過ぎている」

上の階から、ライラと少女の楽しげな声が小さく響いてくる。

エディはうなずいた。その瞳は、スコットランドの太古の森を連想させた。ガウアンは彼女に鍵を渡し、踵を返して歩み去った。

その瞬間、ガウアンは書斎で待っている男たちを憎らしく思った。本当は妻を抱きあげて、どこかへ連れ去りたかった。公爵としての責任を感じなくてすむ世界へ。罪の意識を呼び覚ます妹のいない世界へ。

妻を抱えて川へ続く小道を進み、周囲から見えないくぼみを見つけたかった。下半身が岩のように硬くなっている。欲望が体から霧のようにしみだしているのではないかと思うほどだ。

だが本能は、今はそのときではないと告げていた。明日まで待つのがいちばんだと。ガウアンは何より、準備不足《ハーフ・コックド》で戦いに加わるのがいやだった。

半勃ち《ハーフ・コックド》とは、われながら下品な冗談だ。ガウアンはにこりともせずに足を速めた。

29

エディは足取りも重く塔の階段をのぼっていった。ガウアンとの結婚生活は竜巻のようなものだ。ぶんぶん振りまわされているうちに何も考えられなくなり、彼にしがみついて、彼のことだけ考えていたくなってしまう。

しかし次の瞬間には、自分もまた、彼の人生における用事のひとつにすぎないことを思い知らされる。食事と寝室以外に、時間を割く価値はないのだと。エディはそこではっとした。そういう自分も、彼のために時間を空けようとはしていないことに気づいたのだ。彼が仕事の時間を死守するのと同じように、練習時間を確保しようとしているではないか。

二階部分はがらんとして何もなかったが、ガウアンの言うとおり、下よりも明るくて広かった。縦仕切りの窓には小さな菱形に区切られたガラスがはまっている。エディは窓の前で足をとめ、川の流れに目をやった。

グラスコリー川が氾濫したところを想像するのは難しい。今、川面は鏡のようにのっぺりしている。川底から小さな泡が上がってくるほかは、流れているかどうかわからないほどだ。またしても笑い声が響いてきたので、エディは次の階段へ向かった。上の部屋はせいぜい大人が四人座れるほどの広さで、かつては食堂として使われていたようだった。黒ずんだオークのテーブルがあるものの、椅子は一脚もない。傷のついた天板に目をやったあと、エディはテーブルの脚を調べた。思ったとおり、水につかったようなしみがあった。

さらに上へのぼると寝室があった。そこが寝室だとわかったのは、壁際にベッドの木枠が置いてあったからだ。ライラは火の気のない暖炉の前の揺り椅子に座って、片足のつま先で床を蹴り、一定の速度で椅子を揺らしていた。

膝にスザンナがのっている。少女はエディに背を向けて丸くなっていた。ライラが空いた手の人差し指を口元にあてたので、エディは部屋の隅にあったスツールに腰かけた。

「たぶん、あのお城で死んだ人はいっぱいいるの」スザンナが眠たそうに言った。「猫もたくさん。みんな中庭に埋められて、わたしたちはいつもその上を歩いているの」

「あのね――」ライラはごく真面目な声で言った。「しばらくすると、人も猫も土に還るの。だから、あなたが歩いているのはただの土の上よ」

スザンナは親指をくわえて何か言ったが、エディには聞き取れなかった。

ライラが答えた。「そうは思わないわ。魂は天国へ行ったのよ」

そのあとは、古い揺り椅子が石の床にすれてきしむ音しかしなくなった。

しばらくしてライラが顔を上げ、落ち着き払った声で言った。「この子はわたしの子よ」

「そうね」エディは胸の奥にひきつれるような痛みを覚えた。「きっとつらい思いをしてきたのでしょうね」

「特別につらかったとは思わないわ。寒さに震えることもなく、ひもじい思いもしていない。子守りのメイドたちはとてもよくしてくれたみたいだし。この子が幽霊の話をしたり暴れたりするのは、そういう性格だからよ」ライラは小さく笑った。「わたしにはそういう子どもの気持ちがよくわかるの」

ライラ自身も感情の起伏が激しい一面があるのだから、スザンナの理解者としてこれ以上の人物はいないのだろう。もちろんそうだ。

「あなたのお父様がここにいたらいいのに」ライラが言った。「きっとスザンナを大好きになるわ」

そうだろうか、とエディは思った。無作法な人間を前にすると、父はいつにも増して不機嫌になる。庶子かもしれず、洗礼の記録もない子どもを見て、父はどんな反応をするだろう？

ライラがエディの表情を読んだ。「そんなことはないわ。絶対に好きになる。いずれそうなるわ。だってこの子は何ものにも縛られない、怖いもの知らずだもの。あなたにそっくりよ」

「わたしは怖いもの知らずじゃないわ」

「イングランド貴族の娘はふつう、見ず知らずの男性と結婚して、スコットランドの未開の地へ行くとなったら震えあがるでしょう。おまけにあなたの公爵は扱いやすい人ではないもの。でも、あなたは結婚も、彼のことも、まったく怖がらなかった。そうでしょう？」

「怖がるべきだったのかもしれない。さっき考えていたの。竜巻と結婚したみたいだって」

「でも彼を恐れてはいない。ちがう？」ライラの目は鋭かった。

「あの父と育ったのに、恐れるわけがないわ。父はなんでも論理的に考えているふうを装っているけれど、実際はあらゆることに対して感情的なのよ」

ライラはスザンナの小さな体に腕をまわし、つま先で椅子を揺らしながら座っていた。

「そうね、そのとおりだわ」ライラは言って、スザンナのもつれた髪に頬をつけた。

エディはそっと階段をおり、塔から出て果樹園を抜け、丘へ続く小道を引き返した。ゆるくカーブした道をどんどんのぼっていくと、ようやく城の門が見えてきた。そこで足をとめ、塔を振り返る。さすがにこの高さから見ると、塔が下に見えた。

あれを残したガウアンは正しいと、ふと思った。そして、ふたりで話をしたほうがいいという彼の意見ももっともだった。

真剣に話し合うのなら、絶頂を得たふりをしたことも告白しなければならない。しかし、ライラの言うロマンチックな夜を実現させれば、告白する必要はなくなるかもしれない。最後に彼と寝室をともにしてから一〇日が経ち、もう痛まないのではないかという期待があった。

いずれにせよ、二度と演技はしない。

城壁に沿ってヤマニンジンが生えている。茎がひょろりと長く、隣の茎と絡むように葉を広げて白い花を咲かせている。

エディは膝をつき、くねくねとねじ曲がった茎を折って腕いっぱいの花束にした。ロンドンのコヴェント・ガーデンで求めた花のように、まっすぐでもなければ花弁がそろってもいない。野にあるままの、整っていない花だ。エディにとって、最初のスコットランドの花だった。

顔を寄せるとかすかに甘く、野を渡る風のような香りがした。最後にもう一度塔に目をやってから、エディは立ちあがった。

落とし格子門をくぐりながら考える。自分はライラが言うように勇敢ではなかった。勇敢な女性なら、夫に気づかれる前に行動しただろう。原因は自分にあるのだから。

バードルフが玄関ホールを横切るのが見えた。ガウアンの書斎に向かっているにちがいない。家令がエディに気づいて足をとめた。

「奥様、それは花ではなく草です」

エディはしばし沈黙を保つことによって、出すぎた発言であることを示した。「花瓶を持ってくるようメイドに伝えてくれるかしら。わたしは寝室にいるから。ああ、それから、わたしの部屋は内装を完全にやり直さなければならないわ」

バードルフは背中が天板になったかと思うほど身をこわばらせて会釈した。「城の改築を担当しているミスター・マーシーを呼びます」

「その人が青の部屋や黄色の部屋などを手がけたのかしら？」

「そうでございます」

「だとしたら、その人ではだめよ。あなたならもっとちがう人を見つけられるでしょう。お願いね、バードルフ」エディは階段をのぼりはじめた。小さな白い花が服にすれてぽろぽろと床にこぼれた。

部屋に入ると、彼女は苦心してヤマニンジンを花瓶に生けた。茎は、わざとやったのではないかというほどあちこちによじれている。それでも先端についた小さな白い花が、殺風景な青い部屋にささやかな自然のぬくもりを添えてくれた。

メアリーは旅行鞄の荷物をすっかり出し終えていた。スザンナに音楽を指導することになったフランス語の家庭教師を見かけたらしい。

「絵みたいにきれいな方でしたよ」メアリーが言った。「髪を長くのばしてうしろで束ねているんです。侯爵家のご子息だとか」侍女は手首を機敏に動かして、フリルのたくさんついたペティコートをきれいにたたんだ。「そういう方が仕事を持つべきではありませんね。スコットランド公爵の下で、五歳児に音楽を教えるなんていけませんよ」

メアリーがエディをちらりと見た。

「だいいち、スザンナ様が歌えるようになるなんて、誰も信じておりません。まして楽器なんてとんでもない。みんな、癇癪の強い小娘だと言っておりましたよ。わざと牛乳をこぼすこともたびたびあるとか。ところで、夕食には何をお召しになりますか？」

「海色のドレスがいいわ」エディは言った。白いドレスはぜんぶロンドンに置いてきた。

「紬《つむぎ》織りですよ」メアリーはうやうやしくイブニングドレスを取りだした。「それにしてもひどい髪型ですこと。もう一度結いあげて、真珠を編みこんでさしあげます」

エディはため息とともに腰をおろした。結局、今日も練習できなかった。

「明日は昼まで練習するわ」メアリーに向かって宣言する。「朝食のあとは邪魔をしないでね」

メアリーがうなずいた。「旦那様が、練習中は扉の外に従僕を立たせておけとおっしゃっていました」

「その必要はないわ」エディは言った。「あの塔で練習するから」

メアリーが鼻にしわを寄せる。「バードルフが塔には近よるべからずと言っていましたよ」侍女はエディの服のボタンをはずしはじめた。

そのあいだ、エディは摘んできた花を見つめ、茎のねじれ具合が繊細な旋律を連想させると考えていた。

スコットランドでは、城壁のすぐ外に自然の音楽が生えている。そんなふうに思えた。

30

ガウアンにとって、その日の夕食は気に入らないことだらけだった。

エディとフランス語教師は、ライラのゴシップに笑いどおしだった。ガウアンの好みから言うとやや下品だったが、最低限の線は守っているので文句も言えない。

「わたしの聞いたところでは――」ライラが言った。「シディハム卿の妻になるのはローマの円形闘技場《コロセウム》で唯一のキリスト教徒になるようなものですって。つまり、彼はそのくらい野蛮なのよ。過激なの。あの人ったら夕食会のとき、みんなの前で妻をののしったのよ。聖職者用のカラーをつけた男なら誰でもいいのかって。奥様はカンタベリー大聖堂の大主教と楽しくお話をしていただけなのに。そもそもシディハム卿と連れ添うなら、聖衣にすがるしかないことくらい誰だってわかるのに」

「あの方はとても思いやりのない発言をするときがあるわ」エディは言った。「それも妙なことにこだわるの」

「わたしもそう思う。でも結局、レディ・シディハムは聖職者に対する敬意を常識より優先させたのね。だって数カ月後には、彼女と教区牧師の姿が見えなくなって、最新の噂ではアメリカにいるらしいのよ。幸せに暮らしているにちがいないわ」

ガウアンはライラの話に興味のあるふりさえできなかった。整理のつかない感情が腹の底で熱を放ち、喉の奥に苦いものが張りついていて、とても談笑などする気分ではない。居間に入ってくるエディを見た瞬間から、リボンやフリルをふんだんに使った胸元に釘づけだった。

エディが笑みを含んだ顔をガウアンのほうに向けた。エディとの結婚生活は、荒れた海に放りこまれるようなものだ、とガウアンは思った。次はどちらに流されるか、予測不能だ。それでいてあきらめようとすると、急に手の届くところまで近づいていたことに気づく。エディは濃いエメラルド色の瞳で、すべてを承知したように夫を見たあと、ライラのほうを向いて話をはじめた。ガウアンはきれいな頰の曲線に見とれた。

狂気は遺伝するのかもしれない。父も母に対して同じような感情を抱いたのかもしれない。そして母の心がほかの男へさまよったあとは意識を失うまで酒を飲み、酒場の女と寝る以外に寄る辺がなかったのかもしれない。

ただ、言うまでもなく、エディは母とはちがう。浮気などしない。それはわかっているのに、彼女がどこかへ行ってしまうような気がするのだ。ずっと隣にいてくれないのではないか、チェロと一緒に閉じこもってしまうのではないか、最終的には自分の手の届かないところへ行ってしまうのではないか、と。

もちろん、彼女から音楽を奪うつもりはない。

それでも嫉妬が心をむしばむのはどうしようもなかった。エディが音楽家でなければよかったのに。ギルクリスト家の舞踏会で会ったふつうの若い娘、ただのレディ・エディスだったら、これほど悩むこともなかった。初対面で見たままの、あの穢れのない、憂いを秘めた、ほとんど言葉も発しない娘だったら……。

だが、それではエディでなくなってしまう。

そう気づいてガウアンはため息をついた。

エディとライラはヴェドリーヌを相手に冗談を飛ばしている。バードルフが手品師のごとくシルクハットから取りだしてみせたヴァイオリニストだ。

ヴェドリーヌはギロチンで処刑されたとささやかれているジョンリス伯爵の親戚筋らしいが、とくに真相を確かめたいとも思わなかった。おそらく彼はジョンリス伯爵の孫かなにかにあたるのだろう。

ライラが大きく手を振って、ガウアンの注意を引いた。「あのバードルフとかいう口ひげをたくわえた気難しい御仁は、わたしのことが嫌いなのよ」

「まさか、そんなことはないでしょう」ヴェドリーヌが明るく否定した。

見栄えのよい男だ。フランス男の例にもれず、細身で背が高い。

「ところで奥様はチェロをお弾きになるとか？」ヴェドリーヌがエディのほうへ上体を寄せた。ガウアンは、フランス男の体を椅子の背にくくりつけたい衝動に駆られた。

「ええ」エディがにっこりした。たちまちガウアンの目は、ふっくらとしておいしそうな唇に吸いよせられる。どうして結婚前に一〇〇人の女と寝ておかなかったのだろう。そうすれば、少なくとも欲望を制御できたはずだ。

気づくと、ヴェドリーヌがエディに微笑みかけていた。チェロは専門ではないが、練習の手助けはできるでしょうなどと甘い声でささやいている。

「ヴィオラ・ダ・ガンバのほうがいい音色がしますが」ヴェドリーヌが言った。

これを聞いたエディがたちまち相手をやりこめたので、ガウアンも胸のすく思いをした。しかし、その後ふたりは、ガウアンには理解できない専門的な事柄について話しはじめた。

「音楽家をふたり以上食事に招くと、だいたいこういうことになるのよ」左側から声がした。

ガウアンがそちらを向くと、ライラが好奇心に目をきらきらさせていた。男を誘うような態度よりもはるかに魅力的だ。

「エディは父親ともこの調子で何時間だって話しこむの」

「あなた自身、音楽を勉強してみようと思ったことは？」

「手遅れよ。ふたりは何年も先を行っているんですもの」ライラが言葉を切ったとき、ヴェドリーヌの発言が聞こえた。〝サント＝コロンブです〟そしてエディがうなずきながら言う。〝バス・ヴィオールに第七弦を……〟

「ほらね？」ライラが続けた。「放っておけばいずれうつつの世界に戻ってくるわ。あれは秘密結社のようなものだから」

ガウアンは気に入らなかった。妻にはいかなる秘密結社にも属してほしくない。悲劇をぼろのマントのようにまとった、ハンサムで若いフランス男が同じ結社にいるとなればなおさらだ。

「ぼくは屋外で演奏するほうが好きです」ヴェドリーヌが言った。「庭でヴァイオリンを鳴らすと最高ですよ」

「そんなことは考えてもみなかったわ」エディはガウアンに向き直り、彼の手にふれた。「明日、あなたとライラとスザンナのために演奏会を開いてもいいかしら？　午後に、あの塔のふもとに広がる果樹園で演奏してみたいの」

「ぼくは時間が取れそうもない」ガウアンはほとんど反射的に口を動かした。エディはどうして、ぼくが演奏会を聴きに行けると思ったのだろう？　朝から晩まで予定が詰まっているというのに。「夕食のあとではどうかな？」

「夕食のあとでは、暗くて演奏できないわ。時間をかけて準備すれば別でしょうけれど。お互いのリズムに慣れれば、楽譜がなくても、暗くて相手の表情が見えなくても、合わせられるようになるから」

ほかの男のリズムに慣れるなど、断じて許せない。しかも楽器を股のあいだに挟んだ姿を家族以外の者に見せるわけにはいかなかった。到底、受け入れられない。あとで、ふたりきりになったらそう伝えよう。

「ライラ、あなたが聴いてくれたらいいのよ」エディは継母に笑いかけた。「『ドーナー・ノービース・パーケム』は絶対に演奏するから」

それを聞いたガウアンは、ますますいらだった。自分だけ仲間はずれにされた気がした。蠟燭の光に照らされて、エディの髪が蜂蜜色に輝いている。太陽の光を内側に閉じこめたかのような色合いだ。ところどころ編みこまれた真珠が白銀に光り、彼女自身が宝石のようだった。

ぼくの宝石！

今すぐ彼女をベッドへ運び、豊かな髪に指を絡ませたくてたまらなかった。それなのに、怯えている自分がいる。強烈なオルガズムが高波のように押しよせる中、目を開けると、妻がどこかほっとした表情で見あげている。そんな場面が頭をよぎった。

ともかく話をしなければ。ふたりきりで。明日。

ガウアンは孤独だった。

孤独にさいなまれていた。

夕食後、何時間か練習をしたエディはベッドに入り、夫がやってくるのを待った。しかし彼は来なかった。隣の部屋から近侍のせわしない足音がかすかに聞こえたあと、あたりは静寂に包まれた。その夜、エディは長いこと、まんじりともせずに横たわっていた。

翌朝、着替えをすませたエディは、ライラが本当に乳母用の狭いベッドで寝たのかどうかを確かめようと三階へ向かった。ライラは床の上に座り、櫛も通していない髪を肩に垂らしておもちゃの兵士を整列させているところだった。

「おはよう」

ライラが言う。スザンナが立ちあがり、ライラのそばへ寄った。引き離されるのを恐れているかのように。ライラとスザンナが互いに離れがたく思っているのは一目瞭然だった。それはエディの母親としての能力とはまったく関係のない事実だった。

「おはよう」エディはスザンナに言った。「よければエディと呼んで」〝ママ〟と呼ばせる選択肢はない。

エディはしゃがみこみ、兵隊の並びを観察した。驚くほどの数だ。どうやらライラは赤い軍服、スザンナは青い軍服の兵隊を指揮しているらしい。「どっちが勝っているの？」彼女は尋ねた。

「イングランド軍対スコットランド軍の三度目の戦いよ」ライラがあくびをこらえて言った。

「どういうわけか、スコットランド軍がいつも勝つの」ライラはスザンナの腰に、ごく自然に腕をまわしていた。

「三回目ですって！」エディは大きな声で言った。「それで一回も勝てないなんて。ああ、ライラ。イングランド女ならもっとやれるはずよ」

「このイングランド女は日の出と同時に起きているんですもの」ライラがいくらかのプライドをにじませて言い訳した。「言うまでもなく、国王陛下の軍隊は夜間戦闘のほうが得意なのよ」

ライラは早起きなどしたことがない。

「葉巻なしでも大丈夫？」

「四六時中、何か食べたくなるの」眉のあいだにしわが寄った。「この調子ではそのうちカブみたいに真ん丸になっちゃう」

スザンナがきゃっきゃと笑った。「カブだって！　カブ！」うれしそうに叫ぶ。エディのことを警戒するのをやめたらしく、くるくるまわりながら暖炉のそばで縫い物をしているアリスのほうへ駆けていった。

「本当に夜明けとともに起きたの？」エディは尋ねた。

こんなライラは見たことがない。いかにも寝不足に見えるが、同時に深い満足感に輝いている。

「子どもというのは早起きみたい。少なくともスザンナはそうだわ。お腹の上にのぼって起こすのよ。このカブみたいなお腹の上にね」

部屋の向こうからスザンナがものすごい勢いで駆けてきて、背後からライラに抱きついた。

「スザンナは、あなたのウエストのサイズなんて気にしないわよ」エディは指摘した。

「うしろにいるのは誰かしら？」ライラはそう言ってもぞもぞ動く体に手をのばし、くすぐりはじめた。「表がまだ暗いうちにわたしを起こしたいたずらっ子じゃないでしょうね？」

エディなら、スザンナの悲鳴を痛みによるものと誤解したかもしれないが、ライラにはよくわかっているようだった。

「今夜は、ガウアンとふたりきりで夕食をとることになりそうよ」

エディの言葉にライラが手をとめた。「それはいいわ！」ライラの手を逃れたスザンナが、兵隊の横に座わる。「シャンパンを飲みなさい。真面目な話、ほろ酔いくらいがいいわよ」

「〝ほろ酔い〟ってなあに？」スザンナが顔を上げる。

「たくさんまわったあとで、ふらふらする感じよ」ライラはそう言ってスザンナを膝に座らせた。手をふれずにはいられないというように。「ここへいらっしゃい、悪い子ちゃん。あなたのせいでくたくたよ。もう戦争ごっこはしませんからね」

「お酒の力を借りたほうがいいと思う？」エディは半信半疑で尋ねた。

「レディ・チャトルの舞踏会に行ったときのことを覚えてる？」

「もちろんよ」

「わたしは許容量を超えてシャンパンを飲んだでしょう？」

「まさにシャンパン漬けって感じだったわ」エディはくっくと笑った。

「あの夜わたしは赤ん坊のことなんて忘れて、ただ楽しんだわ。あなただって、心配するのをやめたらうまくいくわよ」

「そうだといいけれど」エディは言った。「いずれにしても、もう行かなくちゃ。練習があるの」

「彼のためにお弾きなさい」ライラがささやいた。「あれほど官能的な誘いはないわ。あなたのお父様がわたしだけのために演奏してくれると、いつだって体じゅうがとろけてしまうの」

エディは何を弾こうか考えながら、こぢんまりとした居間へ向かった。居間ではバードルフが待ちかまえていて、公爵様がお呼びですと言った。そこで一階の書斎へおりると、丸々とした頬の従僕に、誰も入れるなと厳しく言いつかっておりますのでしばらくお待ちくださいと言われた。

待っていると従僕が出てきた。エディは従僕のあとについて書斎へ入った。うしろからバードルフがついてくる。エディはそこで領地管理人を紹介され、近隣の、ふたつの村の村長にもあいさつされた。

そのあとガウアンは男たちに断って妻を部屋の隅へいざなった。三人の訪問客は礼儀正しく反対側へ移動したが、バードルフはガウアンの机の隣に置かれた自分の机に腰をおろした。夫婦の会話をもらさず聞ける位置だ。

エディは深く息を吸った。今は、バードルフにこだわっている場合ではない。

「きみを呼んだのは――」ガウアンはそこで非常に魅力的な笑みを浮かべた。「失礼。きみに来てもらったのは、午後の演奏会のことで話があったからだ」

エディは驚きに目をぱちくりさせた。「あなたも来られることになったの？　だとしたらうれしいわ」

「残念だが仕事が押していて、時間を空けることはできそうもない。それよりもエディ、聴衆の前でチェロを弾くのは許可できない。それも男性がいる場所ではね」

エディは夫の言葉をある程度予想していた。「こういうときのために、お父様が特別にあつらえてくれたものがあるの。プリーツの入った大きなシルクの布をスカートの上から垂らすのよ。脚が見えないようにね。ただ、本物の音楽家ならわたしの脚になんて興味を持たないわ。問題は演奏そのものだから。ヴェドリーヌもそういう音楽家ではないかしら。もちろん、彼の演奏を聴くまではわからないけれど」

「がっかりさせてすまないが」

「がっかりなんてしていないわ」エディは言った。

「それを聞いてほっとした」ガウアンは夜の生活を思い返しているような、思わせぶりな笑みを浮かべた。

「あなたにがっかりさせられることはないわ」エディはきっぱりと言った。「わたしはいつでもどこでも、心のままに弾くから」

自分のひと言で、妻が演奏会を取りやめるものと決めつけている夫に腹が立った。全身に怒りがみなぎって、ちょっとした刺激で火がつきそうだ。

ガウアンが目を細める。彼が口を開こうとしたところで、エディは片手を上げた。

「何か誤解しているようね。どんな状況なら演奏していいか、父がいちいち許可を与えていたと思っているのでしょう？　父はそんなことはしなかった。公の場で演奏しないという合意があっただけよ」

「ぼくとのあいだにも、お父上とのあいだにあったような合意を取りつけてくれれば、それで充分だ」

「合意というのは――」エディは言った。「双方の意思によって成りたつものよ。一方的な指図を受け入れるつもりはないわ。あなたが高飛車な物言いをするなら、どんな条件にも合意はできない。わたしのやり方を尊重してもらうしかないわね。仮にスマイス－スミス一族を城へ招待して、いちばん近いタウンホールで演奏会をやりたいと思ったら、そうしますから！」

ガウアンはぴくりとも動かなかった。エディはいやな予感がした。口論は嫌いだ。だが、この件だけは譲れなかった。自分の立場を主張しなければならなかった。なんといっても夫が干渉してきたのは音楽の領域だ。エディにとって何より大切なもの、魂の領域なのだ。

「ぼくが午後の演奏会を聴きに行くと言ったら？」ガウアンは、ほとんど唇を動かさずに言った。

エディは好奇に満ちたバードルフの視線を肩甲骨のあたりに感じた。

「歓迎するわ」

「それでも、ほかの男の前で演奏してほしくないという希望には従わないのか？」

「希望ではなく命令でしょう」エディが答える。

「頼むから、ぼくく以外の男がいるところでは演奏しないでくれ」

「あなたが望むなら、公の演奏会では演奏しないわ」

「ありがとう」ガウアンが言った。彼は無表情だった。その瞳を見たエディは、凍結した湖を連想した。

「途中から来てもいいのよ。心配なのでしょう？　わたしと……」具体的にはなんだろう？ガウアンはわたしがあの若いフランス人を誘惑すると思っているのだろうか？　チェロを投げだして、あの苦痛と嫌悪を催す行為をはじめるとでも？

ガウアンの目が厳しくなった。「きみのことは無条件で信頼している。ぼくが心配なのは一緒に弾いているあいだ、相手の男が妄想をふくらませることだ」

エディは首を横に振った。あろうことか、ガウアンに同情を覚えた。

「二重奏がどんなものかちっともわかっていないのね。わたしは真の音楽家としか演奏しない。昨日の夜、ヴェドリーヌと二時間も話したのでなかったら、一緒に演奏しようなどとは考えなかったわ。彼は音楽のことしか頭にない。保証するわ。わたしがどんな格好をしていようと気にもしないはずよ」エディは夫の目をまっすぐに見た。「今日の午後、果樹園で二重奏をするわ。気が向いたらいらしてね」彼女はそれだけ言うとほかの男たちのほうを向き、誰にするでもなく膝を折るおじぎをして書斎をあとにした。

しかし、さほど行かないうちにミセス・グリッスルにつかまって、家政婦用の居間に連れていかれ、山ほど質問を浴びせられた。そのまま二時間が過ぎた。バードルフがやってきて、コムリー近郊にあるハイランドの屋敷のリネン置き場についてさらに一五分話した。リネン置き場にネズミがいるらしい。

ネズミ？

ネズミなんてどこにでもいるではないか。エディは当該のネズミは――むしろネズミ全般は――バードルフの所管であって、自分には関係ないと言い放った。さらに一時間が経過した。このままでは弓を弦にあてる時間などまったく取れなくなる。ただでさえ夫の話にいらいらしていたエディは、爆発寸前だった。

昼食の時間になるころには、これまでどおりにはいかないことを召使全員が理解していた。少なくともエディは理解させたと思っていた。

一方のガウアンは、書斎の男たちをほったらかしてヴェドリーヌと短い話し合いをした。公爵夫人の首より下に視線を落とそうものなら死をも覚悟せよと警告したのだ。

「そんなことはしません」ヴェドリーヌは心外だというように反論した。「演奏するときは音楽のことしか考えません。もちろん、そうした集中力は相手の音楽的才能に左右されますが」

エディがヴェドリーヌの音楽的才能に確信を持てずにいるのと同じように、ヴェドリーヌもまた、彼女の才能について懐疑的であることが口ぶりから伝わってきた。どちらも自分の才能に確固とした誇りを持っているのだ。フランス男の不満そうな目をまじまじと見たガウアンは、この男が結婚生活を脅かすことはないと悟った。そもそもエディのことを女と見なしていないようだ。ふたりのあいだでは、世間とはちがう価値観がまかり通っているのだろう。

「そうか」ガウアンは右手を差しだした。「侮辱して申し訳なかった」

ヴェドリーヌはその手を一瞬見つめてから、握手を受けた。そのしぐさに、ガウアンはますます相手への信頼を深めた。収入が断たれれば困るだろうに、この男は名誉のためなら職を辞すこともいとわないのだ。

「きみは今、いくら給金をもらっている？」ガウアンは尋ねた。

ヴェドリーヌは赤面したあと金額を言った。彼のような生まれの者が給金をもらう立場に甘んじるのは容易なことではないはずだ。

ガウアンはうなずいた。「今後はその倍払おう」

ヴェドリーヌが両眉を上げる。「どうしてです？」

「この城には音楽家が必要だ」ガウアンは言った。

若いフランス人は胸を張った。それでも目線はようやくガウアンの肩に届くほどだった。

「では紳士として言わせていただきます。あなたは公爵夫人を正当に扱っておられない」

「どうしてそう思う？」

「下品な勘繰りをしたからです。奥様はどこまでも優美で高潔な方です」

ガウアンは相手にますます好感を持った。この男は妻を正しく評価している。「そうだな。だが、きみも結婚すればわかるさ」

「私は妻になる女性に誠意を尽くしますし、相手の言動を疑ったりはしません」フランス男はきっぱりと言った。

「ぼくだってそうだ」

しばらくあとで昼食のために書斎を出たガウアンは、召使たちの様子がおかしいことに気づいた。どうやらひと悶着あったらしい。実際、領地管理人と話をしている最中にバードルフがやってきて苦情を言いかけたが、ガウアンは相手にしなかった。これから城を切り盛りするのは自分ではなく、公爵夫人なのだから。

午前の間《モーニングルーム》で待っていると、最初に食事におりてきたのはライラだった。「本当に子ども部屋で寝たのですか？」ガウアンは尋ねた。

「ええ。召使たちはとんでもなく硬いマットレスで寝ているわよ。バーラムに言って新しいマットレスを運ばせないと。明日には背中をのばせなくなるわ」

「バードルフですよ」ガウアンは訂正した。

エディが入ってきた。書斎での口論の名残はみじんも感じさせない。彼女の表情から何も読み取れないことが、かえってガウアンをいらだたせた。自分も感情を隠す術を身につけているというのに、妻にはそれをしてもらいたくないのだから勝手なものだ。

「ミセス・グリッスルとの話し合いはどうだった？」昼食の席についたところでガウアンは尋ねた。

エディはチーズ・プディングを勧める従僕に笑顔でうなずいた。「首にしたわ」

「なんだって？」何を期待していたにせよ、一〇年も仕えた家政婦を解雇したという答えでないことはたしかだった。ミセス・グリッスルはとりたてて愛想がよいとも言えないし、有能でもないが、銀食器を盗みはしない。

ガウアンの左側で、ヴェドリーヌに話しかけるライラの声がした。

「どうして解雇したんだ？」そう尋ねながらもガウアンは、結婚したからには妻にも夫と同等の権利が――少なくとも城の中のことについては――あるのだと、自分に言い聞かせた。

「ひとりでは何も判断できないからよ」エディはまったく動じた様子もない。「いちいちわたしに確認してきて、あろうことか毎日二時間は家事について打ち合わせの時間を取ってくれなんて言うのだもの。夕方に少しなら時間を割いてもいいけれど、日中に邪魔をされるのはいやだと言ったらおろおろするのよ。あなたは毎日あの人の話を聞いていたの？」

ガウアンがうなずいた。

「日々の業務なら、執事か家令に報告させるべきよ」エディは皿の上のロースト・ビーフを細かく切り分けながら言った。「洗濯物がきちんと乾いたかどうかなんて、公爵の時間を取る内容じゃないわ。率直に言って、わたしの時間だってそんなことで無駄にされたくない」

ガウアンは、妻と家政婦がやり合う場面を想像して口の端を笑いにひきつらせた。

「結局、わたしのやり方で働ける人を探すほうがお互いのためだという結論にいたったの。そうしたらミセス・グリッスルがヒステリーを起こしたので、ますます新しい人が必要だと確信したわ。怒って声を荒らげる人には耐えられないもの」

それはもっともだ。「ほかにも首にした者がいるのか？」

「二階担当のメイドふたりに、調理場のメイドと従僕をひとりずつよ」

「バードルフに代わりを探すよう指示したか？」

「いいえ」エディは言った。「いちいち指示しなくてもわかるはずだもの。解雇した使用人には充分な退職手当を払うように言っておいたわ。今日の午前はさんざんだった。でもこれで、召使たちも少しは自主的に動けるようになるでしょう」

従僕の何が気に障ったのか気になったが、ガウアンはあえて質問しなかった。

「みんなこれ以上わたしの手をわずらわせないでくれるといいのだけれど」エディは気分を害した様子もなく、ガウアンに微笑みかけた。「わがままだと思う？　言い訳をさせてもらえるなら、家を切り盛りする方法はライラの膝の上で学んだのよ」

エディの指が手の甲にふれると、ガウアンの体温がいっきに上がった。

「召使たちもじきにわたしのやり方に慣れるわ」

そのころには顔ぶれが一新されているかもしれない、とガウアンは思った。しかし妻の言うとおり、それはバードルフが憂慮すべき問題だ。

食事のあとエディは練習のために二階へ引きあげ、ガウアンはライラを書斎に呼んだ。ライラは書斎をひとまわりして、バードルフの机に高く積み重なった帳簿類を非難がましく見た。ガウアンは率直に切りだした。

「あなたとスザンナはずいぶん気が合うようですね」

即座にライラが振り返る。これまで見たことがないほど真剣な表情だった。「わたしはスザンナのことが大好きなの」彼女が決然としてガウアンのほうへ歩みよる。「わたし――」

ガウアンは片手を上げた。「スザンナを育てるのにあなたほどの適任者はいないと思っています」

「ただの子守りじゃいやなのよ」ライラはきっぱりと言った。「わたしはあの子の母親になりたいの」

「養子に迎えたいとおっしゃるのですか？」

「まさにそのとおりよ」

ガウアンはしばし考えた。妹がいることなど数カ月前までまったく知らなかったが、それにしても……。「あの子の養育にかかるいっさいを放棄するのは気が引けます」彼はためらってから続けた。「それに、まったく会えなくなるというのもちょっと……」

ライラがにっこりした。すがすがしい笑みに、媚びるようなところはみじんもなかった。

「会えなくなるわけがないわ。わたしにとってエディはこの世でいちばん大事な人だし、夫にとっては何よりも愛する娘ですもの。また来たのかというくらい頻繁に行き来があるに決まっているわ」

「そういうことならいいでしょう。書類上の手続きに関しては、ギルクリスト卿がこちらへ到着してからにしましょう」

ライラが渋い顔をした。

「近日中に伯爵が訪ねてこられない場合は、ロンドンへ書類を送りますよ」ガウアンはつけ加えた。

ライラの表情がふっとゆるみ、気づくとガウアンは彼女に抱きしめられていた。

「これでわたしたちは本当の家族だわ。絆がいっそう強くなったのよ」

「そうですね」ガウアンは答えた。「エディも同じことを言うでしょう」

ライラの顔から笑みが消えた。「スザンナのことでわたしを呼ぶ前に、エディと相談したのよね？」

ライラの諭すような口調が、ガウアンの癇に障った。「スザンナに関して、妻はぼくの決定に反対したりしませんよ。あなたがあの子に愛情を注いでいるのは見ていればわかりますから」

「それでもエディに相談しなければだめよ。昨日はスザンナの母親になることを要求しておいて、今日になったら養子に出すなんてあんまりだわ」

「あなたもわかっておられるでしょうが、エディは母親になることに乗り気じゃありませんでした。手紙で、子どもを持つのは気が進まないと書いてきたのです」

「エディはすばらしい母親になるわ！」ライラが言い返した。

「だが目が見えているのなら、あなたとスザンナが互いのものだとわからないはずがない」

ガウアンの言葉に、ライラの笑みが戻った。「あの子はわたしの心よ。わたしはずっと子どもができなくてつらい思いをしてきたの。でも今は、子どもがいなくて本当によかったと思っているわ」ライラは熱っぽい表情をしていた。「だって自分の子どもがいたらスコットランドには来なかったでしょうし、スザンナに会うこともなかったもの」

ガウアンは情に流されるのをよしとしないが、それでも今、必要とされているのが会釈でないことはわかった。そこでもう一度、香水くさいライラの抱擁を受けた。思ったほどいやではなかった。

　ライラが身を引いた。「あなたに贈り物があるの」彼女はそう言ってガウアンの手に本を押しつけた。「愛の詩よ。今、とても流行っている本なの。読んでいない人がいないくらいよ。エディに送った手紙に『ロミオとジュリエット』の引用があったので、この本も気に入ると思ったの」

　詩……。

　ガウアンは、はっと顔を上げた。「妻に詩を書けと？」

　ライラは眉間にしわを寄せた。「そんな助言はしないわ。失礼ながら、詩の才能があるようには見えないし」

「たしかに」ガウアンは本をひっくり返した。「そんな助言をするわけがありませんね」

「どちらにせよ、詩に関して、エディはまったく見込みがないから」

「そうなんですか？」

　ライラはうなずいた。「家庭教師はあの子の頭に詩を叩きこもうとずいぶん苦労していたけれど、紙に書かれた言葉となると、あの子はまったくの劣等生なのよ」

「本当に？」

「ええ。音楽に関連させないと効果がないみたい。文字を読むことに喜びを見いださないけれど、詩を音読してもらうのは好きなの」

「声も音だからですね」詩集は革張りで、金で箔押しされている。表紙には『孤独な夜のための詩』とあった。

「エディに読んであげるといいわ」

「わかりました」妻にキスをする時間すら充分に取れないのに、詩を読む時間がどこにあるというのか。ガウアンは詩集を机の上に置いて仕事に戻った。ところがハイランドの領地管理人が面会の時間に遅れると報告が入ると、ほかにも処理しなければならない事項が一〇〇もあるというのに、彼はふたたび詩集を手に取った。

シェイクスピアのソネットを飛ばしてページをめくる。シェイクスピアはすべて暗記しているからだ。ジョン・ダンという男の書いた詩が何篇か載っていた。少なくともユーモアのセンスがある人物らしい。

「〝私は二重の意味で愚かだ〟」ガウアンは声に出して読んだ。「〝人を愛し、さらに泣き言ばかり並べた詩の中で、愛の言葉を繰り返すのだから〟」ガウアンは口元をほころばせてページをめくった。

次の詩は四度……いや五度読んだ。太陽に、恋人たちを起こすな、ベッドから出すなと懇願する詩だ。

〝恋の営みには、季節も陽気も、時間も月日も、時の歩みさえも関係がない〟

まさに自分の結婚生活に足りない要素が、白い紙の上で躍っていた。ドンはまた〝すべての国土は彼女、ぼくはそこの王子、それに比べればどんな栄誉も偽物、どんな富もまがいもの〃と書いていた。

ガウアンは虚しい気持ちで周囲を見まわした。自分が王子だとして、エディは彼の国土ではない。風のように捉えどころのない女性を、所有することなどできはしない。おまけにぼくはベッドで彼女を満足させることさえできなかった。

しばらくして書斎の窓に目をやると、演奏会の様子が見えた。青い毛布の上に座っているライラとスザンナは明るい色の花のようだ。エディは城に背を向けて、背もたれの大きな椅子に腰かけており、ヴェドリーヌはその右に立ってヴァイオリンを顎に挟んでいた。ガウアンのいるところからかなりの距離があるのに、演奏がはじまってエディの体がしなるのがわかった。ヴェドリーヌは、エディに半ば背を向けるようにして立っている。ガウアンの忠告をどう受けとめたにせよ、約束は守っているようだ。

肋骨の奥で心臓がうるさく打っていた。背後で領地管理人がしゃべりつづけていたが、内容はまったく頭に入ってこなかった。ガウアンは唐突に、妹の養育権についてジェルヴスが用意した法的書類をわしづかみにした。

「諸君」ガウアンはそう言って部下たちに向き直った。「しばらく失礼させてもらう。この書類を直接レディ・ギルクリストに渡さねばならない」

城を出たガウアンは丘をくだった。誰にも気づかれないよう、木立に身をひそめてエディたちに近づく。ヴェドリーヌは、演奏しているときのエディそっくりの恍惚とした表情を浮かべていた。

ふいに、フランス男が弓を上げた。「Cシャープ」

ガウアンには意味がわからなかった。

しかし、もちろんエディには伝わっていた。彼女が弓を引く。澄んだ音が響き、静寂に吸いこまれた。「屋外だと音の響きが変わるのね」

ヴェドリーヌは台にのった楽譜をめくってうなずいた。あれはたしか図書室の、キンロス家に代々伝わる聖書をのせていた台だ。そしてふたりは演奏を再開した。ゆったりとした甘いチェロの響きがヴァイオリンの音を支えながら、打ちよせる波のように響く。チェロの音色が消えると同時にヴァイオリンの音が大きくなった。どちらも伴奏という感じはしない。ひと呼吸置いてから、チェロの音がまたしても大きくなった。ガウアンにしてみると、音の動きの激しいヴァイオリンはチェロと比べて幼く、頼りない印象だった。

エディの表情は……。

曲が終わるのも待たず、ガウアンはもと来た道を引き返した。生まれてはじめて敗北感に打ちひしがれていた。このまま抵抗もせずに妻のもとを去ることもできる。公爵であることをやめたっていい。城をあとにして、嫉妬の声が届かないところへ、特定の女性の面影に心を揺さぶられないところへ逃げればいい。

城に戻った彼は、レディ・ギルクリスト宛の書類をバードルフに渡し、あとで署名してもらうよう指示した。正直なところ、スザンナがイングランド女性として育てられるという事実にはまだ少し抵抗があった。だが実母はスザンナを育てることになんの関心も示さなかった。言うまでもなく、どこで育つかよりも、育てる側に揺るぎない愛情があるかどうかのほうがずっと大事だ。

午後も遅くなってから執事がやってきて、公爵夫人が寝室でふたりきりの夕食をご希望ですと告げた。さほど間を置かずに、ハイランドの領地管理人がようやく到着した。馬車の車軸が折れて、足どめされていたという。報告を受けている途中で、ガウアンは遅くなることを妻に伝えてくれるようバードルフに頼んだ。

だが、次に顔を上げると、驚いたことに一〇時になっていた。

あわてて愛の詩をポケットに押しこみ、書斎を出る。バードルフが気遣わしげな表情で待っていた。しばらく前から書斎の前をうろうろしていたらしい。「食事は冷めてしまったと思いますが、奥様は練習中で、邪魔をするのもどうかと思いまして」

バードルフも学習したのだ、とガウアンは思った。エディは、気難しい家令に畏《おそ》れの気持ちを植えつけることに成功したのだ。

31

チェロの重々しい音が響いてくる。エディの寝室に近づくにつれ、廊下にもれ聞こえる音も大きくなっていった。

罪の意識にさいなまれてガウアンは足を速めた。二時間は待たせてしまった。いや、三時間かもしれない。本日の仕事は終わりにしませんかとバードルフが言ってきたのは、果たして何時だっただろう？

しかし、これが公爵の生活だ。耐えてもらうしかない。父のような無責任なまねはできない。

それにしても、エディは怒っているはずだ。レディは約束を破られるとひどく気分を害するもの。寝室の扉を開けたところで、ガウアンは足をとめた。室内は様変わりしていた。青かった壁にはサフラン色のシルクの布がかけられ、蠟燭の光に照らされて波打っているように見えた。あらゆる平面に蠟燭が置かれている。テーブルの上にも、マントルピースの上にも。しかし、それほど明るいにもかかわらず、エディは譜面を置いてもいなかった。

彼女はまぶたを閉じてハミングするように、低く、やわらかな音を響かせていた。ガウアンは扉を閉め、紡ぎだされては消えゆく音に身じろぎもせずに聴き入った。一音一音が水滴となって岩がちな斜面を流れ、やがてゆったりした川を形成していく。そんな場面が思い浮かんだ。

ガウアンはようやく部屋の中央へ進んだ。詩の本をポケットから出して椅子に腰をおろしてから、近くのテーブルに置く。エディは目を開けなかったが、夫が来たことには気づいているようだった。

音楽とともに日中の疲れがほどけていく。数字や株式やさまざまな報告がかすんで、意識が別の世界へと運ばれていく。ガウアンはハイランドの湖に腰までつかってフライフィッシングをしているときのような、めったにない開放感を味わっていた。ガウアンにとって釣りは至福の時間だった。

エディの演奏にも、同じくらいの至福を覚えた。

ベッドでうまくいっていなくても、ガウアンとエディは本能的に互いを特別な存在だと認めていた。ふたりのあいだには、すべてを超越する結びつきがあった。

弓の動きが速まる。エディはそのまま少し明るめの曲を弾きはじめた。

彼女が弓を上げたとき、ガウアンは言った。「今のはアレグロかい？」

「そうよ」

「最初のはラルゴだ。最後のはヴィヴァルディの曲だろう？」彼は覚えたての知識を披露した。

　エディが大きな笑みを浮かべる。「そのとおりよ。ヴィヴァルディは、わたしが最初に覚えた曲のひとつなの」

「二曲とも同じ人物が作曲したように聞こえたよ。鳥のさえずりを再現しようとしているようだった」

「すてきな想像ね」エディは弓を置き、楽器をまっすぐにした。

　ガウアンが反射的に立ちあがってチェロに手をのばす。

「気をつけて！」エディは思わず大声を出してから、詰め物をしたケースの中に楽器を上向きにしまう夫を見て恥ずかしそうに笑った。背もたれに体重を預けてから言い訳する。「わたしにとってはすごく大切なものだから、その子に万が一のことがあったら自分でも何をするかわからないわ」

　まるで子どもを気遣う母親だ。

「ほかのチェロでは代用できないのかい？」

「当たり前よ。ルッジェーリの手によるチェロだもの。父もわたしも、ルッジェーリは世界一のチェロ製作者だと思っているの」

「高価なのかい？」

　エディが口にした価格にガウアンは唖然とした。「それだけあればロンドンの一等地に家が買えるじゃないか」

「だからむきになってしまうの。詰め物をしたケースで運ぶのも、それが理由だわ」

「バードルフにチェロ専用の馬車を用意しなければならないと言われたときに、気づくべきだったよ」

「しかも馬車に同乗してチェロを押さえる者まで必要なのよ」エディはうなずきながら言った。「音楽家になるにはお金がかかるの。でも、しばらくは旅行はしないでしょうから」エディは笑いにきらめく瞳でガウアンを見あげた。「これからはずっと屋外で、あの果樹園で演奏するわ。聞こえるのは川のせせらぎだけだし、音響もすばらしいのよ。あそこにはわたしの夢見るすべてがあるわ」

夢見るすべて？

エディはシャンパンのグラスを掲げてひと口飲んだ。「あなたもお飲みになる？　お祝いしなきゃ……無事にお城《ホーム》に着いたことを」

シャンパンを受け取ったガウアンは、味見することなくグラスをテーブルに置いて妻の首に片手をあてた。口を開けたままキスをすると、彼女の味が肉体の奥深くを一撃した。下腹部はすでに屹立している。ここのところ常に臨戦状態だ。息苦しくなって唇を離すと、エディが腕の中で小さく震え、喉の奥から苦しげな声をもらした。

「食事をしないと」ガウアンはほっそりした首を甘噛みした。

エディが身を引く。「いや」

「いや？」冷たくなった食事がいやなのか、それとも食事そのものを拒否しているのか。

エディはどこか不安そうな目をしていた。ガウアンはキスで彼女の不安を吹き飛ばしたかった。

「段取りはいらないわ」

「ああ」ガウアンは初夜を思いだしてうなずいた。彼女をいっそう強く抱きしめ、完璧な弧を描く尻に片手をおろす。「そういうことなら奥様、ディナーより先にベッドに行ってもいいかな？」

「あなたもシャンパンをお飲みなさいな」エディはやや強い調子で言った。それから横を向いて自分のグラスを手探りし、シャンパンをいっきに飲み干す。

ガウアンはシャンパンが好きではなかった。喉ごしの悪いワインとしか思えないからだ。こんなものを好む人の気が知れないが、そもそも自分はアルコール全般が好きではない。それでもシャンパンをひと口飲んだ。

エディがボトルを取って自分のグラスに注いだ。それを見ながらガウアンは考えた。彼女も夜の夫婦生活をなんとかしたいと思っているのかもしれない。案外、彼女のしたいようにさせたほうがうまくいくのかもしれない。

こちらを向いたエディの目は、アルコールの力で輝いていた。「あなたのために弾くつもりだったの。つまり、あなただけのために。今日の午後、聴きに来られなかったでしょう」

「それは楽しみだ」

「でも、さっきは忘れていて……チェロは片づけてしまったし」

「喜んでもう一度、出すよ」

「ありがとう」

二杯目を飲み終わって、エディは大きな笑みを見せた。それとも三杯目だろうか？　ガウアンはシャンパンの瓶に目を走らせたが、半透明で中身は見えなかった。ただ、執事がボトルを開けたのはおそらく三時間前だ。

エディが音をたてて椅子を移動させるあいだに、ガウアンはチェロを取りだした。エディが長椅子の正面に椅子を置く。「あなたはそこへ」彼女は長椅子を指さした。ガウアンは言われたとおりに座った。

「ああ、だめよ。シャンパンを忘れているじゃない！」エディが非難する。そして夫にグラスを渡したところで、自分のグラスが空になっていることに気づいたようだった。

シャンパンの瓶に手をのばした彼女を、ガウアンはとっさに制した。「だめだ。もう飲まないでくれ」すがるような言い方になる。エディと結婚してからというもの、うまく感情を取り繕えなくなった。手に入らないものを乞う子どもみたいな言い方をした自分が情けなかった。

「あら」エディは言った。それからつけ加える。「わたし、もうほろ酔いだと思う？」

「まちがいない」

エディは椅子に座ってチェロに手をのばした。「そう。あっ、忘れていたわ」エディはチェロのネックを持ってふたたび立ちあがった。「ちょっと持っていてくれる？」

ガウアンはすでに立っていた。女性が立ったら自分も立つくせが浸みついていて、考える前に体が反応してしまうのだ。チェロはエディの肌のようになめらかな手ざわりだった。

ガウアンの目の前でエディはローブを脱ぎ、床へ放った。下に着ているのは薄いローン地のネグリジェで、胸元と袖口と裾にレースの縁取りがしてあった。彼女が椅子に座るとスリットが開き、なんとも美しい脚がむきだしになる。スリットに施されたレースの縁取りが、極上のケーキの上にのった飾りリボンのようだ。その下の白い太腿は張りがあっておいしそうで、そして……。

「チェロを返してもらえるかしら?」彼女の声で、ガウアンは妄想から覚めた。

彼女にチェロを返す。

エディがさらに脚を広げたので、ガウアンは思わず演奏はまたの機会にしてくれと言いそうになった。ぐっとこらえて長椅子に腰をおろす。エディは楽器を何度か動かして位置を調整した。

それから少し恥ずかしそうに彼を見る。「こんなふうに誰かのために演奏するのははじめてなの」

「はじめてじゃなかったら困る」

エディの笑みが大きくなった。「何を演奏してほしい?」

「何か、短いものを」大胆に開いた脚のあいだで大きな楽器が揺れるさまに、ガウアンは見とれずにはいられなかった。こんなに官能的な光景は見たことがない。

演奏中のエディはいつも別人のようだが、今日はまたちがう意味で別人だった。彼女の心を占めるのは音楽でもあり、ガウアンでもあった。まつげの下から何度も彼の様子をうかがっている。さざ波のように細かく音が動く部分に差しかかって弦の上でせわしなく指を動かしているあいだでさえ、エディは夫を見るのをやめなかった。

演奏を聴くうちに、ガウアンはあることを思いついた。上着とクラヴァットは書斎を出る前に脱いできた。黙って立ちあがってベストのボタンをはずす。

エディは少し目を見開いたものの、ガウアンがシャツを脱いでも演奏をやめなかった。しかし、ガウアンが上体をかがめて片方のブーツに手をかけたとき、ミスタッチをした。滝のようにほとばしる旋律に一音だけ濁った音がまじったのを、ガウアンは聞き逃さなかった。

妻はぼくの体が好きなのだ、とガウアンは自信を持った。そこでもう一度、今度はもっとゆっくりローマ時代の彫像のようにひねりをつけて上体をかがめ、反対のブーツを脱いで靴下をさげた。エディの視線を感じる。曲のテンポはもはやアレグロではなかった。

部屋の中は、入ってきたときよりもずいぶん薄暗くなっていた。蠟燭がちびたせいもあるが、盛りを過ぎた夏の太陽が夜に居場所を譲りつつあるのだ。ガウアンはズボンの腰帯に両手をかけた。

弓が弦を離れ、最後の音が楽譜に記されたよりも短く切りあげられる。静けさの中、いつの間にか降りだした雨が窓を叩いていた。

「おや」ズボンのいちばん上のボタンをはずしながら、ガウアンは妻と目を合わせた。「最後はもっと長くのばすべきではなかったかな?」

「どうしてわかったの？」エディはぱっと顔を上げたが、すぐに彼の手元に視線を戻した。ガウアンはもうひとつボタンをはずし、少しだけズボンをずらして、きれいに割れた腹部をのぞかせた。

「今のはお父上と演奏していた曲だろう」ほかの多くの事柄と同じように、ガウアンは曲に関しても記憶力がよかった。

「一度耳にしただけで、そんなに細かく覚えていられるものなの？」

もはや下着におさまらなくなった部分をよけるようにして、ガウアンはズボンをおろした。そして下着も床に落とす。全裸で妻の前に立つと、奇妙な解放感があった。今日は誰にも邪魔はさせない。ふたりだけだ。

エディが立ちあがり、彼のほうへチェロを押した。ガウアンはそれをケースにしまった。彼女が鏡に向き直り、髪からピンをはずしはじめる。ガウアンはその背後に近づき、うしろから乳房を包んだ。

見事な髪がほどけてガウアンの腕に垂れ落ちる。

「なんて美しいんだ」ガウアンはつぶやいた。

エディはピンを床に落とした。何百年もの時を経た木製の床に、小さな音をたててピンが散らばる。エディのあたたかな手が彼の手にかぶさってきた。彼女はのけぞるようにして夫を見あげた。「短くしようかと思ったこともあるのよ」

「絶対に切っちゃだめだ。約束してくれ」

エディはためらい、眉根を寄せた。「切りたくなっても?」

ガウアンは彼女の体をさらに近くへ引きよせた。彼女を所有することはできない。彼女の肉体は彼女自身のものだ。ぼくには……。

「今、言ったことは忘れてくれ」ガウアンは顔を前に倒して彼女の頰をなめた。同時に乳房の上で指を広げる。「奥様、ベッドにお連れしてもよろしいでしょうか?」

エディは鏡ごしにガウアンと目を合わせ、微笑んだ。「ええ、お願いするわ」

結婚してまだ日は浅いが、すでに四度愛を交わした。ガウアンはエディをベッドの上に仰向けに寝かせて、これが五度目だと考えた。今までとはちがった経験にしたい。

今までよりもいい経験にしたい。


ベッドに寝かされると、エディはすぐに不安になって彼の手を払った。「シャンパンがほしいわ」そう言って上体を起こし、シャンパンのお代わりを手にして濃いまつげの下から夫を見る。「今日はあなたが仰向けになってくれない?」

「なんだって?」

エディはベッドを指さした。「ベッドの上に寝るのよ。仰向けで。あなたはわたしの夫なんだし……」

ガウアンの顔に浮かんだ表情を見て、エディは噴きだしそうになった。シャンパンを口に含み、ライラが正しいことを願う。頭がくらくらするのはいい兆候のはずだ。余計なことは考えずに楽しめばいい。

夫は従わないかもしれないと思った。彼はこれまで会った誰よりも支配的な男だ。しかし驚きから立ち直ったガウアンは、素直に仰向けになった。ただし無表情で。

エディは彼の横に体を寄せ、唇にキスをした。「その表情は嫌いよ」エディは言った。ライラの言うとおり、シャンパンが効果を発揮していた。

「表情？」

「ときどきあなたは空っぽの目をするわ。本当にシャンパンはいらないの？　とってもおいしいのに」

ガウアンは目を細めた。「いらない」はねつけるような言い方を聞いて、エディは酒におぼれて命を落としたガウアンの両親を思いだした。

「わかった」そう言って自分のグラスも置く。五杯目はやめておけばよかったかもしれない、とエディは思った。頭がうまく働かない。

ガウアンは彼女をそっとひっぱった。「実験しよう」

「実験って？」目の前に迫った厚い胸板に、エディはそっと指をはわせた。

「どうしたらきみを悦ばせることができるかを探るんだ」

気づくとエディは仰向けにされ、両方の手首を頭の上で軽く押さえられてしまった。

「押さえつけられるのはいやよ」

「おっと」ガウアンはすぐに手首を放した。

「もちろん、あなたがそうしたいなら別だけれど……」エディはふいに、かすかな興奮を覚えた。

ガウアンが首を傾げる。「ぼくがどうしたいかは関係ない。きみがどうしたいかが問題なんだ」

エディはうなずいた。

ガウアンは体を起こし、艶やかな妻の体を見おろした。彼女の上に覆いかぶさって体じゅうに歯を立てたいという欲求をこらえるには、ありったけの自制心を振り絞らなければならなかった。「美しい人、どうすればいいか教えてくれ」

彼女の瞳に涙がたまっているのを見て、ガウアンはびっくりした。

「わからない」エディは眉根を寄せた。「あなたがはじめての人なんだもの」

ガウアンは妻の顔を両手で包み、そっとキスをした。そうせずにはいられなかったのだ。「知っているよ」小さな声で言う。「わかっているさ」はじめて夫婦の契りを交わした夜は、彼の人生においてもっとも貴重なひとときだった。彼女にあれほど痛い思いをさせずにすめば、なおよかっただろう。

エディが泣くまいと唇を噛みしめる。そのしぐさがあまりに愛らしくて、ガウアンはまたキスをした。しばらくしてようやく唇を離したガウアンは、どうしてほしいのか改めて妻に尋ねた。

「わからないの」エディは繰り返した。

ガウアンの唇がゆっくりと弧を描いた。「ぼくは実験が大好きなんだ。すでに発見したこともいくつかある」

「本当に？」

ガウアンはうなずいた。「きみはこれが好きだろう？」そう言って、両方の胸の頂を親指でこする。エディが息をのんだ。「どうだい？」

愛撫が続いているあいだは答えてくれそうもなかったので、ガウアンは手をとめた。「エディ？」

「ええ」彼女は小さくあえぎながら答えた。「好きよ」

ガウアンが上体をかがめて次の愛撫を試す。結局、彼女はほとんどの愛撫に敏感に応えた。ただし、顎の下をなめられるのは別だ。ガウアンが腋の下をなめたときには声をあげて抗議さえした。

「きみのにおいが好きなんだ」ガウアンがしわがれた声を出す。「とてもいいにおいがする。エディという名の香水みたいだ。世界でいちばん好きな香りだよ」

「もう！」エディはそう言って身を引いた。「やめてちょうだい」

実験は最後までやり通さなければならない。ガウアンは腹部へ向かってキスをしたり、歯を立てたり、愛撫したりした。それから彼女の脚を割り、そのあいだにチェロが挟まっているところを思いだしつつ、ふっくらとしたやわらかな肉に口を近づけた。

以前もそこにキスしたことがある。ただ、あのときは彼女の準備が整っているかを確かめるためだった。自分自身の快楽のための行為だった。

しかし今日は、彼女の快楽を見つけるのだ。

恥ずかしさのあまり縮こまりそうになるたびに、エディはあえてシャンパンの魔力に身を委ね、ふわふわした場所へ舞い戻った。ガウアンの愛撫があまりにも心地よくて、すすり泣くような声がもれる。彼が膝を押しひろげてきた。なんて無防備な姿勢……ああ、これではすべて見えてしまう。でも彼は……。

ガウアンの喉からうなるような声がもれた。ちらりと見たところ、下腹部はまだ屹立している。つまり、こんな姿を見ても欲情しているのだ。エディははじめてもの足りなさを感じた。体の中の空白を彼に埋めてほしかった。両肩を引きよせてみたが、びくともしない。もどかしさに居ても立ってもいられなくなり、エディは熱に浮かされたように落ち着きなく脚を動かした。ガウアンの手が腹部をはい、下へ移動して……太い指が彼女の中に侵入する。

エディは悲鳴とともに背中を弓なりにした。指では足りない。エディはすすり泣いて懇願した。ガウアンの指が二本になり、さらに舌が新たな刺激を加える。エディの両手が彼の肩から滑り落ちた。

次の瞬間、熱いものにすっぽりと全身が包まれた。大波にのまれたようだった。意識が朦朧としてくる。どちらが上か下かもわからず、魔法にかけられたようで……。どこからか悲鳴が聞こえた。絞りだすようなかすれ声は、自分のものではないようで、しかし自分のものだった。

声を出すまいと思ってもどうにもならない。いやおうなく大きな流れに巻きこまれていく。つま先から伝わってきた感覚がふくれあがり、甘いうずきとなって爆発した。全身に悦びが満ちる。ようやく体の力が抜けたとき、エディは頬を涙で濡らして肩で息をしていた。

ガウアンの指が抜けると、エディはふたたび震えはじめた。もっとほしかった。何も考えずに上体を起こし、彼のほうへ手をのばす。血管の中を伝うメロディーを、彼にも感じてほしかった。

エディは夫の顔を見た。

32

「どうしたの？」エディはささやいた。雷に打たれたように体が震えだす。彼女は手をひっこめた。「わたし、何かまずいことをした？」

ガウアンは暗い顔をしていた。血が歌うような感覚は、やってきたときと同じくらいすばやくエディの体から去っていた。

「いったんだな」ガウアンはぶっきらぼうに言った。

エディは膝を折って体を起こした。「ええ……そうね」今しがた起きたことは、そんな簡単な言葉では片づけられない。あらゆる細胞が覚醒したようだ。

ガウアンが唇を引き結んだ。「これがはじめてかい？」

自分の過ちに気づいて、エディは凍りついた。シャンパンの酔いと絶妙な愛撫に無我夢中だった。エディはうなずいた。

ガウアンは信じられないという表情をしたあとで、屈辱に顔をこわばらせた。「だったら前の——」ガウアンはそこで言葉を切った。「三回はなんだったんだ？」

シャンパンのせいでうまく頭が働かない。エディは頭からすっぽりシーツをかぶってしまいたかった。せめて胸が隠れるようにシーツをひっぱりあげる。「わたしはただ……説明させて」

「いいとも」ガウアンが両腕を組んだ。「どうしていったふりをしたのか、理由を聞かせてくれ」

問題は、理由がよく思いだせないことだった。ただあのときはまだ、夫のことがよくわかっていなかった。何日も馬車に揺られ、次々と問題を処理する彼を見てきた今ほどには、夫のことがわかっていなかったのだ。

「そういうつもりじゃなかったの」エディはようやく言った。

「そういうつもりじゃなかった？　夫婦がいちばん心を開くべきときに、嘘をついた理由がそれだけか？　ぼくは――」ガウアンは言いかけてやめた。

「痛かったのよ」エディは不器用に話しはじめた。うまく言葉をつなぐことができない。彼女はシーツをきつく巻きつけて、嗚咽をこらえながら続けた。「でも、今日はちがった」

「酔っていたからだ」ガウアンの声は平坦だった。「なんてことだ、まさかきみが嘘つきだとは」

「嘘つきじゃないわ」

「何か変だと思ったんだ。どうりで、きみを自分のものにした気がしなかったわけだ」

エディは息をのんだ。いくらか冷静さが戻ってくる。「わたしはあなたの所有物じゃないわ。ベッドで何をしようと、わたしが独立した人間だという事実は揺るがない」

「ぼくは一生、疑りつづけなければならないのか？　妻が本心から悦んでいるのか、演技をしているのか」

「そんな言い方をしなくても……」議論はエディの好むところではない。彼女は反論する代わりに、両親の不安定な夫婦関係を取り持つ過程で学んだ方法を取った。調停だ。「少し冷静になってくれれば――」

ところがガウアンはうなり声をあげ、ベッドから飛びおりて部屋の隅の暗がりへ行った。彼女に背を向けてじっとしている。怒りを抑えようとしているのだ。「そういう言い方をされると、すごくいやな気持ちになる」

「そういう言い方って？」

「子どもをあやすような言い方さ。謝るべきはきみのほうなんだぞ」ガウアンがくるりと振り返った。「夫に嘘をついたのだから。嘘つきは大嫌いだ」

「わたしはただ……処女だったのよ」

「だからなんだ？」

「気が動転していたの！　痛くて、でも、あなたは動きつづけるし、どうしたらやめてもらえるのかわからなかったの」

ガウアンは天を仰ぎ、みぞおちを殴られたような声を出した。「ぼくが力ずくでしたと言いたいのか？」

「ちがうわ！」すぐに否定したものの、打ちひしがれていたエディは射るような視線に耐えられずにうつむいた。「どうしようもなかったのよ……あなたが何を望んでいるのか一生懸命考えてみた。でも、あなたの理想とする妻にはなれそうもなかった。わたしじゃだめなのよ」エディは勇気を出して言った。言わなければならなかった。「あなたは一生懸命してくれた。わたしもがんばったの。本当よ。あなたに――」

「盛りがついた獣みたいに一生懸命だったと言いたいのか？」ガウアンはぎらつく目で妻をにらんだ。「本当のことを打ち明けるより、だまされたほうが喜ぶと思ったのか？　あんな演技までして？　きみをベッドで満足させられず、その事実と向き合うこともできない腰抜けだと思ったんだな？」ガウアンは口元をゆがめた。「なんてこった。そこまで見くびられていたとは」

「そうじゃないわ」エディは訴えた。

ガウアンはかがみこんでズボンを拾い、下着もつけずに足を通した。

「どこへ行くの？」エディは、自分の声が震えているのを情けなく思った。このまま行かせることはできない。そう思ってベッドから滑りおりる。

「散歩だ」

一歩前に出たエディは、シーツに足を取られて危うく転びそうになった。

「気をつけろ」ガウアンが冷たく言う。「父はいつも低いスツールに座るようにしていた。そのほうが、酔って転んでも被害が少ないからな」

エディは息を吸い、シーツをきっちり体に巻きつけた。シャンパンがどんな魔法をもたらしたとしても、効果はすっかり消えていた。「もう少し落ち着いて話せないかしら？　本当に悪かったと思っているの」

「何を話すというんだ？」ズボンのボタンを留めていたガウアンは、目を上げることさえしなかった。「ぼくは、きみと愛を交わしているんだと思っていた。きみも悦んでいると。貴重な瞬間を分かち合っていると……どうやら勘ちがいだったようだ。きみはいったふりをして、愚かなぼくはそれを信じた。ぼくらのあいだに特別なものがあると思いこんでいた」

ガウアンは短く笑った。「まさに茶番だ。きみが発する偽のあえぎに、ぼくらは結ばれる運命だなどと思っていたんだから。前に手紙で〝肉体関係についてはほとんど興味がありません〟と書いていたけれど、それがまちがいであることを証明できたと誇らしい気分に浸っていた」

「ふりなんて、するべきじゃなかった」エディは両手をもみ合わせた。夫の怒りよりも、冷めた目つきのほうが恐ろしかった。「でも、まだあなたのことをよく知らなかったから、ベッドの中のことを口に出すのが恥ずかしかったのよ」

「これでお互いのことがわかったわけだ。だが、今さらどうしてきみを信用できる？」ガウアンは片方のブーツを手に取った。「きみは酔っ払ったときがいちばん正直じゃないか」ひと言ひと言に怒りがはじける。

エディは何か言おうとしたが言葉が出てこなかった。胃がむかむかして、その場で吐いてしまいそうだった。

かった」

「母親になることには興味がないときみが書いてきたにもかかわらず、自分の判断を疑わなかった」

「スザンナを愛し、世話してくれる女性と結婚したいと思っていた」ガウアンは続けた。

ガウアンは荒々しくブーツに片足を突っこんだ。靴底が床を叩く音が銃声のように響いた。

「きみの警告をぼくは無視した。妹がイングランドで育てられることになったのも、自業自得だ」

痛烈な非難がエディの心を切り裂いた。胸の奥から絞りだすように声を出す。「あの子の母親になりたかったわ。本当よ。本当なの」

ガウアンが信じられないというようにエディを見た。それからもう一方のブーツを探して床に目をさまよわせる。

「時間をかければあの子と仲よくなれたと思うの」エディは声を震わせた。「でもライラがいて、それで……」涙が頬を伝う。

ガウアンは肩をすくめた。「きみをひと目見て、ぼくは正常な判断力を失ってしまった。きみの父上のところにのりこんで、有無を言わさずにきみをここへ連れてきた」

ガウアンは見つけたブーツに乱暴に足を入れた。「そしてベッドでしくじった。きみのあげる声がただの芝居だってことにも気づかなかった」ガウアンは身震いした。「どうして結婚するまで女性と寝ないできたか、話したかい？」

エディは頬を流れる涙を拭こうともせずに首を横に振った。

「自分自身と妻に対して誠実でいたいなどと、青くさいことを考えていたからさ。笑えるだろう？　きみに会った瞬間、きみこそ運命の相手だと思いこんでしまったんだ」

エディが声をもらしたので、ガウアンは視線を上げた。「救いようのない男だと思えばいい。そのとおりなんだから。きみに恋をして、一緒になるならきみ以外にいないと思った。完璧な相手だと。なんの根拠もないのに」

「今は完璧とは思わないのね？」エディはかすれ声で尋ねた。

「きみが完璧なのは、チェロを弾いているときだ。だってそうだろう？　きみが本気で気にかけているのは、あのいまいましい楽器のことだけなんだから。お父上が親切にも忠告してくれたというのに、ぼくはそれにも耳を傾けなかった。きみはチェロと結婚しているんだ。ぼくとじゃない。夫の抱擁に耐えるために酒の力を借りなければならないんだからな」

「そうじゃないわ」エディはささやいた。「最初は、最初はあなたにふれるのが好きだった。知っているでしょう？　わたしが結婚した相手はあなたなのよ」

エディは夫の顔を探った。彼はいつもやさしさに満ちたまなざしを向けてくれた。我慢できないというように手をのばしてくれた。そういう彼を見るといつも、求められていると感じた。そう……愛されていると。

だが、それはもはや過去のことだ。

「愛していると言ってくれたじゃないの。それが、こんなふうに消えてしまうわけがないわ」エディはすがるように言った。

「ぼくが愛したのは、自分の中で勝手に作りだした女性だ」ガウアンはぴしゃりと言った。「高熱を出し、周囲で起きていることなどほとんどわかっていなかった女性さ。母親になりたくないと言われたのに、ぼくのためなら変わってくれるだろうなどと気楽に考えていた。ウィスキーのボトルを空けた父と同じくらい頭が鈍っていたんだ」

「やめて」エディはしゃくりあげた。「お願いだからそんなことを言わないで」

「事実を述べているだけだ」ガウアンは急に憔悴したように見えた。「きみだけが悪いわけじゃない。お互いのことをよく知りもしないのに、強引に結婚を進めたのはぼくだ。ぼくらはその結果を、これからずっと背負っていかなければならない。何より、ぼくは夫としての基本的な役割を果たせなかった」

ガウアンはシャツを頭からかぶった。「ぼくが……この件はぼくがうまく処理するから心配ない」彼は残酷なまでに事務的な口調で言った。

「ガウアン！」エディが悲痛な声をあげる。

部屋の中央にたたずんでいる妻を残して、ガウアンは扉へ向かった。「取り乱すなんてきみらしくもないぞ」硬い声で言う。「父が警告していたよ。この世に女は二種類しかいないと。男に悦びを与える女と貴族の女――つまり、ベッドに寝そべったままで動きもしないパンケーキさ」

エディの頰にはいく筋も涙が伝っていた。視界がぼやける。

ガウアンは寝室の扉に手をかけたあとで振り返り、つかつかとベッドのほうへ戻ってきた。

エディはびくっとして脇によけた。彼はサイドテーブルにのっていた本をつかんだ。その表情は硬くこわばっている。怒りだけではない……。まるで腹心の部下に裏切られた百戦錬磨の王か、友人であるブルータスに短剣で胸を突かれたシーザーのような表情だった。

「ど、どうしたの？」恐ろしさに身をすくませて、エディは尋ねた。

「ぼくがベッドでしくじったことを他人に話しただろう」

エディの顔から血の気が引いた。

「ライラ・ギルクリストに話したな！　ぼくの不甲斐なさを手紙で嘆いたんだろう？」

「詳しいことは書いていないわ」エディは声を絞りだした。

ガウアンの口から神を冒瀆する言葉がほとばしった。「どうしてそんなことができる？寝室での出来事を他人に話すなんて」彼は声を荒らげなかったが、むしろ怒鳴られたほうがましだった。

エディはしゃくりあげた。「そういうつもりじゃなかったのよ！」夫に駆けよって首にしがみつく。「ライラは母のような存在なの。お願いだから……」

ガウアンは妻の手を振りほどいて一歩さがった。「ぼくの妹を育ててくれる女性に、ベッドで痛い目に遭わされたと言ったのか？〈イングランド銀行〉の頭取のひとりである男の妻に、早く終わらせてほしいから演技をしたと打ち明けたんだな？　ぼくが真実に耐えきれないだろうから、演技をしてやったと」ガウアンは歯をむき、最後のほうはうなるように言った。「畜生！　男として無能だと、笑い物にしたんだ！」

エディは激しく震えた。「ガウアン、ちがうわ」必死で言い訳をする。「ライラは絶対に他人にしゃべったりしない」

「もうしゃべったさ」怒りに顔をゆがめつつも、ガウアンは氷のようになめらかな声で続けた。「ご親切にもきみの継母は、男女のいろはについて書かれた詩集を貸してくれた。どうしてそんなことをするのだろうと思ったが、妻をベッドで悦ばせる方法について教授しようとしてくれたわけだな」

エディは耐えられずに床に膝をついた。長い髪が顔のまわりに垂れかかった。「お願いだからそんなことは言わないで」絞りだすように言う。「愛しているわ。ごめんなさい」

「ぼくのほうこそ期待に応えられず申し訳ない」

彼はそう言って寝室を出ていった。

33

エディが泣きやんだのはずいぶん経ってからだった。壊れた結婚のために涙を流し、自分を愛してくれた人を傷つけたことに涙を流した。彼はわたしを愛してくれていた。わたしに恋してくれていたのに、わたしは気づきもしなかった。

ようやく涙がおさまると今度は気分が悪くなってきたので、よろけながらトイレへ移動する。そこで体内に取り入れたシャンパンをすべて戻してしまった。

体の震えはおさまらないものの、いくぶんすっきりした気分で部屋に戻り、ベッドに腰をおろして考える。泣いたのは罪悪感のせいではない。彼を愛しているからだ。馬車の旅でいくつもの問題を迅速に処理する姿を見て……ビンドルを喜ばせるためだけにローストチキンについての果てしない説明に耐える彼を見て……時間の無駄だと教えられてきた音楽に熱心に耳を傾ける彼を見て、恋に落ちた。時間を無駄にするのは嫌いだと言いながら、彼はチェロに対するわたしの思いを尊重し、旅の予定を変更してくれた。

そしてわたしを愛してくれた。

翌朝、エディは虚しい気分で目を覚ました。宿主を失った貝になったようだ。ガウアンの言うとおり、自分は女性としても妻としても失格だ。オルガズムを得るためにアルコールの力を借りなければならないなら、将来アルコール中毒になるのは目に見えている。気持ちを高揚させるためにアヘンを吸引するのと大差ないではないか。

そんな生き方はしたくなかった。

スザンナについても、ガウアンが正しい。あの子はわたしを見た瞬間にそっぽを向いた。間の抜けたことに、ライラとスザンナが意気投合するまで、自分も母親になりたいと思っていることに気づかなかった。しかし、あの子はライラと一緒のほうが幸せになれる。ライラなら、子どもの扱いを心得ている。スザンナはライラを拒絶しなかったし、ライラはあの子を抱きあげた。ふたりが互いに好感を抱いたからといって、わたしには嫉妬する資格などない。

自分には、女性を女性たらしめるものがことごとく欠けているのだ。母性に欠けるのはもちろん、夫と親密な関係を築こうとしても的はずれのことばかりしてしまう。昨日もベッドでどんなまずいことをしたのか、実のところよくわかっていなかった。はっきりしているのは、目を開けたときに夫が嫌悪の表情を浮かべていたことだけだ。思い返すだけで身がすくむ。

リラックスして夫の愛撫を楽しむために、シャンパンのボトルを半分空にしなければならなかった。それに、女主人として何時間もかけて城の中を整えるくらいなら、死んだほうがましだと思ってしまう。

エディはゆっくりベッドから起きあがった。泣きすぎて腹筋が痛かった。本当はずっと前からわかっていた。自分には音楽しかないと。ただ、それを認めるのがこれほどつらいとは思わなかった。

父が結婚を無効にしてくれるだろう。財産も権力もある父に頼めば、わずらわしいことのいっさいを遠ざけてくれる。手紙を書けばすぐに迎えに来てくれるにちがいない。

泣きそうになるのを必死でこらえているとき、扉の外から足音が聞こえた。深く息を吸ってメアリーが入ってくるのを待つ。ところが、入ってきたのはライラだった。

「いったい何があったの？」ライラが飛びこんできて扉を閉めた。「あなたの夫は出ていったみたいよ。すごく怒って。召使の話では、ハイランドへ行ったとか。城じゅうがその話で持ちきりだわ。必ず連れていくバードルフを残していったんですもの。それでも従僕をふたりと従僕を六人、事務弁護士と近侍を連れていったけれど。召使たちによれば、それしか連れていかないなんて考えられないことなんですって」

エディは鋭く息を吸った。「わたし、ここを出ていくわ。イングランドへ帰る」

「出ていく？　そんなことはできないわ。結婚したんだもの。夫を置いていくなんて不可能よ。ただし……」ライラが目を細めた。「夫のほうに深刻な問題がある場合は別よ。やっぱりとんでもない性癖の持ち主だったの？」

「ちがうわ！　問題はわたしなのよ」エディは叫んだ。「わたしなのよ。わかるでしょう？」

「あなたにおかしな性癖があるの？」ライラは戸惑った表情をした。「だったら、その、わたしたち――」

「ちがうわ」エディは声を詰まらせた。ライラに背を向けてサイドテーブルの両端を握り、呼吸を整える。「わたしは結婚に向いていないの。それで納得してくれないかしら？　ガウアンにはもっといい人がいるわ。寝室でもちゃんとふるまえて、嘘をつかなくて、子どもをほしがる人が」

「いったいなんの話をしているの？　彼に嘘をついた？　何について？　だいいち、どこから子どもの話が出てきたの？」

「わたしに子育ては無理だわ。彼の言うとおりなのよ」エディは淡々と言った。「それに、城の切り盛りだってしたくない。そもそも結婚なんてするべきじゃなかったのよ。わたしにできるのはひとつだけ。それが何かはわかるでしょう」

「何を言っているの！」ライラは長椅子に腰をおろした。「さあ、ここへ座って。前々から、あなたのお父様はチェロの才能ばかりに注目しすぎると思っていたのよ。あなたは音楽家であるだけじゃない。ほかにもたくさんのことができるのよ」

「ガウアンはそうは思っていないわ」エディはまたしても泣きそうになったが、唇を嚙んで踏んばった。「イタリアに行くわ。きっとお父様が助けてくれる。力になってくれるはずよ。芸名を使って音楽と真正面から向き合ってみる。観客のために演奏するわ」

「でも、エディ……」

「もう決めたの」エディは涙をこらえた。呼吸もだいぶ落ち着いてきた。「わたしの結婚生活は終わったのよ、ライラ。わたしが肝心なときに正直じゃなかったから、あの人は怒り心頭だったわ。わたしはすぐにかっとなる人が嫌いだってこと、あなたも知っているでしょう？　たとえ原因を作ったのがわたしだとしても」

「ああ、エディ」ライラはすばやくエディの隣に移動し、守るように抱きしめた。「かっとなるほうが悪いのよ。まるで獣じゃない。謝らせるべきだわ」

「そんなことをさせても意味がないわ。声を荒らげる男の人は、一生、声を荒らげるわ。あなたに相談したことがばれてしまったの」

「なんてこと……それじゃあ怒ったのも無理ないわね」

「よりによって、彼にとっては避けようのない人物に秘密をもらしてしまったのよ。あなたはスザンナを育てることになるのだもの。でもわたし……怒鳴られるのはどうしても我慢できないの」

ライラは痛いほどの力でエディを抱きしめた。「わからないわ。彼はあなたを愛しているのに」

「彼はわたしのイメージを好きになったのよ」エディは継母の抱擁を逃れ、優美とは言えない音をたてて洟をすすった。「ハンカチーフを持ってないかしら？　自分のは使ってしまって、昨日の夜はシーツを裂いて使おうかと思ったくらいよ」

「いよいよフランス産のペティコートの出番ね」ライラがおどけたが、その冗談は虚しく響いた。「ガウアンがあなたを手放すとは思えないわ」エディにハンカチーフを渡し、そばにあった長椅子に座らせたあとでライラが言った。

「あの人だって、もう、わたしにいてほしいと思っていないわ。わたしと結婚したのは失敗だったと言ったもの。ひどい母親になるだろうからって」エディの中で、暗い気持ちがどんどん膨張していった。「ベッドでも、パンケーキみたいにべったり寝たままだって」

「そんなことを言ったの？」ライラが両手をこぶしにして、復讐の女神のごとく立ちあがった。「よくもまあ！　スコットランド人のくせに！　あなたのように美しくて才能のある女性が結婚を承知したんですもの、本来であれば地面に頭をこすりつけて感謝すべきところよ。持参金だって爵位だって申し分ないのに！　お父様に仕返ししてもらいましょう」

「そんな必要はないわ。でも……安物の欠けた陶器みたいな扱いには耐えられない。どうしても無理なの」

「あなたのお父様がうまくやってくれるわ。バードルフは食えない男だけれど、段取りをつけるのはうまいから。すぐにわたしたちの馬車を用意してくれるでしょう」

「何を言っているの？　あなたまで出ていくことはないのよ。これからはスザンナのことを第一に考えなくちゃ」

「どちらにしろ、数週間もしたらイングランドへ発つつもりだったの。ちょっと早まっただけよ」

「ガウアンが追いかけてきたら？」

「ハイランドへ行ったとすれば一週間は戻らないでしょう。途中で自分がいかに卑怯者かに気づいてここへ引き返してくる可能性はほぼないでしょうね」

「卑怯者は言いすぎじゃないかしら？」

「いいえ、卑怯者よ。あなたのお父様もよく癇癪を起こしたけれど、わたしの自尊心を奪うようなことは決して言わなかったわ」ライラは呼び鈴を鳴らした。「この荒れ果てた土地から、今すぐ出ていきましょう」

エディは花瓶に挿した野の花を見た。野にあるときと同じように、互いに絡み合いながらもしっかり上にのびている。「わたしはスコットランドが好きなの」

「南フランスを見たらそんなことは言えなくなるわ。幼いときに母に連れていってもらったけれど、いまだに忘れられないもの。今度は一緒に行きましょうね」

エディは首を横に振った。「やっぱりだめ。夫がいないあいだに逃げるなんてできないわ。それでは銀食器をくすねる使用人と同じになってしまう。ガウアンの顔を見て話さなくちゃ。お父様に手紙を書いて迎えに来てもらうわ。お父様が到着するまでにはガウアンも帰ってくるでしょうし」

「あなたのお父様は迎えに来てくれないかもしれないわよ。わたしがいるって知っているのだから」ライラが悲しげに言った。

「ライラ」夫の帰りを待つと決めたことで腹が据わったエディは、思っていることを率直に言った。「ほかの男性の気を惹こうとするのはいい加減にやめなくちゃ。お父様がかわいそうよ」

「でも、わたしは――」

「実際に裏切ったことは一度もないのよね。でも、ほかの男に気があるふりをするのは、妻として正しい行為ではないわ」

しばし沈黙が落ちた。

「あなた、少し変わったわね」ライラが言った。「両切り葉巻を窓から捨てさせたし、今度は夫婦生活について助言するなんて」

「自分の夫ともうまくやれないのに皮肉よね」

「いつか――」ライラが誠意のこもった声で励ました。エディは自嘲気味に言った。「つまらない嘘など気にかけないほど、あなたを愛してくれる男性に出会うわ。そうしたら夜の生活に対する見方も変わる。いいときは……ふたりでひとつになったような感じがするのよ。そこには言葉を超えた会話があるの」

エディは唇を噛んだ。「あなたとお父様もそうだったの？」

「昔はね」ライラが言った。「ジョナスとの関係を修復するためならなんでもするわ。あなたの言うとおり、夫婦のあいだに通い合っていたものを壊したのはわたしだもの」

「お父様にも責任があるわ。あなたの言動をいちいち非難するのをやめさせないと」

「ともかくジョナスと話してみる。腹を割って真剣に話すわ。だってスザンナがいるんだもの。わたしたち、親になったのよ」

エディはもはや、自分がスザンナに好かれていないことなどどうでもよくなっていた。

「あなたを母親にするなんて、スザンナはついているわね」そう言って微笑む。

「おまけに、エディというおばもいるのよ」ライラが言った。「有名で、謎めいた雰囲気を持つエディおばさんは、すごくかっこよくてやさしいイタリア人と――王子様と結婚して、丘の上に立つ塔に住むの」

34

ハイランドへ向かうガウアンは、打ち合わせをするはずだった領地管理人と事務弁護士の乗った馬車の横を馬で並走していた。彼を突き動かしていたのは怒りだ。妻に裏切られたという思いが胸に重くのしかかっていた。

しかし、街道を進むうちに怒りが冷め、つらい現実が浮かびあがってきた。夫として、自分は失敗したのだ。父なら〝ベッドでしくじった〟と言うだろう。

ガウアンはそれまで挫折を経験したことがなかった。もちろん小麦がさび病にかかったり、ヒツジが伝染病にかかったりしたことはある。領地や城を管理する上で判断を誤ったこともあるが、それらはあとから挽回できた。ところが今回ばかりは取り返しがつかないように思えた。

二日がかりでハイランドの地所に到着するころになると、もうひとつの現実も見えてきた。つまり、エディもまた、人生で挫折を味わったことがなかったのだろうということだ。だから彼女は問題を打ち明けられなかった。うまくいかないのは自分のせいだと思っていたから。

実際は、夫のせいだというのに。

高潔ぶって酒場の女に手をつけなかったのがいけなかったのだろうか。父の助言に従っていたら、少なくとも何が悪いのかくらいはわかったかもしれない。

祖先から受け継いだ木造の屋敷に入ったガウアンは、執事や集合していた召使を無視して寝室へ直行した。そして、二階までついてきた近侍の鼻先で寝室の扉を閉めた。

二時間後、彼はまだ寝室にこもって、両手に顔を埋めていた。ようやくまともな判断力が戻りつつあった。

努力すればこの危機ものり越えられる。のり越えなければならない。準備不足だったのだ。一六になった時点から、持てる時間を注ぎこんで女性について学ぶべきだった。ところが実際はくだらない理想を振りかざし、周囲の男たちを見くだしていた。今ほど自分を情けなく思ったことはなかった。

父といい勝負だ。

そうとも。

ようやく立ちあがったガウアンは部屋を出て階下へ向かい、竿とリールを手にした。ついてこようとする従僕を追い払ってほど近い湖へ向かう。ひとり湖に釣り糸を垂れると、頭の中の雑音が遠のいていった。それから日が落ちるまで、彼は湖面に跳ねる魚や周囲の森を眺めて過ごした。

翌日も釣り糸を垂れてみずからの心と向き合った。

結局のところ、彼の人生は大嫌いな父に多大な影響を受けていた。ウィスキーを避け、女を避け……父のようにはならないと必死で抵抗しつづけていた。これまでガウアンを律していたのは高潔さではなく、死んだ父への意地だったのだ。

三日目になると、深い緑に染まる湖面のふちが、銀色に輝いていることに気づいた。賢明なマスは釣り針を避けて水中深く潜っている。ピンク色の脚をしたホオジロが、しげみの中から盛んにあいさつをしている。

自然の中に身を置くうち、ガウアンはもはや食事の際にワインの講釈を聞きたくないと思っていることに気づいた。ウナギの話も飽き飽きだ。小麦も。

少し離れたところにミサゴが飛来し、湖面に浮いたマスをつかんで飛び去った。獲物を奪われたガウアンはゲール語で悪態をつきながらも、穏やかな気持ちに包まれていた。しかしまだ完全とは言えない。エディがいないのだから。

妻への思いは日を追うごとに募っていった。中毒患者がアヘンを求めるように、ガウアンは彼女を求めていた。それは肉体的な欲求にとどまらない。たとえば雨の湖に響くガチョウたちの鳴き声を――心を揺さぶる鳴き声を――彼女にも聞かせたいと思った。水のしたたる睡蓮を花束にして、クリームのような花弁を彼女の肌にあてがいたかった。

四日目の朝、ガウアンはそれまでの仕事のやり方を一新し、部下にある程度の裁量を与えた。すると翌日には秘書とふたりの領地管理人が、主人の判断なしには恒常業務すら遂行できないことがわかった。ガウアンはその三人を解雇した。

一四歳で爵位を継いでから、一日に一時間以上も釣りをしたのは今回がはじめてだった。

これまでは仕事が忙しすぎたのだ。しかしひとたび部下に任せてみると、公爵が直接、判断しなければならないことはそう多くはなかった。

ガウアンにとって目下いちばんの課題は、妻との和解だ。夜の夫婦生活は大事だが、それよりも重要なのはベッド以外のことだった。エディと話をしなければならない。腹を割って話すのだ。ガウアンにとってそれは容易ではなかった。ひとつには、これまで対等の話し相手がいなかったせいだ。

湖のふちに立って湖面を漂う釣り糸を眺めていると、愛しい女性の髪が思いだされた。全身が張りつめ、欲望が胸を焦がす。鳥のさえずりさえ、エディの紡ぐ音楽には遠くおよばない気がした。彼女が左手で弦を押さえ、あやすように弓を引くと、えも言われぬ美しい調べが宙に放たれる。

湖に向かって彼女の名前を叫びたかった。恋しさに胸がよじれる。今のガウアンにとって大切なのは湖でも、クレイギーヴァー城でも、召使たちでもない。エディだけだった。財産など彼女の前にはなんの価値もない。

エディは……。

急いで城に帰らなければ！

屋敷に戻ったガウアンは、風呂の準備をしろと大声で命じた。城に戻る前に、治安判事として、たまっていた住民からの訴えを処理しなければならなかった。その日の午後、ガウアンはさっそく村の集会所へ出かけた。

最初の四、五件はたいして問題なく調停することができた。続いて、ビール職人とその妻が現れた。夫婦はすでに別居しており、妻が持参金のブタを取り戻したいと訴えていた。

妻には顎がなく、夫は顎が異常にとがっている。ふたりは、まるで問題のブタが目の前の床をかぎまわっているかのように、身をのりだして臨戦態勢だった。

自分にこの夫婦を裁く権利などあるのだろうか、とガウアンは考えた。しかし、なんの罪もないブタを宙ぶらりんのまま放置することはできない。

「半分ずつだ」ガウアンは吠えるように言った。「夫に五頭。残りは妻が取れ」

夫の顔がプラム色に染まった。「こいつはおれの妻です。こいつのもんはおれのもんだ！ブタの足一本でも分けるくらいなら、まとめて酢漬けにしてやる」

ガウアンは地獄の門から出てきた悪魔のような形相でビール職人に歩みよった。

「妻はものじゃない！」ガウアンの迫力にビール職人があとずさりする。

「女性を所有することなどできない。おまえのような男に五分でも辛抱してくれた妻に感謝しろ。このろくでなしの大ばか者め！」

「ちょっと待ってくださいまし！」背後から不機嫌そうな声がした。「いくらご身分が高いからといって、うちの人にそんなことを言う権利はありませんよ！」

ガウアンは声のしたほうに顔を向けた。

ビール職人の妻が立ちあがり、両手を腰にあててこちらをにらんでいる。「それに、うちの人はろくでなしなんかじゃありません。阿呆《あほう》かもしれませんが……いいえ、正真正銘の阿呆ですが、公爵様といえどもうちの人をろくでなし呼ばわりしたら承知しませんから」

ガウアンににらまれて女は青ざめたものの、引きさがりはしなかった。ビール職人の口の端がぴくりとする。ガウアンはビール職人の襟首をつかんで揺さぶった。

「まだよりを戻せるかもしれないぞ。この役立たずの阿呆め！」

男がごくりとつばをのんだ。

ガウアンはビール職人を押しやった。「ブタはこのばか者どもが夫婦の問題を解決するまで差し押さえるものとする」

すぐに両者から抗議の声があがった。ガウアンはビール職人を見た。「この女を愛しているのか？」

親方はつばをのみ、うなずいた。

ガウアンは女に向き直った。

「この人は口ばっかりで行動が伴わないんですよ」金切り声で言う。「酒場に入り浸りなんですから」

「ブタは没収だ」ガウアンは男に言った。「夫が自分のうちの台所に尻を落ち着けるまでは、一頭も返さない」

ガウアンはそう言って、集会所を出た。

35

三日目になると、さすがのエディも、夫に帰る気がないことを受け入れた。一日目と二日目の夜は、城の中で物音がするたびに彼が帰ってきたのではないかと息を詰めた。いきなり部屋に入ってこられたらと思うと、緊張して眠れなかった。

三日目の朝、夫が出ていってはじめて、エディは城壁の外へ散歩に出た。ヤマニンジンの花畑に立って塔を見おろすうち、あることを思いついた。

川辺の塔は居住用に作られてはいないが、彼女が心から求めていたすべてを備えている。時間と空間、静寂。あそこなら誰にも邪魔されずに練習できる。いきなり夫が部屋に入ってくるのではないかとびくびくせずにすむ。

城に戻ったエディは侍女を捜した。「メアリー、バードルフを呼んできてもらえないかしら。あの塔に引っ越すことにしたので、いろいろ調整してもらいたいのよ」

「あの塔ですか？」メアリーが目を丸くした。「あそこは危険な場所だと聞きましたよ。調理場のメイドによると、幽霊が出るとか。兜《かぶと》を腕に抱えた黒い騎士が塔の上を歩くそうです。それも、騎士の頭部は兜の中なんですって。この意味、おわかりでしょう？」

「黒い騎士くらい我慢するわ」

「公爵様は、あの塔を立ち入り禁止にすると明言されていたそうじゃありませんか」メアリーが真剣な面持ちで言った。「呪われているのかもしれません。あの塔にのぼろうとして、いろいろな人が亡くなっていますからね。お願いですから物騒なことはやめてくださいまし」

「一日に数回、あそこへ通うくらいはしてくれるでしょう?」

「まあ、わたしが奥様をひとりで行かせるとでも?」メアリーが憤慨して言った。「奥様があそこへ移るならお供いたします」彼女は暴徒を前にした殉教者のように勇ましい顔つきをした。

「あなたが寝泊まりをする部屋はないわ」エディが指摘する。

メアリーは大きく息をのんだ。手にしていた枕が落ちる。「奥様、ひょっとして公爵様とお別れになるつもりですか? そうでしょう? 公爵様のせいで塔に移るなどとおっしゃっているのでしょう?」

「もう父に手紙を書いたの。父が迎えに来たらロンドンへ戻るわ」エディは言った。「召使たちを驚かせてしまうでしょうけれど」

「驚く? そもそも誰も信じませんよ。公爵様のことを神か何かだと思っているのですから。人間世界に降臨した神です」

エディは弱々しく笑った。

話を聞いたバードルフは表情も変えずにただちに行動を開始した。モップとバケツを手にしたメイドの一団がほこりやクモの巣と格闘し、家具を担いだ従僕が丘をくだる。

その日の午後、昼食の皿がさげられたあとで、ライラは少し横になると宣言した。太陽が地平線から顔を出した瞬間に起こされるせいで、睡眠不足なのだ。子ども部屋に戻るか、エディと一緒にいるかときかれたスザンナは、エディを指さした。

エディはスザンナを二階の、自分の部屋へ連れていった。椅子に座ってチェロを引きよせる。しばらくしてスザンナが隣へやってきた。「何してるの？」

「チェロの弦を拭いているのよ」

「どうして？」

「弦に残っている樹脂を取り除かなきゃならないから」

スザンナは鼻をくんくんさせた。「変なにおいがする」

「蒸留酒を使っているせいよ」エディは淡々と話した。子どもの機嫌を取ろうとして卑屈な態度に出るのはやめたのだ。人形を贈り、笑いかけ、髪型を褒めた。膝をついておもちゃで遊ぼうとした。だが、どれもうまくいかなかった。もう無駄な努力はしない。

やわらかな布を弦の上に滑らせるエディをしばらく眺めていたスザンナは、やがてあれこれ質問をはじめた。気づくとエディは弦をはじいて、少女に音程を教えていた。スザンナにも弦をはじかせてやる。父がしてくれたように。

数分後、視線をさげるとスザンナが膝にもたれかかってこちらを見あげていた。

「何か弾いてくれる？」

「何が聴きたい？」

「『目の見えないネズミ三匹』がいい」

エディは、どの弦をはじけば童謡のメロディーを再現できるか実演してみせた。

「大好きな歌なの」スザンナが言った。

「どうして？」

「農夫がネズミの首をちょんぎっちゃうでしょ」スザンナが答えた。「そうしたらみんな死んじゃうもん。ぜんぶ死んじゃうんだよ」

少女が死に対して独特の執着を見せることについて、エディはしばし考えた。だが、放っておいても大丈夫だろうという結論にいたった。母親を亡くした子が、死について考えるのは自然なことだ。結婚がだめになった女が結婚について考えるのが自然なように……。

夕食のあと、バードルフにつき添われてエディは丘をおりた。ライラとスザンナがあとをついてくる。

「よくやってくれたわ、バードルフ！」塔の二階部分へ続く階段をのぼったエディは、感嘆の声をあげた。がらんとしていた二階部分は居心地のよさそうな食堂に変わり、小さなサイドボードの上には公爵家の陶磁器まで置かれていた。三階部分は居間で、床には美しいオービュッソン織りの絨毯が敷かれ、椅子は錦織りのシルク張りだ。「城の寝室よりもずっとすてき！」

「これらの家具は、亡くなられた公爵夫人が使っておられたものです」エディに褒められて気をよくしたバードルフが言った。「奥様が急逝されて以来、屋根裏部屋にしまってありました」

エディはバードルフをちらりと見た。バードルフも城の内装をよく思っていなかったのかもしれない。

もうひとつ上の階にある寝室も、居間と同じように満足のいく仕上がりだった。大きなベッドが部屋の大部分を占領してはいるが、横にふかふかの肘掛け椅子と、演奏者用の椅子、そしてチェロが置かれている。チェロはスタンドに立てかけられ、主人の到着を待っていた。

「ああ、バードルフ！」エディは心からの感謝をこめて言った。「本当にありがとう」

「明日の昼食は一緒に食べましょうなんてやぼなことは言わないわ」ライラが言った。「一日じゅう練習するに決まっているもの。バードルフ、公爵夫人の昼食は、軽めのものを従僕に運ばせればいいわ。わたしはスザンナを寝かせてから、ここでエディと一緒に夕食をとるから」

エディの胸がちくりと痛んだ。塔に移ればスザンナと過ごす時間が少なくなる。しかし今後のことを考えれば、なるべく一緒にいないほうがいいのだ。どうせ別れるのに、親しくなることになんの意味がある？

「毎朝、スザンナとここを訪ねてくるから――」ライラは続けた。「そのときは演奏を中断して、あいさつくらいはしてちょうだいね」

エディはほっとしてうなずいた。いずれはひとりの生活に慣れなければならないが、とりあえずふたりが毎日訪ねてきてくれると思うと心強かった。

「夜、ひとりで寂しくない?」スザンナの手を取って階段をおりようとしていたライラが声をかけた。

「大丈夫だと思うわ。ここならすっかり満足して暮らせそうよ」

エディは強がった。さんざん嘘をついたのだから、あとひとつやふたつ増えたところでどうということもない。

「浮浪者が来るかもしれません」バードルフが言った。「塔の守り人を残してはだめですか?」

「もちろんだめよ。わたしはひとりになりたいの」エディはきっぱり断った。「さあ、みんな出ていって。バードルフ、メアリーをよこしてくれる? 眠くてたまらないわ」

「一緒にいてあげてもいいよ」小さな声がした。スザンナだ。「あのベッドなら三人で眠れそうだし」少女はベッドのほうを見てうなずいた。

その日はじめて、エディの顔に心からの笑みが浮かんだ。扉に近づき、スザンナの前に膝をつく。「そう言ってくれてうれしいわ」

スザンナが一歩うしろへさがった。ライラから引き離されるのではないかと、いまだに不安がっているようだ。そこでエディは立ちあがり、少女の鼻に指先をあてた。「明日来てくれたら、また別の歌を練習しましょう」ライラに笑いかける。「音楽家をあまり評価していないあなたに言うのは気が引けるけれど、この子の声はとってもきれいなソプラノなのよ」

スザンナは意味がわからないながらもライラを見あげてにっこりした。「ソプラノなの」

ライラは少女を抱きあげた。「あなたはもう寝る時間よ」それからエディに投げキスをする。「おやすみなさい。あら、聞こえる？　また雨が降りだしたみたい」

「従僕が下で傘を持って待機しております」バードルフが言った。「地面が水浸しになるかもしれませんね」彼はエディのほうを向いた。「しかし、ご心配にはおよびません。この塔は一二四八年からここに立っておりまして、今にいたるまで川の氾濫で倒壊しかけたことはございませんから。何があろうと持ちこたえます。公爵様が基礎を補強して、石壁の継ぎ目も塗り直しましたし」

ガウアンの仕事にぬかりはない。エディは心からそう思った。下までおりて、別れ際にライラとスザンナを軽く抱きしめてから、新しい寝室へ戻る。部屋のあちこちにランプが配され、暖炉には火が入っていた。ときおり薪のはぜる音がする以外、塔の中はしんとしている。

「理想的だわ」エディは声に出して言った。朝になったらさっそくチェロの練習を再開しよう。かつて、物事がこれほど複雑でなかったときは、いつでも至福をもたらしてくれたチェロの練習を。

エディは城に面した窓を大きく開けた。夕刻の光を毛布のようにかぶった城はいつも以上に浮き世離れして見えた。ほとんどの窓に明かりが灯され、そこで活動するたくさんの人々の気配を感じさせる。就寝準備を手伝おうと、メアリーが坂道をおりてくるのも見えた。

召使が嫌いなわけでもないし、彼らの働きには感謝している。だが、今いる小さな塔には何にも乱されない空気が流れ、果樹園から聞こえる鳥のさえずりが一羽ずつ聞き分けられるほど静かで、エディにはそれがありがたかった。

ふと、ガウアンのことが思いだされた。立ち入り禁止令に逆らって塔に移ったことがわかったら、彼は激怒するだろう。

彼が帰ってきたら、心の中にあることを感情的になることなく、はっきりと伝えようとエディは心に誓った。

何時間もあと、ベッドに横になったエディは眠れずにいた。今ごろガウアンは、夫婦の問題を解決しようと知恵を絞っているだろう。原因は妻にあるが、夜の夫婦生活がうまくいかず、余計にこじれてしまった。ガウアンはそう感じているはずだ。彼にとって落伍者の烙印を押されることは我慢ならないのではないだろうか。必要ならば妻をベッドに縛りつけても、問題を解決しようとするかもしれない。

その結果は容易に想像できる。妻は身をこわばらせてじっと横たわり、夫はひたすらに励む。夫をとめる方法はない。酔っ払って、夫が嫌悪の表情を浮かべるようなことをする以外には。あのとき、キスのあとで目を開けると、それまでとは打って変わって険しい表情を浮かべた夫がいた。

あんな経験は二度としたくない。エディは身震いした。夫とまたベッドに入ることを考えるとぞっとする。汗みずくになるのもいやだし、何時間も股のあいだがじっとりするのも気持ちが悪い。ともかく夜の行為にまつわるすべてがいまわしかった。

ガウアンが帰ってきたら、もうそっとしておいてほしいと言おう。これはわたしの問題で、彼に解決してもらう必要はないことをわかってもらわなくてはならない。この世の中には、解決できない問題もある。自分たちの結婚は、まさにそのひとつだ。

ロンドンに戻ると宣言したら、ガウアンはまちがいなく怒るだろう。しかし、領地管理人や事務弁護士や召使が待っているのだから、いつまでも妻の相手ばかりはしていられないはずだ。彼はいずれもとの生活に戻っていく。そしてゆくゆくは、たくましいスコットランド女性と結婚して、赤毛の子どもを一〇人作るだろう。

想像するのもつらいが、それが現実だった。ガウアンは……エネルギーに満ちた人だ。頭の回転が速くて、なんでも知っていて、いつも何かに駆りたてられている。

すべてに正面から立ち向かい、瞬時に物事を分析し、解決法を求めて行動するガウアン。彼には、人を従わせる力があった。城へ戻ってきたら、ガウアンは持てる力のすべてを注いで夫婦間の問題を解決しようとするにちがいない。そんな彼をこの塔に入れてはならない。さもないと……ベッドに近づけたら終わりだ。

話し合うなら窓ごしに話せばいい。

ガウアンは、エディがそれまでに会った誰よりも男性的だった。今回の件で、彼は男としての自信を傷つけられたのだ。名誉を挽回するためならなんでもするだろうし、〝所有物〟

である妻が、本来いるべき場所にとどまるよう手を打つだろう。そして最終的には、自分がシーツのあいだでも有能だと証明するはずだ。

しかし、どうしてもそれをしたいなら、別の女性と試せばいい。

階段をおりたエディは、バードルフにもらった鍵を鍵穴に入れた。さびているのかなかなかまわらなかったが、両手でつかんで力いっぱいまわすと、どうにか内側から鍵をかけることができた。

寝室へ戻ったエディは、ぐったりとベッドに腰をおろした。涙は流すまいと思ったが、心が真っぷたつに裂けたとき、それ以外にできることはない。やがて彼女は泣き疲れ、眠りに落ちた。

翌日の早朝、木々のあいだに響く鳥の声で目を覚ましたエディは、ベッドから飛びおりて窓辺に立った。窓を大きく開けて日射しを浴びる。

ライラとスザンナが手をつないで坂道をくだってくるのが見えた。まだ六時を過ぎたばかりだというのに、ライラはすっかり着替えをすませている。見覚えのある小枝模様の綿のドレスは、胸元が大きく開いたセクシーなデザインだ。ところが今朝、ライラの胸元には三角形のショールが巻かれていた。

エディは窓枠に頬杖をついて、ふたりが到着するのを待った。

「ちょっとは顔色がよくなったんじゃない？」ライラが下から声を張りあげた。朝の澄んだ空気に彼女の声はよく響いた。

「元気よ」エディはまたしても嘘をついた。心はまだどくどくと血を流している。

スザンナが左右の足に体重を移動させながらぴょんぴょん跳ねた。

「そこで何してるの？」少女が叫ぶ。

「とくに何も」

「そうしていると、おとぎ話のお姫様みたいだわ」

ライラの言葉に、エディは力なく微笑んだ。

「それってプンツェルでしょ」スザンナが割りこむ。

「誰？」

「プンツェル！」

「ああ、ラプンツェルね」ライラが大きな声で言った。「エディは髪が長いものね」

就寝前にメアリーが三つ編みに結ってくれたのだ。結婚前にいつもしていたように。誰かの妻になるということは、長い髪をもつれさせて眠ることでもある。三つ編みで寝られるのも、ひとりに戻る利点のひとつだろう。

エディは太い三つ編みを窓の枠から外に垂らした。三階の窓までも届かなかった。

「それじゃあ王子様がのぼれないよ」スザンナがばかにしたように言った。「わたしの持っている本だと、地面につくほど長いのに」

「三つ編みをのぼれないなら仕方ないわね。扉から入ってきてくれる？」

「メアリーが従僕に朝食を運ばせることになっているから、一緒に食べましょう」ライラが言った。エディは階段をおりて施錠をはずし、扉を開けた。

その日もガウアンは帰ってこなかった。もちろんそれでいいのだ。次の日も、その次の日も、彼は現れなかった。

日中はどうにか平静を保てるものの、暗くなってからはそれほどうまくいかなかった。チエロを置いたとたん、深い裂け目がぱっくりと開く。

父がすべての予定を延期してスコットランドへ来てくれたとすれば――手紙を読めばきっとそうしてくれる――あと一週間か一〇日でここに到着するはずだ。

それまで生き延びればなんとかなる。

36

治安判事にふさわしい人物を見つけるのに二日を要した。ガウアンは全身全霊でエディのもとへ帰りたいと願っていた。だが、今の自分では帰れない。まだだめだ。

これまで、彼の生活は仕事に縛られていて、新しいものを受け入れる余裕がなかった。そこで人生における優先順位を見直し、妻のために――ふたりの結婚生活のために、時間を捻出することにした。治安判事に加えて、首にした領地管理人の代わりを指名する。今度の管理人はガウアンと同世代で若かった。経験不足ゆえに失敗することもあるだろうが、そこから学ぶこともできるはずだ。

ガウアンにも学ばなければならないことがあった。

その夜、彼は馬車を呼び、〈デビルズ・パンチボウル亭〉のあたたかな暗闇に足を踏み入れた。

酒場にたむろする人々には、彼が誰なのか見当もつかないはずだ。ガウアンは上等な服ではなく、クランの男たちが好む、スコットランド産の丈夫な毛織り物の服を身につけていた。ロンドンに暮らす紳士がそんな服を着ることはめったにない。付き人も連れず、御者と馬は厩舎で暖を取るよう命じておいた。

「何にします、旦那？」カウンターの向こうから亭主がぶっきらぼうに言った。

「ウィスキーを」琥珀色の飲み物を見たガウアンは、蠟燭に照らされたエディの髪を思いだしてすぐにそんな考えを打ち消した。葉巻の煙が充満した酒場はエディとはなんのかかわりもない。彼女の属する世界は、巨大な湖の対岸ほども遠いのだ。

二杯目のウィスキーを空けると、だんだん体があたたまってきて孤独が薄らいでいく気がした。視界がぼやけてくる。

「おやおや、旦那の顔には見覚えがある」隣に座っていた老人がつぶやいた。「公爵様じゃないですか」

ガウアンはうなった。

「お父上によく似ておられる」

ガウアンは顔をそむけた。酒場には当然ながら女給がいた。美人もいる。魅力的で、赤い頬をして、愛らしい笑い声をたてる娘たち。ランプの光を受けて乳房がバターのように艶めいている。

ガウアンはいちばん美人の女給に笑いかけた。女給はおそらく二〇歳前後だろう。結婚指輪はしていない。結婚していたからといって、とくに問題はないのだが。

もう落伍者とは呼ばせない。裸の女性を前にしても、釣り糸を垂れているときのように落ち着いて対処できるようになってから、妻のもとに帰るつもりだった。

美人の女給は針にかかった魚のごとく簡単に寄ってきた。客のあいだを縫うように歩いてきて、ガウアンの脚のあいだに立つ。ビールとあたたかな肌のにおいがした。女給の微笑みには健全な欲望が見て取れた。

女給の手が、ガウアンの太腿をなであげる。ガウアンははじめて、公爵の地位がなくても女性を惹きつけることができるかもしれないと思った。女給は、目の前の男が公爵などとは思ってもいない。彼女が求めているのは、手の下にある強靭な筋肉だ。彼女の笑みが大きくなった。

「エルサよ」女給はそう言って、ガウアンの内腿に指を滑らせた。

「ガウアンだ」彼はカウンターに背を預けて女給の好きにさせた。

「あなたって、いろいろ考えこむ性質《たち》じゃない？」彼女は息を吸った。「おもしろいのね。こんなにがたいがいいのに」

彼女の指が股間に向かったところで、ガウアンは反射的に相手の手をつかんだ。

「ここはちょっと人目があるわね」彼女はにっこりした。その笑みは公爵の地位とはなんの関係もないのだと、ガウアンは改めて思った。

「二階へ行って軽く汗をかかない？」女給はガウアンにしなだれかかって耳たぶを嚙んだ。豊満な胸が胸板にこすれる。「今なら時間が取れるんだけど」女給が彼のほうを向いてキスをしようとしたところで、ガウアンはさっと身を引いた。

「キスはだめだ」

「そう言っているのも今のうちかもしれないわよ」エルサがくすくすと笑った。

エルサがガウアンの手を取った。

「あの父にしてこの息子」

女給に手を引かれてカウンターから離れるガウアンの背後で、隣に座っていた老人がぼそりともらした。ガウアンは老人を見た。老人が鼻を鳴らす。「お父上もちょうどそんな目つきをしていましたよ」

老人が、グラスに覆いかぶさるように背中を丸めた。ガウアンは女給の丸い尻を追って、客のあいだを抜けていった。

37

ガウアンは帰ってくるつもりがないのかもしれない。エディはその事実を受け入れつつあった。きっと妻の顔を見たくないのだ。失敗の象徴である妻と向き合うのが耐えられないのだ。ふたりがベッドでうまくいくことはないと、ようやく彼にもわかったのだろう。そうでなければ、嘘をつく人間と話すことはないと思っているのか。

涙がこみあげてきて、喉がちくちくした。食欲もない。過酷な現実から目をそらすには、ひたすらチェロを弾くしかなかった。弓を持つ手が疲れても、エディは弾きつづけた。静寂が戻ってきて、頭の中に暗い声が響いてくるのが怖かった。

一週間もしたら父が来る。それまでは、召使たちが働きアリのように城と塔のあいだを行き来してくれる。

思いがけずバードルフがとてもよくしてくれた。厳格な家令は、塔に移った女主人を責めたりはしなかった。もしかすると――ライラの言うように――呆れて言葉もないのかもしれない。

日中はバードルフが塔の下に従僕を配置してくれたので、ライラに言伝をしたり、メアリーを呼んだりするのも楽だった。さらにバードルフみずから、日に二度は塔に足を運んでくれた。ある朝バードルフは、従僕たちが塔の見張りの職を奪い合っていると言った。

「いったいどうして？」エディは尋ねた。

バードルフが口元を引きしめる。「スコットランド人にも教養はあるのですよ、奥様。みな、奥様の演奏が聴きたいのでございます」

あとになってライラから、いつも塔の窓の下にたむろしている人たちがいて、その数は日増しに増えていると聞いた。

こうしてエディにはじめての聴衆ができた。彼らは別に騒ぐわけでもなかったため、エディも放っておくことにして、同じ小節を納得がいくまで何度も練習した。

ある日、ライラの興奮した声が聞こえて、エディは窓を開けた。ライラは片手に持った手紙を大きく振りながら駆けてきた。

「誰からの手紙なの？」

「ジョナスよ」ライラはぜいぜいして言った。「ここへ来るって！」

「そうでしょうね。だって、来てくれと頼んだんだもの」そう言いながらも、エディの心は石のように重くなった。父が到着したらスコットランドを去らねばならない。もちろんそうだ。それが望みだったはずなのに。

「ちがうの！　ジョナスはあなたの手紙を読んでいないみたいなのよ！」ライラは言って、便箋を開いた。「あなたの手紙が届く前に出発したの。あの人ったら、ここへ来るのは――

わたしがいなくて寂しいからですって！」ライラの顔が輝く。「あと三、四日で到着するわ」

「よかったじゃない！　スザンナに会ったら、お父様はさぞ喜ぶわね」

「ええ」ライラは呼吸を整えて、それから自分の体を見おろし、驚愕の表情を浮かべた。

「わたしったら、この城へ来てからまた太ったわ！」

エディは朗らかに笑った。「すごくきれいよ」

エディの目に映るライラは、バラ色の頬と丸みのある体を持つ若妻だった。娘と夫に深い愛情を抱き、ウィニフレッドという愛人のことなどすっかり忘れている。

ライラはもう一度手紙を読んだ。「あの人、わたしを迎えに来るんだわ」そう言って涙をぬぐう。「わたしが出ていってはじめて、どれほどわたしのことを愛しているかに気づいたんですって」

エディは窓から顔をひっこめ、階段を駆けおりた。

「ああ、神様！」ライラが叫ぶのと同時に、エディは塔の扉を開けた。「今のわたしを見て、彼が気を変えたらどうしましょう！」

「そんなことはありえないわ」エディは言った。「お父様はあなたのことをとても大事に思っているもの。自分の気持ちに気づくのに時間がかかったかもしれないけれど、昔からそうだったのよ」

「これでみんな一緒に家に帰れるわね」ライラが言った。「夢みたい」彼女は手紙を胸に押しあてた。「ここへ来る前に一〇回も読んだのよ。だって信じられなかったから。でも、これは彼の字だわ。彼が自分で書いたのよ」

「そうね」エディはうなずいた。

「ウィニフレッドなんていないし、これまで愛人がいたこともないって。もう愛されてないと思っていたときは、すごくつらかった」ライラが洟をすすった。「夫に嫌われているのに別れないでいることほど最悪な事態はないわ」

エディの心臓は一瞬、鼓動をとめてから、ふたたび動きはじめた。

「ああ、あなたのことじゃないのよ」ライラがあわてて言う。「あなたは本当に勇敢だわ！」

ここ数日、ライラとエディは何時間もかけてガウアンの行動を分析した。ライラは彼に最低の男だという評価をくだした。ところがエディは、想像もしていなかったほど強く、夫を愛していることを自覚するはめになった。

エディは毎晩泣き疲れてうとうとしては目を覚まし、夫のためにチェロを弾いた夜のことを思い返した。あのとき……ガウアンはとても熱烈なキスをしてくれた。自分も同じようにキスを返せばよかった。夢の中で彼女の指は、夫の肉体をくまなく愛撫していた。

ガウアンとベッドに入ったときはたいてい目をつぶっていたが、それでも彼のたくましい肉体がまぶたの裏に焼きついている。〈ネロッツ・ホテル〉でベッドをおり、こちらに背を向けて立っていた夫の姿、体をひねったときの、盛りあがった筋肉の力強さと美しさを……。

わたしさえいればほかに何もいらないという目で見つめてくれたガウアンを、思いださずにいられるはずがない。

ライラの声で、エディは現実に引き戻された。家令が坂道をくだってきてふたりに合流する。

「バードルフだわ」

「レディ・ギルクリストから聞いているでしょうが――」エディは家令に向かって言った。

「あと数日で父がやってくるわ。近侍を同行しているでしょう」

バードルフが頭をさげた。「さっそくギルクリスト伯爵のお部屋を用意いたします」

「短い滞在になるわ。父の疲れが取れたら、みんなで出発するから。それで、あと二台は馬車が必要なの。一台にはわたしのチェロを積んで、もう一台にはメイドとスザンナの子守りを乗せなければ」

バードルフの冷静な仮面がはがれ落ちた。ぽかんと口を開けている。「今なんとおっしゃいましたか？」

エディは片眉を上げた。「気分でも悪いの、バードルフ？」

家令はすばやく平静さを取り戻した。

「馬車は二台じゃなくて三台必要だと思うわ」ライラが口を挟んだ。「わたしは荷物が多いし、スザンナもおもちゃを置いていくのをいやがるでしょうから」

それを聞いたエディが噴きだしそうになる。

「あら、あの村が悪いのよ」ライラは言い訳した。「午後のお散歩にぴったりの距離なんだもの。スザンナにドレスを新調しようと決めたのだけれど、お針子を城に呼ぶのも散歩ついでに村まで出向くのも一緒だから、ついでにいろいろ買いこんじゃって」

「できれば三台お願いね」エディはバードルフに向き直った。「もちろん、ロンドンに到着したら馬車はすぐに送り返すわ」

バードルフの顔は、日焼けした羊皮紙のような色に変わっていた。

「あなた、本当に大丈夫なの？」エディはふたたび尋ねた。

「はい、奥様」バードルフはかつてと同じ、とりつく島もない口調で答えた。そして、それ以上ひと言も発することなく、せかせかと城へ戻っていった。

「せっかく人間になったと思ったのに、また爬虫類に戻っちゃったわね」ライラが言った。

「でも、あんなに働く人は見たことがないわ。日の出とともに起きだして、ぜんぜん休まないのよ」

また雨が降ってきて、だんだん雨脚が強くなった。エディはライラを塔に引き入れて階段をのぼった。

「スコットランドがこんなにじめじめしているなんて知らなかったわ。雨で有名なのはイングランドでしょう？　こんなにたくさんの水を見るのは生まれてはじめてよ」

「この塔は居心地がいいわね」ライラが言った。「子ども部屋はときどきものすごく冷えるの。スザンナのおもちゃはしばらく別の場所に……」

話しつづける継母の横で、エディは父の馬車に乗りこむ自分を想像していた。塔をあとにして――バードルフや城にいる召使をあとにして、ロンドンへ帰るのだ。

ガウアンをあとにして……。

城に戻ってくるどころか、手紙を書く気もないガウアンのことだ、出ていったと聞いてもとくに驚きはしないだろう。結婚生活を続ける気があるなら、とっくに帰ってきたはずだ。

ライラはすっかりガウアンを敵視している。もっといい相手が現れるわよ、と何度も言われた。しかし、そんな未来を想像するたびに、夫の瞳を、かつてその瞳がどんなふうに自分を見つめていたかを思いだしてしまう。

真実が心に重くのしかかってくる。ガウアン以外の男を愛せるとは思えなかった。

彼女の人生には、もう音楽しか残っていなかった。

38

　いよいよ城へ帰るときが来た、とガウアンは思った。湖面は雨に鞭打たれ、強風でかきまぜられてふちが白く泡だっていた。この水が残らずローランドへ注ぎこむことになるのだろうか。仮にそうだとしても、騒ぐことはない。グラスコリー川沿いの村々には避難計画を示してあるし、バードルフがいれば、万が一のときも滞りなく指示が出るはずだ。明日の朝になったらここを発とう。

　扉が開いて、ガウアンは顔を上げた。城からの日報が届いたのだ。今週のバードルフの報告には、ライラはおろか、エディやスザンナのことさえまったく登場しなかった。

　無意識のうちにレディ・ギルクリストのことをライラと呼んでいる自分に気づき、ガウアンは苦笑した。ライラを嫌うのは難しい。たとえ彼女に、男として無能だと思われているとしても。

　〝ライラは母のような存在なの〟と、エディは泣きながら訴えた。母親に苦境を打ち明けたからといって、妻を責めた自分が情けなかった。

　あのときは冷静な判断力を失っていたが、女性が困ったときに母親に頼るのはごくふつうのことだ。それはガウアンにもわかっている。腹を立てるほうが悪いのだ。

バードルフの報告を読んだあと、ガウアンはそれを携えてきた下男を呼んだ。従僕の話では、城の者はみな公爵夫人のチェロに夢中らしい。

ガウアンは混乱して眉をひそめた。「廊下で聴いたのか？」

従僕は、城に一時間ほどしか滞在しなかったので詳しくわからないが、彼の理解するところによると、公爵夫人は午後になると城以外のどこかで演奏会を開くようだと言った。おそらく川岸だと思う。時間の空いている者は残らず聴きに行くと。

エディは召使のために演奏会をしているのだ、とガウアンは思った。従僕たちが、股のあいだにチェロを挟んで目を閉じ、音楽に合わせて体を揺らしながら演奏する妻を眺めまわしているのだと思うと、いい気分はしなかった。

雨粒の伝う窓に背を向けると同時に、執事が部屋に入ってきた。

「公爵様、ミスター・バードルフから緊急の手紙が届きました」

ガウアンはびくりとして振り返った。緊急という言葉から連想するのは〝死〟だ。

死は、いつでも緊急の用件として扱われる。

ガウアンは急いで封を切った。封筒の端が切れてひらひらと床に落ちるのも構わず便箋を開き、そこに書かれている文字に目を走らせた。もう一度、そしてもう一度。

バードルフは何か誤解をしているにちがいない。エディが城を出るはずがないではないか。そんなことはありえなかった。妻が夫のもとを去ることなどできるものか。結婚しているのに。

ガウアンとて、離婚をまったく考えなかったわけではない。しかし、城を飛びだして二〇分で、そんな考えは消し飛んだ。ハイランドへ向かう旅の最初の夜、宿で横になっているときでさえ、すぐさま城へ引き返し、もう一度ベッドに入れてほしいと妻に懇願したくてたまらなかった。

はっとして手の中の便箋に意識を戻す。ライラとスザンナとエディがそろって出ていこうとしている。彼の家族が……。このままにはできない。ガウアンは手紙を放りだし、つかつかと部屋を出た。

クレイギーヴァーへ発つという主人の要求に、執事は一礼して答えた。「もちろんでございます、公爵様。明日の朝いちばんで馬車を用意いたします」

ガウアンは窓の外に目をやった。まだ昼を過ぎたばかりだが、空には不気味な雲が張りだしている。「今すぐだ」

執事は目をしばたたいた。「二時間で馬車を……いえ、一時間で準備いたします。近侍は同行しなくてもよいのですか？」

廊下を行くガウアンの背を、執事の甲高い声が追いかけてきた。

街道沿いの要所要所に馬を預けてあるのだから、馬を交換しながら行けば、三〇時間ほどでクレイギーヴァー城に到着できるはずだ。

一五分後、旅行服に着替えたガウアンは、厩舎長が鞍を確認するのをいらいらしながら見守った。

「この馬は雨が嫌いなのでございます」厩舎長が助言した。「怯えるかもしれませんから、失礼ながら、落馬なさらないようお気をつけください、公爵様」

まったく失礼だ。落馬したことなど一度もない。これから先も。

しかし、何事にも最初はあった。


三日後、しびれを切らしたエディは、自分たちがロンドンへ戻ることを公爵に知らせたかどうかバードルフに確認した。バードルフは頭をさげ、主人がまだ戻らないことに不満の意を表した。エディは少しだけ慰められた。

翌朝になると、丘の下の大地は水を吸ってスポンジのようになり、グラスコリー川の川幅はぐんと増して、流れも速くなった。もはや太った怠け者のヘビには見えない。川自体が意志を持ってのたうっているようだった。心地よいせせらぎはかしましいおしゃべりに変わり、チェロの音さえかき消す勢いだ。

昼ごろになって、ギルクリスト伯爵の馬車が城に到着した。エディは塔から見て気づいていたが、まずはライラと父をふたりきりにさせてあげようと思った。落ち着いたら、そろって会いに来てくれるだろう。父がライラや自分と同じようにスザンナを愛するよう、彼女は天に短い祈りを捧げた。

数時間後、笑い声に誘われて窓の外を見ると、三人がそろって坂道をおりてくるところだった。スザンナは伯爵の手を握り、小さな浮きのようにぴょんぴょん跳ねている。

もはや、話し合いの結果を尋ねる必要もなかった。ライラの顔は輝いていて、それは伯爵も同じだった。

「彼、謝ってくれたのよ」ライラがささやいた。ギルクリスト伯爵はチェロの弦をはじいて『フレール・ジャック』のメロディーを奏でながら、スザンナに歌詞を教えている。「だからわたしもごめんなさいと言ったの。ほかの男性の気を引くつもりなどなかったって。愛したのは彼だけだし、これからもそうだって。そうしたら……」

エディはライラの頬にキスをした。「あとはふたりの秘密でいいわ」

ライラはエディを抱きしめた。「あなたは最高の友達よ。あなたほど賢い人は見たことがないわ」

しばらくしてから家族で夕食をとるために、エディも城へ戻った。スザンナはライラの手を引いて少し先を歩いていた。ギルクリスト伯爵が静かな声で言った。

「本当にすまなかった。キンロス公爵の申し込みを受けた私がまちがっていた」

エディの目に涙がこみあげた。「いいえ、そんなことはないわ。わたしは彼を愛しているの」

ギルクリスト伯爵は首を横に振った。「家へ帰ろう。国王の口添えが必要だとしても、おまえの結婚を解消してみせる。そうとも、直接、国王に訴えればいい。きっと願いを聞き届けてくださるだろう」

「その前に、お父様は旅の疲れを癒やさないと」

夫が帰ってくるかもしれない、もう一度、彼の顔を見られるかもしれないという浅はかな望みを捨てきれずに、エディは言った。

「馬車の中で休めるさ」ギルクリスト伯爵が言う。「家へ帰るときが来たんだよ、エディス」

エディは胸の痛みをこらえてうなずいた。いくら塔に閉じこもって扉に鍵をかけたところで、肝心の夫にはノックをする気さえないのだから。

早めの夕食をとったあとで塔に戻ったエディは、姿も見せなかった男のことを思いながら扉に鍵をかけ、足を引きずるようにして階段を上がった。ライラと父が幸せなのはまちがいない。ふたりはついに話し合ったのだ。腹を割って。スザンナの存在がふたりの結びつきをさらに強めたにちがいない。ライラはすっかり地に足がついた様子で、幸せに光り輝いていた。

雨がしつこい客のように窓を叩いている。あまりのうるささにエディは窓を開け放ち、夜気が入ってくるに任せてベッドに入った。まだ八時になったばかりだったが、海へ急ぐ川の声に耳を澄ませながら、彼女は眠りに落ちた。

39

雨の中、ガウアンがクレイギーヴァー城の厩舎にたどりついたのは、夜の九時ごろだった。馬を降り、眠そうな厩舎係の少年に手綱を投げる。それから従僕に見つからないよう、調理場を抜けて城に入った。従僕に見られたら、バードルフに知らせが行くのは目に見えている。

調理場はすっかりかまどの火も落ち、動くものといえば、そこをねぐらにしている猫くらいだった。物音に顔を上げた猫の目が、炉辺の火を反射して黄色く光る。ガウアンはランプを灯して使用人専用の階段を上がり、廊下を進んだ。自分の寝室ではなく、妻の寝室を目ざして。

扉を開けると中は真っ暗だった。カーテンが引かれ、暖炉も冷えきっている。部屋全体が寒々しく、人がいるとは思えなかった。においだけで、長いこと誰も使っていないことがわかった。マントルピースの上にランプを置いてはじめて、自分の手が震えていることに気づく。みぞおちのあたりに胸の悪くなるような恐怖が芽生えた。ガウアンはその場に立ちつくして、厳しい現実を受けとめようとした。

彼女は行ってしまった。ベッドはシーツがはがされており、私物も見あたらない。

唯一エディを偲ばせるのは、あの詩の本だ。心が悲鳴をあげる。胃がむかむかして吐きそうになった。ガウアンはサイドテーブルまで行き、いまいましい詩集を取りあげてポケットに滑りこませた。

バードルフの知らせがハイランドに届いてから何時間経っただろう？　エディがイングランドへ発つ前に戻ってこられるはずだった。だが、彼女がこの部屋を出ていったのは数時間前どころではない。暖炉がほこりをかぶっているところからして、何日も前だ。

ガウアンは顔をこわばらせ、大股で寝室を出た。一階へおりると、ふたりの従僕がぎょっとしたように椅子から跳びあがった。

「公爵夫人はいつ出ていった？」ガウアンはうなるように言った。

従僕のひとりは大きく口を開けたまま固まっていた。もうひとりが問い返す。「出ていった、とおっしゃられますと？」

「妻がイングランドへ発ったのはいつだ？」ガウアンはいっそう声を荒らげた。「いつ、ぼくのもとを去った？」

濁流となったグラスコリー川がわたしを呼んでいる。夢の世界を漂っていたエディはふっと目を覚ました。川が人の名前を呼ぶわけがない。ところが夢から覚めても、相変わらず声が聞こえた。窓辺へ行って、身をのりだすようにして外を見る。あたりは闇に包まれていた。雨脚はかなり弱まっている。視線をおろしたところで、塔の下にガウアンがいることに気づいた。

エディは口を開けたが、言葉が出てこなかった。

「扉に鍵がかかっているんだ」ガウアンが大声で言った。「おりてきて、開けてくれないか？」

エディは驚きから立ち直った。何度もこの場面を思い描いたのだ。言うべきことはわかっている。

「こんな時間に話すことはないわ」彼女は落ち着いて言った。「もう寝てちょうだい。明日の朝、わたしがここを発つ前に話しましょう」

「エディ、そんなことは……まさかぼくを置いていくつもりじゃないだろう？」

ガウアンはとくに声を張りあげたりしなかったが、エディの耳にはひと言ひと言がはっきりと聞き取れた。

所有物が指のあいだをすり抜けていくとわかるまで、戻ってこようともしなかったくせに。バードルフの手紙でようやく重い腰を上げたのだ。

「おやすみなさい、ガウアン」

「話し合いもせずにイングランドへ帰るつもりだったのか？」責めるような口調に、エディは声をあげて笑いたくなった。気をゆるめたら泣いてしまいそうだった。

「この二週間というもの、話し合う時間ならいくらでもあったわ。あなたにその気さえあれば」

「いずれは戻ってくるつもりだったんだ。わかっているだろう？　ぼくは……きみと話したい。真剣に話し合いたい」

「そう……」エディの心は沈んだままだった。「次にそう思ったときは夕食に一時間以上の時間を割くべきだし、わずかな空き時間でも妻のもとに駆けつけるべきよ。新しい奥様にはそうしてあげて」

「きみ以外に妻などほしくない！」

当然、明日の朝になったら彼と話さなければならないだろう。つかの間の結婚生活だったとはいえ、結婚の誓いにそれくらいの敬意は払うべきだ。「朝になったら話しましょう。父はきっと、出発を一日遅らせてくれるわ」

「ぼくのもとを去ることなどできないぞ！」

ガウアンの声が、川音をナイフのように切り裂いた。

エディは意志の力を総動員して窓枠をつかんでいた手を離した。雨で湿った指先が、すっかり冷たくなっている。

「もう終わったのよ、ガウアン。わたしは出ていくわ」

彼女はそう言って窓を閉め、掛け金をかけた。

ガウアンは塔を見あげて呆然と立ちつくした。エディに拒まれた。全身がずきずきと痛む。何時間も馬に揺られ、鞍から投げだされて溝に落ちた。雨嫌いの馬が逃げたので村まで歩き、痛めた脇腹に包帯を巻いてもらって代わりの馬を――妥当な値のおよそ三倍で買った。そのうえさらに脇腹の痛みをこらえて五時間も馬に乗ってきたのだ。

それなのに妻は扉を開けてくれず、窓まで閉められてしまった。

城に戻ったガウアンは、犬のように体を揺すって外套についた雨水を振り落とした。そのまま階段をのぼって自室へ戻ろうとしたとき、ライラに遭遇した。ライラは足をとめ、ぽかんと口を開けた。

「こんばんは」ガウアンは屈辱をこらえてあいさつした。この女性は夫婦の事情を知っている。

「ちょっと！」ライラが恐ろしい形相でガウアンの胸を人差し指で突く。「あなたに話があるわ！」

ライラは怒りを燃えあがらせながら、ガウアンの先に立って書斎に入った。

「あとでわたしの夫からも話があるでしょうよ」ライラがそう言ってガウアンに向き直った。彼は書斎の扉を閉めた。

どうやらガウアンが夫として落第したことは、今や公然の秘密のようだ。

「よくも！」ライラが叫んだ。「よくもあの子を傷つけたわね！」彼女は破壊の天使さながらにガウアンに詰めよった。「エディほど無垢で愛らしい子に、どうやったらあんな下劣な言葉をぶつけられたの？　あなたはろくでなしよ、キンロス公爵！　最低だわ！」

ギリシア神話の復讐の女神が書斎に舞いおりたかのようだった。ガウアンはわけがわからないままライラを見つめた。「エディとは腰を据えて話し合わないといけません」

「ふん、何を今さら」

「お言葉ですが、夫婦の問題にいちいち口を挟まないでいただきたい」

ライラは一瞬、ばつの悪そうな顔をした。「エディに余計な入れ知恵をしたことは反省しているわ。謝ります」

「おかげで事態がややこしくなりました」ガウアンは注意深く言葉を選んだ。「だが、エディはあなたを母親のように慕っている。相談するのも当然です。ぼくはもう一度、彼女と――」

「ばかなことを言わないで！」ライラがさげすむように言った。反省はすっかり終わったらしい。「あの子に何をしたか、ぜんぜんわかっていないのでしょう？」

「口論をしました」

「やっぱり何もわかってない！　あなたがエディに投げつけたような言葉を夫から言われたことは一度もないわ。いいこと、ジョナスはその気になれば、わたしの自尊心をすっかりはぎ取ってしまうことだってできるのよ。でも、そんなことはしなかった。わたしを愛しているのはもちろんだけれど、それ以前に、彼がまともな男だからよ」

さすがのガウアンもむっとして声を荒らげた。「ぼくがまともじゃないとでもいうんですか！」もはや体裁を繕う余裕もなかった。

ライラは胸の前で腕を組み、軽蔑しきったようにガウアンを見つめた。

「やっと本性を現したわね。癇癪を起こしたくらいで引きさがると思ったら大まちがいよ。わたしだって欠点はあるわ。でも、あなたほど落ちぶれてはいない。あなたは人として最低のことをしたのよ」

ガウアンの脳に、相手の言葉がじわじわと浸みこんできた。「いったいなんの話です?」ライラの視線がガウアンを貫く。「なんの話ですって? あなたが城を去ったあと、エディはすっかり自尊心を失い、自分は母親としても恋人としても失格だと思いこんでいたわ。あれはあなたの仕業じゃないの? わたしはそうだと思っているのだけど」

ガウアンはライラを見つめた。

「ベッドでいったふりをしたからなんだというの? どうせ自分の快楽ばかりに気を取られて、気づきもしなかったんでしょう? そっちのほうがずっと悪いじゃないの」

ライラの非難は、ガウアンがハイランドで自分自身に問いかけたことでもあった。

「このろくでなし! 女をばかにして、最低な――」

ライラは大きく息を吸って続けた。

「あなたのせいでエディは、人生初のオルガズムを穢《けが》らわしい行為だと思いこまされたのよ。ベッドでどうすればいいかわからないあの子に、パンケーキみたいにべったり寝たままで、おもしろくもなんともないと言ったそうね。おかげであの子はアルコールの力を借りなければ、ベッドで感じることもできないと思いこんでいるわよ。はじめての男にそう言われたんだから無理もないわよね。おまけに、母親になる資格がないとも思っているわ! あのエディが！　あんなに愛情深くて人を気遣う子はほかにいないのに！」

「彼女の手紙に、子どもはいらないと書いてあったんです」そう言いながらも、ガウアンは自分のまちがいに気づいた。彼女は今すぐ子どもを作る気はないと書いていたのだ。「それにスザンナに会ったとき、明らかに……」

「このとうへんぼく！」ライラが叫んだ。「スザンナはわたしの子よ。エディには、スザンナと親しくなる機会さえ与えられなかったわ。あの子はこれまで一度も赤ん坊を抱いたことがないのよ。あの子の父親がほかの子どもたちと遊ぶことを許さなかったからだわ。音楽の才能をのばすほうが大事で、同じくらいの子どもと過ごす時間さえ与えられなかった。あの子だって、時間をかければスザンナの心を開くこともできたかもしれない。でも、あなたは妻に断りもなく、子どもを手放した。罵詈雑言を浴びせて、泣き崩れる妻を置いて出ていった。女としての自信を根こそぎ奪ってね」

唇がしびれて言葉が出てこなかった。ガウアンは黙ってライラを見つめた。

ライラはガウアンに近より、もう一度、彼の胸を指で突いた。

「あなたは振り返りもせずに出ていったのよ。まがい物を買わされたと怒り心頭で。あなたみたいに堅物で、鈍感で、卑劣な野蛮人なんて、本当はエディのスカートの裾にすらふれる権利はないわ。チェロが何かも知らなかったくせに！」

ガウアンは言い返せなかった。

彼が何も言わないので、ライラは声を落とした。

「イングランドで……イングランドとスコットランドを合わせても競う者がいないくらい、美しくて愛らしい女性と結婚したのに、自分がベッドでうまくできなかったのをあの子のせいにするなんて。言わせてもらいますけどね、公爵――」ライラはふたたびガウアンの胸を突いた。

ガウアンはまともに呼吸ができなかった。肺にほとんど空気が入ってこない。

「エディの前につき合った女性から〝無能〟という言葉を聞かなかったとしたら、それはあなたが公爵だからよ。それ以外にないわ。エディが不感症だなんて思わないことね。問題はあなたにあるの。あなたが悦ばせたほかの女たちは――」ライラは怒りに任せてテーブルをぴしゃりと叩いた。「ひとり残らず演技をしていたんだわ」

ガウアンはぼんやりと、エディは夫に女性経験がないことを打ち明けなかったのだと思った。今となってはどうでもいいことだ。

ライラの下唇は震えていた。「道端で買った安物の陶器みたいにあの子の心を粉々にしておいて、あと片づけもせずに出ていくなんて最低よ。あなたが出ていってからというもの、あの子はチェロを弾くことしかしていないわ。それしか能力がないと思わされたからよ。すっかりやつれて、まるで病人のよう。自分は母親になる資格も、異性から愛される資格もないと思っている。この先、ベッドで女としての悦びを味わうこともないでしょうね。あなたに穢らわしいものを見るような顔をされたんだから。なんて卑劣な――」その先はすすり泣きに変わった。

ガウアンはぴくりともしなかった。ライラが描写した自分の醜さに圧倒されていた。顔から血の気が引いていくのが自分でもわかった。

ライラはテーブルに片手をついて体を支え、頭を垂れて泣いていた。

いきなり書斎の扉が開いた。一瞬の間を置いて、ギルクリスト伯爵がガウアンの横をすり抜けていった。ギルクリスト伯爵はライラを抱きよせ、何事かつぶやいて、彼女の頭を自分の肩に休ませた。夫妻がよりを戻したのを見ても、ガウアンはなんの感慨も覚えなかった。

ぼくはそんなにひどいことをしたのだろうか？　ガウアンは記憶をさかのぼった。子どもの扱いがまったくなっていないと言ったとき、エディがショックに目を見開いていたことを思いだす。努力はしたと訴えて、彼女は涙を流していた。その瞳には深い悲しみが宿っていた。

かつて父から聞いた下劣な話を思いだしてとっさにパンケーキなどと言ってしまったが、本気ではなかった。実際、愛撫をすると、彼女は炎のように身をよじり、途切れ途切れの声を発してぼくを狂気へと駆りたてたのだから。

彼女は、あれを穢らわしい行為と思いこんだのか？

ギルクリスト伯爵が妻をそっと椅子に座らせた。それからガウアンに向き直り、顎を思いきり殴りつけた。ガウアンは身を守ることもせず、倒木さながらに床に倒れた。

「よくも娘を傷つけたな」ギルクリスト伯爵は歯をむいて言い、ガウアンの上に立ちはだかった。「結婚を無効にできないと思うか？　私にはできる。イングランド国王に面会して、鬼畜のスコットランド人がたった数週間で愛娘をぼろぼろにしたと訴えるからな。持参金も返してもらう。娘と別れたあと、イングランドの舞踏会をうろついて次の花嫁を探せると思うなよ。社交界の連中は残らず、おまえに娘を嫁がせるくらいなら、アメリカ人にくれてやったほうがましだと思うようになるだろう」

落馬に続く二度目の転倒で——床は溝より若干ましではあったものの——ガウアンは痛みのあまり起きあがることもできなかった。ギルクリスト伯爵が妻を伴って部屋を出ていくのがぼんやりとわかった。

耐えがたいのは肉体的な痛みだけではない。エディの自尊心を踏みにじったという事実だ。この世でただひとりの愛する人を傷つけてしまった。女性としての自信を打ち砕いてしまった。彼女を……。

左腕の指関節から肘までが、熱した火かき棒を押しあてられているようだった。脇腹に巻いた包帯も、息が詰まるほどの衝撃に対してはなんの役にも立たなかった。

どうにか上体を起こしたとき、バードルフが部屋に入ってきた。深く息を吸うと、折れたあばらにすさまじい痛みが走る。「立つから手を貸してくれ」ガウアンは短く言った。

足音が近づいてきたので、ガウアンは視線を上げた。ふだんなら、ひとまわりほどしか年上に見えないバードルフが、このときばかりはずいぶん老けて見えた。

ふいに、バードルフが不快そうに顔をしかめていることに気づいた。これまで一度もなかったことだ。

「職を辞させていただきます」バードルフは主人を見おろすように立ち、指一本動かさなかった。「これは事前通知と考えてください」

ガウアンは右手で体を支え、なんとか起きあがろうとした。しかし、ふたたび倒れ、ガウアンは押し殺したうめき声を発した。

しかし、バードルフに嫌悪される以上に、ガウアンは自分自身がいやだった。

「そんなつもりじゃなかった」ガウアンは目の前に置いてある椅子の脚をじっと見つめた。

「彼女を愛しているんだ」

沈黙。

バードルフがまだそこにいるのかどうかさえわからなかった。腹を蹴るのに最適なタイミングを計っているのかもしれない。

「彼女を愛しているんだ」ガウアンは心が血を噴くほどの苦痛の中、続けた。「何より彼女を――」

左腕を乱暴につかまれて引きあげられる。あまりの苦痛にガウアンは悲鳴をあげた。

「なんてことだ！　肩の関節がはずれているじゃないですか！」バードルフが大声で言った。

「肋骨が折れたんだ。馬から投げだされた」

「だからといって二週間の不在を帳消しにできるわけではありませんよ」バードルフはそう言って一歩さがり、腕組みをした。

ガウアンは顔をそむけた。「本当のところ、ぼくなどいないほうがエディは幸せになれるのかもしれない。ぼくはだんだん父に似てきた」

「あなたのお母上は、結婚されるはるか以前から酒浸りでした。城の者たちは、結婚式から一週間もしないうちにそれに気づきました。あなたが脳に障害を持たずに生まれてきたのは奇跡です」

ガウアンは家令の話をじっと聞いていた。

「あなたにはまだチャンスがあります」バードルフは低く、迫力のある声で言った。「奥様は城を出ていないのですから。ものを知らない恩知らずのあるじのために、私は力を尽くしました。あの塔を居心地よく整えて時間を稼いだのです。この城の男たちは、奥様のためならパレスチナまで膝立ちで歩いてもいいと言うでしょう。それなのにあなたは、泣きつづける奥様をここに置き去りにした」

どうしてぼくはすぐに引き返さなかったのだろう？　この世でいちばん愛する女性が泣いているのに、どうして背を向けたりできたのだろう？　後悔が胸を刺す。それは左腕の痛みよりもずっと耐えがたい苦しみだった。

ガウアンは扉を開けた従僕に目もくれず、玄関を出た。

塔にたどりつくと、壁に寄りかかって雨をよけながら自分の置かれた状況を整理する。ぼくのせいでエディは、子どもを愛する能力がないと思っている。おまけにぼくは、ようやく快感をつかんだ彼女に薄汚いものでも見るような視線を向けた。

そして彼女はぼくのもとを去ろうとしている。去られて当然だ。ガウアンは背筋をのばそうとした。折れた肋骨が猛烈に抗議する。

この世で大事なものはエディだけだ。両親はすでにいない。ふたりとも自分の問題で手いっぱいで、子どもを愛する余裕などなかった。ガウアンが親に抱いていた愛情も、とうの昔に燃えつきた。おばたちはやさしいが、それ以上でも以下でもない。さらに、スザンナはライラの養子となった。

それでもエディはぼくを愛していた。ぼくが城を去る直前にそう言ってくれたではないか。愛があるなら、許しもあるはず。

彼女に伝えなければ。ありのままの心を、彼女のもとにさらけだすのだ。親密な関係は夫婦がふたりで築くものだというのに、ぼくは一方的に進めようとして台なしにした。彼女を悦ばせたいあまりに、ふたりのあいだに芽生えかけた愛を踏みにじってしまった。

無知を認めさえすれば、ふたりで道を探すこともできただろう。ところが自分は恐れた。失敗を恐れ、彼女に嫌われることを恐れた。そう、それが真実だ。

ガウアンは一歩さがって塔を見あげた。闇の中に、灰色の壁がどこまでもそびえていた。その静かな迫力が、これまで恋人の前でいいところを見せようと塔にのぼって命を落とした男たちを偲ばせる。二階部分まで到達したのは黒い騎士のみで、伝説によると、黒い騎士の魂はいまだに塔の上をさまよっているという。

エディはまだ眠っていないようだ。四階の窓からやわらかな光がもれていた。さっき閉められた窓が、少しだけ開いている。

ここで名前を呼んだら、あの窓はまた完全に閉じられてしまうだろう。

ガウアンは天を仰ぎ、雨が顔を叩くに任せた。ロミオはジュリエットの窓辺へよじのぼった。もちろん両手を使えただろうし、肋骨を折ってもいなかったはずだ。ガウアンは痛みにうめきながらゆっくり左手を握りこぶしにした。ずきずきするものの、いちおう動く。

それがわかると、ガウアンは迷うことなく塔の石壁に手をかけた。雨で滑る石壁をのぼるのは予想よりもずっと難しかった。二階部分に到達したところで、エディの部屋まではとてもたどりつけないと思った。しかし、落下するよりほかに地面におりる術もない。ふたたび体を強打したら、生き延びられるかどうか……。

気弱になったと同時に右手が滑り、左手に全体重がかかった。ガウアンの口から瀕死の獣のような声がもれる。あわてて石のくぼみに右手をかけた。これほどの痛みはかつて味わったことがない。

その直後、エディが窓から顔を出した。

まつげにびっしりとついた雨粒のせいで、彼女の姿はぼやけている。それでも蠟燭の光を反射して、白い頰が輝いているのがわかった。エディが窓から顔を出して下を見る。

「ガウアン！」

ガウアンには返事をする余裕さえなかった。息が切れて彼女の名前を呼ぶこともできなかった。

「だめよ。おりて、ガウアン。お願いだからおりてちょうだい」

ガウアンは壁にしがみつき、湿った石に頬をつけて妻の声を聞いた。ようやく呼吸が落ち着いてきたので、顔を上げて言う。

「愛している」

短い静寂のあと、彼女がすがるように言った。

「お願い、ガウアン。お願いだからおりてちょうだい。扉を開けるから。なんでもするわ。お願いだからのぼるのはやめて。恐ろしくて見ていられない」

「それはできない。愛しているんだ。誰よりもきみのことを愛している。何より――何よりも――」ガウアンは左手を次のくぼみにかけた。体じゅうに固い決意がみなぎっていた。愛しい人があそこにいる。これをのぼりきったところに。ぼくの人生から彼女を去らせるわけにはいかない。

エディが窓から身をのりだした。黒っぽい壁石とは対照的に、その肌は白く輝いていた。「きみは、本当に、美しい」ガウアンは切れ切れに言った。「きみほど美しい人には会ったことがない。妖精のようだ。女神だよ」

ガウアンはさっきよりものぼるペースを上げた。しだいに地面が遠のいていくことさえ気にならなくなった。エディは窓から限界まで身をのりだしている。肩から流れ落ちた髪が、石壁の上に垂れていた。

手首に火がついたようだ。脇腹も不気味にきしんでいる。ガウアンはいっときのぼるのをやめ、痛みが引くのを待った。

「ぼくのもとを去るなんて、だめだ」ガウアンの口からもれる言葉は、命令であり、祈りだった。ふたたび手をのばし、少しだけ体を引きあげる。

「ベッドで、ぼくは醜態をさらした」ガウアンは壁を見つめたまま言った。上を向きたかったが、ちょっとでもバランスを崩したら落下しかねない。「だが、次はもっとうまくやる。ふたりで寝室にこもればいい。きみとぼくとで、必要なだけ。従僕なしだ。約束する」

ガウアンは左手をのばした。手首に強烈な痛みが走り、思わずうめき声がもれた。

エディのすすり泣きが、彼を上へ上へと駆りたてた。

「ぼくらは一緒に生きる運命なんだ」言葉が自然にわいてきた。

「ガウアン、あなた正気じゃないわ」エディはそう言って、さらに身をのりだした。ちらりと上を見たガウアンは、エディの腰から上が完全に窓の外に出ているのを見てぎょっとした。

「落ちるなよ！」夜のしじまにガウアンの声がとどろいた。

「わたしは大丈夫。がんばって、ガウアン。あと少しよ。あと少しで窓枠に手がかかるわ」

「手首が痛む」彼は言った。「骨が折れているかもしれない」

エディが息をのむ。ガウアンはまた少し体を引きあげた。「きみが、ぼくのものなんじゃない」あと少しで彼女に手が届く。「ぼくが、きみのものなんだ。ぼくの魂は、きみというクモの巣に絡め取られてしまった」

「こんなときに詩なんていいから」エディがそう言って手をのばした。指先が濡れた髪をかすめる。ガウアンは最後の力を振り絞った。

痛みをこらえて体を引きあげる。

さらにもう一度。

ついに窓枠に手がかかった。

六〇〇年ものあいだ、誰も成功しなかった偉業を成し遂げたのだ。雨の中、肋骨にひびが入り、手首を骨折している状態で。スコットランドの公爵が何世代にもわたって受け継いだ不屈の闘志で、ガウアンは不可能を可能にしたのだった。

ひょっとすると最後の数メートルは、祖先の魂が支えてくれたのかもしれない。いや、風に揺れるエディの髪の輝きが魔法をかけてくれたのかもしれない。それともナイチンゲールのような彼女の声が力をくれたのだろうか。

おそらくエディの存在そのものだ。

エディをエディたらしめるすべて——ガウアンが心から愛する、美しく、頑固で、高潔で、喜びにあふれる魂を構成するすべてが、彼を導いてくれたのだ。

40

気づくとガウアンは、寝室の床に膝をつき、妻を腕に抱いていた。エディは彼の肩に顔を伏せてむせび泣いている。

「だめだ」ガウアンはささやいた。「泣かないで、ぼくの心《マ・クリー》。謝るから」思いついたままを口にする。「きみを傷つけるつもりはなかった」

エディが顔を上げた。涙に濡れた瞳を見て、ガウアンは胸がずきりとした。立ちあがろうにも、体じゅうの筋肉が悲鳴をあげている。

「あなたったらびしょ濡れじゃないの！」エディは彼の腕から滑りでて、暖炉の前につるされていたタオルを持ってきた。それから、夫の濡れた衣服を脱がしはじめた。シャツの下の包帯に気づいて、顔色を変える。

「恥ずかしながら、落馬したんだ」ガウアンはどうにか立ちあがり、残りの衣服を脱ぎ捨てた。

「痛む？」

ガウアンは首を横に振り、彼女の手からタオルを取った。両脚を拭いてから、腹や胸の水滴をぬぐう。エディは言葉もなく彼を見つめていた。最後にガウアンは顔をしかめつつ腕を上げ、湿った髪を乱暴に拭いて、腰のまわりにタオルを巻いた。

ガウアンが一歩前に出ると、エディがあとずさる。ガウアンは足をとめた。

「いい母親になれないなんて言うつもりはなかった。エディ、きみはきっとすばらしい母親になる。きみがぼくらの子を抱いたところを想像しただけで涙が出そうだ」

彼女は目を閉じていたので、何を考えているのかわからなかった。

「きみになんの相談もなしにスザンナを手放すべきではなかった。二度とああいうことはしないよ。ふたりに関係することはどんなに些細な事柄であれ、必ず相談する」ガウアンは誓った。

「スザンナとライラは……もちろん父も、幸せだわ」エディが言った。

「許してくれ」ガウアンはもう一歩前に出た。近づかずにはいられなかった。「ぼくは癇癪持ちの愚か者だった。夫として満足に務めを果たせなかった屈辱にとらわれていた。きみに残酷な仕打ちをした自分が憎いよ」

「あなたは思ったままを言っただけだわ。母親になる能力がないというのはまちがっていると思うけど」エディの瞳に小さな喜びの光が灯った。「わたしね、この二週間でスザンナとずいぶん仲よくなったのよ」

ガウアンは短剣で胸をえぐられたような気がした。どうして自分はその場にいなかったのだろう？　どちらも家族だというのに。愛する者に背を向けて、愚かしくもハイランドに閉じこもっていた。

うまい言葉が出てこず、彼は咳払いをした。「はじめて快感に身を委ねたきみは、本当に美しかった。嫌悪など感じなかった。あんなに厳かな気持ちになったのははじめてだったんだ。ただ、それまできみが達していなかったことを知って、自分に腹が立ってしまった。本当にすまなかった」

エディはまつげを伏せた。「そのことは話したくないの」

「話さなきゃだめだ」ガウアンは必死で訴えた。「きみを失うわけにはいかない。エディ、失うことはできないんだよ」

「わかっているわ」

エディの答えにガウアンは驚いた。「わかっている？」

エディはうなずいた。「あなたはこれまで、あらゆる分野で成功をおさめてきた。だから、ベッドでも成功しなければならないと思っているのよ。落伍者になるのが我慢ならないのね。もしくは――」彼女は眉をひそめた。「買ったものを手放すのがいやなんだわ」

「あんなことを言うなんて頭がどうかしていたんだ。本来だったらきみの足元にひざまずいて、求婚を受け入れてくれたことに感謝すべきなんだ。それなのにぼくときたら、傲慢にもきみを金で手に入れたつもりでいた。帽子につける新しい羽根飾りか何かのように」

エディは表情を変えなかった。その目には苦痛の色が浮かんでいた。

「ぼくはきみには値しない」ガウアンは言葉を絞りだした。「きみをベッドで満足させられなかった。そしておのれの無能を恥じるあまり、すべてをきみのせいにした」

そこでエディが足を踏みだし、ガウアンの首に手をまわした。「無能だなんて言わないで。そんなふうに考えちゃだめよ。わたしたちは単純に、相性が悪かっただけだもの」

「そんなことはない」ガウアンが言い張る。

「この世には、思いどおりにならないことがあるの。それを認めないと」エディはやさしく言った。

ガウアンは大声で反論したかった。この世が思いどおりになったことなど一度としてない。両親も、終わりなき仕事も、人生は何ひとつ思いどおりにはならない。この上エディがいなくなったら、自分には仕事しか残らなくなってしまう。以前はそれで満足していた。しかし今は、闇の中に一万年も閉じこめられるほどの苦行に感じられる。エディを知り、愛を知ったあとで、世界は前と同じではなくなった。

「お願いだ」彼はしわがれた声で言った。「もう一度チャンスをくれないか。エディ、お願いだから」

長い間のあと、エディが問うた。「どうして塔にのぼったの?」

「いくら頼んでも、きみは扉を開けてくれなかっただろう。ぼくはなんとしてもきみのそばにいなければならなかった」

彼女の口元が震え、小さな笑みが浮かんだ。

「きみがロンドン行きの馬車に乗るなら、ぼくも馬車で追いかける」ガウアンは、低く、力のこもった声で宣言した。「ロンドンの屋敷に到着して、きみのお父上が玄関の扉にかんぬきをかけたら、きみの寝室の窓によじのぼる。きみのベッドに入りたいからじゃない。ただ一緒にいたいからだ。舞踏室に入って、きみを見た瞬間からわかっていたことだ」

ガウアンは彼女の手を取って両のてのひらに唇を押しあてた。「きみなしでは生きていけない。きみはぼくの方位磁石であり、北極星なんだ」ごくやさしいしぐさで、彼は片方のてのひらにキスをした。続けてもう一方のてのひらに唇をつける。

また竜巻にのまれてしまった、とエディは思った。ガウアンという名の竜巻だ。これほどまでに求められて拒める女がいるだろうか？　彼が投げつけたひどい言葉を思いだして冷静になろうとしてみたが、うまくいかなかった。たったひとつを除いては。

エディは下を向き、言葉にならない思いをなんとか伝えようとした。

「お願いだから――」ガウアンはささやき、彼女の背に手をあてて自分のほうへ引きよせた。「ぼくを押しのけないでくれ」

「聞いて」

彼はこの上なくやさしく促した。「なんだい、マ・クリー」

「わたしはこの先も、ベッドであなたが望むようにはできないわ」エディは率直に言った。「酔っ払ったら事情はちがうかもしれない。でも……酔うほどお酒を飲みたくないの。あの晩も、あとで気持ちが悪くなって、次の日だって散々だったんだもの。そんな調子じゃチェロを弾くこともできない」

「酒に対するぼくのトラウマが根源なんだ」ガウアンはそう言って彼女の体に腕をまわした。「酔っ払ったきみを見たときに母のことを思いだして、過剰に反応してしまった」

ガウアンの腕の中でエディは肩の力を抜いた。塔をのぼってくる彼を発見したときは、本当に恐ろしかった。思いだしただけも寒気がする。エディは夫の腰に腕をまわし、首筋に鼻をこすりつけた。夫の腕の中にいると、世界があるべき場所におさまったような気がした。

「またあんなふうになるのはいやなの。ベッドでリラックスする方法がアルコールしかないなら……わたしにはできない。ごめんなさい」

「二度とベッドをともにしたくないというなら、それでもいい」ガウアンはささやき、彼女の頭のてっぺんにキスをした。「もちろんつらいが、きみを失うよりはましだ」

エディは信じなかった。今はそう思っていても、現実はそう単純ではない。しかもガウアンはスコットランド人だ。これからもずっと、ベッドで妻を悦ばせる努力を続けるだろう。そう考えるとなんだかおかしかった。ベッドで奮闘する夫に文句を言う妻はそうそういない。

夫の肩はたくましくてすべすべしていた。タオルごしでも、下腹部がこわばっているのがわかる。

エディは腰にまわした手に力をこめた。動くのが怖い。相手に実のない期待を抱かせるのが怖かった。ガウアンは、酔ったときのような激しい反応を期待しているはずだ。

「いい子だ」ガウアンがつぶやき、円を描くようにエディの背中をやさしくなでた。「きみは何もする必要はない。そもそも今日はやめておくべきなのかもしれない。手首を怪我しているのだから」

「手首だけじゃないわ。肋骨も痛めているのでしょう？」

「たいしたことはないよ。バードルフからきみが城を出ていくと手紙が届いて、なんとしてもここへ戻ってこなくてはならなかった」ガウアンは彼女の顎に手を添え、自分のほうを向かせた。「きみのためなら何度でも塔をのぼる」

エディは胸が熱くなった。ガウアンは生きている。塔にのぼらないまでも、落馬で命を落とす可能性だってあったのだ。

彼を失ったら、わたしはどうなっていただろう？　心臓を恐怖にわしづかみにされて、エディは夫の首筋に唇をつけた。

「エディ、かわいい人」ガウアンはどこか苦しげに言った。

「最後にベッドをともにしたとき、うまくいかないのをわたしのせいにしたでしょう？」

エディの言葉にガウアンはうなずいた。

「パンケーキみたいにべったり寝そべっていると言ったわね。でも、じっと寝ていろと命令したのはあなたたよ」

ガウアンの喉仏が動いた。「ぼくは撃ち殺されてしかるべきだ。女性をパンケーキにたとえたのは父なんだ。あのときのぼくは父がのり移ったかのようだった」ガウアンは後悔に顔を曇らせた。

「わたしの反応は気にかけないでほしいの。プレッシャーになるから」

「じゃあ、どうしたいんだい？」

「あなたの体を探索したい。そのあいだ、あなたは手をふれてはだめよ。今夜だけそうしてみない？」エディは言った。「うまく感じられないんじゃないかと気に病むのはもういやなの」

「きみに感じてほしいのは、悦びだけだ」ガウアンが口元にしわを寄せる。

「それなら、今日はわたしにやらせて。うまくいくかどうかを気にせずに、思うとおりにやりたいわ」

ガウアンはエディの顔を両手で包んだ。「ぼくらのあいだには成功も失敗もない。二度とベッドをともにしなくても、きみのことを愛する気持ちに変わりはない」

エディの笑顔が揺らいだ。「そんなことを言っても……」

ガウアンは彼女の目を見つめたまま、首を横に振った。

「ぼくは本気だよ。夫婦に大事なものは相手のことを思いやる気持ちだ。そして、思いやりに欠けていたのはぼくのほうだ」

「あなたはやさしかったわ」エディは息を吸った。「愛しているの」

ガウアンの熱っぽいまなざしに胸を打たれてエディは彼の顔を両手で挟み、自分から唇を近づけた。ようやく唇を離したとき、彼女の呼吸は乱れていた。ガウアンの胸も速いペースで上下している。

「まずは湯を使わないと」ガウアンがかすれ声で言った。「城へ戻って――」

「雨と革のにおいがするわ。ちょっぴり汗のにおいも」エディはうっとりとつぶやいた。「アーモンド・ソープよりも好きよ。これは男の人の……香りね。このにおいをかぐとなめたくなるの。あなたの体じゅうを」

ガウアンは彼女に飛びつきたい気持ちを必死でこらえた。喜びが焼き印のように全身を焦がす。天に向かって雄叫びをあげ、膝をついて――。

だめだ！

「きみのしたいようにしてくれ」

「肌をなめるのは、わたしがするのよ。明日の夜まで、あなたからの愛撫は禁止」

ガウアンは苦しげな目つきをした。「夜じゅう、それに明日の昼も、きみにふれられないのかい？」

「わたしの許可が出るまではね」

ガウアンが長いまつげを伏せる。しかし、その目に満足そうな光が宿ったのをエディは見逃さなかった。

「簡単に許可するとは思わないことね」

「わかったよ」ガウアンはかすかな落胆をにじませて言った。

エディは夫を信頼していた。いずれ彼は癇癪を起こすかもしれないし、そのたびに怒鳴る人はいやだと訴えなくてはならないかもしれない。だが、ガウアンが妻を裏切ったり、妻に対して嘘をついたりすることはない。

見たこともないほど幸せそうな笑顔で、ガウアンが言った。

「好きにしてくれ」

エディの胸は高鳴った。まるでいつかの夢のようだ。夢の中では、彼女は受け身ではなかった。

ガウアンは両手を腰にあて、笑いを含んだ表情でじっとしていた。左肩にひときわ濃いあざがある。厚い筋肉のついた胸板のすぐ下に、白い綿の包帯がきつく巻いてあった。くっきりと割れた腹筋の中央には薄い体毛の筋がのびて、タオルの下に消えている。ガウアンの体は、そこらじゅう切り傷やあざだらけだった。

彼は飢えたような目つきをしてじっと立っていた。

彼をじっくり眺めるのは楽しい。エディはゆっくりとうしろへさがり、夫の頭の先からつま先まで遠慮なく視線をはわせた。ベッドの手前で立ちどまる。ガウアンは何も言わずに指示を待っている。エディにとってそれは、生まれてからいちばん高揚する体験だった。全身に力をたくわえたスコットランド男が、今や彼女のしもべなのだ。

膝をつけと命じたら、彼は膝をつくだろう。とくにそうしたいわけではないが、自分にそれだけの力があると思うと、エディは頭がぼうっとした。無意識に唇をなめる。彼の視線が舌の動きを追うのがわかって、両脚がびりびりとしびれた。エディは膝をぎゅっと閉じ、次はどうするか考えをめぐらせた。

「どうしてほしい？」低い声が思考に割りこんできた。ガウアンが腰に巻いたタオルに手をかける。「これを取ったほうがいいかな？」

エディは浅く息を吸い、ゆっくりとうなずいた。

ガウアンがタオルを放る。彼の体は、記憶にあるよりもさらに美しかった。

わたしは……わたしはいったい何がしたいのだろう？

「きみのやりたいようにすればいい。なんでも言ってくれ」ガウアンの声がベルベットのようにエディを包んだ。しかし、エディには決められなかった。

彼女の途方に暮れた表情に気づいたのだろう。ガウアンはゆったりとした足取りでベッドの反対側に歩いていくと、マットレスに横たわった。「約束どおり、きみにはふれていないよ」

エディは同意の印にうなずいた。

「きみもローブを脱いだらどうかな？」

エディは迷った。

「ふれたりしないから」ガウアンはそう言ったあと、つけ加えた。「もちろん、きみがそうしてくれ、と言うなら話は別だが」

エディは必死で落ち着こうとした。自分もローブを脱いだほうがいいかもしれない。裸の男性の隣でひとりだけ服を着ているのも変だ。しかも相手は自分の夫なのだから。そこでエディはローブを脱いで、ネグリジェ姿になった。それから怖じ気づく前に、ネグリジェも脱いで脇に放った。

たちまちガウアンの目から輝きが消え、口からののしりの言葉がもれた。

エディは自分の体を見おろした。「どうかしたの？」

「肋骨が見えるじゃないか！」ガウアンはベッドから飛びおりてエディの胸のすぐ下に両手をあてた。それから彼女の体に腕をまわして引きよせた。「二度ときみのもとを離れはしない」

「どういう意味？」エディの胸は激しく打っていた。不安だった。彼女はのけぞってガウアンを見あげた。

「まともに食事をしていないと、ライラから聞いた」ガウアンの顔は死人のように白く、声はしわがれていた。

「わたし――」

彼はすっかり動転していた。「きみに何か食べさせないと」

それを聞いたエディは笑いそうになった。体重が減ったことはさして気にかけていなかった。たしかに胸がいくぶん小さくなった気はする。ここのところ、ライラの服がまったく合わないのだ。

「下に食べ物はあるかい？」

エディはうなずいた。「バードルフがいつも余分に置いていくの。川が氾濫して、従僕が一時的に食事を運んでこられなくなるかもしれないから」

ガウアンはすぐさま踵を返し、素っ裸のまま階段をおりていった。

「塔に従僕を常駐させていなくてよかったわ」エディはひとり言を言った。暖炉の脇の椅子に腰かけ、細い脚を組む。次は何が起こるのだろう。

その答えはすぐにわかった。皿を持ったガウアンが部屋に飛びこんできたのだ。彼はエディを抱きあげて、そのまま椅子に腰をおろした。彼女が身につけているものといえば、室内履きくらいだ。細いピンク色のリボンがついた室内履きは、なかなか優美なものだった。エディは脚をぐんとのばし、つま先をもぞもぞさせた。「この室内履きはどう？　ライラがくれたのよ」

ガウアンは室内履きに目もくれなかった。「口を開けて」

どういうわけか、エディはこれまでになく愉快な気分になった。「何を食べさせるつもり？」

「わからない。サイドボードの上にあったんだ」

「アップル・ダンプリングだわ」エディはうれしそうに言った。上部の生地にひだをつけて花の形にしてある。「かわいいわね」

「いいから口を開けて」ガウアンが繰り返した。

エディは素直に口を開けた。ガウアンがアップル・ダンプリングを放りこむ。それから皿を置き、彼女に腕をまわしてきつく抱きよせた。ライラの言うとおり、彼が去ってからというもの、エディは食べ物に対する興味を失っていた。しかし今、シナモンと砂糖のきいたアップル・ダンプリングは、すばらしくおいしく感じられた。食欲が戻ってきたのだ。

「わたしが要求しないかぎり、ふれないと約束したくせに」口の中のものを飲みこんでから、エディは言った。「約束を破ったわね。罰金だわ」

「今は愛を交わしているわけじゃない」ガウアンはそう言ってダンプリングをもうひと匙すくおうとした。そして脇腹の痛みに顔をしかめる。「きみが飢え死にするのを見ているわけにはいかないんだ」険しい口調だった。保護者のような口ぶりだが、なぜか以前ほど気にならなかった。

　小さなダンプリングを三つ食べたところで、エディは満腹になった。彼の膝からおりてベッドを指さす。ガウアンが立ちあがると、ふたりの身長差は歴然としていた。

　エディはたくましい夫に見とれた。ガウアンはまだ動揺しているようだ。顔つきは厳しく、唇もぎゅっと結ばれている。彼について、エディは新たな発見をした。どうやらガウアンは、不安になると怒りだすらしい。

　すべては妻を愛するがゆえなのだ。

　ガウアンの視線がエディの顔を離れて下へさまよう。彼は肋骨の浮きでた脇腹を見て眉間のしわを深めたあと、さらに下へ――股のあいだの金色のしげみや、曲線を描く太腿、そして優美な室内履きへと視線をはわせた。

　顔を上げたガウアンは、先ほどまでの貪欲な目つきを取り戻していた。

「たしかにいい室内履きだ。それに、きみほど見事な足首をした女性はいない」ガウアンの喉仏が上下に動いた。「キスをしてもいいかい？」

エディはわくわくしながら首を横に振った。

「脚でもだめかい？」ガウアンが未練がましく言う。

「だめに決まっているでしょう」

エディはもう一度ベッドを指さした。そして彼の体をじろじろと眺める。なんて引きしまった尻に、長い脚！

ガウアンは逆らうことなくベッドに仰向けになった。彼は何かと所有権を主張したがるが、こちらの所有権も尊重してくれる。彼が別の女性にふれることはないし、ほかの女性が彼にふれることもない。

エディはベッドによじのぼり、ガウアンの隣に膝をついて額に、頬に、鼻に、唇にキスをした。舌の先で無精ひげのちくちくした感触を確かめ、ふたたび口にキスをして頬骨へ唇を移動させる。

次は上体を引いて、前から興味のあった場所を残らず指先で探索した。太い首筋、広い肩、そして腕。打ち身と擦り傷だらけの胸板に、隙間なくキスを落とす。手首から肩へなであげた手をそのまま腹へ滑らせ、でこぼこした腹筋を覆うなめらかな肌を探索した。ガウアンが息をのみ、体を震わせる。

それでも彼は抵抗しなかった。すっかり身を投げだして、彼女に自由に探索させ、愛撫させ、味見までさせた。

ガウアンの喉から切れ切れの声がもれる。意味不明のつぶやきは、やがて欲求不満ののしりになった。エディは頭を伏せ、にやにやしているのを見られないようにした。ハンサムで大柄な男がどうすることもできずに身もだえする姿は、これまで見た何よりもエロチックだった。毛深い太腿に唇を走らせると、ガウアンは頭のうしろで組んでいた手をほどいてシーツをわしづかみにした。それでも彼女にふれようとはしない。

彼がうめき、体をよじるたびに、エディの太腿のあいだも熱を帯びていった。彼の体を愛撫することでエディ自身も高揚し、脈がどんどん速くなって、息苦しくなった。

ついに屹立したものを手で包み、ベルベットのようななめらかさと鋼のような硬さを確かめる。

「この瞬間を夢見ていたんだ」ガウアンがかすれ声で言った。

エディは顔を上げた。彼がキスしてくれたように、キスしたいと思った。きっと彼は気に入るだろう。

「そうなの？」

それを握る手に力を入れると、ガウアンが尻を浮かせた。

「ああ！」彼が大きくあえぐ。「すごく気持ちいいよ」

ガウアンはここにいないあいだもわたしの夢を見ていたのだ。そう思うと下腹部がじんじんしてきた。たまらなくほしいものを前に、お預けをされているみたいだ。未知のリズムに合わせて体じゅうの細胞が脈打っている。

「ぼくはさわれないが、自分でさわってもいいんだよ、エディ」ガウアンが誘うように言った。

エディは眉をひそめた。このままでは彼に優位を奪われてしまう。彼がふたたび口を開こうとするのを見て、エディは身をかがめて屹立したものを口に含み、支配権を取り戻した。

ガウアンの口から叫び声がもれる。エディは彼のものに夢中で舌をはわせた。そうしながら彼の太腿をさする。夫に大声をあげさせるだけの力が自分にあることが誇らしかった。彼の声を聞いてエディの中心もますます湿り、満たされない思いにうずいた。

「もうやめないと」いっときして、ガウアンが余裕のない声で言った。「エディ」

エディは顔を上げた。唇が腫れぼったく感じる。彼女が唇をとがらせると、ガウアンの目が色を増した。

「これ以上は耐えられそうもない」ガウアンが絞りだすように言った。胸と腕の筋肉がぱんぱんに張っている。

なんて美しいんだろう。エディは微笑み、彼の顔をのぞきこんだ。「あなたも懇願することがあるとわかってうれしいわ。懇願しているのでしょう?」

「そうだ。今すぐきみにふれなければ死んでしまう」ガウアンはにこりともしなかった。彼の口から言葉がほとばしる。「お願いだ、エディ。きみにふれさせてくれ」

欲望に頭がぼうっとして、エディはもはや自分が何をしようとしていたのかすら思いだせなかった。腹部の筋肉に手をさまよわせながら考える。

「エディ！」

まるでシャンパンをひと瓶空けたように、ふわふわした気分だった。頭をさげてガウアンの乳首をなめる。「おいしいわ」

「エディ、お願いだ」ガウアンが懇願している。世界の誰よりも愛している男が。

彼に頼まれると、エディはいつだって望みをかなえてしまう。

「あなたがそう言うなら」エディは彼の乳首を軽く噛んだ。

気づくと彼女は仰向けにされていた。肩に垂れていた長い髪が宙に舞い、雲のようにシーツの上に広がった。

「なんて美しいんだ、エディ」ガウアンがつぶやく。彼の手が乳房をさすり、つんと立った頂を刺激してから平らな腹部へ移動する。その手はすぐに太腿のあいだへ潜りこんだ。目を開けたエディは大きく息を吸った。

太腿のつけ根を指でなでられると、自分がどれほど濡れて熱くなり、張りつめているかがわかった。

ガウアンのうめき声が遠くに聞こえる。指で刺激されて全身がぶるぶると震えだす。体の内側にさざ波が立ち、その波は太い指が動くたびに大きくなった。やがて全身がどうしようもなく震えはじめる。エディは彼の腰に脚をかけてすすり泣いた。言葉を使わずに、もっとしてほしいと訴えた。

「女性をいかせる方法を習得しようと思ったんだ」ガウアンが、彼女の口元に向かってささやいた。「ハイランドにいるあいだに」

エディは彼の手の動きだけを感じていた。これはまるで……エディは彼の肩に顔を押しつけた。自分の体が自分の思いどおりにならなかった。顔がゆがみ、声がもれる。

「エディ？」ガウアンが手をとめた。一瞬置いて、エディは彼を見た。

「えっ？」

「酒場へ行ったんだ。〈デビルズ・パンチボウル亭〉に」

エディはじっと彼を見た。反射的に顔を近づけて唇を捉えようとする。

だが、ガウアンがそれを制した。「どうしても言っておかなければならない。ぼくは酒場へ行って、女給に、女体について教えてもらおうと思った。どうすれば女性をベッドで悦ばせることができるのかを」

その情報が脳に浸みこむまでにしばらくの時間を要した。めったに声を荒らげることのないエディが、そのときばかりは叫んだ。「なんですって？」

「女給はぼくを酒場の二階へ通した」

エディはベッドから飛びおりた。「あなた、まさか！」

「そうだ」ガウアンはとくに反省しているふうでもなかった。ベッドからおりて彼女のすぐ前に立つ。エディは浅い呼吸をしながら両手を握りしめ、論理的に考えようとした。

「問題を解決しようとしたのね」動機は理解できるとしても……エディの胸は痛んだ。やはりガウアンは生まれつき、問題を放置できない人なのだ。

ガウアンがうなずき、彼女に腕をまわした。ふたりは裸で立ちつくした。ガウアンが彼女の髪に頬をあてる。「だが、できなかった。そもそもベッドに入るつもりはなかった。ただ、どんなふうにするのが好きか教えてもらおうと思ったんだ。できることなら、その……やってみせてもらえないかと思って」

想像すると嫌悪に体が震えたが、エディは何も言わなかった。

「結局、できなかった」ガウアンはささやいて、さらにきつく彼女を抱きよせた。「二階の部屋でふたりきりになってみると、その女性が何に興奮するかなど、まったく興味がないことに気づいたんだ。それがどんなことであれ、見たいとはみじんも思わなかった。しかし、彼女はとめる間もなくボディスの前を開いた」

「それでどうしたの？」

「目をそらしたよ」

それを聞いたエディは、冷たい雨に打たれたあとで、あたたかな部屋に入ったような心地がした。肌の上をぬくもりが滑っていくのがわかった。「相手は驚いたでしょうね？」

「男にしか興味を持てないのだと決めつけられた」ガウアンは渋い顔をした。「それで、自分には打つ手がないと説明してくれたよ。お礼を渡そうとしたら、あなたのようにかわいそうな人からは何も受け取れないと言われた」

エディは彼の腰に腕をまわして笑いをこらえようと踏んばったが、うまくいかなかった。

「ぼくは間抜けだ。本当にどうしようもない男だけれど、この間抜けはきみの夫でもある。いまだに、どこでしくじったのかわからないでいるんだ。だが、もう一度チャンスがほしい。きみは――」ガウアンは一瞬置いてから続けた。「ぼくにはきみしかいないんだ。この先もきみだけだ。ほかの女性になんて興味がないし、ほかの女性の悦びなど想像するのもいやだ。大事なのはきみを悦ばせることだけだ。許されるなら、これから一生をかけてきみを幸せにする」

さっきは笑っていたのに、気づくとエディは泣いていた。

「ああ、ガウアン。すごく愛しているわ」

ガウアンの大きな手が背中を滑った。「こんな間抜けでも?」

エディは体を引いて彼を見た。「わたしたちはどちらも間抜けなのよ」きっぱりと言う。

「あなたが癇癪を起こしたとき――そもそもわたしが嘘をついたのだから、怒って当然なのに、わたしはすっかりまいってしまったの。心が弱い証拠だわ。最初から正直に言えばよかったのだけれど、いつものくせで、なんでもないふりをして……。ばかだった」

ガウアンは彼女の顔を両手で包み、甘いキスをした。「お父上がもめごとの多い結婚生活を送っていたせいだね」

「わたしは怒りにうまく対応できないの」エディはつま先立ちになって彼にキスを返した。

「これからもそうだと思う」

ガウアンは彼女の目を見つめたまま、片膝をついた。フェンズモア館の応接間でそうしたように。エディの手の甲に唇をあてる。「二度と、きみに向かって声を荒らげたりしない。約束する」

カナリー産のワインよりも強烈な陶酔感が、エディの胸を満たした。彼女はガウアンの前に両膝をついた。「二度とあなたに嘘はつかないわ。約束する。そしてあなたを愛するようには誰のことも愛さない。わたしたちはどちらも、子ども時代の経験に縛られていたのよ」

ガウアンが声にならない声をもらした。

エディは上体を寄せた。「愛しているわ、ガウアン。そのままのあなたを。誰かが困っていると助けてやらずにはいられない、やさしくて、賢くて、独裁的で、美しくて、詩的なあなたを」

「ぼくだってきみを愛している」ガウアンのスコットランド訛りが強くなった。「きみはぼくの心、ぼくのすべてだ」

エディの頬を涙が伝う。ガウアンはキスでそれをぬぐった。そしてふたりはベッドに戻った。

「ぼくはきみに値しない」ガウアンがしわがれた声で言う。「妻を満足させられないのに――」

エディは続く言葉をキスでふさいだ。

「あなたなら大丈夫よ。わたしがあなたを愛するのは、あなたが強いだけじゃなくて思いやり深いからよ。たくさんの人があなたを頼ってる。お父様のように、その人たちを振り払うこともできたのに、あなたはそうしなかった。これから先も決して責任を投げだしたりはしないでしょう」

「ふれてもいいかい、エディ？」ガウアンの目は情熱にけぶっていた。

エディはためらわなかった。「こちらこそよろしく」そう言って手をのばす。

ふたりのあいだに情熱の火花が散った。ガウアンは彼女の体にキスの雨を降らせ、いちばん敏感な場所に唇をあて、彼女の血が沸騰するまでなめまわした。エディがあえぐ。ガウアンは指と口で彼女を味わいつくした。エディは悲鳴とともにベッドから体を浮かせた。

それでもガウアンはやめなかった。エディが何度も何度もいけることがわかるまで。やがてエディの懇願が、ガウアンの耳に届いた。

「いいかい？」ガウアンが低く小さな声で尋ねる。もっとも親密な方法で彼女とひとつになりたい。その欲求はあまりに強く、もはや忍耐も限界だった。

エディはすすり泣き、彼を引きよせた。ガウアンは彼女の脚を開き、両手をついて体重を支えながら中に入ってきた。

痛みはなかった。まったく痛まなかった。エディは、満たされている感覚に酔いしれた。ガウアンは動かずに待っていた。「痛むかい？」エディが少しでもひるんだそぶりを見せたら、やめるつもりでいるようだった。

彼のやさしさと自制心に、エディの興奮はさらに高まった。

エディは首を横に振って彼の腕に爪を立て、口を開いた。そのとき彼が腰を引き、ふたたび入ってきた。激しいキスがエディの叫びを封じる。いきなりあの感覚が――何かが爆発する感じが、彼女の体を真っぷたつにした。

ガウアンは唇を引き離し、感動とともに妻を見おろした。エディは体を弓なりにして小刻みに震え、目を固く閉じていた。

ガウアンの体を歓喜が突き抜ける。彼は腰を引き、何度も何度も突き入った。エディが急に目を開いて息をのむ。

「こうしたら感じる？」

「ああ！」ガウアンはきしむような声を出した。「そうされると、エディ――やめろ！　抑制がきかなくなる」

エディは笑い声をあげ、もう一度同じことをした。彼が突き入るたびに、腰を上げて迎えるようにしたのだ。彼女の脚は彼の体にしっかりと巻きついていた。エディが何度も彼を締めつける。ガウアンは腰の動きを速め、さらに深く突いた。怖いほどの親密さに向かって。

またしてもエディが目を開ける。彼女は美しい緑色の目で彼を見あげ、息をのんだ。

「ガウアン！」

切羽詰まった声を聞いて、ガウアンは背筋がぞくぞくした。

「お願いだから――」

ガウアンは両肘で体重を支え、彼女の唇に唇をこすらせた。「なんだい？」

エディの両手が背中を滑って尻にあてがわれ、彼をいっそう近くへ引きよせる。ガウアンは頭をのけぞらせた。朦朧とする中、彼女の口から自分の名前がもれるのがわかった。またしても彼女が締めつけてくる。これほどの締めつけは想像したこともない。彼の下でエディはぶるぶると震え、甲高い声をあげて……。

ガウアンの中の何かが解き放たれた。全身が燃えあがる。彼はエディの中に突き入った。〝すべての国土は彼女、ぼくはそこの王子、それに比べればどんな栄誉も偽物、どんな富もまがいもの〟

彼の下でエディはむせび泣いていた。ガウアンは頭をのけぞらせて雄叫びをあげ、彼女の中にすべてを注ぎこんだ。

41

激しい水音に、エディは目を覚ました。それから、自分がひとりではないことに気づいた。背後で夫が寝息をたてている。腰には彼の腕がまわされていた。少しでも動いたら、彼を起こしてしまいそうだ。

「ベッドを出ようなんて、考えるのもいけない」ガウアンの眠そうな声が響いた。予想どおり腰にまわした手が上がり、片方の乳房を包んだ。「うーん、きみの体の中でも、ここがいちばん好きだ」

エディは笑い声をあげた。

ガウアンの手が今度は下へ滑る。「もちろんここも好きだよ」そう言って太腿のつけ根に手をあてる。彼の手はあたたかく、愛情に満ちていた。「最高の目覚めだな」

「公爵夫妻はひとつのベッドで眠ったりしないものよ」エディは笑いまじりに言った。「こういうことをするのは小作人でしょう？　暖を取るために一緒に眠ると聞いたわ」

ガウアンは彼女の胸に手を戻した。「きみの体はあたたかいね」それから、まるで彼女の考えを読んだようにつけ加えた。「二度ときみなしで眠りたくない。雨の中、馬を走らせるのは気が遠くなるほどたいへんだった。溝に落ちて、別の馬を求め――」

「怪我をしているのに塔にのぼったんだわ」エディは寝返りを打って夫と顔を合わせた。「あなたを失っていたかもしれない」肩についたいちばん大きなあざにキスをする。

「ぼくだって、きみを失ったと思った」ガウアンはそう言って彼女をいっそう引きよせた。「怖くてたまらなかった。空から月が落っこちたり、二度と太陽がのぼらなくなったりしても、あれほど怯えはしなかっただろう」

　エディは彼の脚のあいだに自分の脚を割りこませた。わずかなふれあいにも彼の呼吸が速まるのがわかった。「もう、塔にのぼったりしないでね」

　ガウアンはにっこりした。いたずらっ子のような表情に、エディの胸がどきどきする。こんなふうに笑うガウアンを見られるのはわたしだけだ。

「マコーリー・クランのモットーはなんだと思う？　〝危険は蜜の味《ドルケ・ペリークルム》〟だよ。危険は甘いが、きみはもっと甘いからね」ガウアンは上体を寄せて妻にキスをした。

　しばらくあとで、エディは体を引いた。幸せすぎて怖いくらいだった。「愛しているわ」小さな声で言う。

　ガウアンがふたたびキスをした。

「でも、ひとりで眠ることにも慣れないとだめよ」少ししてから、エディはからかうように、だが半分は真剣に言った。「あなたについて旅してまわるのは無理だもの」

　ガウアンが肩をすくめた。「だったらもうどこにも行かないさ」

「でも、あなたはいつだって飛びまわって仕事をしなきゃいけないでしょう？」

「ここを離れているあいだ、ずっと考えていたんだ。ぼくでなければくだせない決断はそう多くない。この国には頭の切れるやつが大勢いるからね。そういう連中を雇ってバードルフに管理させるつもりだ。そしてぼくのことは、きみに管理してもらう」

エディはゆっくりと微笑んだ。「公爵様、ひょっとして仕事を減らすと言っているの？妻のための時間を、夕食以外にも用意すると？」

「きみと一緒にいたいんだ」ガウアンはそう言って彼女の鼻先にキスをした。「チェロを弾くきみを見ていたい。ぼくのために、裸で演奏してほしい」

エディは声をあげて笑った。「そんなの無理だわ」

ガウアンが不満そうに声をあげる。気づくとエディは仰向けにされ、激しいキスに応えていた。しばらくして、ガウアンがエディの上からおり、今度は彼女を自分の上に座らせた。彼は夢見ていたことをすべて試すつもりだった。


ずいぶん経ってから、エディはぶらぶらと窓辺へ行った。すぐにガウアンがうしろに立つ。彼は長い髪を片方に寄せ、妻の首筋をなめた。「エディの香りだ」彼がつぶやく。「それと汗のにおい」

エディは怖い顔をしかけてから、ぽかんと口を開けた。「見て！」

「ん？」

「川が！」彼女はあえいだ。

グラスコリー川は一夜にして濁流に変わり、岸をのみこんで塔まで押しよせていた。川の流れは塔を挟んでふた股に割れ、反対側でまた合流して海へ向かっている。

雨は――少なくとも今は――やんでいた。

「この調子では――」ガウアンは窓を大きく押し開けた。雲間から太陽がのぞき、川面をきらきらと輝かせている。まるで川底に何千枚もの金貨を隠しているかのように。「とりあえず、今日じゅうに城に戻るのは無理だな」

エディは目を見開いた。「わたしたち閉じこめられたの？」

ガウアンは窓枠に体重をかけ、この上なく幸せそうに言った。「心配することはない。バードルフのおかげで、ハムとダンプリングとチキンパイがある」

ガウアンにとっては、洪水よりも目の前の女性のほうがずっと大事だった。彼女の肌にはキスマークがいくつもついている。ちょうど地図の記号のように。

エディは窓から身をのりだし、魅入られたように濁流を見つめた。川の水が一階の窓を叩いている。

「あまり身をのりだすと危ないぞ」ガウアンが言った。「窓枠が低いから、転げ落ちるかもしれない」

「塔をのぼってきたあなたに言われたくないわ」エディは笑いながらやり返した。

ガウアンはそれ以上言わず、背後から彼女の腰をつかんで窓から少し離した。

「そういうやり方は改めなきゃだめよ」エディが肩ごしに意味ありげな視線を投げる。

「何を？」

「わからないの？　なんでも自分の思いどおりにしようとするところ」

ガウアンの両手が乳房を覆った。「ぼくにいい考えがある」彼はそう言ってエディの髪を片方の肩にかけ、なめらかな肌に唇をつけた。

「それが妻の話に耳を傾け、妻からの助言を聞き入れ、妻のやりたいことを妨げない考えなら聞いてもいいわ」

キンロス公爵は、守れない約束はしない。

「もっといい考えさ」彼はそう言って妻の美しい尻にのしかかるようにした。

「ガウアンったら！」

夫のみだらな誘いに驚きつつも彼女が好奇心をそそられ、高揚していることが、艶めいた声から伝わってきた。

42

六年後
ロンドン、チャールズ通り三七番
キンロス公爵のタウンハウスにて

一一歳になったスザンナはすでにヴァイオリンの名手だった。一種の〝天才〟と言っていい。父親が娘をそう呼ぶたびに、母親は渋い顔でたしなめるが、自分に音楽の才能があることはスザンナも自覚していた。スザンナの母親は、天才よりも〝感じのいい人〟になるほうがずっと大事だと考えているのだ。

スザンナとしては、〝天才で感じのいい人〟になればいいと思うのだが。

ピアノの前に座った家庭教師のヴェドリーヌがうなずいたので、スザンナは弓を構えた。何も考えなくても弾けるくらい練習した曲だ。集まっている人たちも知り合いばかりだった。大事なパパとママ。レディ・アルナウトはチェロを弾くが、近ごろは赤ちゃんができたせいでお腹が突きだしていて、楽器が持てないとこぼしている。

スザンナはひそかに、それは言い訳だと思っていた。なぜならエディは、二度も子どもを産んだというのに、途切れることなく演奏してきたからだ。

ピアノが最初の音を奏で、スザンナの鼓動は速まった。こんなに緊張するのは、もしかするとアルナウト夫妻のあいだに、ジェイミー・アルナウトが座っているせいかもしれない。一三歳になったジェイミーは急に背がのびたみたいだ。

いよいよヴァイオリンのパートに差しかかる。スザンナの弓が正確に弦を押さえた。ジェイミーのことが頭から消えた。

演奏が終わったあと、スザンナは頬を赤らめ、激しい高揚感に微笑んでいた。だが、もう一曲残っている。義姉のエディを驚かせようと用意していた曲だ。ずっと前から秘密にしていたのだが、ひょっとするとエディはすべてを承知で、知らないふりをしているだけかもしれないと思うこともあった。大人はよくそういうことをする。

ジェイミーが父親のアルナウト卿とともに近づいてきたので、スザンナはこれ以上、赤面しちゃだめと自分に言い聞かせながら、膝を折るおじぎをした。ジェイミーがにっこりして、きみはすごいヴァイオリニストだと言ってくれたので、結局は赤面するはめになったけれど……。ジェイミーは〝女の子にしてはうまい〟などとは言わなかった。

ジェイミーに褒められて頬を染めるスザンナを見て、エディはひそかに微笑んだ。スザンナの実母が再婚していたかどうかはいまだにわからないままだ。しかしたった一一歳で、まだ女性らしい曲線とは無縁であっても、将来スザンナが息をのむ美人に成長するのは一目瞭然だった。しかも兄は、イングランドとスコットランドでもっとも力のある男だ。エディは心配していなかった。

ライラが隣へやってきて、いちばん前の席にエディをひっぱっていった。「演奏会はまだ終わっていないのよ！」ライラはそう言うと、こらえきれないというようにくすくす笑った。「あなたにとってとておきの誕生日プレゼントがあるんだから」その場に集まっていた家族や友人のあいだからも笑いが起こる。エディにはその意味がまったくわからなかった。

ヴェドリーヌがピアノの前に腰をおろす。その横に従僕が、演奏者用の椅子を運んできた。

「誰か二重奏をしてくれるの？」

エディがライラに尋ねた。ライラは目をきらきらさせて、相変わらず笑っていた。あの調子では、腕の中でぐっすり眠っている双子の片割れが起きるのも時間の問題だ。ライラの双子はそっくりで、エディには見分けがつかない。しかもそのとき見えていたのは、金色の髪が生えた後頭部だけだった。

「今にわかるわよ」ライラが言った。

「あてでみせましょうか？」エディはにっこりした。「父の姿が見えないわ。新曲を演奏するつもりでしょう？」

「そうかもね」ライラが答える。

エディはうれしそうにため息をついた。「なんてすてきな誕生日プレゼントなの。それにしてもガウアンはどこへ行ったのかしら？　彼にも聴いてほしいのに」

ライラがおざなりに周囲を見まわす。「どこかにいるでしょう」

そのとき、エディの父親がチェロを手に入ってきた。椅子に座ってヴェドリーヌに向かってうなずく。この若きフランス人がお抱え音楽家になった日は、キンロス公爵家にとってとりわけ幸運な日だった。

「娘の誕生日を祝して、ヴィヴァルディの協奏曲、ニ短調を演奏します」

ギルクリスト伯爵が宣言し、エディに微笑みかけてから譜面台に向き直って楽譜をのせた。

「特別に編曲したにちがいないわ」エディはライラに言った。「だってその曲にはふたつのヴァイオリンとチェロに加えて、ほかの弦楽器のパートもあるんですもの」

「ほかの弦楽器はピアノが補うんじゃないかしら」ライラが言った。

それにしてもふたつのヴァイオリンが欠けている、とエディが指摘する前に、スザンナが部屋の正面に進みでて父親の横に立ち、ふたたび自分のヴァイオリンを構えた。

それからどよめきが起こり、キンロス公爵が登場した。ガウアンは結婚当初よりもさらに精悍になり、風格が増した。それでいて、彼の顔には家族に対する深い愛情があふれており、その思いやりに満ちた言動を目にするたび、周囲の女性たちは羨望のため息をつくのだった。

しかしそのときのエディは、夫の顔など見ていなかった。彼が左脇にさりげなく挟んだヴァイオリンに目が釘づけになったからだ。ガウアンはまるで、常にヴァイオリンを持ち歩いているかのように自然にふるまっている。

妹たちに合流したガウアンは妻に笑いかけ、ヴァイオリンを構えた。

そして演奏がはじまった。エディは椅子の上で文字どおり固まってしまった。タウンハウスの屋根が落ちて空一面に翼の生えたブタが舞っていたとしても、ヴィヴァルディを演奏する夫を見るほどには驚かなかっただろう。

しかもガウアンは、ただ譜面どおりに弾いているだけではなかった。これまで彼が挑戦し、成功をおさめてきた数々のことと同様に、驚くほど見事な演奏を披露していた。その気があれば、世界の一流演奏家と肩を並べることだってできるかもしれない。

ただ、夫に演奏家になる野心があるとは思えなかったが。

彼は〝妻を悦ばせるためだけに〟これほど難しい挑戦をしてくれたのだ。

「こうなるまでに三年もかかったのよ」ライラが上体を寄せて言った。「かわいそうなヴェドリーヌはたいへんな苦労をしたんだから」

最後の音が消えると、聴衆から熱狂的な拍手がわいた。エディの父親であり、ライラの最愛の夫であり、スザンナの父親であり、そしてガウアンの義理の父で友人でもあるギルクリスト伯爵が、聴衆に向かっておじぎをした。「非常に残念ですが、これがキンロス公爵にとって、公の場で演奏する最初で最後の機会となります。公爵からひと言ごあいさつを」

さらなる拍手喝采。

ガウアンが一歩前に進みでた。「今日にいたるまでの三年間、心から楽しませてもらいました。ムシュー・ヴェドリーヌのように才能ある演奏家からヴァイオリンの奏法を学び、義理の父であるギルクリスト伯爵のお力を借りて、このようにみなさまの前で披露できたことを光栄に思います」

またしても拍手。

ガウアンはすっと頭をさげた。ヴァイオリンを振りまわしたり弓を回転させたりはしなかった。

「本当に二度と演奏しないおつもり?」部屋の後方から声がした。

ガウアンは微笑んで、妻に向き直った。「もちろん演奏はします。ただし、妻とふたりのときにかぎって」

エディは身じろぎもしなかった。頰を涙が伝っている。ガウアンは妹にヴァイオリンを預けると、妻を両腕に抱えあげた。「たいへん失礼ですが――」彼は会釈して部屋を見まわした。「公爵夫人の気分がすぐれないようなので」

ガウアンはそれだけ言って大股で部屋を出ていった。

スザンナは肩をすくめた。兄から預かったストラディヴァリウスに弓をあてる。えも言われぬ美しい音色がした。

「自分が主催したパーティーから出ていくなんて、きみの兄上はちょっと変わっているね」スザンナの脇にふたたびジェイミーが現れた。目の上に垂れさがったひと房の髪がとてもすてきだ。

「お兄様はいつもあんなふうなの」スザンナは説明した。「お義姉様《ねえ》に首ったけで、ほかのことはどうでもいいのよ。ああ、もちろん子どもたちのことは別にしてね。何か弾きましょうか？」スザンナはストラディヴァリウスの弾き心地を試したくて仕方がなかった。

ジェイミーは額の髪を払った。

「きみのヴァイオリンを貸してくれるなら、一緒に演奏できるよ。きみほどうまくはないけど、これでもまあまあ弾けるんだ。ヴィヴァルディの『四季』は習った？　ぼくは第一ヴァイオリンを練習しているところなんだ」

スザンナは大きな笑みを浮かべた。

「わたしも今、まさにその曲を練習しているの。第一でも第二でも弾けるわ」

若いふたりは未来が何を運んでくるか、まったく気づいていなかった。しかし、ジェイミーの第一ヴァイオリンにスザンナの第二ヴァイオリンが重なり、第一ヴァイオリンの旋律が高く舞いあがって、ふたたび第二ヴァイオリンのもとに降りてきたとき、少年と少女はそれぞれに運命のささやきを聞いた。いつの日か、向こう見ずな赤毛の娘は、おでこに前髪が垂れさがっている青年に向かってヴァージンロードを歩いていくことになると。

何年後かに、ふたりはこの日の二重奏を話題にするだろう。まだ一三歳と一一歳であっても、ふたりの耳はこの先自分たちが奏でていく音楽の、かすかな響きを捉えていた。

二階の公爵の寝室では、エディがまだ泣いていた。

「こんなに幸せな気持ちにしてもらえるなんて」彼女はようやく言った。「人生に望むすべてを与えてもらったわ」

ガウアンは彼女の涙をキスでぬぐい、ささやいた。

「ぼくがほしいのはきみだけだ」

その夜のふたりの二重奏は静かなものだった。しかしそれ以降、子どもたちはチェロとヴァイオリンの重奏を聴きながら成長した。四人いる子どものうちのひとりはヨーロッパ一のヴァイオリニストになった。音楽なんて大嫌いと言い張った子はひとりしかいなかった。

そのとき彼女は一四歳で、難しい年ごろだったのである。

この小説は、ふたつのかけ離れた物語を下敷きにしています。それはシェイクスピアの『ロミオとジュリエット』と、グリム兄弟の『ラプンツェル』です。ロミオの情熱を受け継いだのは、言うまでもなくガウアンです。バルコニーの場面には『ロミオとジュリエット』の台詞があちらこちらにちりばめられています。ガウアンはまた、ウィリアム・バトラー・イェイツの初期の詩にも多大な恩恵を受けています。イェイツはガウアンよりも前に〝愛する女性の髪に絡め取られた〟人物なのです。後半、成長して（願わくは）賢明になったガウアンが、ジョン・ダンの詩を学びます。

初期の場面と塔をのぼる場面に、ロミオの台詞を織りこむ作業は心から楽しんでできました。

本作に『ロミオとジュリエット』の結末を取り入れるのは無理でしたが（エディとガウアンはまだ若いものの、星まわりが悪いわけでもなければ自殺にも縁遠いため）、『ラプンツェル』もまた、なかなか手ごわい作品でした。ひとつにはあの有名な髪です。おとぎ話のエッセンスを生かして、エディの部屋のバルコニーをのぼる際、ガウアンは馬の尻尾の毛で編んだ梯子を使います。しかし最終的には、梯子（馬の毛だろうと美女の髪だろうと）に頼ることなく、自分の力で塔にのぼるのです。

もうひとつ、ガウアンとエディの物語に大事な彩りを添えてくれたのが、偉大なる演奏家のヨーヨー・マです。執筆中、ヨーヨー・マが演奏するバッハの無伴奏チェロ組曲と、彼の編曲による伝統的なカノン『ドーナー・ノービース・パーケム』を繰り返し聴きました。本作品に登場する曲のリストに興味がおありでしたら、わたしのウェブサイト（www.eloisajames.com）をご覧ください。また、歴史通の読者のために、ヴィヴァルディの協奏曲が刊行されたのは一七二五年で、現在も残っているのは本人の直筆によるオリジナルの楽譜ではなく、ヴァイオリン用に編曲された一七二五年番の楽譜であることを記しておきます。もちろん、当時チェロは非常に新しい楽器でしたから、エディが演奏した楽曲の多くは（ヴィヴァルディの『四季』も含めて）、ロバート・リンドレイ（一七七六―一八五五）のような熱意ある演奏家によって編曲されたものでしょう。リンドレイはその時代におけるもっとも偉大なチェリストとされていました。

エディの継母には、リージェンシー時代のイングランドにおいて、異国情緒と無謀なまでの情熱を感じさせる名前をつけたいと考えていました。そんなときにペルシア人詩人、アブダラ・ハテフィがしたためた『ライラとマジュヌーン』という恋物語を知ったのです。この物語は一七八八年にサー・ウィリアム・ジョーンズによって出版され、のちにアイザック・ディズレーリが『ライラとマジューンの恋物語（The Loves of Mejnoon and Leila)』という題名で英訳しました。

最後に、わたしとジュリア・クインはもともと親しい友人なのですが、これにコニー・ブロックウェイも加えて、三組のカップルから成るふたつの小説『さらわれた花嫁たち』を執筆しました。また、ジュリアと電話でおしゃべりしているときに、わたしたちの本を読んでくださる読者のみなさまに対するちょっとしたお楽しみとして、それぞれの登場人物を互いの本に登場させたらどうだろうかと思いつきました。ジュリアの『はじめての恋をあなたに奏でて』を手に取っておらず、本書以外で魅力的なチャタリス公爵に出会っておられない方は、ぜひ書店へ足をお運びください。

訳者あとがき

おとぎ話《フェアリー・テール》シリーズ第四弾を手に取っていただき、ありがとうございます。

イングランドからはじまって、ヒロインはパリへ、ヒーローはインドを超えて西インド諸島まで航海をした前作（『純白の翼は愛のほとりで』）とは打って変わって、今回の作品は主にスコットランドの古城、しかも夫婦の寝室を中心に物語が展開します。こう書くと、全編にわたってエロチックな流れを想像なさるかもしれませんがむしろ真逆で、ロマンスにはめずらしく、なんと、体の相性の悪い新婚夫婦が主役なのです。

ヒロインのエディは伯爵令嬢でありながら、父から受け継いだチェロの才能をのばすことだけを生活の中心に据えてきた女性で、結婚に対しても乙女らしい幻想は抱いておらず、チェロさえ弾かせてくれればいいという割りきりぶり。対するヒーローのガウアンは、アルコールの過剰摂取で早世した父のあとを継いで一四歳で公爵になって以来、進学すらあきらめて仕事に打ちこんできた堅物人間。領地内で起きることはどんな些細なことでも報告させ、みずから判断をくだす独裁者的な面と、年老いた執事を落胆させないためだけに、長ったらしい料理の説明に辛抱強く耳を傾けるやさしい面の両方を持ち合わせています。こんなふたりが新婚生活をはじめるわけですが、エディはチェロに、ガウアンは仕事に一日の大部分を注ぎこんでいるため、夫婦の時間がほとんど確保できません。とくにエディは夜の夫婦生活に問題を抱えていて、それを夫に相談したいのですが、ガウアンの周囲には常に部下や召使がいて切りだすことができないのです。

エディとガウアンの共通点は、両親が不幸な結婚生活を送っていること。ガウアンの両親はすでに他界していますが、エディの両親は頻繁に登場し、とくにエディの継母であるライラは、第二のヒロインと言っても過言ではない活躍をしています。外見や行動は派手ですが、本当は子宝に恵まれないことに傷ついているやさしいライラがエディと自分の幸せのために奮闘する姿は、本書の読みどころのひとつです。

自分のやりたいことに夢中になるあまり、大事な人の話をちゃんと聞かなかったり、頼まれたことをあとまわしにしてしまったり。わたしにも似たような経験があります。そういう意味で、今回のおとぎ話は前の三作よりもぐっと身近に感じられました。エディとガウアンが問題だらけの新婚生活にどんな答えを導き、どう変わっていくのか、読者のみなさまにも楽しんでいただければ幸いです。

二〇一四年六月

ライムブックス

塔《とう》の上《うえ》で愛《あい》を聴《き》かせて

著　者　エロイザ・ジェームズ
訳　者　岡本三余《おかもとみよ》

2014年7月20日　初版第一刷発行

発行人　成瀬雅人
発行所　株式会社原書房
〒160-0022東京都新宿区新宿1-25-13
電話・代表03-3354-0685　http://www.harashobo.co.jp
振替・00150-6-151594
カバーデザイン　松山はるみ
印刷所　中央精版印刷株式会社

落丁・乱丁本はお取り替えいたします。
定価は、カバーに表示してあります。
　ISBN978-4-562-04460-3　Printed in Japan